人生句句

◎张聪虎 著

九州出版社
JIUZHOUPRESS

图书在版编目（CIP）数据

人生匆匆 / 张聪虎著 .-- 北京：九州出版社 . 2023.9

ISBN978-7-5225-2165-7

Ⅰ . ①人… Ⅱ . ①张… Ⅲ . ①散文集 - 中国 - 当代 Ⅳ . ① I267

中国国家版本馆 CIP 数据核字（2023）第 174987 号

人生匆匆

作　　者	张聪虎
责任编辑	郝军启
出版发行	九州出版社
地　　址	北京市西城区阜外大街甲 35 号（100037）
发行电话	(010)68992190/3/5/6
网　　址	www.jiuzhoupress.com
印　　刷	山东和平商务有限公司
开　　本	787mm×1092mm　1/16
印　　张	34
字　　数	390 千字
版　　次	2023 年 9 月第 1 版
印　　次	2023 年 9 月第 1 次印刷
书　　号	ISBN 978-7-5225-2165-7
定　　价	52.00 元

我对生活付出了真感情！

——聪　虎

性格为生命密码排列了定数，所以性格的发展就是整个命运的轨迹。

——贾平凹

前　言

走着走着，转眼就老了！

人生究竟是怎么回事呢？不明白！

那就回想一下往事，理一下吧，愿岁月静好！

2019 年底疫情起，也是颇多感慨！一日看到高中校友忆旧日母校文章，心中甚为触动，但又总是有种未尽之感刺痒着。索性自己就壮胆也写了个当年的校园生活小文，后竟还意犹未尽地补了个续文。

于是便有不可收之势，接着便又写了小时候的往事、大学生活、社会中诸事，也算是对过往做了番整理，以便轻松面向未来吧！

文中涉及了一些过往的人、事，应该说更多是我个人的一些认识与理解，如果涉及了您，您大可不必理会。若有不敬之感，就当是我个人之偏见吧。当然，您也可以换个角度理解，也许还是有点益处吧。总之，我并无一丝恶意，您不必太在意。

最后，再次致意，文中若有不当之处，大家多谅解为怀！

目　录

第一部分

小时候的那些年

少年不识愁滋味……那少年识了愁滋味呢？可以说一定是不幸的，一副稚嫩的肩膀是担不起一些无奈的，这些对他们的人生一定会有影响的。

甚至说，如果过于不堪了，那样的人生是否还真的有意义呢？

小时候的那些年（上）

我来了

1965 年农历三月十八日，我出生在浑源城西关街一个叫"保子大院"的院子里，正经的城里人儿。至于这个院子为啥叫这么个名儿，那我就不知道了。后来长大了，我猜测，估计原来这个院子应该是有个叫保子这个人的，后来院子基本归公了。

几个月后，父亲骑一辆自行车，前梁两边各绑一个筐，一边大儿子一边二儿子，后座带着我妈，到了姥姥村儿李峪。母亲已经调回他们村当老师，父亲暂时还在城里。但不久，他也得下放农村了，我这个小城里人儿也就随着父亲命运的改变要变成个农村人儿了。

颠沛流离的生活

我记事起隐约是在两岁前后，姥姥家的南房、房里炕的样子，我是怎样个小人儿，这些都在我脑子里有着遥远且清晰的模样，从未曾改变过！怎么描述一下呢？那个时候太小了，要说一下可难呢，

爸爸

妈妈

父母：爸妈年轻时还是很有朝气的，知性

还是算了吧，就留在自己心里吧！这便是我最早的记忆，同时还记着那时不知为啥，一吃早饭好像就肚子疼，就上茅房，于是又清楚地记住了茅房的样子。南房旁边就是它，小孩子，除了记住个吃，就记了个拉，别的不会呢！

两岁前我都干了些啥呢？据大人们说我那时可听话呢，基本上就是吃了睡，睡了吃，肚子上盖块毛巾睡得可香了。不给自己找麻烦，不给大人们添乱子，弄得母亲甚至有点怀疑这孩子是否有点毛病呢。她说怀我时曾在学校站课桌上打扫屋子什么的摔下来了，虽然摔得肚子有点疼，但好歹是没把我摔出来，不是把孩儿摔坏了吧？母亲有点忧心！我那时也不会说话，看着妈忧心的样子心里直着急，想是说：妈，我就那么不禁摔吗？就您这第一摔还给我垫了个底呢，日后摔打的日子多着呢，我禁摔，不摔怎行呢！着急得我是呀呀地说不出话来。

转眼我大了，母亲也就常带我出去了。至此，印象最深的另一个地方出现了——村里供销社，有好吃的（就是离不开个吃的了）。售货员是我妈的一个小学同学，好像叫刘学圣，李峪好像就他们一家刘姓。一次，记得妈又抱我去给我买好吃的，这位就是不把吃的给我，揪着我的小鸡鸡非要让我说这是干啥用的。我也许是急中生智了，脱口说"放水水！"大人们乐了，说这孩子看来不傻，放心了。这就是早期我在李峪村大致生活的样子，属于我的小小世界。

唐家庄

三弟回忆文章中说父亲是 1969 年下放回乡的，我大致推算了一下，应该是 1968 年。是的，1968 年，那年我 3 岁。印象中父亲说那年他是借了辆小平车拉着点家什，拉着我们兄弟俩去的唐家庄。很辛酸的一段往事，落魄不堪回首。就是这么着，在那个特定的历史时期，父亲忍辱负重，含辛茹苦地把我们拉扯大。这个时候，我记事儿开始多了起来，也较为连贯了。

我们住在半山坡学校院子里一座房子里，后院靠着一个小坡，我还常在这儿打滑滑呢！爸妈要上课，我那时还小，谁照看我呢？非常幸运的是我姨姑姑在这个村儿，于是就在父母都需要上课时把我送这位姑姑家中她照管我了。

这位姑姑是我爸的姨妈的女儿，我还有位表姑姑是我爸舅舅的女儿。父亲小时常在姥姥家，这两位姑姑都比他大几岁，父亲那时是在这两位姐姐看护下长大的，彼此有着深厚的情谊！我的姥姥实际上也是这个农村儿人，都是乔家，还是不远的亲戚呢。乔家大户人家，较殷实。家里日子过得宽裕，孩子们见识也就多了。两位姑姑不定知书，但是非常达礼，慈爱善良有胸怀，给了我们真切的爱，让我体会到了一份人情的温暖！

姨姑姑好像是14岁就嫁给姑夫了，姑夫可能比姑姑还小一岁呢。姑父家在唐庄村里也是大户殷实人家，姑夫也是人品极好又有能力、有见识之人。两人育有两儿五女。我到他们村时，大姐已嫁到原平了，姐夫是厂里工人，城市有工作的人。大哥已经入伍了，成了一名军人。二姐当时在村里当民办教师，没多久被住在姑姑家院子里一军官看上了，部队转移时军官就与二姐结婚把她带走了。

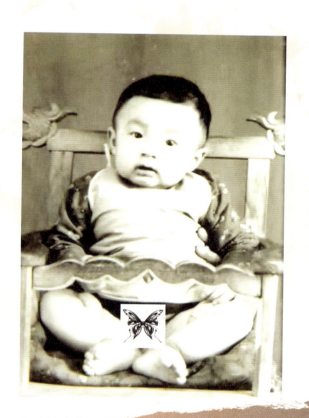

小时候的我

相片背面父亲写着"二子一岁留念"。

三姐应该是初中毕业了，二哥、四姐在读书，五姐好像还没上学。这样，我哥俩成天就是和这几位哥姐们一起玩儿呢！二姐偶尔教育我们下，三姐管着我们，二哥和我哥东一头西一头不着边儿，四姐一阵儿和他们跑，一阵儿又和五姐扎一堆儿带着我耍，五姐基本上就是形影不离地牵着我的手领着我四处找他们，生怕把我弄丢了，也就对我感情更深了，犹如姑姑那时带着父亲似的，我们胜似亲姐弟！

姑姑一生除了育了自己的 7 个子女外，实际上她带大的孩子有二十几个，她的孩子的孩子们，甚至是几个孩子的孩子的孩子，当然这其中也有我。姑姑几乎是对任何一个孩子都是一样的慈爱，不分远近。我作为一个她姨弟的孩子，从未有过被另眼看待的感觉。每次给孩子们好吃的时，她甚至还更偏爱我，生怕他们大的欺负了我，总时不时地护着我。五姐是她的得力帮手，全力地实践着姑姑的指示，对我更是百般地好，五姐比我长两岁。姑夫人品好有见识、有胸怀、有能力，不怒自威，我们一帮子除了怕三姐吓唬我们、二姐教育我们外，更是怕惹怒了姑父。其实他并不难为我们的，只是我们不敢！姑夫是村里村长，印象中其实他比村书记更有威望，更受村民好评。姑夫不仅在村里有影响，在县里说起也是响当当的，社会关系人缘啥的极佳。印象中，每当四月初八庙会及六月初六时，姑姑家基本上是在吃流水席，各地亲戚、朋友、社会来往等估计怎也得有大几十号人，姑姑、姑夫对谁都是很热情的，迎来送往的，没有厚薄。后来三姐嫁到大同了，二哥也参军了，四姐嫁到城里了，五姐嫁了个本村的，姐夫还是恢复高考后第一届师专毕业大学生。一家孩子没有一个差的，在当时农村那个情况，几乎可以说是独一无二的了，姑姑、姑父好人有好报。

一次在一篇文章中看到一位说当时家里因被打成"右派"下放这个村，意思是受到了莫大伤害，对那个时代怀恨在心，耿耿于怀。这个应该是与我们同期，那个时候的事儿我隐约记得，我个人认为其也许有点夸大或者说过于计较了，或许原来日子过得滋润，没受过点委屈。我觉那个时期确实有问题，的确需要我们做深刻的社会反思，但其也应有特定的历史原因，一个特别的历史阶段，我们该批判的批判，该放下也得放下，一味地否定怀恨，个人认为缺少一个客观的态度。总是寻思不也影响自己的正常生活吗，何必呢！那时"右派"的情况确实要比我们严重，我们排在社会对立面的最末位，属社会改造对象。但印象中我对当时这个村的情况，前面的各类虽然会被批判、教育，但没有那么激烈，那么严酷，至少说这个村是这样的。这个村民风很淳朴，蛮横耍光棍的现象还是不多的。虽然也有个别二杆子货也偶然会激昂，但多数还是被那些朴实的村民们所制止。我姑夫他们虽然明面上不好直接阻止，但实际上不会让这些激烈的事情发生。姑夫在村民中有极高的威望，即使这些二杆子们行事时也得看他的脸色，争取下他的意见的，当然姑夫是尽量不会让这些事过了头的。

我们在这个村时，父亲一定是学历最高的了。新时期的老派知识分子，成分又有些高，相对还是比较危险的。但基本上村民们见着父亲、母亲也都是张老师长、高老师短的，白眼、不待见的很少，骂骂咧咧啥的更是似乎没发生过。在那个起初还是较为激进的运动中，能下放到这样一个相对安静的地方，我们也算是很幸运了！那位过于怀恨的，我不太相信真在这个村承受过过度的不堪。实话说，姑姑家院西房住着的一位老妇人和儿子，就是一位旧社会官员的遗孀，我印象中老太太没受过辱，她反而和姑姑、姑夫一家处得不错呢。虽然表面上姑夫、姑姑也会注意些形势，但实际上对他们还是很照应的，我们小孩玩闹时从未有过区分，对她如老奶奶似的，大人们没约束过我们。

我们在这村时，还有一家正式教员，外地人，只是人家的命运还是与我们有区别的。他们应该是分配工作到农村，不像我们是下放。虽然都是"臭老九"，但性质还是不同的。人家政治上没问题，是人民专政的小帮手。这家男主人在学校任校长，是农民管理学校的具体管理者，应该还是没少给我们白眼、使绊儿。还好，村里人好，或许也是有我姑夫在，未对我们形成实质影响。事实上，在后续各个村儿里的改造中，我们可以说都受到了这种双重的折磨，这些帮手的刁难其实更大。农民大爷、兄弟们毕竟还是朴实些，他们心里还是有着对先生们应有的尊重。小帮手们就不然了，专业上没你强，教个小学、初中还行，教个高中啥的多数就不知一二三，人心中只要有了对你的恨，对你下手也就不意外了。再加上那颗被政治冲昏了的大脑袋，往往就是混着来了。内行整内行还是很内行的，整得你很是无奈！印象中他家俩孩子，姐弟俩，姐似乎大我一岁或与我同龄，弟小点啥还不懂。这姐还是挺厉害的，把我整得也够呛。学校有些地儿就是不让你过去，她家的似的。她甚至还时常拿上她家好吃的馋你，这也太欺人了，好辣的手段！大人整大人，小孩欺小孩，难活的日子。

到这村一年后，我也就4岁上下了，胆儿也大了起来，常常是一个人在学校与姑姑家跑来跑去。一个小人儿顺着小坡儿路颤颤巍巍地到姑姑家去了，成天地泡在她家中，姑姑家成自己家了，理直气壮的。印象中有一次我站在炕上看姑姑拿吃的，一急就说给爷吃点。姑姑笑着说："看这个小坏猴儿，还给我应声爷呢！"姑姑给了我无限的温暖！这个时段印象较深的是一次中午吃饭后又要跑姑姑家去，刚到校门，看到不是小姑娘盯着吓我，而是一条小蛇趴在大门口拦着路呢。吓得我扭头就往家跑，大人们听说后出来把蛇清走，看来人生路上各种拦路虎还不少呢！

那几年北部边境吃紧，发生了珍宝岛保卫战，战争态势空前紧张了起来。印象中是从南峪口一下子来了好多陆军部队，有少量的骑兵，都背着枪拉着炮的。当时记忆中军人应该不少，浩浩荡荡的，这是我仅有的一次看到过的全副武装的建制队伍。之后这支部队好像是分散到农村各地驻扎了，姑姑家院腾出一间房住了两个军官。就记得这些，其他的我也不懂。

那时姥爷时常赶着几头小毛驴来接我们去姥姥家。印象中姥姥村驻扎了一个汽车营编制，营部在大队院，士兵们分住在老百姓家中。那时村里大街上房背、院墙啥的用白灰涂写了不少动员性标语，诸如"备战、备荒、为人民""深挖洞、广积粮、不称霸"，估计各个村子基本都这样，反正我们所在的唐庄、姥姥村李峪是这样。姑姑家院里还有一洞口，与村里地底下巷洞相连，估计一是她家院子大，再是姑夫是村干部。我没下去过，不敢！我二姨哥和我大哥好像偷着下去玩过，他们都是无法无天地瞎折腾，是想着让姑夫整他们了。不过应该是姑夫不知道，反正似乎是没整过他们。

郭家庄

1970 年，爸妈又被调到了郭家庄村。我们对要离开唐庄是很恋恋不舍的，可这由不得我们，命运没掌握在我们自己手中。姑姑是一劲儿地说："俺孩，礼拜天让你爸妈带你们来！"姑姑嘱咐完了姑夫又叮嘱我爸："他大舅，记着带孩子们常来啊！"就这样我们离开了唐庄村，到了郭家庄，没记错的话应该是姑夫让大队骡马车送的我们，终于没让爸再自己去拉车，不容易啊！

对这个村儿，虽然我们有点生疏，但还好，这个村儿人也还是不错的，父母接受"教育"是避免不了的，但实质性的难为还是没有那么极端。况且，调父亲到这个村儿是让他带高中。那时公社在郭家庄办了高中，应该是设在五七农场那儿。不管怎样，还多少是给予了一些尊重吧！欣慰的是村里几个年轻民办教师和父亲处得非常不错，"三才子"、"二杨孟"、熊开江都和父亲处得来，对他很尊重。父亲在当时应该算是高学历了，他们自然对父亲就有了天然的尊重。另外父亲体育还很不错，篮球打得好，几个年轻老师就常和他一起打球玩儿，关系更是融洽了，这给了父亲不少精神上的寄托。

这年我 5 岁，没有能看管我的人了，就干脆让我直接上学了。

老师们基本上都是民办的，不少应该还是因为有些关系才能当老师，水平怎样自然可想而知，教得是稀里糊涂的。还好有爸妈多少能指导下，不至教人入了歧途！有意思的是一年级时教语文的是一个北京知青，很认真，教得也有水平，那时他们在农村来说肯定是很有知识的人了。这位老师让我知道了有一种话叫普通话，有意思！只是这位老师教了好像没多久，不知又被下放劳动去了还是怎么了，应该是不在学校了，这位老师好像叫陈新诚。

我们住在学校内一间宿舍里，不宽松，那个时候勉强能让你住下就算待见你了。学校门口有口井，门口外有个简易篮球场。我们放学后没事儿时就在校门外要么是看各色人等来来往往地到井口打水，要么就看球场年轻老师、大的孩子们打球玩儿，偶尔自己也好捡个漏儿踹上一脚啥的，捡起来投还是不容易着呢！几个年轻老师也时常轮流照看一下我，父母有时还是顾不上呢，忙于上课、备课、做饭，还得接受农民兄弟们的政治教育，总之还是不容易的。记得爸妈那时常是早上被集中学习，有时时间长了我们也就只能蹲在家门口挨着饿等妈回来做饭，唉，小孩儿也是不好过啊！慢慢地，总挨饿，也就开始试着做点简单的饭，比如，熬个粥还是勉强行的。小孩儿馋，记得有一次煮粥时，看要熟了，就从米缸里拿出一束挂面，抽了些放粥里，那个时候这样可香哩，大人们平时不舍得，反正我当时管不着这些，先解个馋！往回放挂面时忘了缸里还有几个鸡蛋了，毛手毛脚一扔想起来了，怕啥来啥，一瞅果然打碎了个蛋儿。这时妈回来了，我一急，把碎蛋手一抓跑院子里了，一仰脖子喝进肚子里，啥味没品出来。妈说你干啥呢，我若无其事地说没事儿，装得跟没事儿人似的，挺会装的！

那时各村还有驻军，学校院里好像也有些。听大人们说夜间就有流动岗巡查，说晚上家里一开灯，岗哨就停了脚步不动了，熄灯后又开始走动巡视了。

在这个村时，放电影开始多了，在唐庄时应该也有，似乎不多，不过那时还小，有也多不去看，只顾睡觉呢。这时大了，也就好热闹了，一放电影就高兴得不着家了，得看，得好好看。《地道战》《地雷战》《平原游击队》《白毛女》《洪湖赤卫队》，基本上也就这些，放个《奇袭》什么的也算是换个口味了。那时人小，再说也不受别人待见，所以前边好位置自然是占不上的，后边又堵得看不见。于是，我就另辟蹊径，到幕后看去，不就是反着点吗，也许还练脑呢！

印象中三弟出生那天正好是晚上放电影，我是看了会儿反的电影，跑回家问一下生了吗。来来回回不下十趟，把我给着急得不轻！1971年我们家又来了个新小人儿——三弟。所以他说的1971年我们去的郭家庄是不对的，1970年到的。妈怀三弟时肚子很大，不少人说估计是双胞胎，这可咋整，一个还忙乎不来，两个怎弄呢！结果是一个，大胖小子，的确是挺胖！产假后妈得上班，得找个人看三弟，爸说得找个有劲儿的女孩子，不然一般人抱不动他的！这时爸教高中的一个学生说："张老师，您看我妈行吗？我妈说她想给看呢！"爸有点犹豫，说这孩子太重了，老人家怕是弄不动他吧。这位学生说："您不用担心，我妈喜欢小孩，她不担心，她就是想给看，说是也不用钱！"这样，爸犹豫地同意了，费用还是要给的，只是担心老人家照看不过来，累了她呢！就这样，我们和这家两位

母子四人

　　拍于 1972 年郭家庄村，父亲一位文化局的朋友来村时给拍的。

慈爱的老人（三大爷、三大娘）结下了一份深厚的缘。

三大爷是一位抗美援朝残疾军人，残酷的战争使他失去了一条腿，他只能拄着双拐走路。他儿子二福柱，我们称呼他二哥，实际上是三大爷大哥的二儿子，过继给他了，外人根本看不出来，以为就是三大爷亲儿子。三大娘没有生育过，除了视这个儿子为亲儿子外，心里是非常喜欢小孩子的，她要看我三弟，实际上是当自己的孩子在养呢！起初爸还担心老人家受不了，十几天后看根本就用不着顾虑，三大娘太上心了。他们家到学校大约二三百米，老人家每天一早就来接，中途妈过去喂一下奶，其他根本不用管，三大娘像自己养育个孩子似的，哪只是给人看孩子呢！三大爷人性温和、善良、正直，三大娘贤惠、慈爱，两人日子过得很是恩爱，很受邻居、村民们的尊重。

三大爷是退伍残疾军人，人又好，因而在村民中很有威望。村里的一些事情，虽然村里那些领导们、村委会会征求他一些意见，但在那个政治相对动荡的年代，三大爷似乎对那些是是非非不愿参与，甚至有点回避，估计他心里是不愿接受那些人整人的事的，他在心里是以人性衡量世间的。三大娘与我们来往，他心里根本不在意那些，和我们处得是很随和、很亲切，他也根本不去理会那些闲言碎语，得亏他的身份，不然不知会给他惹上啥麻烦。他不在乎，没人能把他怎样，估计他是不愿做那种干部，愿做的话也许就没那些人啥事儿了。实际上，我觉得三大爷与我们的这种缘分，多少还是给了我们一些庇护，使得一些人即使有些啥想法，也会多少有些顾虑的。这村有两三位三大爷这样的退伍军人，有一位就挺热衷政治活动的，在村里也任职干部，多少还是没少给我们些颜色看，弄得我们应该还是有些紧张的。

三大爷在村里管菜园子，在园子里干活的人们也很听他的话，很尊重他，菜园是管理得井井有条的。估计那些个村干部们也不敢怎么去打扰，三大爷不理会他们那一套的，村民们很佩服这位正直的军人。三大爷对孩子们还是网开一面的，杏子、李子要熟时，小孩子们馋得受不了，跑园子去玩儿，三大爷是不会让孩子们流哈喇子的，多少会哄哄孩子们，这个园子也就成了村里小孩子的天堂！我也常去园子里找三大爷，跟在三大爷后边屁颠屁颠的。我也常去他们家，在自己家里待着没事儿烦了就跑他家一趟，三大娘总笑嘻嘻地说，二子来了，俺孩上炕吧，俺孩在家吃饭吧，像对待自己孩子似的。三大娘家成了我这个小人儿在这村子时的一处精神乐园。

父亲在这村时起初是教高中。学校在村北五七农场那个地方，学生是整个公社各个村子推荐入高中的，原本应该是去浑源中学，好像县高中当时解散了，分在各公社办学。这个学校办了没多久，又迁址到郝家寨村了，父亲应该是来回跑，其实也没多远，大致三四公里样子。这个村是我们老家，记忆中从这个时候开始，父亲有时就带我们兄弟俩回村看奶奶，有了老家的印象！高中没办多久又解散了，父亲又回郭家庄村里教初中了。

父亲相对还是属于较有文化的，较受学生们尊重，年轻老师们与他处得也不错，村民也还是较为温和的，父亲没有受太大的实质性的侮辱，但或多或少的冷眼或者是歧视还是难免的。来这村后有一段时间我们的粮油关系也被下到村里了，这样就需要到划粮油关系的小队里领粮，粮食倒是新鲜些。记得一次过节杀羊分肉，我跟着父亲兴高采烈地去领，想着就馋得不行了，可到了也没轮到给我们块肉，只剩了点下水给了我们。我一个五六岁的孩子，搞不懂为何分肉就没我们的份儿，我们怎么了？实际上估计父亲心里也是很不好受的，只是没有办法，你只能认，没我们可说理的份儿。

　　我在这里认识的人一是那些与父母来往比较多的老师们，再就是父亲的一些学生，尤其是高中的几个学生，有的后来还和父亲关系很不错呢，一直有来往。印象较深的是水磨町村的麻应武，投掷类运动项目很擅长，后来在县政府工作了。对初中生张耀斌、熊开民两人印象深，这两位应该和我哥同学，比我高两届，直到他们上高中、考学，都有印象：张上山西大学了，熊考中专了。我能记住的同学很少，我在这里上到二年级，主要是与我来往的学生不多，村里的孩子们他们自己玩儿呢，很少顾及我。能记着的就三才子老师的侄儿和张耀斌的弟弟，只有这两个孩子和我玩儿，我应该还都去过他们家里，大人们还是很热情的。对了，还有个小女孩儿，印象还是挺深的，这姑娘挺活泼开朗的，长的也好看，应该是村里一个干部家的孩子。这个小姑娘对人很热情，虽然也许觉得我有些异类，但有时也会看看我，偶尔也会和我们玩会儿，内心里似乎并没对我有啥不好的看法。印象中，我上大学后，有一次还在城里见过她，那时她应该已经成了一位村妇了，好像是进城里卖菜，看见我笑着问我："你是二虎吧？"我也一下就认出了她，相互说了几句话，问候了一下，也就这样了。人生也许就是这样，有些人、有些事儿只是匆匆一瞥，难说清楚！这位姑娘应该姓薄，另两位也只是能记得姓什么了，三位名字都记不得了。三位后来应该都是没考学，人生的路相互分了岔，偶尔的交集也难了，甚至没有。

郭家庄往南两里就是李峪，中间一处大渠堰，成了两个村的分界，上个小坡儿过了渠堰就是李峪地界了。姥爷一到周末就来接我和我哥，周日是我们的高光时刻，这里有暖阳，沐浴在姥姥、姥爷和煦的爱中，从未中断。这使我们在日常的冷风雨雪中依然挺拔，不会凋零！

水磨町

1971 年发生了"林彪事件"，社会政治形势与气氛有些紧张。于是 1972 年我们又被调到水磨町村了，接受新的再教育。

这个时候三弟应该不到一岁，断奶早，妈妈又有小妹了。那个时候很少有牛奶，小孩一般吃母乳时间会很长，多数得近两岁。三弟大约是吃奶十个月，大人们还是很着急的。可三弟自有办法，啥都吃，啥也能吃。从开始喝粥吃鸡蛋，到之后吃挂面啥的，来者不拒，俨然一吃货，能吃东西后就基本上在三大娘家了，有时晚上也不愿回。大娘家条件好，吃的啥不发愁，可把个三弟吃美了，吃了个肥头大耳的，脾气还大着呢！我们要去水磨町了，可出了个问题是三弟死活不跟着走，爸把他放自行车上一出胡同，那就是杀猪似的嚎，小子吃得壮，有劲儿，咋也是不行，愁坏了爸妈。三大娘说，那要么把孩子留下吧，你们先去，有时间来看他，等他再大点估计就懂了，能跟着走了。实在是没办法，也只好这样了。三大娘说："你们放心，孩子一点儿不会有问题的！"爸妈不会担心这个的，他们对三大娘、三大爷是很放心的，只是担心孩子万一之后怎么都不愿回来那可怎么办呢？心里还是很有顾虑的！就这样，我们先是一家四口到了水磨町。

水磨町村小学在村中靠北的一座庙里，我们住在东边厢房第一间，城里来的郭老师住西边厢房第一间。其他都是教室，正殿坐北朝南，台基印象中还是很高的，怎么也得比东西厢房高出一米上下！我小不知道，后来才知道这就是县内赫赫有名的水磨町龙王庙，厉害着呢！那时反正也是挺怕的，晚上是断不敢上大殿台基上的，怕丢了魂儿呢！

弄不明白的是这位郭老师为啥给下放到村里了，她应该学历不会是太高吧，一个小学老师能有多高的学历呢。她的爱人是县城里电影院放映员，也不会有啥问题的，唯一可能的是郭老师也许自身出身成分高，应该没有其他可能了。郭老师一个人下放村里了，爱人还在城里工作，基本上是每天来回跑，也是挺不容易的。郭老师小孩两岁多点，会走会跑了，那时在院子里还常和我玩儿呢。可怕的事情发生了，小孩儿得了肺炎，回城到医院去治了，没出一周，小孩子竟然没了，甚是震惊！出事儿后郭老师夫妻两人情绪一度很是低落，也许教育局领导们也觉事情还是很悲惨的吧，没过多久，郭老师又调回城里了。

这个村儿是大村，人口也很多，政治气氛甚浓。村里以麻、耿两姓为主，水火不容，麻姓火得很，耿姓新中国成立后已经是泼出去的水了，根本抬不了头了，偶尔有个胆敢仰脖的，麻姓们估计就得不眨眼地片儿刀给抹了，生硬得很！民国时期这村耿姓应该是名门望族，知书达礼者甚多，走出去的不少，只是新中国成立后他们成了"腐朽的代表"，被麻姓踩在脚下了，还像拧臭虫似的被狠狠地拧了几拧，和粉身碎骨差不多了。其实，清末民国时期，这村麻、耿两姓都还是出了不少人物的。新中国成立后，两姓间为何如此对立呢？之前就是这样子吗？一切就不得而知了！

到了这么个村儿，我们能好到哪儿去呢？实话说，这下我们可真掉进坑里了。这个一年半的时间里，应该是我们最为灰暗的一个时期，尤其是父母，也许经历了更多的不堪！接受农民大爷们的政治教育那一定是免不了的，知识越多越反动，父亲自然是最反动的了，几乎每天早上都是没完没了地受"教育"，恨不得把你的脑仁取出来洗洗似的，难活得很。我常常早上替妈先做饭，这时做个块垒啥的也可以了。只是小孩子有时走点神儿就煳锅了，反正也不是啥好东西，凑合着吃吧。那个年代也不可能有啥好东西，都是日子不太好过的，我们这些更是了。在这座庙里住了半年多，小学合并到中学校区了，我们也要搬家了，搬到了村中耿家大院里的一间半正房里，与另一家共用一间过道厅房，实际住一间，看来要把我们与耿家"腐朽"分子们一锅烩了。

这个村的复杂情况与紧张气氛，使得学校里的老师们也少与爸妈往来，怕粘了包似的，确实也是有这样的风险的。我能记得这个村学校的老师很少，就连究竟谁教过我也没有印象了。偶尔有些模糊印象的，实际上也没啥好印象，不是跟着风白眼我们，也至少是怕受了影响躲着我们。父亲在这个时期还是很孤独的，没个着落，惶惶之中，不知命运会如何！唯一有点寄托的是耿家大院外院西厢房住着的耿家主人是被下放回村的原浑中教师的耿名邑校长，我爸的老师。这样爸也就偶尔找老人家坐会儿，彼此间有个心灵的温暖，可也不敢过于频繁，不然估计两人都没好果子吃的。

这个时期政治气氛是"反击右倾翻案风""炮轰谢振华"什么的！其实直至今日我都没弄明白谢振华是什么人物，我对政治什么的没兴趣，不敏感，也不愿多想这些。爱谁谁吧，社会安定些人们能安稳过日子就好了。村里印象中还进行过几次批判大会，白纸黑字儿大幅的标语，"地富反坏右"们被拉在台上低头认罪，甚至脖子上还挂着个大牌子。爸妈他们在台下接受"教育"，与台上的还是有些本质的区别的。1972年我们成分已经重新落实，爸也就不用太担心被揪上台了，没那理由，相对心理上还是轻松些的。

那年我上三年级，与村书记二公子同班，这下可遇上大麻烦了，厄运来了！这公子小名"二老红"，在同龄孩子中体质够壮实，再加之老子的霸气，这就不仅是个小霸王了，小阎王一个，可以说无恶不作！我到这班后，这家伙不允许任何同学与我说话，不然一定是拳头伺候。这时班里只有一个同学和我来往，因为这位同学也是被他列入不允许其他同学与之来往的，这个同学是他们心目中的耿姓死敌，必须踩在脚下，两个可怜的孩子成了同伴，随时恐慌于各样的欺凌中。以至我除能记得这"阎王"和这位耿姓同伴外，究竟谁是我们老师、还有哪些同学，没有丝毫印象！

一段时间后，郁郁中我生病了。公社在郭家庄村开各校运动会，爸带我去了，本意可能是让我去散散心，可发现他背着我放在哪儿，我就待在哪儿。爸觉着这孩子可能真有问题，带着我到县医院看。医生是爸的熟人，检查后说有点严重，是猩红热，说赶快住院治吧。

问题是住院说来简单，谁照看呢，显然做不到。医生说那我给开好药，回去抓紧打针吧。药是青霉素，回去就打，恰好村里那医生没有安痛定了，不兑这药打针会很痛的，小孩子更受不了，保命要紧还得打。我本来就很怕打针的，吃药怎么都行，再苦的药我都能嚼着吃了，没让大人们操过心，可打针这个真是怵得很！无奈，打吧。一针下去我至少在炕上趴了十几分钟，痛得根本受不了。可我没哭，含着两眼泪咬着牙！生活中有时可能就是这样，再苦再难再累再痛哭也没用，唯有的办法也许只能是挺着，挺过了也许就过去了！大夫说这孩子还真行，缓解些后母亲背着我回家了，一者是那时多数情况我已经走不动路了，再是打针后腿还不时痛得会痉挛。后来再打就兑安痛定了，一天两针，左右开弓，干了一个月，到医院检查说好了，小命儿差点儿丢在这村儿。

到了这村不到半年三弟回家了。开始时妈常是周日去三大娘家看他，几次想带他回就是不跟，妈还是很发愁的。最后这次妈临走时就和他说跟她走吧，三弟愣了一下说走。妈开始还半信半疑，走时自己就要上自行车，三大娘也说跟你妈回家吧！就这样，三弟没哭没闹地跟妈回家了，回家后也没哭没闹，原本爸妈还挺担心的。

三弟回来后增加了我的负担，这小祖宗让三大娘惯坏了，出门脚不沾地，就得我背着，下学后看他就成了我的事儿。开始是背着，后来不知怎么觉着背着还不行，得骑在脖子上坐着才舒坦，可把我给折腾得够呛，我还是个孩子呢，也就七岁多，顶这大个坨儿！

三大娘常来看他。他不在三大娘家了，三大娘很想他，经常来，很舍不得他。不到一年，我们调荆庄村后，三大娘还是会断续找时间去，直到我们到了郝家寨三弟上学了，大了，就成了三弟断续去郭家庄去看三大娘、三大爷了。三弟与三大娘、三大爷一家有着一份深厚的感情。那时我和爸有时也会去，甚至后来我在城里读高中时周日去姥姥家路过这村时，偶尔也顺便进去坐会儿，看看他们两位慈善有爱的老人。三弟考上大学那年，我说你去看看三大娘吧。三弟分数下来后就去了，能想象到三大爷、三大娘会是多么高兴。他们把三弟当个小儿子看呢，孩子考大学了，他们不知心里有多高兴呢！三弟与两位老人一直有联系，直至他们相续离世。

在这村时，唯一有点精神寄托处就是到大姨姥姥家玩儿。姥姥的大姐，嫁这村耿家了。大姨姥姥性格很刚烈，虽然是小脚，但身材还是很魁梧的，个子不矮。她夫家当时也是大户人家，新中国成立后斗地主时，据大人们说本没大姨姥姥啥事儿，可她硬是要陪着自家男人去挨斗，村里的人们很是佩服。男人后来没了，究竟是直接被斗死了，还是后来成疾没了，就不清楚了。反正这个村挺血雨腥风的，耿家落在了麻家手里就不可能有个好。大姨姥姥依然是很凛然，养家就落在她自己头上了。她踮着个小脚在生产队该下地干活就下地干活，丝毫不屈。虽然确实不容易，但她这样个刚烈劲儿，也就没啥人太过于欺负了。我们到这村时，她家儿子已经在大同当工人了，可想耿家外边还是有人的，可谓天无绝人之路。那时她带她孙子，有时我会过去玩会儿，有时和妈去，有时自己去，姥姥来时和姥姥也一起去过。但终究去得还是不太多。意外失去了丈夫守寡多年的一位老人，多少还是能感受到一些生活的沉重而产生的忧郁的，这些对一个孩子有些是很难理解的！我与我的奶奶后来来往也不是太多，其实也是有这些因素的，她在沉重的心理状态中，难以与你有太多的情感共鸣。

水磨町到李峪得有十里路，姥爷来接我们就不方便了，我们也大了些了，起初是周末时姥爷会在郭家庄附近那边半路上等我们，之后慢慢我们自己就可以走了，基本上两周去一次姥姥家，走小路也就八九里路。有时候看大人生气要挨骂时，我也会自己跑姥姥家去，反正那时上不上课没啥区别，待上几天再回来。那时大人们也不担心，不像现在动不动小孩子丢了，那时没人偷小孩儿，野地里也用不着担心个狼啥的，狼早被人吃光了！

1973年小妹出生了，姥姥来伺候妈，不到一个月姥姥就急着回去了，姥爷、舅舅两人在家，时间长了没人做饭也是问题。不像三弟出生那时，姥姥断续在郭家庄、李峪间两边跑，水磨町太远了。这样就抓紧找了个村里女孩看小妹，只记得叫二麻女儿，姑娘人挺好，一边看小妹，也帮妈干点活儿。半年多后我们又调到荆庄，这姑娘还跟着去了一两个月，一来是她看惯了舍不得一下就走了，再是小妹的确也还小，确实也还得有个人照看下。

一次记不清是何事了，哥哥得罪了书记家大公子"大老红"。这位就让大队那些个喽啰把他带到大队部了，说是要绑起来。爸知道后就找书记去了，说要绑连我一起绑吧。这书记的大姑娘，其实我爸高中时还教过她，只不过他们也许不懂得顾忌这些的。只是真要绑个公职人员，他们轻易还是不敢的，要绑也轮不上他们。事情也就不了了之了，但实质上爸就算得罪了这位土皇帝了。实话说，这大公子相较其弟二公子来说还是好多了，虽然是"浑不吝"，但还是有点分寸，有点人味的。二公子就大不同了，无恶不作，据说稍大些后劫、奸、盗啥都行。他老子看不是办法，让其当兵了，可好被人民军队专政了，不知又犯何事，被军事法庭判死刑毙了，真是恶报！东坊城公社三个村干部在县里很有名，水磨町这书记专权乡里，民风不淳。郝家寨张宣为人正直，村里安宁。唐庄吴玉处事仁义，民众祥和。

荆　庄

父亲明白日后日子会更艰难，于是就向教育局坚持要求调动，这样我们在这个村也就一年半，被调往荆庄了，本意应是想回老家郝家寨，未获准。

荆庄村是荆庄公社所在地。这个村也是大村，乔姓、郭姓多数，其他姓氏也有。新中国成立前乔姓属大户人家，郭姓好像也不错。不像水磨町麻、耿两姓水火不容，这村乔姓虽然新中国成立后因为成分问题有些低头，但似乎不存在姓氏家族间的纷争，相对气氛还算比较温和的。村干部有郭姓人，无乔姓人，公社书记徐姓，村里徐姓人好像也不算少。村民间没那么紧张，我们相对也会好些，再说爸妈和这个村儿都还是有些渊源的。我的奶奶、姥姥都是这村乔姓人家，实际上父母还是有点亲戚关系的，只是相对远些。虽然有不少亲戚在这个村，本来都是大户人家，但新中国成立后都算是低了头，因而实际上也帮不了我们多少忙，不牵连就不错了。但总归在精神上有个着落处了，毕竟爸小时还常在姥姥家，常在这个村儿，

　　拍于荆庄村，1974年前后（后排左一为作者）。印象中我小时候只做
过这一件新褂子，是在水磨町村时秋天拾荒捡了不少玉米，爸妈一高兴给
我和哥哥各做了一件新衣服。其余时候我基本上是穿哥哥穿小了后的衣服，
直至我上大学后止。

多少心里还是有亲近感的，母亲感受也差不多。

这时公社又办高中，爸又教高中了，与郭家庄情况有些类似，不少年轻老师还是很尊敬父亲的，他也又可和年轻老师们打篮球了。高中的学生也更懂得尊重老师，一些学生和爸处得不错，有的还常去我们家呢，和我们也很熟识。爸与我们终于摆脱了水磨町时的苦涩，有一丝阳光温暖了。

但这村毕竟还是大村，人事关系还是较为复杂的，较郭家庄时比还是有不少的思想压力的，但终归还是好多了，凑合着过吧。

这个时期好像又稍微重视些学校教育了，校园的围墙上刷着鲜红的大字标语："我们的教育方针是德、智、体全面发展，既要学工，又要学农，还要批判资产阶级！"政治气氛是"批林要批孔，斩草要除根"，啥意思基本是没弄懂。这时还经常去参加劳动，挖个地，夏天上山采个药，冬天上山拾个柴火啥的，反正就是不能正儿八经上课，应付了事。

天不作佳，我又与一村干部公子一班，对我这样的人他们还是有些歧见的，但与水磨町时情形已有实质区别了。他们只是不愿与我交往，当然多数也是不和我说话的，但必要时还是有话说有来往的。顶多说这位是有点霸气而已，但不至于骑人脖子上扬威。有一部分学生还是与我有来往的，可以交往的。一个年轻徐姓老师的弟弟就常和我玩儿，还有较爱学习的张新世、徐桂林，后来都上浑中了，和我还是很熟悉的。公社书记的儿子徐什么也在这个班，唱戏名角安玉英的姑娘也是，这俩都是硬茬，但其实人不坏。两人相互不服，一次在班里干起来了。十来岁时女孩子发育还是早些，这书记公子根本不是这姑娘对手，不过这姑娘确实也是泼辣厉害，公子被摁在地上骑着左右开弓又抓又挠又扇又捶的，可一顿招呼，一家伙被干治服了。别看老爹是书记，普通老百姓不敢招呼，姑娘老娘可不理那套，小子白吃了一大亏，印象中再不敢招惹人家了。看来书记也不行，也得服！我们同学一般都是比我大个二三岁，这姑娘在同龄中长得相对也是高的，苗条，眉目也很清秀，是个小美人坯子！这俩其实都和我不来往，书记公子更是瞧不上咱，欺负也不至于，只是人家傲气有优越感，不是那种"浑不吝"小霸王。这姑娘虽性格厉害不和我交往，但能感觉其实心地还是不错的，不是那种欺软怕硬的主，内心有种善良的东西。她有时也会看看我，也许只是不懂我们为什么会是这样的！从这位"安"姑娘及郭家庄薄姑娘身上我知道了一个女孩子什么东西是很重要的。女孩子们不管究竟是什么性格，是厉害还是和气，但心底有些善，与人与事有些同情心，有恻隐之心，这点是极为重要的。否则，即使看上去再温和再显得懂事儿听话，内心深处其实也许也是个自私鬼，这样的女孩子有意思吗？我觉得差点！我也没敢主动和这位"安"姑娘有来往，虽然有时觉得人家挺好看的，但还是不敢走近半步，怕挨揍。其实说心里话，她断不会揍我的，其实在一班时，这姑娘从未难为过我，有时感觉还会着意让着点我，虽然她对那些厉害茬子从不手软。后来这姑娘怎么样了呢？就一点不知道了，不错的一位姑娘。

这个村儿很重视体育，郭姓人家是传统的练家子，公社中心校校长恰好也是该村郭家人，自然就更重视学校体育运动了。爸年轻时有体育特长，还参加过省级运动会呢，篮球打得也不错，县教职工篮球队队员，还曾当过教练。我们到这村后，学校组织成立少体校，爸参与了组建，我们自然也就参加了这个运动队了，因此也找到了自己人生中的一个重要乐趣，至今未减。之后带我们训练的事就由浑中毕业的两个体育特长生进校任民办教员接管了。男教练徐有宽，本村人，女教练好像叫杨玉爱，城里人。徐当时是县里中学生万米冠军，多数孩子就跟他练长跑了，小部分与杨教练练短跑，投掷类好像较少。那时候分组有几类，有分儿童、少年的，也有分小学、初中、高中的。我的情况比较尴尬，两边不着。我年级高分不在儿童组，年级组我又比别人小两三岁呢。当时我成绩还是很不错的，一次公社开运动会，分组我参加不了，就只好与初中组一起不计成绩参加表演赛了，1500 米 5 分 11 秒，那年我应该是 9 岁多，快 10 岁的样子，这个成绩很不错了！全县开运动会时我也参加了，能取上名次。荆庄公社在县里赫赫有名，仅比不过城里。并且有一特色，男生都是光脚跑，赤脚大仙，说是抓地好，其实说来并不科学，也会受伤的。但因此美名在外，跑道上一现赤脚的，观众们定会呐喊高呼，也是一种精神吧！自我来到这个世上，这段时间的艰苦训练使我体味到了一份人生的美好，也磨砺了我的意志，奠定了我不屈的性格基础，非常回念这段的美好。

到这村时三弟不到 3 岁，小妹不足 1 岁，看她的那姑娘还跟着来了一两个月帮着应付了一下，妹妹也就 1 岁多了。印象中没有再找专人看她，基本上都是妈带着她，然后放学后就是我们看她，再大点后能走能跑后就是她自己在学校大院里到处瞎跑了。小妹还是很听话的，我们时不时出去找她下，她不会乱跑的，那个时候社会也不乱，没一点儿问题的。倒是三弟成了问题。这孩子被三大娘惯得是横竖不行，这时快3岁了，又胖，我那时背他太吃力了。可他不行，就得背，出去是一步不走。你放下他往前走几步，说来到这儿背背，想骗这小祖宗门儿都没有，理都不理你，就坐那儿，看谁犟得过谁，一点儿办法没有。吃东西也是，只要他看上的，谁都不能动，除非他同意。记得有一次买了不少西瓜，他自己扒拉了一堆儿说他的，我们都以为他小孩儿瞎闹玩儿呢。好家伙，之后他就吃他的，并且谁也不能吃他的，切开吃不了放起来，谁也不能动，这可咋整啊！八月十五，缸里边放了些苹果，菜板、刀在缸盖上。小子炕上闻着味儿爬上去取，一下连人带刀摔地上了，刀砍了脚。我和妈吓得赶紧攥着他脚背往公社医院跑，一路上这货竟一声没哭。医院大夫看了一下说得缝几针，大夫一缝这位冲着大夫就骂了句脏话，大夫也笑了，这孩子！心里话，那时我们还真有点发愁，咋整，这孩子长大不会成了个小霸王吧？问题是这个社会可没他耍混的份啊，够愁人的！世事难说，半年后三弟开始转换风格了，不再折腾人了，而是成天黏着父亲。爸走到哪儿他跟到哪儿，办公室、教室，爸上课时他就在门口等着。要么就学校院子里瞎跑转悠，也不知怎么学的，还不穿鞋，小脚板子磨得亮晶晶的。你给他穿上，很快鞋就不知哪儿去了。一次周日，爸骑车进城了，三弟从外面跑回家问妈："爸呢？"妈说："他进城去了。"然后好长时间就不见三弟了，直到午饭时也不回，妈就着急了。先是学校院内找，没有。村里边找，一些老师们也帮忙四处找，还是没有。恰好校园内还有口井，不会掉井里吧，够吓人的！正不知如何是好时，一位老师从村外骑车回来了，说是不是找三虎呢？说在二里半那儿呢。问他怎到这里了，说进城找他爸去，拉他回来，怎么也不回，您赶紧去找他吧！妈去了才哄了他回来："你去找你爸，你知道城在哪儿呢？"三弟说："冒烟儿的地方。"他还挺会想的。

在这村儿时一位老师的双胞胎儿子常和我一起玩儿。这位老师好像我爸还曾教过他，这两个孩子和我年龄差不多，但年级比我低。荆庄村是他们老家，这老师也算是新社会的老师，因而无论怎么说，他们都不存在不受待见的事儿的。还有一位下放回村的"右派"的孩子也常和我们玩儿，老大与我大哥一班，老二好像比我低一届。其实这村儿应该是他母亲老家，他父亲似乎是河北人，不知为何下放到女方村了。也始终没弄明白，这人怎会是"右派"，因为他只是工厂一个工人，怎会是"右派"了呢？这人体格特好，身体特高大强壮，不爱说话也不与人交往。我们只和这俩孩子及其母亲有些交往，这父亲只是在干活。村里人有时你觉着挺朴实的，其实该欺负人还是要欺负人的，队里的人把这人当个牲口用呢。耕地几个人拉一犁，这人一人拉一犁。掏个队里积粪的大粪坑，又脏又累没人愿干，这人一人干。看似朴实的农民，有时实际上更可怕！一次队里场上打的一麻袋粮食晚上被人偷了，村里治保主任看了现场后说村里没别人有那么大脚印儿，也没人能把一麻袋粮搬过围墙，死认定了是这人干的。于是，这人晚上上吊自杀了，未留下一句话。据说现场有一堆烟头儿，这人平时是不抽烟的，把个人硬逼死了。也许，是受够了，累了，可怜的人，可怜的孩子们。不久后，这位母亲领着孩子们走了，据说是回了原来厂子所在地，不幸的人生！

　　荆庄到李峪5里地，中间有个渠堰坡，人们叫这儿二里半，东属李峪，西是荆庄。我们每个周日都会去姥姥家，一般周六下午去周日下午回，那时一周工作六日休一日。我们是市民供应粮，都是战备粮，陈粮不新鲜，至少说玉米面肯定是陈的，白面不好说了，过节有点肉一定不会是放太久了的。玉米是放了两三年的，面都是白色的，没个黄灿灿劲儿，吃嘴里发苦。印象中后来有一次在同学家看人家做的块垒是金黄色，我问这是啥面？说玉米面儿，我愣了半天。供应粮多少还是有些细粮的，北方县城是75/15，75粗粮，15细粮，10的副食。那时我们也大些了，能拿动东西了，去姥姥家时多少会给姥姥、姥爷带点细粮的。姥爷身体不好，多少是1960年饿得出了些毛病。印象中妈说那时她在青瓷窑教书回家时，馒头不舍得吃给姥爷带着，姥爷知道那天妈回来，在地头等着接她了。看到妈给带的馒头，眼泪盈眶，三口两口吃完了，饿得真的是够呛，多长时间哪吃过个白馒头！回来时姥姥也给我们带东西，最稀罕的是鸡蛋，太香了。那时记得过了年，春天到了，最惦记的是三月三了。三月三，羊角葱炒鸡蛋，别提多香了，现在想来还是满嘴的口水呢。那天不管是不是周日，管不了上不上课了，爱刮风了还是下雨呢，下刀子也要去姥姥家，馋得受不了呢！来来回回地带东西，也就产生了兄弟两人的矛盾，这是我记忆中矛盾的开始，我俩性格不一样。

　　对这村印象最深的地方就是供销社了。与其他村比，这里供销社大，至少在那时的孩子们眼里确实是大，东西也就全乎了！方方正正的手绢儿、各色图案的烟盒，引起了我小时对美的认识和向往。馋人的糕点、糖果，也只能是眼巴巴地望着流口水了，没钱儿。没钱儿也得时不长跑去香一下去，实在不行了闭着眼想一下也挺美的呢！那个年代物资的确太贫乏了，农民也一样，养个鸡也许还凑合，养个鸭也许就不成了，养个猪估计就得给你割了尾巴。我个人觉得实质上是当时整个社会人们的思想太左了，领导人固然有一定的指向责任，但肯定是没带人割您猪尾巴的。干出这种没脑子事的一定是那些二杆子们，好好的日子不让过，把个社会搞得乌烟儿瘴气儿的。

1976年毛主席老人家逝世了，全民哀悼，追悼会在村里戏台大院里举行。中午时分太阳还挺强的，射得眼睛受不了，我就下意识地用衣服挡了下阳光，实不想找上了麻烦，也是那位村治保主任把我衣服就抢走了，事后还有点要上纲上线的意思，要有麻烦。

这年哥哥也要上高中了，村里有高中，爸是高中老师，可最后推荐学生名单中没哥哥。也就是说，一位高中老师的孩子上不了他爸教的高中。

无奈爸只好找同学让哥哥进城上浑中了，这村儿是没法待了。

爸又申请调动了，回老家村儿郝家寨。

小时候的那些年（下）

郝家寨

1976 年后半年，我们调回了老家郝家寨，心里轻松了许多！

这年发生了不少事，唐山大地震死了不少人。据说好多地方还出了不少异象，诸如葵花头没啥缘由就掉了等等吧！几位领袖相继逝世，敬爱的周总理、朱德总司令，最后是毛主席，人们感觉天塌了似的。总理逝世时人们沉痛地哀悼，导致了一些社会的动荡，也预示着社会发展的隐忧。毛主席逝世了，华主席继任。没多久，"四人帮"被打倒了，人们奔走相告，欢欣鼓舞。据说大城市的人们还要吃螃蟹庆贺，三公一母，挺有寓意的。之后，邓小平又主持工作了，人们充满了对美好未来的向往，新一代伟人出世了！

1977 年恢复了高考制度，历史的车轮经历了历史长河瞬间的迷途后刹了脚车，短暂停了一下转了个向，朝着一个生机勃勃的方向前进了！从宏观上来说，知识又是力量了，知识分子得到了重视，成了社会发展不可或缺的组成部分。

父亲在学校中属于知识层次较高的，还是比较受重视的。不少往届青年们要备考了，在那个知识贫乏的年代，他们需要知识的哺育，那时父亲没少给村里要备考的学生们辅导。1977年的高考已经是年末了，实际入学是1978年春，1978年就有了一年内春、秋入学不同的两批学生，实质是77级、78级两届。实话说，我个人认为，77级、78级这两批学生应该知识层次水平不高，高中时他们基本没学上啥东西，那年考题我有些印象，很简单的。他们也许大学时恶补了一下吧，毕竟那时即使是考得简单，但能考上的也都是些骄子。事实也是，改革开放后首批高级干部多为77级、78级两届学生，不乏部级、国家级领导人。

一来是在自己老家，心理上没了负担，再是受到了应有的尊重、重视，父亲多少还是有点春风得意的！父亲在那个年代应该是村里出来的最有知识的人之一，另一个是他的中专同学张衮，两人都是中专毕业后从矿上辞职回村后应聘从教的。

郝家寨村以张姓为主，其他姓零落有些，基本成不了大家族。村里张姓分三门，我们是南门张，其实三门都是同宗分门，严格说来应是一家人。村里人们都很和谐，不仅是三门张间、各门张内，和其他各姓间，基本上没听说过谁和谁就是过不去了，谁和谁要弄个高下了等等，基本上诸事还是多相让的。当然一家人难免有个勺子碰了碗的，不磕打下或许反而还不正常呢！书记张宣，多年的老支书，为人处世很正直，本姓外姓基本上可一碗水端平，没说刻意难为个谁的，村里相对比较祥和，民风也较淳朴。

这个村应该还是有一讲的。郝家寨似乎应该是郝家人的寨子，可村里没一个姓郝的，那么郝姓人家都哪儿去了呢？张姓人家又是怎么来的，啥时来的呢？这些好像都不清楚，没人知道，估计也没人能弄明白！县里有一个传说，是郝家寨张姓中曾有位是清嘉庆时帝王师。有确切记载是"景山教习"，大意应该是景山讲堂中的教习，这个应是皇家贵族子弟学校。传说中说他是帝王师，教嘉庆五弟、六弟，是否真实就不可考了，无明确记载。但记载中可明确的应该至少是教那些贵族子弟的，也很是了不得了！这位名叫张景运，原来我只听过这类说法，看县里一篇文章时才知这个名字。他是我们南门张先人，甚为先人自豪！听村里老人们说，那个年代学大寨平整土地时的确是挖出了他的墓，墓还是较大的，棺椁葬制，不是一般人可有的。据说也有牌位，上书是"帝王师"，但实物在哪儿呢？说法是否可靠，就不知了！我们的确也有家族祠堂，也不小，据老人说确实也是不同民间一般规制，只是也早被拆平了，也不可考了。说法是这位先人未取得功名，因家庭原因出走到京，在雍和宫中做挂单客人。啥为挂单？反正我也不懂！雍和宫为皇家寺庙，初一嘉庆帝到庙祭祀，看到大门对联甚是古雅，与往不同，再看二门、三门同样是讲究风雅。于是嘉庆帝见了长老住持第一句话就问：今年对联谁写的，为何比往年雅出了多少倍？长老就如实说浑源客人张景运先生拟写的，嘉庆帝说要召见他，恰张景运当天未在寺，帝说第二天要召他进宫。第二天果然八抬大轿宣旨让张景运进宫，嘉庆帝了解了他一些情况，夸他文学诗词功底极佳，又问了他一些问题，甚为满意。于是下旨让他为五弟、六弟老师，享二品俸禄。还说他为了能取得功名，在新疆一次少数人叛乱中托五弟、六弟请皇上让他挂帅出征，不幸因病猝死途中，嘉庆帝下旨将其葬回老家。还说太和殿大匾嘉庆帝不满意，怎么看字都是大小不一，让他书写。

他发觉应是视角投影原理，于是就将字写得由大到小不一，挂上后果然看着一致，嘉庆帝甚为欢喜！这些都无法考证，有记载是"景山教习"。管它呢，能有这样的先人很感自豪了，说啥也得到雍和宫烧上炷香祭拜一下俺这位先人，再去故宫看一下这大匾，就当是他写的吧，无所谓的事儿！张景运玄孙是清朝巡检，深恶痛绝太原巡抚的贪腐，采取措施对其予以了惩办。

我们家族中的确也是老师多。我大爷爷因其父去世家境不支，大同三中上学时辍学了，这个三中当时可是山西省第三中学啊！然后他先是在浑源几个公学任教，后来在太原任教，也是因病中年离逝了。后来村里好几位老师都是大爷爷教出来的学生，我父亲后来也从教了，莫非冥冥中命定！

另一门张中清末举人张官老先生，可是民国时期浑源赫赫有名富甲一方的名士，当时浑源不少事宜都有老先生参与，他是当时了不起的风云人物，人人皆知！老先生儿子军校毕业，官至国民党少将参议。

父亲为人是很谦和的，那时记着还没调回老家时爸有时带我们去看奶奶，骑车到村口时就下车了，我们跟在后边。一路上不论遇到谁，老人、大人还是孩子，父亲都会打个招呼，较熟悉的还站着拉几句呱。那时不太懂，小孩子容易烦，心想怎么不骑车赶紧走呢，磨叽！前几年村里几个同学见面聚时，一个同学问起爸来，说张老师人真好，说你们还没回来前，有一次路上碰到你爸了，下车和我

大笔书法《虎啸龙吟》　张嫒书（张景运之叔）

国家一级文物保护单位——浑源永安寺

打招呼。那时我小，还不认识你爸，问："您认识我？"你爸说知道。村里人也很尊重爸！

后来1982年爸调离教育系统了，虽然后来对知识分子尊重了，但那段时间那么久的对老师们的偏见，社会意识一下改过来也不是那么容易的事儿。人最难改变的是思想认识，一个社会最难改变的是思想意识，爸也许真的是受够了，不愿再受那些无知领导们的颐指气使了。爸1982年调离教育系统，先是借调到财委，那时社会大改革，各方面都需要人员。后成立工业局，爸到了该局，分立煤管局时，爸因专业对口，又正式调到煤管局了。但终还是因长时间未接触实际专业业务，主要从事行政管理工作了，再说也错过了真正可干些事儿的年龄了。爸后来还借调从事过职称评定工作，只要可能，父亲都会极力帮助别人。各个口不少人和他都很熟，多数人还是以张老师称呼他，我的不少同学评职称时还和他挺熟的呢！

处于那时的一个特别历史时期，父亲的一生也许只能是平平常常。在他的坚持下，我们四个孩子都相继上了大学，这是爸妈最大的欣慰。那时城里几乎无人不知，那个年代的孩子都能上大学也是不容易的事！哥哥1978年高中毕业那年不允许考中专，考大学时好像他们是没学过英语，1979年第二年考医专了。他也是文科不行拖了后腿，理科那年他成绩全县第一。我1981年考了中专没上，1982年可上大专又没上，1983年上了本科，主要也是文科拖后腿的问题。三弟中考全县第一上了浑中，小妹成绩也不错，一同也上了。到他们时已经不存在文科短板问题了。1989 年高考，三弟成绩全县第二，邻居家小女孩比他多几分，第一。不过三弟高中时参加全国奥林匹克竞赛山西省赛区化学第一，高考时可加分 10 分，这样三弟总分就又比邻居小妹多几分了，那年全县实则两个第一！加分我去省教委办的，10 分可不是个小数，不知得超出多少人呢。三弟以高出分数线一百多分成绩考入了中国人民大学土地管理专业，小妹以高出四十多分成绩考入了武汉体育学院运动心理专业，都是我给选的。那年本意是想让小妹上四医大的，一是这学校确实不错，再是军校学生不用啥费用。父母同时供俩学生太吃力了，经济太紧张了。军校提前招生，她分数也够，只是需要先过体检关。再理想的社会，也难免存在种种因素。恰哥哥那时休假在家，我就和他说去找同学打个招呼，以免被人动手脚给刷掉。他不去，本来可顺路先去办一下，可他径直回部队了，不愿费那事儿！果然小妹体检被刷掉了，这个不用猜就知道为啥，尤其在那个时期，人情事儿很多，咱没那能耐就只能认命。此事也因此形成我对他的一些实质性看法。给三弟、小妹选的学校、专业不只父母不太理解，学校老师们更是很不以为意，意思都这么高分数怎么选了这些呢。我说，不用管，他们不懂！当时来说，啥是土地管理，啥是运动心理，其实我也不是太明白，但我隐约能觉出，这是一个新兴领域，能抓住社会发展迭代的浪潮才可能更好地有自己发展的先机。三弟人大土管专业刚开始两三届，小妹运动心理专业武体全国第一年招生，一省一个名额，我也基本认为分数高的可能不愿报这样的学校，果然，录取了。其实那年北体招运动生理，但第二届招，另外我也觉着生理也不如心理有意思，于是就更多倾向这专业了。北体、武体两所重点学校，北体更好些。

毕业后三弟直接进北京市房管局了，新兴行业需要人才，况且三弟是人大土管专业呢。小妹那年有些客观不利因素，国家体委未招人，失去了绝佳机会。但在我们争取下，她到山西大学任教了。一个本科生，要不是这专业，是断不可能的！三弟后来抓住了属于自己的机会，年轻有为，得到了应有的发展。小妹的情况我个人认为不理想，再好的路也得自己好好地走，她自己怎么想呢？各有各的路，也许人各有志吧，也许与别人没啥相干吧！

回了老家后，我才算是有了真正的同学了，原来在各村时，我对他们也许仅是过客，人家没把我当回事，我也基本上没记住他们。这年我是初一，我们这个班是很有意思的，也是我上学中可以说是唯一一个有些不同的班，当然除了大学外。班里男女同学都互相来往，既可以说话，也可一起玩儿，没啥忌讳，挺不错！女的还能记住的有王仙花、贺竹青、张翠萍、贾桂枝、张仙花、张国英、张俊枝等，男的吴汉、吴金、木斌、张保青、王儒、张瑞民、张虎、三老六、徐银柱、大红等。同学们大多比我大个两三岁。初中时小女孩一般比小男孩发育早，这样班里女孩子就基本上占上风，男孩子们不敢支楞，有个敢冒头的就得让女同学踹几脚、推几下，给灭了，一团祥和！这时我的同桌是张翠萍，一个干脆利落有点泼辣的女同学，长得也很清秀。我的前边是金哥，老金，估计是看着人家挺好看，就时不常地忍不住地撩逗人家一下，小姑娘就是一顿捶他，就给他捶老实了。一次老金可能是想出了歪招，心有准备，姑娘再捶他时，哥们儿猛然照着姑娘胸脯就是一拳，我还没反应过来，小姑娘就捂着脸趴桌子上了，金哥得胜收兵。我不知怎回事儿，傻得不懂，就推了一下小姑娘说："没事儿吧？"她依旧趴着不说话，把我给急得够呛，唉，咱啥也不懂！老金用了一损招儿把姑娘制服了。用现在的一句话开玩笑说就是"攻击性不强，羞辱性有点"！从此姑娘就不再理他了，老金得罪姑娘了，也许会有的好事儿被他一拳给干到了门外，比我更傻哩！这位姑娘是我同学中结婚最早的，初中毕业一年多嫁到外地去了。那时我上高中了，一次周六下午回来，骑车到了柳河滩，河滩路不好走，七拐八拐地走得慢了，抬头就看见了她进城去。问我："二虎你回家去？"我说："是！"她说："我要结婚了，嫁外地去！"我说："是吗！"简短的几句对话，之后再也没见到过这个姑娘，也不知她现在怎样！

1976年社会发生了转变，但学校真正开始正常教学、人们开始重视学习，是1977年恢复高考制度后。这一变化使人们看到了社会发展的方向，看到了自己应该努力的去处。我们应该是1978年初中毕业的，经过一年的恶补，我的成绩基本也可以了，但这年我未能上了浑中，应该是成绩可达中专，但年龄不够。再加上这年入学制改革，究竟怎么弄的我记不清了，反正最后是一部分人不想再继续上的就毕业了，有近一半人与下一届并班了。这个班中有二圪蛋的妹妹张瑞霞，还有我同桌一位姑娘，叫什么来着？一直回想了好久未能忆起，连个姓也没想起，非常善良温和的一个女孩子。总和瑞霞一起那姑娘叫张什么，也是记不起名了，她住在我奶奶家外院朝南的一个院子里。这个姑娘长得很好看，喜庆，男孩子们都爱看。他们院里有条大黑狗，我每次去奶奶家时总提心吊胆的，多数是等有人进院或出院子时趁机再进，实在等不了没办法时就得手里拿点啥壮一下胆儿，然后趁着狗不在外面跑进去，挺吓人的！要是没这只狗，我是否会借机到奶奶家就不由自主拐进他们院晃荡一下呢？也难说，反正是没去过！人生其实也许就是这样，各种偶然存在的因素使你走向了这条路而非那条路！和瑞霞姑娘偶尔会碰面，也会见了面打个招呼。她父亲是张袞老师，我爸的中专同学，哥们儿，我们自然也就有种亲近感。这个班不像我们上届班了，虽然男女同学也不是不来往，但不如原来的班随和！我同桌这位姑娘眼睛毛毛的，一看就很柔和善良，性格很好，长得也挺耐看，和我同桌时还是很关心、关照我的。小男孩相对粗心，丢了这忘了那的。正上课写着字钢笔没水了，图画得不太对，橡皮呢？你正发愁呢，不好意思张嘴借呢，一支钢笔就放过来了，橡皮也递了过来。你也就龇了俩板牙不好意思地冲人家笑笑了，感谢的话说不出来，也不能说，那些个片汤儿话说了不就没啥意思了不是，很好的女孩子！这个姑娘初中毕业后没多久也很快嫁人了，嫁外地去了，再也没了她的消息。人生似乎就是这样，一些美好只是匆匆间，再也与你无缘！一些人可能还未能和你擦个肩，就滑向另外一个属于他们自己的方向寻找属于他们的宇宙定位、寻求自己应有的美好了，与你不再相干！期望这些女孩子们能似花般地怒放她们的人生，拥有一份属于她们的美好！

　　第一个班时，老金文理各方面都行，综合成绩最好，是个傲气的小才子。半年多后，理科方面我提高得就差不多了，有了超越他的潜在迹象。金哥兄弟们都不错，大姐是正式老师，大哥是民办老师，二姐 1978 年考中专了，我爸应该还辅导过她，至少说她找父亲问过题吧。她弟老明和我年龄差不多，我妈应该是教过他，比我晚两年上大学了，学校不错。老金浑中时比我高一届，补习一年考中专了，林校。那年我应届毕业也考了中专，我录取的学校比他好，他应该没我考的分数高，只是我没去上。他怎么会比我高一届上浑中了呢，那年应该我们不能考浑中，难道他是从西中转到了浑中？那时这些情况没记明白，模模糊糊的！如果我那时也先上西中，再想法转浑中会怎样呢？人生没那多如果，不可多想啊，再说把你能的，你就有那本事转过去？还是听命吧，那是你的路！

几年前回去时，初中一些同学聚会吃饭。老金说："二虎，你还记得你救过我们一命吗？"他说的那个"们"是我兄。老金与他同龄，那段时间不知怎么就对上眼了，常一起厮混。假期时他大姐不在，老金就晚上给看门。他姐家隔了户人家在我们东边，于是他就叫我哥哥晚上与他一起去做伴，没人管他们也好瞎玩儿，我也有时过去转悠一下。平时一般早上快吃饭时我兄就回家了。一日早上我和妈念叨说他怎么还没回来，过一会儿又念叨，后来我就说去看一下，妈说那就去吧。我过去敲门没人应，心中就有点慌，赶紧爬窗台上看。两人炕头一个炕尾一个，横七竖八的，俗话说四脚八叉地"挺尸"呢，咋喊也不应。我一急，上了窗台，打碎玻璃，开了窗户就翻进去了，赶忙开了门就跑院子里喊救命，两人烟蒙着中毒了。人们手忙脚乱地把他们抬了出来，二人都已经不省人事了。灌咸菜汤的，跑去叫医生的，折腾了半上午才醒过来，他们小命儿差点没了。金兄还记得呢，也是，命的事儿怎记不得呢！我那哥哥还记得吗？我觉得够呛，这些他估计记不住！

同学

郝家寨村时的几个小伙伴：小五子（后排左1）、二圪蛋（前排左1）、孟
富（前排右1）。

吴汉父亲在粮食局上班，他应该是市民户口，毕业就找工作上班了。汉兄性格很刚，人很正，看不惯的事儿就是看不惯。前些年还见过他几次，吃过几次饭喝过几顿酒，他家儿子大婚我还回去参加了。去年恰逢疫情期间，一个哥们儿来电说汉哥走了，甚为惊愕。说是肺癌，疫情期间谁都不知道，人没了才听说，很是惋惜，品性很好的一个哥们儿。

在这个班时，我常和二圪蛋瑞民、小五子超华，还有孟富他们几个耍，四个人还照过个相呢。父辈的友情，使我和瑞民兄没了生分，很快就热络了起来。小五子父亲在大同工作，是位领导干部，小五子还未毕业就随父亲搬到大同去了。我和他一起耍了不到一年，他是个干净利索有点洋气的男孩子。孟富是随母改嫁到郝家寨的，但是一点看不出来他会是这个情况。富兄特随和，每天都是和人笑嘻嘻的，没一点脾气，非常善良勤恳。瑞民兄妹俩都未传承父辈的聪慧，两人学习都是不怎么开窍，都未能上高中。富兄那时文科不错，字儿写得是工工整整的，甚有条理，老师们挺喜欢，可数学就转不了弯了，有点死性，成绩不咋地，也未能继续学业。富兄是个很懂事儿的孩子，迫于生活的压力，当时他农忙时常还请假帮家里干活，多少也影响了他的学业。那时我还常去他家找他玩儿，老兄是位极重情义的人，毕业后我还常想起这位兄弟。之后听说富兄毕业后学木匠了，干得一手好活。富兄脑子还是很够用的，又很吃苦勤恳，活儿干得好也就一点不意外了。富兄又与人厚道温和，也就深得人们信赖了。后来他还领着一帮人到处给人盖房，干得是风生水起，日子过得很不错，自己靠自身的坚韧努力打拼出了属于自己的一片天地。我后来终于联系上这位兄弟了，还是那么朴实真情，我还参加了他孩子的婚礼，为这位哥们儿的人生感到欣慰！

右：有林兄   左：二元兄

第二个班时，两位女生的成绩似乎开始势头较猛，一位是张财老师的女儿，好像叫张俊枝；另一位是张仙花。中考时俊枝姑娘居然没考上，且没再继续复读，这个有点出乎常态，父亲毕竟是老师，那时多数不会轻易放弃的，不明白为何。仙花考西中了，没我考得好，其实后期也基本明朗了，她理科成绩还是比不上我的，都还是与我有些差距的。

有两个男生不错，张喜林、王有林。喜林可能是比我大一岁，有林就大多了，应该是三岁。喜林父亲是村里能耐人，刚改革开放时就开始变通着做买卖，日子过得是不赖。喜林像他爸，脑子够活泛，学习也不错，之后也是考西中了。毕业后折腾了一番又上浑中了，比我晚了两年考中专上交校了，比我1981年考上这校低了四届。他毕业分回县里了，交通管理部门，权力部门，混得不错。改革开放后国家大力发展交通事业，这类学校的学生也就生逢其时，受到了重用，赶上了社会契机。据说我那年那批学生之后多为省市各级官员，说是后来不少都因腐败倒台，幸亏我没去上，也许真还是避了一灾，人生难说啊！

有林父母都是朴实的农民，说句有点过的话，家里就出了他这么个孩子，脑子够用，还懂事儿，还很勤奋。学校老师们都挺喜欢他，各科老师都是，他各科也基本相对平均，都不错。他和同学们都处得也不错，虽然偶尔也会有点小倔，但性格还是很随和的，没啥脾气。有林也是先考西中了，然后毕业后又考浑中了，1984年考上了中专建校，也很是不容易啊！有林是始终与我有联系的同学，其他同学也许断续有联系，但并不太紧密，只是有林基本没断过。那时我上浑中他上西中时，他也是不时地到我家找我或是我去他家找他去。之后他也又上一中了，那时假期啥的他还常随我找我们同学玩去呢。

我上大学后第二年他上中专了，也在太原，要么我找他去，要么他找我，假期时也一起和我们同学玩儿，以至于我们不少同学都认识他。他比我早毕业一年，分到省建集团了，后派到朔州工地了。那年冬天放假我还去朔州找过他。有林挣钱了，领我下馆子一顿好吃。我回家时还硬要给我带条大鱼，说给张老师带上，这孩子有情义。后来我分大同了，他去大同时也还会去找我的。我到京后，我们在北京也见过几次，近些年我常去太原，更是常常地见面喝点。

1984年仙花考师院了，有林上建校。仙花她们开学早，她要到裴村和一个姑娘一起走，有林说咱们送她去裴村吧。这样我们就一起各骑一辆车，他带仙花，我带仙花的行李去了裴村。正好赶上那天那姑娘哥当天结婚，这下我俩可出了洋相了。非得让我们坐席，席间咱社会经验也不够，另外也是年轻气壮，经不住劝可喝了不少。然后吃喝完骑车回村吧，一出村口冷风一吹，一跟头栽路边了，当天没走成，还在人家里住了一晚，可丢了大脸了。第二天早上一起来赶紧走，饭哪还好意思吃，赶紧跑了！路上渴得不行了，正好看见路边有个卖西瓜的，我说有林咱买个瓜吃吧，结果买了个瓜还不熟，管它呢，一人一半硬啃了，反正也先解了渴了。那时我觉得有林对仙花还是有点小意思的，只是仙花可能当时心里想着帅哥王子吧，多少还是有点小遗憾！

还有一位老哥二元，也是比我大三岁。二元家境情况不错，父亲是小队干部，大姐考中专了，二姐代课老师了，他怎么也得考个

全家照

　　与父（后排中）母（前排中）一起，拍摄于 1984 年，社会的变革总算是使我们走出了困境。这年我大二，兄（后排右 1）已大学毕业入伍，弟（前排右 1）、妹（前排左 1）在上初中，一家人还是很欣慰的，苦日子算是结束了！

学才是。二元文科还行，理科怎么也转不过弯。理科需要的是一定的头脑，老师讲了个 1，你起码得知个 2，然后别人引导启发下你又可明白个 3，这才基本行，当然你更能知个 4、5、6，那就一点问题没了。二元基本上连知个 2 都不行，再想深入就不可能了。那时我应该没少给他讲过，二元和孟富哥儿俩基本都那样，讲这个题会了，换个数就又不会了，我知道这两兄弟不成。二元没少折腾上高中、补习，始终难如愿，直到六年七年后上了自费或者是代培之类，不过总算还是考上了。毕业后先当乡村代课老师，然后转正了，还真是不错了。

说几句王儒兄弟。王儒年龄和我差不多，可能略比我大。兄弟俩，他是大王蛋，有个弟二王蛋。两人性格完全不同，兄厚道、大大咧咧、随和善良，弟能说会道、机灵，甚至还可以说稍微有点不靠谱。那时我就会和他打闹，别人咱也不敢啊，多数还是王儒弄不过我，会被我摁在地上，甚至还骑在身上以示胜利，那时的我们一点儿不着调。王儒兄弟没生过气，不翻脸，特好一兄弟！儒兄父亲也是老师，不过没有受批斗问题，但兄弟面对难奈的事儿，是母亲精神不太正常。状态好时和正常人一样，状态不好时就到处瞎跑，搞得这兄弟挺难的。儒兄脑子不算差，不过其父虽为老师，但也是顾不上他，他妈就让他爸够麻烦的了，也就可能懒得管他们了。反正是兄弟俩都没能继续上学，挺遗憾的。毕业后我觉得王儒似乎一下成熟了，和他弟一起出去闯荡了，先是在大同，后来又到西北去了，好像是兰州。后来在大同时我还去找过他，哥们儿那时已经性格上稳当了，日子过得看着也行。人还是那样厚道温和，看见我很高兴，这兄弟是个有情义的人。

我们那时的语文老师是任成老师。任老师应该是正规师范类学校毕业的，在农村有这样的老师已经是非常不错的了。任老师的问题是管不了学生，太老好人了，一生气就是咬牙，可问题是只咬牙解决不了问题啊！他是个很不错的老师，学生们还是很尊重他的。我父亲教过我们数学，其他老师也教过。客观说我理科能迅速提高与父亲的启发、引导绝对是分不开的，得益于他的教诲。不过理科是需要思考的，你得能举一反三，光一是一、二是二肯定不行，许多人就是不去思考或者说是没有思考力吧！

三弟、小妹回到郝家寨后基本上都可以自己耍了。村里给我们找了两间房，还带个小院，虽然这个是一整排房，别人回家时是需要穿过我们院子的。但能给我们分配个这样的房，已经是很不容易了，对我们来说，用现今的话说那是豪宅啊。还是老家好，我们还能活成个人样儿！出了我们院子，外边就是大队所在地，有个球场，有个队部场院，还有个磨坊，弟、妹就常和附近小孩儿在这儿玩儿或者到学校玩儿去。三弟应该是1978年春上了半年学前班，然后秋上一年级了。那时他变得不爱说话，闷声闷气的，甚至好像还有点呆头呆脑的。上学前班第一天是我送他去的，那时这个班不在学校里，是在队部外边一处房子里，妈要上课送不了他，我就去送他了。学前班这个老师是民办代课教员，脾气有点不太好，让人觉着有点很不耐烦。其实我与老师也还认识，但总怕三弟呆头呆脑地受啥委屈，我就常不时地去偷着看看。说心里话，这位老师还是缺少些对小孩子的耐心、爱心的，有时看了心里确实是有点不高兴，我会和妈说说，让她盯盯。还好只是半年，弟弟上一年级了，母亲那年正好带一年级，三弟和小妹一同就上学了。小妹是没人照看，妈带她上学还放心点呢。三弟这个时候性格上也变化了不少，变得懂事了，不再称霸了，懂得关心人了。那时吃好吃的时，会给弟弟和妹妹留些下顿吃，好比说这顿吃馒头了，剩几个就留给他们下顿吃。可这时三弟就懂得偷偷留点然后塞爸碗里了，他一直和爸感情更深些，直到现在，他与爸之间似乎也好像比我们与爸更随意更贴切些。后来家里有时给他俩做点小锅饭时，看着我馋得贼溜溜的眼光，他会和妈说给我哥也盛点吧。可能是因为放学后我常看他们带他们玩，时不时出去找他俩回家，他也知道关心我了，三弟变得仁义了！

　　妈带他俩上完三年级，要升四年级了，妈犹豫是否让小妹退一级呢？她年龄还小，但她学习成绩还不错，她自己也不愿退，两人也就又一起升学了。在妈带他俩这三年中，三弟一直是年级第一名，小妹前几名，这俩学习都真还不错！我与小妹都是5岁入学，三弟7岁，兄6岁。

　　他俩小学一直是在村里上的，三弟一直是年级第一，从未第二过，他的性格后来变得很稳当，学习也是稳稳当当的，既不像一些死脑筋的孩子在死学，也不像我这样的坐不住耍着学，成绩也就很稳定了。小妹一直跟得也不错，总也是在前几名之列，一直也就跟下来了。上初中后，三弟就说啥也不在村里上了，本身村里师资就差些，再是带他们那老师也确实不太负责任，爸1983年也离开学校了，三弟学习受了不少影响。爸对三弟还是很用心的，这样爸就找同学把他俩转二中上初中了。到二中后三弟基本上还是第一为多，小妹也不错，中考时三弟以全县第一的成绩考取了浑中，小妹成绩也挺好，两人浑中也又分在了一个班，爸妈心里着实地高兴。那时我与兄都已上了大学，三弟、小妹又很优秀，爸妈同事、朋友们还是很羡慕他们的。高中时三弟基本上也是第一为多，小妹成绩也保持得很好。高三时三弟代表浑中参加了全国奥林匹克竞赛，我陪他去考的，考完后问他考得怎样，他说觉得不好。我心想管他呢，能参加一下也就不赖了，好坏就那样吧。不到一个月，爸联系我说三弟这次竞赛山西省赛区化学第一，让他去北京参加少年班综合选拔赛去，我又带他去北京考去了。非常可惜的是这次选拔是取前28名，他是第30名，差了两个名次。这次竞赛冠军可高考加10分，高考时邻居家小妹分数全县第一，三弟加分后全县第一。小妹也很不错，父母非常欣慰了。周围熟人都很佩服爸妈，四个孩子都上大学了，那个年代实属不易！三弟、小妹入学时都是我去送的，后续出差时也常去看看他俩。尤其小妹，年龄小，爸妈不放心，我就出差时尽量能绕道去看一下。每个学期我也会每人给他们点零用钱，补贴一下生活，爸妈同时供两人上学也确实是不容易的。

　　1979年哥哥考上了大学医专，我上了浑中。假期时两人下象棋时打了一架，其实更多是他打我。下棋时他悔棋行，我悔棋就不行，他急了就开打。不知他用力甩胳膊甩掉了，还是我抬手抵挡时蹭上了，他考学后爸给他买的新表就甩出去了，表链碎了，表似乎还没事。他就和爸说是我有意把他的表拉掉了，爸一生气就又打了我几拳。其实我能理解爸，一是哥哥毕竟已经是成人了，再和他动手不合适，但好容易花钱给他买块表也不容易，就这么摔了大人怎不生气呢！

也就得找个地方出气，那我挨几下就成了必然，正常事儿。我和三弟、小妹从未吵过，即使有时为他们事儿急了也顶多是说几句。可我和哥哥这事儿说没再结下点梁子似乎也不太可能，毕竟委屈我是受了，这应该是我与他又一次矛盾的产生，我们性格的确是不同。

郝家寨到李峪大约七八里地，到唐庄大致五六里。基本上我会两周去一次姥姥家，有时候三弟也会跟着我去，多数走路，有时也骑车。上高中后我住校，大概就是这周回家，下周就去姥姥家，回家可能还是多些，假期里也是不少时间会在姥姥家，这个村基本上一条街的人都认识我们。村里也就两条街，前街、后街，姥姥家在前街。高中时，一天晚上做梦，姥爷没了，早上起来心情很不好，就和老师请假说家里有事儿，得回去一下。我一气儿猛骑车到了姥姥家，果然姥爷晚上走了，妈和舅舅都在身边，老人家安详地走了。妈说你怎么来了，我说我梦到姥爷走了，我就来了。姥姥是1998年5月份离开的，那时我已在京了，妈和我联系说姥姥生病，可能要不行，我就赶紧回家。那时情况不好，没钱，自己挺穷的，有时给小孩买那些新式的饼干，觉着挺好，可自己从未吃过一块儿。我要给姥姥买些，让她尝尝现在这些好吃的。可等我回去时，姥姥已经吃不了东西了，我万分心疼未能早些给姥姥买些来。回去时我带了个手机，我说您给二姨打个电话吧，她说电话这么小能打吗？可惜的是真没打通，那时信号太不好了，家里没信号，我到院子里找了个有信号的地方给二姨打了电话，和姥姥说二姨很快就会回来了。姥姥虽然自己没接通电话，但还是感受了一下新时代的气息。姥姥走了，出殡时，我问舅舅我能挂哭丧棒拉灵吗？舅舅说咱们不讲究，你要想就这样。我和舅舅拉的灵，村里一些人说老人家不是就一个儿子吗，怎两个人拉灵呢？知道的说那是外孙，老人带大的。我和舅舅一起添的第一锨土，葬了姥姥。从此，我再没有了除了爸妈家可再常去的地方了，我的心像是一下子少了一大块儿东西，空落落的，少了一个可安放自己心灵的地方，无法弥补。姥爷不在后，我从郝家寨去姥姥家时会路过姥爷坟地所在的那地方，我都会停留一会儿望望姥爷坟的方向，然后再走。姥姥走后，我每年都会回去或清明或七月十五或是两次都去给姥姥、姥爷上坟，至今从未断过。我必须这么做，否则心难安！一次上坟后，那天是个艳阳天，开车走在高速上，冥冥中幻想到姥姥、姨姑姑、表姑姑几个人坐着说话呢，我急着就叫她们，一个个叫着，可她们似乎都听不到，我更急了，一急，猛然醒悟到自己开着车呢，赶紧找出口下了高速，在服务区停了车，泪眼模糊，一抹已是满脸泪水，停着待了一段时间，待心情渐平复了，才又上了路。

那时偶尔也去唐庄姨姑姑家。过节时爸会带我们去，平常有时我也会自己去，应该还带三弟去过。去了好吃好喝不说，走时姑姑一定是给衣服口袋里瓜子、大豆、糖块啥的塞得满满的，还一劲儿地叮嘱"俺孩儿记着常来"。姑姑去世的那年春节我回家过年，我那时已经工作了。正月里，我和妈说我想去看看姨姑姑去，就自己骑车去了。那时已经有几年没去过了，姑姑看见我很高兴，但明显能看出姑姑身体不太好了。过了不到两个月，姑姑走了，听说后我虽然心里很难过，但也很欣慰在她走前及时去看了她，不至于有太多遗憾！姑夫走前我也去看过，也是那样，我去后不久姑夫也离世了，两位非常慈爱的老人！

表姑姑也是在李峪村，姥姥在前街，表姑姑在后街。姥姥乔氏嫁了高姓，表姑姑乔氏嫁了穆姓，两人都是荆庄乔家。表姑姑和姨姑姑都是和爸从小一起长大的，都大爸几岁，都对爸很好，都是非常善良慈爱的人。姥姥在前街没人说不好，表姑姑不仅是后街，全村人都说她好。表姑姑特别仁义，心胸很开阔，邻里都处得很和谐，对人们都很关心。表姑姑在新中国成立前后那个时期其实过得很艰难，姑夫及姑姑的哥哥两人都不幸染上了烟瘾，两杆烟枪躺在炕上，就靠姑姑一个人支撑着家。姑姑非常刚强，没一点怨言，侍候了这个侍候那个。新中国成立后，形势的变化促成两人可算戒掉了这毛病，姑姑终算是度过了那段艰难的日子。一来是姑夫家穆姓人家，再是姑姑、姑夫人非常好，另外我自己猜测多少与姑姑大哥是在日本小鬼子横行时就参加了共产党在当地打游击有关，新中国成立后表姑姑家日子过得越来越好了。先是大表兄上了学，成了公职人员，后三表兄因体育特长，上了山西大学后分配到了雁北地区政府工作，两人最后都做到了县级干部，非常不错了。父亲有时也带我们去表姑姑家，表姑姑与姨姑姑一样对我们热情慈爱，走时又是带这带那的，生怕我们受了太大苦呢。还叮嘱说"二子俺孩儿到你姥姥家时一定过来"！只是不像和姨姑姑那样从小在她家长时间待过，所以还是自己没好意思太多去表姑姑家，只是有时随父亲去。父亲时间长了就会去看看带他长大的姐姐，他们有着深厚的感情！我们到北京后，父母只要是回老家一定是会去看表姑姑的，一般是我随同去，有时三弟回去时也去，姑姑看到我们无比高兴，走时总是说"明年回来再过来，我也想你们"。我们回去时一定是会去看她的。表姑姑九十多岁了，那年看她时觉得身体有点不太好了，第二年春天过后，表姑姑走了。那年我还曾和爸妈说过，说姑姑有什么事儿时就告诉我，你们年龄大了不方便，我会回去送一下老人家的。姑姑走时，我恰好不在京，爸妈知道后觉得我不在，可能不方便就没告诉我。回京知道后，我很难过，还埋怨了爸妈几句，说我要知道的话就可以绕道回去送送她，有些遗憾未能了愿！舅舅和表姑姑也还是有段情缘的。舅舅出生时姥姥奶水不够，表姑姑奶过舅舅，后来表姑姑心里实际上把舅舅当自己孩子看呢。我的几位表兄对舅舅也很关照的，有个啥事儿找上门儿都是当自己人办呢。我和这几位表兄也不错，虽然他们比我大多了，但基本上不生分，有些事儿我还去找过三表兄，他对我很随和。

奶奶住在村东头，我们在村西头，没事儿时我也会去看看奶奶。父亲工作没多久爷爷就去世了，那时两位姑姑、二叔还小，生活的担子就压到了爸身上。两位姑姑先后嫁人了，大姑嫁了邻村一位当兵的随军到内蒙古了。二姑嫁在了城里，姑父是一位公职人员，日子过得不错。大姑后来一家也调回了县里，两人都有工作，也还行。二叔就在村里。那个时候爸也处在艰难的境遇中，再是农村那时出路确实也少，即使是有个机会，也轮不上没个靠山的，即使是轮得上，那您自己也得机灵些、有准备些，不然馅饼砸不到你头上。二叔人性太软懦了，与其说能力差点，不如说太没出息了，顶不起梁。后来二叔大了，奶奶基本就是和二叔相依过日子了。在农村，一个孤弱老太太与一个不怎么出挑的儿子，可想日子基本就是将就过了。我觉得如果没有父亲，两人这个日子会是很艰难的，父亲帮持着，日子也就过得去了。我个人认为，在那个年代，父亲能做到两个妹妹嫁得还不错，奶奶和二叔两人过得去，做到这个程度已实属不易了，毕竟是自己处境也很艰难。有空时我会到奶奶家转转，家里吃好吃的时我就先盛好一口气跑着送过去，再跑回来赶快吃，也都可以说得过去了。我们和奶奶感情多少来说一般，老人家常是在一种郁郁的情绪中，小孩子不太能懂这些，于是相互间心灵的互动就不是太够了，更多只是些血缘亲情的关照。1987年冬季，我刚大学毕业，在车间实习，接父亲电话说奶奶没了。当时我就赶紧请了假回家，协助父亲办奶奶的丧事。那年我22岁，我该帮助家里承担起一些事儿了。丧事都是我和父亲打理的，父亲把握全局，我替父打理。从安排买东西到招待各方来人，我不能让爸丢了脸。父亲是长子，奶奶在当时也还算是老丧，我们得办好，我们不能让别人挑了理，留下话柄，那样今后还如何做人呢！整个过程基本上说是顺利的。那时老家有传统，家里都是儿子负担养老送终继承家业，奶奶一个人没有啥家产，没有什么可继承可分的，但发送我们必须承担。虽然那时已经是奶奶独自过了，二叔早已成家单独过了，但在农村，他这样的人能勉强撑得起自己日子就不错了，让他一起发送也不易。我和爸意见一致，我们虽也不易，但我们独自承担一切，不让别人负担，不就是奶奶最后了走这一次吗！最后，一切得到了村里人们的肯定，二叔也没有任何负担。稍有些不解的是两位姑姑从感觉上似乎对奶奶有点看法，我搞不懂，毕竟奶奶家的事我不太了解。姑姑家的孩子们都没去，姥姥去世了为啥不去呢？当时我有点不明白，其实到现在我也是不太懂！

二叔、舅舅两人成家，爸妈都在经济上帮了忙。那时别说奶奶家，姥姥家给舅舅成个家也是不容易的，也是拿不出现钱的。娘家彩礼、置办家具基本都是爸妈出的钱，那时虽然我们也难，但毕竟是爸妈两人都是挣现钱的，日子再紧紧，再扎扎嘴，再多缝补一下衣服也就那么过去了。反正印象中我上大学前基本没穿过新衣服，都是捡老大的旧衣服穿。小孩子无所谓，再说有所谓你还要怎样，谁让你是老二来着，不光屁股就偷着乐去吧，那时社会上有个词儿叫"二多余"！我就是开个玩笑话，爸妈看了别不高兴啊，主要是那时日子确实不好过。

舅舅在村里应该是能人。姥姥两个姑娘一个儿子，妈和二姨都当老师了，在农村已经是很不错了。舅舅上初中后赶上"文革"断了出路，回村后当年又是穆姓在村里当天下，虽然这村儿两姓并不像某些村那样你死我活，但好事儿也是轮不上高姓人的，都是穆姓人的事。高姓人再有本事也没用。但舅舅在村里的确是无论头脑还是做人几乎无人可比，虽然命运不佳，郁郁难得志，但舅舅还是先当了小队会计，后又当了大队会计，与村书记私人关系也还是不错的，只是因为人家姓穆他姓高，再往前走，想入个党，想进步发展不可能了，人家还担心村里翻了天呢，得给他们穆姓撑着。改革开放后，一是年龄也已经不再属于那个年代了，还是踏实干点事儿过日子吧。后来舅舅日子过得也不错，再后来随孩子们进城了，说再不愿回那个伤心地了，一个人的命运与时代是分不开的。

老家郝家寨村使我有了上学的真正感受，收获了同学们的情谊。虽然那时我们的确处在了一个不是太好的年代，但老家还是让我们体会到了一份温暖，使我们开始有了一个还算正常的生活，从此走过了那个特殊的时期，走出了阴霾，看到了阳光，迎着明媚走向我们美好的生活！

前些年回去时，与村里几个同学聚了一下。同学张广义是村书记，木四是村主任，说起省红十字会在县里建一所希望小学，选在我们村。但资金仅有二十多万元，建校不够得差一半。我通过县教育局定向捐了二十万元用于建校，我要回报一下村里给过我们的温暖，再说父母都是教师，也进一步实现一下父母对于教育的愿望。

我的童年处在了一个历史的车轮摇摇摆摆的年代，使我心理上承受了许多困惑，也形成了我一种独特的性格特征——敏感、独立、刚毅，影响着我之后的人生道路。但家乡的这片热土也给予了我许多温暖，尤其是慈善的亲人们更是给了我爱的哺育，使我也形成了爱、善的本性。我从未抱怨或是太介意过那个时代带给我的不幸，说得广义点我们都是历史长河中的一朵浪花，历史的车轮滚滚向前，没有哪个时代最好，只有更好。不管我们处在了什么时候什么样的环境中，我们如果说能做的，只可能是尽量影响、促使车轮尽量朝着一个美好的方向前进，我们阻挡不了它的行进，它自有它自己的一个历史进程。必要时我们需要忍耐、承受、坚韧，然后等待机遇到来时乘风破浪，勇往直前，去创造属于我们的美好！

虽然在我成长的那个年代，我经历的是一个严寒雪雨的冷酷气候，但我的根是在那片大地上，深深地织就了一个密实的根系，吮吸着大地的乳汁，抵御着那历史的厄尔尼诺寒流，穿过了那片乌云阴霾，迎来了和煦的曙光，开始了我的生长。

这片大地给予我的是情怀，这就是我的家乡！

1979年我上高中了，开启了另一个新征程！

2021 年 1 月

我捐资一半建设的郝家寨希望小学

学校建成后，县政府立的两块碑

第二部分

我那要好了的高中岁月

前几天看到了一篇浑源中学校友写的关于老师的校园往事，娓娓道来，甚有韵味，只是短了点，蜻蜓点水似的，心中痒了下，又没抓摸到，干脆自己再嘟囔几句，过下这瘾头儿吧。

我那耍好了的高中岁月（上）

——浑源中学的那些人、那些事

我是 1979 年考入浑源一中的，实际上这已经是我第二次考高中了。

"文革"期间学习无望，再加上随父母下放农村，一是根本就没个像样儿的老师，再者这个状况下总还得为将来找个出路，于是在那个"既要学工又要学农，还要批判资产阶级，德体强智不发展的时代"，沿承父亲年轻时"体"的特长，走上了一个强身健"体"的道路，整天是从早儿跑到晚，脑子是一片空白。

1976 年，翻天覆地了，脑袋又换成了主流，一转头开始玩命儿地学习了。那时自己已经是初一，小学究竟学了些啥，几乎一点儿也不知，只记得"1 加 1 等于 2""1 除 1 等于 1"。后一道题答完后，被老师给了一教鞭，说是"等于 0"，回家问母亲时说是"1"呀，第二天又是一教鞭。唉，这就是当时那个年代农村一年级老师的水平。最后妈说："好吧，俺孩儿这题别做了，你心里记着是 1 就行了。"于是，我就带着这个底子，开始了小学知识的恶补，并构筑初中知识的架构。还行，等初二毕业考高中时，自己数学理科类啥的，就基本上可以了。

初中毕业时，印象中那年全县统考。如果以成绩论我那年应该还可上中专，但好像是年龄不够，上不了（我上学早，应是 5 岁就上了），又好像是那年高中划片儿，我被录取到西坊城中学了，似乎成绩还是前几名。我不想去，仰慕赫赫有名的浑源中学。父母说"你去西中看看，觉着好就上"，于是我就说："那就去看看。"小孩子小心眼儿，没带行李，怕被当住了，骑了辆车就直奔西坊城中学了，当时我们距那村大致是不到 20 里，一口气到了，一进校门，"土炕烟熏火燎的，就呛了"。这个时候实际学校已开学了，我扭头刚要走，被一位老师拉住了，说："你是不是张聪虎？"我说："不是，他是我哥，让我先来看看。"老师说："让他赶快来，就剩他了。"我说"是"，转身一溜烟儿跑了。

那时，各学校已经抢学生了，乡村高中能考上个大学——不，中专生出来，就很有名了。我跑回家，说了一句话"不上"。

上篇　应届班
高 79 班的老师们

那年，春季招生改为秋季，后半年我上了浑源中学。那时，录取时其实已经又不划片儿了，不过为保险，父亲临时把我转学到了浑中初中。考是考上浑中高中了，但是没达到重点班分数线，俺这只记得"黄继光堵枪眼、董存瑞炸碉堡"的语文水平拖了后腿，差了两三分。父亲是早期的老浑中学生，就去找了找同学，还是把我分进了重点班 79 班。这个班本来编制 60 人，这么一来，扩大到 70 人了。就这么个样儿，我灰头土脸地上了浑中，上了 79 班重点班。

当年，这届高中共招了 6 个班，两个重点班：79 班和 80 班。79 班成绩好像相对更高些，"老炮儿"多，也就是往届补习生多；80 班应届生多些，中规中矩的。之后实际情况也证明了这点。79 班班主任起初是侯连老师，带两个班化学；语文老师开始是黄守信老师，带 80 班班主任；数学老师刘本橧，只带 79 班；物理老师杨三文，好像也是只带我们班；政治老师田渊。其他历史、地理、体育啥的，就不说他了，反正俺学理科，既不考也不好好学它们。对了，还有一个重要的必须说，英语王惠敏老师。

侯老师化学教得确实不赖，当时浑中的乔文礼、侯连是两位赫赫有名的化学老师。侯老师大学毕业，但那时他应该还算是学校教师中相对年轻些的。侯老师性格随和，和学生们嘻嘻哈哈的，对女生们更是不愿刻意批评，这样问题就来了：七十多人一个班，啥子学生都有，尽管侯老师筋疲力尽的，班里氛围依然像是松松垮垮的，在学校领导眼里觉着这个班有些涣散。的确也是，前边说过了这班"老炮儿"多，涣散便成了必然。第一学期的期中考试时便显了出来，原本觉着成绩会更好一点的 79 班与 80 班差不多，甚至还要差点。于是，校领导急了，得换个厉害点的班主任管管这些崽子们，这样，赵真理校长上任了，专职 79 班主任，这些后续再表。

语文老师黄守信，带了我们也就半个学期。黄老师性格非常温和，大学毕业，功力深厚，讲得文采飞扬，期中考试时 80 班的崭露头角，肯定了黄老师作为 80 班班主任的付出，也使校领导在对 79 班失望之际看到了 80 班的希望。黄老师因此就只带 80 班语文及兼班主任了，我们失去了黄老师的哺育。

　　数学老师刘本檣老先生，那时年龄就不小了，专职教我们班。刘老师是旧军人出身，雷厉风行，思路清晰，讲得头头是道，对学生要求也很严格，看上去很厉害，没有学生敢捣蛋。刘老师只教代数，后期就又换其他老师了。

　　物理老师杨三文，和白怀璧、熊昌志并称浑中最好的三个物理老师。白怀璧老师学历高，北京大学毕业；杨老师是踏实钻研，校办工厂的顶梁柱，讲课干货多，印象中当时这个厂子能拉出单晶硅啥的，一个中学校办的工厂被杨老师折腾得像个科研院所似的；熊昌志老师的授课风格是诙谐幽默、浅显易懂，记得熊老师讲电路时，复杂的并联、串联啥的有时学生们常常搞不明白，熊老师说："你们就当那是猴皮筋——拉拉它，你拉拉它。"不知大家懂没，反正我是会心地笑了，之后凡是考试遇上复杂电路，我就"拉拉它"，一拉就亮了。杨老师好像也是只带了我们一年，后来由熊老师接任了。两位老师各有特色，讲得都好。

　　这就该说到英语老师王惠敏了。王老师起初带我们时可能有些不得志，因为那时英语的高中考中专，考试成绩还不记分呢，高考大学成绩好像记 20 分或 30 分，反正到我们那年高考时也还仅记 30 分。这样，一个是村里孩子根本没见过洋码子，再就是他们只知道认死理——数理化才当家，脑子里压根就没英语这根弦儿，于是王老师上课就成了念天书，底下的学生响应不够。其实，王老师可是个大人物，北师大毕业，北京人——听着就够厉害的，本科英语专业毕业，厉害得很。只是王老师命运不济，落到我们这小地方了，倒成了我们学生的幸事。那个年代，估计没几个县能有这样的宝贝人才，王老师以一人的牺牲，带给了一个小地方的光辉。

对了，还有政治老师田渊。田老师个子不高，讲课可是很有激情的。只记得田老师讲到动情处时，常常脚一跩一跩挥着手，激情飞扬，感觉要不是讲台桌子有点儿高，田老师恨不得跳上桌子来个演讲啥的。说实话，田老师让我最敬佩的一点应该是——他虽为政治老师，但不刻板、不教条。其实能这样，在那个年代是很不容易的。说白了，还是田老师人品好，不随风倒，难得。现在想来，这些尤为让人敬重。

之后，我们班又换了好几个老师。先是班主任换成了赵真理校长。学校本意是换个厉害茬儿，好好管管这些个小灰猴儿们，可是事与愿违，不承想赵老师根本就管不了学生。赵老师是老革命出身，不少老师都是他的学生，相当受人敬重，他是个人性极善、以德服人之人，根本就不会对学生红个脸，和这些个小猴崽子们以德服人，他们懂得个屁。实话说，赵老师是我见过的最好的校长、最和蔼的老师、最被师生们敬重的长者，可班主任还是没胜任得了。

后来，正好换成姚志钦老师带我们几何了，学校就让姚老师带我们班主任了。姚老师是个硬茬子，不仅几何讲得清楚，管学生也是厉害得很。他人很正、性格很刚，不论是谁、不管你学习好赖，只要有不对的地方，说啥都不行。还别说，姚老师接任后，班里大有起色。只是，这位让学生们尊重的老师管理时间太短了——只是一学期，虽然有变化，但终究高考时我们还是没有80班好，给姚老师留了些遗憾。后来，姚老师当了校长了。客观地说，个人认为，姚老师在任校长时是浑中最好的一段时期，心里真的很敬重让我这个小屁孩儿学生"怕怕"的好老师，79班学生会记得您。

还有两位老师得说说，任淑勤和王道和。黄老师不带我们语文后，任老师改带我们了。任老师那时已经是70岁上下了，新中国成立前的老一辈知识分子，古文功底不是一般的深。老先生基本不和学生们有过多的交流，可能是见过了太多的世态，一身淡然神态，来了去了的，忘我地在讲台上讲着，仿佛是不断地讲给自己听似的，在一个如神的境界中，就这样，学生们是鸦雀无声。可以说，这是我见过的最高的讲课范儿，如入无人之境。任老师带了我们不到一年，王道和老师接任。王老师也有六十好几了，也是老知识分子，与任老师基本如出一辙。说实话，这两位是语文大师级人物，我们79班学生都有幸领略了，值了。

王惠敏老师的牺牲还是点亮了我这棵小草儿，也许真还是有天赋的区别，那年高中村里边来的孩子由于都未听说过还有个"英格里西"，英语课基本上都入不了门，能和城里孩子一样跟得上的就我一个，甚至比城里的孩子还好。一样，咱也没有辜负父亲为咱的求人，虽说灰眉土眼地进了79班，两三个月后的期中考试时就到11名了，这还是因为政治不懂、文言不行——数理化基本不是个事儿。一学期后，大约就是第5名上下了。父亲见了同学也抬得起头了，"都说你儿子还行"。

玩儿累了，班里大姑娘、小小子儿们抛个媚眼送个秋波啥的，下次再说吧。

高 79 班毕业照

高 80 班毕业照

这是我应届高中时的一段，以后再说说补习时的事儿吧。

再次向可爱的老师们致以崇高的敬意。

高 79 班的"学霸"们

昨天胡乱写了篇高中小文，不想一些老同学又是竖大拇哥又是送花花儿的，一个还不行，两个、三个的唉……还有个老哥竟还说："收藏了，得接着写。"这真是看热闹不嫌事儿大。没看见结尾怎么说的，再说就得抖落一下你们那点儿事了，真不怕？好吧，不怕，那就接着说。

催着再写的这位就是永文兄，好的，那就先抖抖他。永文兄在班里算年龄稍大点的，但不算较大之列。永文兄是城西边的农村人，据说家还挺远着哩，驼峰乡哪个村儿来着？反正不是个山汉也快差不多了。永文兄性格很温和、厚道，其实脑子还是很灵光的。一直没让我弄明白的是一个小山汉，不，半个小山汉怎就底子那么扎实呢？是得了仙人真传还是妖狐入了梦，反正这位似乎是以我班第一名成绩进的班，并且一直还基本保持着，让人恨得牙根儿直痒痒。您就不能稍微让一让，让一让？永文兄说"不"，唉，气得我们是直跺脚呢。

我们班基本上有几位"大仙儿"站着宝座不下台，那就现在点点他们的名儿吧。这几位是永文兄、巧红、自力兄，印象中这几位基本上是占着前三名不让步，还有录山兄稳稳地盯着这三位，那样子是看你们敢不敢打个盹儿，一迷糊就没你们好戏了，可这三位两年中好像真不瞌睡的，就是不打盹，真是气人哈。还有宝锁兄，也是稳稳地催着他们，如果这几位脚能慢点，再慢点，估计宝锁兄就不客气了，可这几位脚步轻快着呢，真是让人急。另外，其实我也是绕得他们够呛。说句大话，我多数还是在宝锁兄前面绕着呢，偶尔也在那几位大神们前面晃荡一下，有时候绕得他们也头疼得很，不是数学这次比他们多了就是物理又落下他们了，或者说是化学又轰了他们一下。总之，反正是不断地撩拨他们一下，让他们没法安生，也是恨得他们牙疼得不行，恨不得说"滚"，可俺就不滚，就这么一来二去地我基本上就在5、6、7名的排位上晃荡着，偶尔一打盹儿中个彩儿啥的，也能弄个8名，唉……尽是瞎晃。我的问题是文科不行，一是没有政治脑袋，二是笨嘴拙舌的不会说话，古文可以背得哗哗的，信条可以叫得呱呱的，可就是让俺写个作文抒个情，好像是让俺登万丈山似的。

永文、巧红、自力三位厉害处就是各科都很均衡，永文兄相对年龄要长，印象是1962年生人，比我们大了不少，性格更稳。实话说，三人中我个人认为巧红的智商更高点，理科几科中巧红的数学更优。客观地说，理科几科似乎都一样，但实质上说，数学是有区别于理、化的，理化是自然科学范畴，数学是理论科学，能把数学玩好的那应该不是一般的脑子好。文生是80班的，晓东是我们补习时一班的，他在二中上高中，与我们同届。事实上，从这三位同学身上，我看到了数学可不是一般人玩得起的。数学是抽象科学，逻辑推理性强，可能会让人刻板，但要有一定的智商才可以，就说爱因斯坦为何在众多科学家中独树一帜，并不是他发明了什么，而是他建立了一套时空理论体系，别人都听不明白。虽然我数学偶尔考得比他们好，但实际上我知道我比不过他们。

自力兄家庭条件好，底子厚，脑子相对灵光，小孩子气严重，还带着点争强好胜，班里基本上是他们三人争高下，永文兄相对更稳。他们三人，可能物理是比不过我的，这是我的小强项，总撩逗着他们。应该说那时自力兄和我关系还不错，他有小孩子气，不成熟，带有城里人的清高。我们班以村里孩子居多，我估计有三分之二，少说也有一半的同学他可能就没和人家说过话，骑辆崭新"大链盒"，不是凤凰牌就是飞鸽牌，兜来兜去地，这和现在开个奔驰、宝马啥的快差不多了，还是 S 级或是 7 系，兜得人家也不敢接近他。我说："给咱骑一下，行吧？"还行，能给咱骑，两个小屁孩儿相互还不嫌弃。

永文兄毕业时考了阜新矿院了，最后成了矿业系统一才子，成了大同矿务局系统高级干部，不过品性没变，还是那样，和同学们见面很温和。

巧红考入华北电力学院，重点院校，那年应该是她的分数最高，确认了自己才女的地位。

自力兄考入了山西医学院，不知是胆小怕动刀子还是热爱，印象中上的是防疫专业，最后竟然又分回了浑源，按我考虑这是他要求的，以他家条件估计留不在太原留大同那是太简单了，可他非回浑源，太恋家了。多年后再见自力兄时，令我异常欣慰的是他真的是成熟了，原来小孩子气似乎根本就不属于他，更欣慰的是经过了

师生小合影　　　　摄于 2008 年

左：作者　中：老师姚自钦　右：同学翟宝龙

那么多年的社会浸染，自力兄一眼看去内心还是那么干净，出淤泥而不染，让人亲切——不行，我还得借他的车骑骑。

录山兄人偬，难交往似的，其实这样的人内心往往是很朴实的，品性好。录山兄考入了大同医专，之后成了一名警务战线上的人员，还是个不小的官儿呢。

宝锁兄考入了师专，尽管那时我老硌绕着人家，但实际上他不会真恼。我和他其实还是有一段缘呢。我跟着教书的父母曾在郭家庄村住过，那是他们的村，他还是我妈的学生呢，比我长个三两岁。最后其实宝锁兄也没我考的分多，虽然他上雁北师专了，但我分数还是比他多个两三分，比录山兄低个三两分，上不了医专但师专上得了，只是我不上。为啥呢？啥也不说了，估计大家懂，至少我家父母懂。

说到这儿，一个大人物就得出台了，再不出，俺就得遭白眼儿了，宝龙兄在那儿盯着呢。对，就是宝龙兄。宝龙兄可是个才子，那为啥不早说他呢，只是因为宝龙兄和我一样有点毛病——偏科，只是俺偏理，他偏文。小小的孩子，满嘴的小词儿，咬文嚼字的，整得你晕得慌。宝龙兄还有一特长，口才好，嘴上不饶人，谁要是和他想叫个板，那可是找错人了，他可把满腹的经纶整得你连个回嘴的想法都没有。反正俺是不敢，俺一见宝龙兄就赶紧抿上嘴就龇两颗大板牙显服了状，这时宝龙兄看你两眼也就放过你了。宝龙兄因理科相对不够强，平时应该是进不了前 5 名的，前 10 名没问题，可那年高考时理科题异常难，大家分数都不高，宝龙兄文科特色就特别显露了，再加上宝龙兄政治、语文一通发挥，应该是把考官们也唬住了，反正那年宝龙兄在我们班是第 4 名，放了个"小卫星"，考入了山西农学院，后来成了政府官员，为人民服务去了。宝龙兄别看嘴不饶人，可实际上内心很干净，他是眼里看得清楚、脑子弄得明白、事儿不会多沾，为官这么多年没听到有说他闲话的，很不容易了。

对了，再说说我们另一位小才女——聪革。她平时给人的感觉还行，不过那时似乎并不太突出，但人正如其名，还是能感到其聪慧的一面。聪革那年应该是第 8 名，考入了大连铁道卫校，后来成了一名放射科专家级人物，但我觉得聪革更值得注意的一点是经过多年的历练，她对人生有着不少感悟与情怀，常常也是参与各种户外活动，丰富着自己的阅历。

高 79 班的同学们

该说说班里几位老大哥、老大姐了。之前说过，我们班"老炮儿"多，真的不是一般的多。永文、录山、宝锁他们也就是 1962 年、1963 年出生的，稍偏大，比我们大个三两岁。有的说"同学嘛，还能有多大呢？"大家可别不信，我们有"5"字头的呢。有祥、有文、修文、美娥、李伟、义慧啥的，都不小了。有祥一毕业就夹行李卷儿回家了，后来不知怎么就没了。有文还不错，当了代课教员，李伟、美娥好像也是。义慧兄考上了中专，后边等再好好写一下他。修文兄又补了好几年后竟也考上师专了，还真的很让我佩服的。实话说，我一直认为他们其实已经错过了该学习的年龄，还是该干点啥干点啥吧，已经到了见了姑娘腿就动不了的时候了，你非得让他清静清静、排除杂念、一心读圣贤书，那其实就是瞎扯淡。要不是真怕土坷垃砸脚面，估计他们早就三十亩地热炕头了，受那洋罪呢，真是难为他们了。修文最后能走出来，不易啊，为他高兴。

　　单独说一下义慧兄吧。他已经没了多年了。这位老兄给我印象很深，和我住在同一宿舍，其实说实话这老兄真是有点小气，和大家处得也是一般。这老兄与寡母相依为命，家境可想还是很紧张的，甚至说很苦的。可这哥们儿挺爱要面子，浑源话说"个铮铮的"，人小气，确实有点小气。那时粮食紧张，通常一个宿舍打饭时，其实就是打点烂苗子白、土豆、玉米面窝头，哪位同学到饭点时不在，如果和谁好就把饭留给谁吃了，或者就说"你们吃了吧"。只有他不行，就得给他留着，时间一长同学们就烦他了。一次，赶上中午饭吃馒头，还有点荤腥儿，他又不在，不是让留吗？好，留，盛在他饭盒里。说心里话，个别同学有点坏，就是不让给他盖饭盒盖，咱也不敢说啥，小屁孩儿，轮不上咱说话。实际上，时至今日我仍觉着事儿做得过了，太不好，太坏。然后发生什么了吗？那时平房宿舍耗子很多，还是大耗子，等到他晚上回宿舍时，不用我说大家应该知道发生了什么——一个白馒头被耗子啃得成了个灰馒头了。更可怕的事儿发生了，这哥们儿一边气呼呼地骂着我们"王八蛋"，一边撕扒着、扒拉着菜竟然吃了。我当时就受不住了，冲出房门差点吐了。义慧兄，天堂有灵的话，还是谅解我们吧，真对不住了。

　　这就来点花边儿新闻吧，不然要打瞌睡了。好吧，那就先说说

高 79 班师生大聚会合影　　　摄于 2008 年

后排右二：作者

中华，我们班的班花，估计校内也是有一比。中华是县城里的姑娘，大方水灵，眼睛毛毛的，真的是挺好看的，反正俺们小屁孩儿就是觉着挺好看的，别的那时也不懂啊。中华偏文科，还行，一年后分班到文科班了，就这么着断了不少我们班大小伙子的念想，大概那时没少被人瞄过，对过眼儿，永文兄先说说，有过没？据说是有个也叫华的哥们儿也动过心思，不用说，估计就是老于。于兄那时也是干部子弟，风流倜傥，一天天整得油头粉面的，除了学习就是瞄姑娘了，也是，用老于话说，"不瞄就出问题了"。老于学习也还是不错的，较均衡，补习后考上太原工学院了。老于爱美的本色是一点没变，下手也快也狠，别人还没反应过来，人家真就给自己整了个漂亮媳妇儿，乐得屁颠屁颠的，不过累得也够呛。据说找漂亮媳妇儿就这样，怎么也得累，老于是乐着、累着、美滋滋着。唉，人的命，老于就该有个靓妞儿。

再说一下新玉。新玉相对年龄也小，与我差不多大，觉着新玉那时可能小，也是有点小孩子气，好像动不动还恼，反正是不愿理别人。新玉脑子实际够用，只是那时新玉非得看着大哥们起急，也是人小鬼大，时不时动点小心思，耽误了不少学习。新玉也是后来补习上太原工学院了。新玉大学毕业后成熟了不少。其实新玉不仅脑子够用，情商也高，后来成了政府官员，混得也是如鱼得水。

还得说说一年后从81班调过来的几个兄弟，老岳、建民兄，还有一位就先不提名了。岳兄也是后来考上太原工学院了，专业还不错，是电子类。他性格应该是非常耿直，看对的行，看不对的咋也不行，毕业后进政府一家行政事业机构了。岳兄应该说上学时与我的私人交情还行，两人还一起照过相呢。从我对他的印象说，我觉得他其实可以自己出来干，那么前卫的专业闯荡一下也无妨，您那硬脾气在那种单位得罪个人啥的也不好呢。建民兄厉害，竟补一年后考上哈建工了，毕业分到中房总公司了，风光，那叫一个风光，听着公司名头就挺吓人的，还再别说年轻有为了。当时就记得建民兄衣锦还乡时锃亮的大头皮鞋了，眼馋，真馋。建民兄还是非常上进的，最后应该说功成名就，成为公司高管了，佩服。建民兄那时和我关系还是很不错的，应该说比多数同学更近些，于是他的小事儿，他也和我说，大概也只和我说。那就再说说我们班秀娟姑娘。与中华不大同，秀娟是让人看着内秀、不说话不言语的，反正就是让人觉着挺好的，其实说心里话我也觉着挺好，只是咱小孩子啥也不懂。秀娟补习后上农大了，毕业后分回县里了。为啥不分在外面呢？这个我没弄懂，按说她爸有这个能力的。秀娟爸是我县招生办主任，其实我们还是世交，父辈们都很熟，有一年我考试时她爸还帮了不少忙解决问题呢。我曾经觉着建民兄和秀娟两人合适，还曾说过"建民兄太不主动了"，其实，人世间有些事情真的是很难说，你觉着好的也许老天就是不让你、不给你、不成全你，是对是错，谁又能说得清呢，或许这就是人生吧。81班过来的另一位就不再说了，反正是和我缘分尽了，对对错错，谁对谁错还有啥意思呢。

再说两位小姑娘吧。玉梅，小个子，这位小姑娘给我的印象是特善良，学习过得去，后来是否家里情况不好没补习呢，记不清了。后来想起时打听他们，才说玉梅也当代课老师了，终还有个结果，为她高兴。丽莉，这两个字顺序对不？管他呢，音一样。对这小姑娘印象也挺深，这姑娘瘦瘦的，挺要强，好像考不好时还挺生气的。补习时这位和我一哥们儿对上眼儿了，还不承认，反正上大学时两人弄到一块儿了，日子过得还恩恩爱爱的，不承想这姑娘就这么着成了和我走得最近的同学了。

又想到两位姑娘，也得说说她们，萍姑娘、淑丽姑娘。萍印象中应该是个村姑娘，可打扮收拾得跟城里姑娘似的，利索水灵，估计晃得大家也是心生了不少涟漪。爱收拾打扮的姑娘好像都不是太爱想数字儿似的，萍姑娘也是理科不咋地，一年后就转到文科班了，被上届一师兄定格了，毕业后成了一位代课老师。淑丽风采不凡，是电厂子弟，什么时候来的浑源的就不知道了，反正是个小侉子，一开口叽叽喳喳、鸟语花香的，班里的大小伙子们都爱听着呢，永文兄该又在偷笑了。淑丽那时年龄应该也是不算小了，不是能真正静下心来好好读书的时候了，毕业后考了电力系统内部技校，去追寻她的美好生活去了。

文敏、文宇姐弟俩，也都在我们班，没记错的话他俩应都是后来进来的，至少文宇是后进来的，两人都很朴实。文敏学习应该说平时还行，她的问题好像是一到正式考试时就发挥不太正常。有些女孩子都会因紧张出这问题，好像班里文敏、秀娟这两位也是这样，都是平常觉着还不错，一到考试就差了不少，应是经历了不少心理磨砺。文敏那年考上山西大学西藏代培班了，其实那年她考得还不错，只是考前可能没信心，就报这班了，一下子到拉萨了。这姑娘

文敏来北京　文敏（中）　巧红（右）

还真行，毕业后真去了，还一直待下去了，似乎她就是应该属于那儿似的。说心里话，我很佩服她这种选择的。前些年在北京见过一次，还是那么朴实，还是那么开朗。文宇成绩差些，或者说差得应还不少，好像之后也补习了几次，终还是没结果。

嘿，又玩儿累了，停停吧。有言语不对得罪大家的，包涵哈。

我那耍好了的高中岁月（下）
——浑源中学的那些人、那些事

下篇　补习班

高考反思

　　头年我好像是考了 379 分，大专线应该是 381 分，本科是 385 分，我在班里是第 6 名。大学没考上，被录取到山西交通学校了，不错的中专，我没去。

　　其实那年总体来说我考得还行。物理很难，全县及格的也就三五个，我在应届生中是排名第一，往届中只有一人比我多个两三分；化学虽不是前几名，但还不错；生物满分 30 分，我满分；英语也不错；语文、政治很稳定都不及格。问题出在了数学，出了个没有一个老师认为我不会做的题。这个题是增长率到什么时候多少的题，印象是 15 分，这还能难住我？太平常了吧。就是这样，我失了 15 分。平时这类题基本都是今年多少，到哪年或几年后是多少。可那年这题是 1981 年怎样，2000 年怎样？我那年 16 岁，根本没有新纪元概念，再者自己也是不小心，直接当成 2000 年多少了，指数本来是 19，我当成 1999 了。我当时还想，这么大指数怎么弄呢，怎么这样出题呢？人生就这么改道了，怨谁呢？命！

补习班 9 月份开的学，到校那天的情景至今还很清楚。我骑着我家那辆老自行车，带着点行李卷又进了一中。那天风有点大，秋风扫落叶，心情多少有点沮丧。原本没觉得高考是多难个事儿，可是，未成功。

补习班正式招收了两个班，还有一个补三班叫夜补班，不算正式录取但也是全日制的，每个班都得有六七十人。生源由几部分人组成：上几届复读生，我们这届复读生，浑源二中过来的复读生，还有少量西坊城中学、蔡村中学、王庄堡中学的复读生。随着人员不同的构成，我突然间感觉补习班与学校原来情况大不同了，甚至有点小社会的感觉，确实还有不适应之感。觉着自己反正是分数最高的，他们成绩好的和我也得差个三五十分呢，管他呢，接着自己玩儿吧。就这样，糊里糊涂地又玩了一年，结果呢，还是没考上，比上年多了几分，好像是 387 分，记不清了，可以上专科，上不了本科，又没上。这一针儿真是把我扎疼了。那年，西安交通大学考了两位，考上本科的，印象中得有十位上下。

于是，我又补了一年，班里基本上还是上年那些人，仅是大家彼此更熟络些了，只不过是少了考上的十几位兄弟，零落的又新来了些。这一年不敢再含糊了，于是相对较用功了。语、政不是不行吗，好的，那就先记住它。实话说，我记忆力比一般人还是稍强点，于是古文、好的现代文啥的几乎都可记住，政治更是几乎可倒背，但是还是不会说话，还是不会抒情，还是不会论理，少有长进，还是有很大隐患。实话说，这一年班中所有人和我差距还是不小的，平时测试基本都是第二名和我都得有大几十分差距，我基本上觉得考个不错的大学应该没啥大问题的。一年又匆匆过去，结果呢，不咋理想，虽然是考上了，比分数线多了四十分上下，比预想的差了不少，正常的话超分数线七八十分还是应该的。有一个同学还比我多了十来分，还有一两位成绩和我差不多。我知道为啥，一是语、政终究还是有些问题，再是连续两年没走心理压力太大了，我又相对是比较敏感的一个人，这种场合更会焦虑。

发挥不是太好，本想继续再战，看着父母很忧虑的样子，虽然自己年龄还不大，复读两次才刚到正常年龄，但冷静想想，自己毕竟是有难补的短板，再赌其他方面的发挥，很难说会不会有长进，还是走吧。这样，我上了大学，山西最好的学校——太原重型机械学院。那时太原重机在山西是最好的，且好得不是一点半点，山西唯一一所全国招生、全国分配的学校，重型机械行业的老大，不承想现在这学校竟然被甩得不着边了，真想不明白。但实际上学校的重点专业依然全国几无其他院校可比，都是扩招惹的祸。我是起重运输机械（以下简称"起机"）专业，学校最好的专业。

就这样，我成了浑源县第一个，估计至今也是唯一一个连考三年都可考上的学生，惭愧。

补一班毕业照

补二班毕业照

补习班的老师们

实话说，这两年补习班的学习风气不咋地。为啥呢？算了，还是不说这些了，自有社会说之。还是说些高兴的事儿吧，说一下物理、生物、政治、英语几位老师吧。

物理王禹老师教过我小半年，之前说高中物理老师时，忘了这位了，看来浑中物理老师阵容还是很强大的呢。王禹老师慢条斯理的，行为动作很慢，平常笑嘻嘻的，只是感觉更多是自己在笑，和别人无关呢。王老师不是太爱和学生们过多地交流，你问了就给你讲讲，不问就当是你懂了。王老师细声细气地讲着，抽丝剥茧地理着，渐渐地就给你理明白了，好老师，润物细无声。王老师这样，也是和自己身体状况不好有关，太粗声壮气地说话老人家受不了，就这样带了半年左右撑不住还是换人了。不过，老先生晚年身体似乎好多了，还信上了佛教，据说还将佛教与物理结合起来研究，有点意思。

说到生物老师，还是先说说以前应届班时的生物老师吧，这位上次也是忘了。高二时突然说考大学要增加生物这门课，忽然间就来了这么一位老师，似乎叫王继圣，又觉不是，总之当时实际就没太弄清楚，说是来自雁北高寒作物研究所的，后来又听说不是，这一切似乎和这位老师一样神神秘秘的。可这位说来可真是位大神。

这位先生讲课很轻松的样子，对学生们也是爱答不理的劲儿，印象中这小一年没有和任何一个学生有过交往，讲课时也是嘲讽奚落着你，好像说"你们这些个笨锤，再不开点窍你就等着修理地球去吧"，多半还闭着眼，不带正眼看你的。可他这个样子也没有学生反感，似乎对他还着了迷似的，这位老师真有点办法。他也不多提问，那年宝龙坐我前边，这老师就逮住我俩了，不是"宝龙，你说说"就是"聪虎，你给弄弄"，好像就是不爱和人打交道，喜欢动物似的，邪乎。然而就是这位老师创造了神奇，高考第一年增设生物考试，浑源中学的成绩山西省第一，满分30分，我满分，这位老师为浑中创造了历史，真的是大神，估计浑中自新中国成立后建校以来没有过这样的成绩吧。因为生物是副科，是否得到了校领导重视呢？现在还有人知道吗？不得而知了。一年后，这位老师又不声不响地离开了，犹如他无声无息地来，神似的人物。

补习中的生物老师先是翟金荣后是李跃川。翟老师粗声粗气的，外地人，"老侉子"，可做起事儿来慢悠悠的，有些韵味。翟老师慢条斯理地讲着，你仔细点一琢磨，味道还真是个浓厚呢，好汤。李老师是个年轻教员，和翟老师风格极相仿，讲得绘声绘色的，实话说年轻教员能有这样的道行也实属不简单了。

这就说到政治老师冯日明老师了。通常说副科老师多半是难得学生们多少待见的，可这位老师不简单，年纪轻轻的，能把一门副科教成主科似的，深得学生们的认可，估计如果来个历届学生最受欢迎老师评选，冯老师应该落不了选。印象中最有意思的是冯老师讲量变、质变，啥是由量变到质变，这个似乎还真难弄明白。冯老师"土人有土法"，说量变到质变就是"咋也耐不住就变了"，比如由树苗到开花，长着长着"实在耐不住"就开了花了、就结了果了，于是"耐不住"也形象地成了冯老师的代名词。就这样，冯老师"耐不住"地由一个副科政治老师成了班主任，成了教导主任，成了七中校长，都是冯老师"耐不住"惹的祸。冯老师，好老师。

最后再说一下英语老师，臧雪，臧老师。臧老师一米七几的个子，还苗条，还年轻，那年也就二十三四岁吧，还长着两条大辫子，就这样，还没等真教呢，先就成了学校一道亮丽风景线了。臧老师是补习班近半年后接手的英语，后来想想臧老师真还是胆子够大的，这么个年轻师范刚毕业的老师就敢下手这摊烂泥，估计不是愣就是有点傻，就不怕这帮傻老小子揪她那大辫子？实话说，臧老师敢下这手，一是臧老师的确胆子够壮，再是臧老师的确还是很有胸怀的，硬人。能感觉到臧老师带补习班的英语还是有压力的，也有点吃力，但臧老师以诚待人，下功夫自己钻研、以德服人、以理服人。事实上，最后臧老师不仅和女同学们打得火热，和男同学们也都成哥们儿似的了，哪有人还想难为她呢，臧老师弄得要成了补习班学生们的老大似的，真行！臧老师就这样带了大家一年半，大家学得也起劲，高考时两届英语成绩都不错。她也得到了学校领导们的认可。就这样，在我们考上大学那一年，臧老师也被学校推荐到山西大学进修去了，由此更进一步奠定了臧老师的专业地位，真不错。

在众多同学中，臧老师其实跟我处得更近些。那时我和臧老师年龄差了不少，傻乎乎的，英语还不赖，于是似乎和她就没啥隔阂，随随便便的。考试完后及大学期间放假，还常与几个同学一起去找臧老师玩去，印象中还在臧老师妈妈家里吃过两三次饭。一去了，大妈就问"俺孩儿们吃饭了没"，反正俺是不敢说，脸皮厚的同学就说"耍得忘了，还没了，就找臧老师来了"，可会说呢。于是，大妈就立马下挂面，真好吃。臧老师进修两年，与我们都在太原，我们同学们还聚会过两次，我也基本上每学期都会去找她一次。其实，那时臧老师也才是二十四五岁，也还是在她的青葱岁月。

我无论是应届还是补习，几乎没和一个女生说过话，她们基本都嫌我小，懒得搭理我，我也是看见女生就害羞，老远的就低了个脑袋，以至于现在还有点驼背。唉，就这样和女同学们没啥来往，反而和臧老师处得不错，兄弟姐妹似的，成了我心中的一份美好。

又写累了，同学们的事儿下次写吧。

补习班同学们

接着写，不能丢三落四的。

补习这两年，我基本上不招老师待见。一是太能耍，再是环境变了，不适合咱这愣人。

先是和"二中帮"们耍，或许他们也是势单力薄的，没人理他们，就和我耍了。那时我和祥兄都坐在后排，上课时听着讲烦了，不爱听了，就不自觉地和祥哥抛个媚眼啥的，意思也许说下课哪儿耍去。就这么着，没几个月，就把祥哥、德胜兄甥舅两人给耍得拉着手跑银行耍去了。这下可把个祥哥耍大发了，耍成了个金融战线一标兵，确实是耍厉害了。然后，把殿魁耍到矿院，又把晓东耍到了大连理工数学系，能把人吓晕。之前说过，晓东不一般，名副其实。结果呢，他们把我给耍丢了，净是叫殿魁那个家伙弄的，还得好好说说他，不然解不了气。

是不是也是因我出生在县城西关呢，难不成我是和这个家伙牵着手投胎一起来的那里？反正那时和这位是耍了个天昏地暗的，校里耍、校外耍还不行，还耍到人家家里了，地下站着不成，还得炕上坐着，我的个妈哎，真是个不像话了嘿。这家伙有点能算计，俗话说"扣儿"。大学毕业我们都分配到大同了，离得不远，我就时不常地找他去蹭饭，谁让他早早地就找了婆娘，谁让他把俺班小姑娘勾搭走了呢？咱是大舅哥，他不敢惹，蹭得他是牙恨恨的，去了就说"你下次甭来了"，我说"嗯"。下次去了，他又说"你咋这长时间不来呢"？我说"怕吃你饭呢"，他说"也是的"。就这么蹭得他老师不当了，出去挣钱去了。我原来想，他这么能算计还不算计成个好操盘手？不想这兄弟成了一家大公司的大管家了。也是，他这么能算计，又勤快，还让人信任，他不管谁管呢。

俺又耍得找不着北了。不，把他们耍丢了俺又找了上几届城里几个哥们儿耍上了，好家伙，又一气儿好耍。

先说说晓阳、晋山两位耍家。与这俩大哥比，咱是小耍，人家可是大耍。好家伙，俩都是干部子弟，气宇轩昂的，大手笔、大气势。两个家伙也跑银行耍钱去了，还耍大发了，耍成了行长了，耍出了他们的境界。

然后，我又和德兄、富胜、守武兄们耍上了，就是个耍。德兄是城里的孩子，家里兄弟姐妹多，生活有点紧张，连个洋车（自行车）也给他买不起，一天三趟就靠孩子大腿儿颠儿呢，颠得孩子一肚怨气儿。我瞅准了时机，用我家那辆老车就把他拉着和咱耍上了，可把他耍高兴了。耍得他上了南京铁医了，毕业时找不到大地方，我说那你来我们这儿再耍吧，找了一下我们厂（大同机车厂）医院院长、我爸私塾同学，说："叔，和您一胡同那孩儿没地方要他，您要上他吧？"就来了。那时，我们厂1万多名职工，加上家属得有三五万人，谁还没个病、没个灾的，于是这下把他给耍晕了，断不续就不认人了，愣着头说"你是谁来着"，这时就该顾爷出手了，一棍子敲他脑门上，"知道了没"？张大夫（德兄）瞬间清醒了。

顾爷是晓阳兄的堂弟，我们的父亲彼此都熟，也是世交，只是他比我高一届，早考中专了，当时不认识。顾爷是干部子弟，他老爹各方关系够硬，自己脑子又狠，把个社会是看得透透的，谁也不服，谁也不吝，专治不服，就治张大夫这样式的，于是大家尊称"顾爷"了。顾爷就这样爱打抱不平，为自己赢得了一方天地，混得还不赖着呢，社会得给顾爷留着份儿。

一天顾爷说："咱们这儿有一家伙没尾巴，不好办咧。"没错儿，这位就是三子——文君兄。三子中专毕业比我早到厂一年，多少年后一次说起才知这"货"竟然是和我在浑中同一届，是84班的，最差的班，也不知又到哪儿补习了，总之考上了。我估计他们班考出来的学生，加上技校可能一巴掌也够数了，他这一穷苦家孩子在这样的班里居然考上中专了，服了。三子真是没尾巴，说是"夹着尾巴做人"，别人或多或少有点小尾巴，也许小小的，他就是没有。三子靠着没毛病混出了自己的一片天地，混成了个小官儿，很不易了，为他高兴。

　　说到了这儿，有位爷还得提，冯爷。那年补习，打南山来了俩哼哈二将，一刚一柔，刚柔不济，"柔"的是军哥，"刚"的是启兄（冯爷）。"柔"的是见谁都温和、都好，"刚"的是看谁对眼了谁就行，看不对眼谁也不行。有句俗话说"齿坚易折，舌柔长存"，军哥大学毕业后用他的"柔"征服了社会，证明了温和中的"刚"是一定能成事儿的，是一定会被社会认可的，军哥成了个可不小的官儿，虽然官架子是端上了，但和兄弟们还是一样的温和，真是很不错了。启兄是"刚"，补习时"刚"，大学估计也那样儿，进入社会那更是"刚"得不得了。"刚"得他成白头发老头儿了，"刚"得秃瓢儿了，依然"刚"性不倒，启兄真的是"刚"出了水平，"刚"出了高度，是条汉子。冯爷，和我真还不赖呢。

　　说到富胜兄了。家在村里的孩子，朴实诚恳，学习那是个认真啊，一早儿"study"能念上四十篇，还不累。富胜兄用勤奋证明了水滴石穿，竟比我还好像多两分考入第四军医大学了，毕业后又磨了根针，成了军医院院长、专业领域大专家，不得了啦。

　　这就说到守武了，好家伙，我可和这老兄要好了。守武补习时学校离家远，一不想回家就叫上我下馆子，沙河桥的蛋汤、东关城墙上的炒豆芽、浑中下边的煮挂面，可没少跟着吃。这还不行，吃的高度还不够，到家里吃去。守武家大妈可随和、可善，只要一进家门，那就是"俺孩儿不能走，俺孩儿吃了再走"，就是不让你走。守武家大伯更是爽快，酒杯往你眼前一放，"俺孩儿喝点，大男人得喝点"，就给喝上了，喝得和守武兄成了一辈子的交情，时不时、断续地找时间喝点，不喝咋行。

那时是真没少和守武转，东家长、李家短的，一次一起哄说到女同学美霞家转一下吧，几个同学一哄就跑她家去了。到家门口不敢进，守武嘴一撇："看你们没出息的，进。"领着大家就进去了。美霞娘儿俩在家呢，家里收拾得可干净了，浑源话叫"栓整的"。我可是胆儿小，靠得后后的，守武就开始发挥了，说："人家二虎（我的乳名）说想你了，让领着他来看看你。"一句话我当时不知往哪儿躲了，就差掉头跑了。那天美霞好像穿的是白色套头毛衣，短发，现在还能大概记着。后来，她考上山西医科大学，成了一名杰出的白衣使者，佩服。

据说守武还转到过水磨町村，在女同学向萍家还吃了顿糕，喝多没有就不知道了，反正那次我没去。后来才知向萍、振香俩和我还是小学同学呢，唉，早知道就好了，这俩也都考中专了。守武兄是真个转好了，最后转到西安公路学院去了。

再说说补习时另外一位兄弟——志一兄。志一愣脾气，硬人，不知咋的和我还很对付。志一看不惯一些世俗气，不理那一套。一次原本和我还不错，几个尽是家在老南山的同学，得了老师待见就有点飘了，看着我就像碍他们眼似的，咋也不行了，有些自以为是了。其实说实话，我不是太在意，甩他们三条街他们都找不到北，可人家不管，就是弄你呢。这下哥们儿志一和另外一个同学就不干了。一次，他们再奚落欺负我时，志一上去就是一拳，当时就给那位干晕了。这还了得，他们就找宠爱他的老师告状，好厉害，这老师还真给力，非得逼着志一说我给他递了刀要砍他们，要让公安抓我。好在志一才不理这些呢，志一父亲是一个领导，他们咋不了他。

这老师，唉，说个"真不是东西"咱也说不出口啊。

　　其实后来大家上了大学、进了社会，都长大了，再想起这些事来，就是小孩儿玩闹儿。一个班，大几十个小姑娘、小小子儿，要是一点儿动静没有反而觉着是不正常了。一大家子，老大看不上老二、老二瞪着老三，小孩子间有个小小嫉妒小心眼儿，还是个成长动力呢，老师也许是一时气着了，也就冲动了一下吧，生活就是该有点辣椒面、胡椒面啥的才有味道呢。志一考上技校了，成了电力系统一员干将。

　　还得说一下另一位兄弟——凌霄兄，已经没了。还是说说吧，一是警示一下自己，再也是提醒一下大家，还有就是挂念一下他吧。开始补习时，这兄弟可是个好孩子呢，干部家庭出身，待人可随和呢，比我晚考上一年。之后，回去看他时，那时就觉着这孩子有点变了，变得油嘴滑舌不说，还跟小混混似的，说是与县里一些干部子弟耍的。也真是，耍也不会个正经儿耍。后来大学毕业后，的确是有点靠不住了，哪儿只是"有点"，成天是耍钱、耍酒疯儿啥都行，最后终于是耍得自己撑不住了，走了，想不明白的人生啊。这位耍得起劲儿时，那阵子正好京城一老兄在朔州有一项目，我就常与他去看看，就此我就和姐妹儿慧慧说："你可少沾这兄弟。这是我的一位兄弟，我了解他，别让他弄着你呢。"还好，听了我话，她没被伤着。

　　慧慧，她那时已经是一位分行行长了。慧慧的父亲郭老师与我爸是同学，是哥们儿，慧慧她二舅和我爸是私塾同学，其实我们不仅如此，还有些更深的关系，慧慧的大姨是我大爷爷的第三个老婆，只是我大爷爷早没了，有个孩子也过早病死了，从此断了这条线。怎么形容一下慧慧呢，用个新词儿"格局"吧，慧慧是个有格局的女子，格局是否就是有理、有礼、有力呢，有胸怀、有胆魄、有见识呢，慧慧能凭一己之力当了行长，也就可想而知了。

一次和殿魁一起去朔州，他和慧慧是二中同学，就说："咱们得叫慧慧带上她那位喝一顿，不能就这么让他把咱们这姑娘就划拉走了，得干一顿。"于是就好好喝了一顿，把个姐夫就喝成了"赵哥"了，随着姐这么叫他了。赵江，爽快义气的一个人，好哥们儿，为慧慧高兴。

再说一下称兄，其实他和我不仅是补习时的同学，高中还是同班同宿舍。称兄是东山人，回趟家咋也得二十几里山路，就只能半个月、一个月回一次。只要是回家，周四或周五吃白面馒头他就攒下了，就揣在怀里上路了，饿断了肠子他也不吃。那年月，川里也难见点白色的面儿，山里一年里都见不上。称兄要带回去给娘吃哩，真个是孝顺。称兄农大毕业分回大同了，见过几次，还是那么朴实，高中时和我关系不赖，好孩子。

印象中还有两位伶俐的姑娘。丽娟，物理学得不错，偶尔考得让我诧异，一看就脑子够用，考上山西大学当老师了，会是个好老师。另一位华姐，一看就是个精灵豆子，数学、英语都行，那年英语好像比我还多两三分，她第一我第二。华姐大眼睛忽闪忽闪的，华姐上了山西医学院，分配到医专闪她的学生去了。

终于耍得上大学了，不耍了，咋一个耍字了得。

还有众多兄弟姐妹都历历在目，只是写不动了，向各位问好。

2008

我们相聚

蓦然间望着

陪伴着我生活的你

我觉得自己好幸福

就让时间

如此安稳地流逝

聊着无足轻重的小事

可我们真正怀念的

也许并非是旧时光

而是曾经那个

真诚美好的自己

师生的团聚

相聚在2008

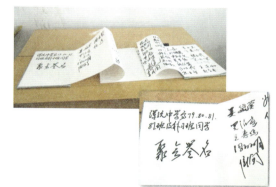

大家保重身体，快乐每一天！

2020 年 12 月 25 日

大聚会同届校友师生合影 　　　摄于 2008 年

后排左十：作者

第三部分

我那要好了的高中岁月（续篇）

《高中岁月》发了后，不想大家还挺喜欢看的。有位小妹说："哥，写得挺好的，还有没？还想读，续哈！"有个哥们儿说："写得不赖，咋就忘了我了呢？"还有的说："下次再多写点我啊，我再多激动会儿。"更有甚者说："您这童心不老的，并总是念叨永文兄偷着乐，倒腾点您的糗事儿！"老家时邻居家小女孩看到了后说："我还和这大哥哥耍过呢。"那可不，印象中不只是带她们上大街转过，还给他们几个辅导过作业呢。她姐说那时大了，不好意思和男的耍了，只记得我长发飘飘地在巷子里打篮球呢。唉，这孩子，就不知道俺数理化可还好着呢，耍会儿说不定还给她支两招儿，再多考几分就上北大了，后悔去吧，就怕咱拐跑她呢！

　　总之，林林总总的，净是些个美好回忆，看来真还有必要再多写点哈。

　　起初写那些时，其实也觉着未能尽情尽兴。一是写着写着就累了，人又懒，就不想写它了。再是说多了也是怕太啰唆了，没人想看是小事儿，怕的是兄弟们说："看把你嘚瑟的，烦不烦呢，说都不会话的，尽给俺们丢人呢。"既然还没招人嫌，那就再写它点吧，万一写好了呢？

　　那就把兄弟们再罗列一下，再找找他们那些个傻事儿、愣事儿，给它捕点风再捉它点影儿，实在不行了咱也可以给他们加点油添点醋，不是吗？

　　先从近处下手，那就先说一下我的同桌。

我那耍好了的高中岁月（续篇）

——浑源中学的那些人、那些事

续 篇 应届班
高 79 班的兄弟们

　　79 班我的第一个同桌应该是那个白小胖子永春兄，没错，白胖白胖的。永春兄还不只是白小胖，还成天笑呵呵的，跟谁都那样，笑模笑样白嫩嫩的，看得兄弟们，不，还有姐妹儿们都恨不得掐他两下呢，谁不喜欢呢。不，老师有点不喜欢。永春兄就是乐呵，就是不愿给老师们多动动他那个小灵光的脑子，老师们有时会有点生气呢！永春兄那时家里情况应不错，没记错的话他父亲是医生——中医，在他们乡镇附近名气还不小呢，也就把个永春兄养成个小白胖子了。永春兄那时常穿身军褂，关键还戴个军帽，绝对的潮人，牛得是不得了！在那个年代，这打扮那可真是能馋死个人哩。永春兄可能就是不想好好学习，毕业就考了技校着急上班挣钱去了，电校，有钱！2008 年聚会时，一个声音柔和地喊我"二虎"，我愣怔了一下竟没一下看出是谁，仔细一琢磨那神态，不是永春兄吗？咋彻底换了身行头呢，成了个精干利索小伙了！据说永春兄一改过往，还喜欢上运动了，似乎是打羽毛球，还爱好上书法了，写得还挺好，竟又喜欢上学习了，也是，啥时学也不晚，乐趣嘛！

　　顺便再说一下印象中另外几位有点胖的兄弟吧。女生中当时略

竹青姑娘与我初中同学，79班1年。2008年大聚会

为丰满些的有向军、竹青。竹青其实和我在郝家寨时是初中同学，当时这个村的学校和其他地方有些不同，这个村男女同学没有忌讳，平时都互相往来，说个话了、打个架的都行呢。不像其他村，甚至说浑中这么高级的地方，竟还是男女生不说话、不来往，死封建似的，就知道偷偷地弄个眉眼、捎带张小纸条，写得究竟是些个啥就不知道了，想知道人家也不告你呢！我和竹青初中时是说话的，只是她那时相对内向，还有点小清高，不待搭理人似的，交往就不是太多了。她也是后来进的 79 班，不到一年就又转文科班了。其实她那时不算胖，略丰韵些，才迷人呢。2008 年聚会时觉得她有点胖了，她说每天不咋动就胖了，也是，她原来就不咋爱动。过了几年，听说她身体出了些问题，她先生这老哥人好，陪着她来来往往治疗检查，看她现在情况还不错，愿她好好保养，一切幸福安康。向军呢，是觉着她高中时就有点小胖。向军成绩挺好，入学时应该还是前几名的学生呢，好像应是化学课代表吧。后来，向军学习渐稍落后了些，我觉得原因也是她年龄稍大些，学起来分心，太费劲儿了。向军好像考了农机校，毕业回浑源了，安安稳稳地过着自己的小日子。2016 年聚时知道她身体也出了些小状况，又听说做手术了，愿她一切安好。从竹青、向军的情况看，兄弟们还是多注意些吧，不要让自己太胖了，都年龄不小了，胖了应该是身体容易产生些小问题的。

明禧兄也是有点胖，2008 年大聚会时见面了，还是胖。明禧兄是城里干部家庭出身，受家里影响，他也是相对较有社会认识与社会能力的，性格上也较温和。明禧兄印象是考中专了，后来留在了大同，干得不错，过得温馨。

"花瞳三杰"中说了俩了，丽莉、向军，还有一位男侠永胜兄。其实永胜还是非常有个性的，这哥们儿脑子好使，脾性有点内向，甚至说别扭。他觉着你还行就还搭理你，觉着你傲气、世俗啥的，他就扭着个头不理你，也是硬得不行。永胜兄家我还去过，他和我那时还行，这老兄没觉我别扭，相对关系还不赖呢。永胜兄家境也不错，印象中他虽在村里，但父亲是有工作的，也许因此养成了他傲气的一面。他考中专了，分回县里水泥厂，开始应该还不错，不想厂子后来倒闭了，弄得老兄也只好四处奔波去了，愿哥们儿一切都好。

"上韩七兄妹"说过两位了，再说几位。加文、劲松、存吉兄。前两位是否都是村里干部家庭呢？没考据过。但从他俩的风采看，两人应该是这个情况，都是有点小想法、小追求的学生。两人入学就都当班干部了，老师们有眼光。毕业后他俩都考煤校了，一个雁北，一个太原，也就都各自在各地奋进了，都弄得挺好的。存吉和这两位大不同，甚至不如直截了当地就说他考虑问题还是有点欠缺的。存吉实际上是我第二位同桌，这老哥的小心思可以说我心里明镜似的，一清二楚。他入学成绩还不低，起初我还对其有些仰视，他自己也自以为是的，还有点自我清高样式儿的。但平日的几番论理，我就隐约觉得这老兄不真，还有点小糊涂，一轮考试后更是让我彻底明白了他的真实状况。可以说他的成绩至少有一半是假的，都是抄来的，抄得还狠着呢，装得还可像呢。老师一念成绩，他自己还很沾沾自喜的，瞬间还觉他自己很牛的，不理人啥的，可把我下巴骇坏了，乖乖的！至此，我明白这老兄迟早一天会出事儿的，因为他因此还不只是自以为是，

右1淑丽、左1中华、左2萍姐、
中间新玉　2016年79班聚会

永文（左）与日德兄（右）　2016年79班聚会

自力兄（左）与春顺兄（右）。一位防疫专家、一位
赤脚医生。2016年79班聚会

还想入非非了。这老兄当时年龄也是偏大，这么一来，真以为自己是位大才子了：别看咱相貌平平，有道是郎才女貌，班里的大姑娘们俺得好好挑拣一下呢，好家伙，不仅是做春梦，做美梦呢，蛤蟆在瞄小白天鹅们呢。还没毕业，第二年他就被分其他班了，又到下届班了，是否参加了高考，印象是脑子麻木得回家了。那您回家也行啊，安心该干啥就干点啥不也挺好，不行，自己一别扭就真疯了。真不知家里人都咋回事儿，前些年疯得把父亲害了。他被抓进去后开始在县里时，兄弟们都还想法关照他一下，别让他太受罪了。原想他这样不会刑处的，后来还给判了十年多转其他地方了。往好处想至少有个吃饭的地方吧，不然出来又有谁管他呢。咋管，父子都是仇人了，对别人一疯再动了刀呢。也不知这老兄将来会怎样，有将来吗？从存吉兄的情况看，一个人真还得有点自知之明，脚踏实地些，别总是惦记那些跳起来都够不到的果子。即使您能跳个三丈三、九丈九的，也得想一下能否平安落地，不然不是个狗吃屎的事儿，小命儿没了也常有，没看见现在许多跳得高的一些人，最后摔得挺惨吗？

就再说说北边村几位兄弟们。毕村有全德、加权，奎哥印象也是这村。春顺兄好像是二岭，三顺、武兄是泉头村。全德个子小人应不算小，机灵豆子，觉着就没有个学习的想法，各门功课都那个样子，基本上处在瞎耍状态，毕业就回家去了。后来不知怎么弄的出车祸了，是较早走的一位。全德兄人还是不错的，只是爱瞎耍，学业未成。加权兄挺朴实的，也不太爱多说话，平时学习还行，也较用功，毕业时没考上，也没补习。从平时穿着上看挺整齐的，不像是家挺困难的，是做其他打算了还是咋回事呢，后来都没有联系，啥情况就不知了。奎哥朴实憨厚乐观，那时就总笑嘻嘻的，学习似乎不太开窍，毕业就回家了。2016年聚时见他了，还是一样笑呵呵温厚劲儿，一看就是干活把式儿。其实我从内心很佩服这些哥们儿的，人各有短长，念不了书就干好活，没啥了不得的，怎样都能求了生，幸福与否更多还是你对生活怎么看，不一定当了官有了钱就真快乐，真的是未必，社会上种种乱象，大家应该是可看明白的。春顺兄也是很朴实，但老兄朴实中略带些小幽默。春顺兄其实可以说还是很有些小不幸的，那个年代究竟是家长们很少留意管好孩子，还是社会管理有许多疏忽处呢？这位老兄几乎可以说是毁了容了，印象中好像是村里磨坊中堆放的打雨弹炸了烧伤了他，一脸的疤痕很明显的，甚至说胆小的一些人看着会有些小怕，女孩子们可能更怕。我不在意这些，实话说我内心是个极善的人，往往会对他人的小不幸会痛心，我不是简单的同情，而是内心更多的是觉得与他们共运命，和他们有一种天然的亲和感。我和春顺兄虽然似乎没有太多共同点，但处得还是比较随和的。春顺兄学习好像不是太用功，成绩也就那样，似乎老哥对生物、医学有点兴趣，毕业后回家了，成了乡村大夫，日子过得也还行。2016年聚会时看着还不错，还挺乐呵的。

　　顺便就提一下四龙兄吧。四龙兄印象中是西边什义号村的，平时衣着打扮挺整洁利索的，一看家境不错。老兄性格很随和乐观，人性很善。四龙兄也是有点小难，面容小半部有些疤痕，究竟是咋弄的，似乎没听他说起过，多少对他心理还是有点影响的。四龙兄又留了一级，好像是考的中专吧。后来到了政府部门，做了个小官员，干得不错。三顺兄觉着性格稍有点木，人很朴实，毕业也是回村了，后来怎样不知了。武兄是个有意思人，和我还一个宿舍，印象中俺俩还干过一架呢，只不过都是小孩儿玩闹，耍急了就干起来了。我应该是不会打架，不知咋就把哥们儿压身下摁住了，问他："敢不了？"他说："不了。"也就结束了。第二天起来哥们儿眼圈黑了，我说："我没打你眼啊，咋就这样了？"他说："不管它。"这老兄就这性格，大大咧咧、叽里呱啦的，似乎感觉有点傻，但实际上不是，是个人极好的哥们儿，只是不拘小节。武兄脑子其实行，补习后好像是考师专了吧，成了人民教师，与他的学生们打闹去了，与我们同学秀兰结了连理，过起了他们的美满生活。

西边村有峰哥，好像是驼峰那边的，具体不清楚。军兄是官儿村的，岳兄是李峪村的，大概就这几位了吧。他们三位不同时期都和我一个宿舍住过。峰哥、军兄两位觉着家境都还行，军哥像是村干部家庭。峰兄耿直，有点刚，考中专了。军兄似乎有点猛，稍有点愣劲儿，毕业回村后，靠着自己那猛劲儿愣劲儿，一下成个浑源富人了，不错。人看来有时还得有点愣劲儿冲劲儿，只说不练是假把式，下手弄或许才成真。岳兄他们村我很熟悉，是我姥姥那村，和我姥爷家还同一个姓呢。其实这个村很有意思，主要穆、高两大姓，还有一小姓元。汉族人没有穆姓，是鲜卑贵族改姓的，元姓是鲜卑皇家改姓的。我原以为这村高姓应是汉人，但后经种种考证，我个人认定其为鲜卑贵族后裔的一支，真的很希望能有人好好研究一下这村情况，说不定还可以和这村出土的辉煌青铜器关联起来呢，

秀娟（左）是一位内秀文静的姑娘，秀娟与米兄（右）合影。
2016 年 79 班聚会

宝龙兄（左2）又在看我笑话呢
2016 年 79 班聚会

花町三杰　　2016 年 79 班聚会

这批文物中的牛形牺尊还一直占据着历史课本呢。岳兄脑子灵光，性格略偏内向，与人交往不是太多，属于内心较有想法的人，补习后考包钢院了，留在了他祖先拼搏之地寻求自己发展了，是否冥冥之中有所召唤呢？

还有几位兄弟，桢兄、振孝兄、建军。桢兄城里人，膀阔腰直，挺帅的一哥们儿，被翠叶给拿下了。究竟是高中时就对了眉眼儿，还是考学后才鸿雁传的书，当时似乎大家没啥觉得，估计一切美好只有他俩明白了。桢兄性格有点内向，不好说话，一说还脸红，有点耿直。振孝兄性格还是很随和的，只是相对有点刚、有点耿，甚至有时会让人觉得冲，人其实很不错，考林校上林场了，"占山称王"去了。建军与班里大多数同学不同，家境好，在那个多数人为吃发愁的年代，建军应该说没那种感觉，因而常是脸上洋溢着快乐的笑，以至于不是太想学习了，留了一级后考上了大学，上了军校。估计他平时自由惯了，受不了那种约束，青春懵懂的咋愿受那苦，一年后退学了。后又考了财经学校，脑子还是很够用的。

永昌兄81班第二年过来的，哥们儿人太憨厚了，城里人能这么憨实的少。毕竟环境不一样，村里可能几十里地见不着个人，朴实也就是自然的事儿了，城里恨不得方寸间挤着，还能是那么个厚道就是品性太好了。后来是考中专还是技校了呢，记不太清了。君兄城里人，也是第二年过来的，是83班的。君兄很随和，人也实在，考中专到政府部门了，一位小官员，自己也是做出了不少努力，日

浑中旧教室

高 79 班 2016 年聚会照

子过得还不错。还有两位双胞胎兄弟，一个在 79 班一个 80 班，都是从后边班来的，少与他人往来也少言语，"好好生"们。

巍哥性格爽朗耿直，印象中他当时学习还不错，似乎也是理科还行文科不行。他家里情况感觉还行，不知为何哥们儿早早考技校了，许多事情说不清。老兄很义气，印象中后来常有同学学校放假回家时顺路去找他，至少是有吃有住了。国荣兄姜家沟人，脑子活泛，性格开朗活跃，能说会道的，俗话说"耍得还油着呢"。印象中于兄说大学假期时到一位同学家耍去了，第二天早上起不了床了——

浑中大礼堂

时髦的大喇叭裤没了。那同学留了一纸条说，要走就穿他的裤子吧，于兄裤子是被穿走了，就别等还了。老于这一耍是赔大发了，失了所爱，这咋向漂亮女友去显摆呢。我一猜，这一定是国荣兄干的，较符合其性格，不拘一格。2008年聚时见他了，原本高中时关系还不错，他问我知他谁否，我就开了句玩笑说"姜二皮呀"。一句话不成哥们儿生气了，岁月似乎还改变了他些，开始认真了，我直悔，也没找到个机会道个歉，老兄谅解吧。后来听说国荣兄出了点小状况，估计平时喝酒多不注意吧。还得多说凤军两句，这哥们儿是我第三位同桌。凤军成绩不稳定，时好时差的，其实也是和这哥们儿喜欢抄相关，抄上了就好了，抄不上就差了。这兄弟太爱面子，靠着抄撑面儿呢。我曾经说过他，他不在意，只是不让我告诉别人，我自然是不会的。可抄能解决问题吗，有本事高考时抄啊，显然是可能性不大的。这哥们儿终究也没抄出个啥名堂，只考了个中专，似乎觉着自己丢了面儿似的，不和大家来往了，傻不？他那时身体还有点问题，总咳痰，他也不在意，到处咳，其实不少人还是挺烦他的。我虽也觉不好，但他是有病呀，也不能就这么嫌弃吧，和我处得还行。

琴姑娘，城里人，实际老家是李峪村人，穆姓。一听这姓就不得了，琴姑娘性格刚烈泼辣，到银行耍钱去了，日子过得是红红火火的。顺英，城里西关人，每天骑辆自行车东一头西一头地跑着。这姑娘我个人认为非常善良柔和，补习后考师专了，也成了一名人民教师。

班里还有几位女生，晓莉、翠叶、慧民什么的，也许还有几个男生，只是好像他们没有过多的棱角，都是些"好好生"。好好地听话，好好地学习，好好地吃饭，好好地睡觉，总之就是好好的。其实生活中也是这样，总有不少人就这么好好地过着，怕惊了天动了地似的，过着自己感兴趣的生活。

还有无没提到的兄弟姐妹们了，应该还有，有也就是那些个"好好生"们了，现在应该都是过着好好的日子吧。

高 79 班的趣事儿

再稍说几件有趣的事吧。那时好像大家多数都是在认真地学习呢，事儿真还似乎不多，简单说几个吧，更多也是我自己的糗事儿。

志华，黄老师的姑娘，估计当时没几个人知道，我知。志华像黄老师，性格很温婉，是个小靓女。小姑娘不是太用心学，记得黄老师有时看她不认真听课时就会偶尔提问她。志华还在走神呢，自然就答不上，就低着头站着，黄老师也不吭声就接着讲他的课。不一会儿，黄老师就温和地说"坐下吧"，似乎一点不生气，志华也是，该走神还走神，没事儿似的。志华再分班时到其他班了，之后是考中专还是技校了呢？

还有一事儿，当时自己很有点不解。一次上课时一女生忽然站起来捂着脸跑出去了，咋回事儿呢？不知道，现在似乎明白了些了。也是，再不明白自己真就是个傻子了，当时就够傻的了。说这个就是开玩笑，大家乐乐哈，可不敢对号入座哈。不过真对号也没啥，这个年纪了，兄弟姐妹儿似的，有啥不能说的。就说个"那时我还真可喜欢你呢"，应该也不是个啥事儿，其实更多是份美好呢，有啥呢，都好好珍惜吧。

那时学校粮食供应限量，吃不饱，大家就从家里都带点吃的，我可能带得更多。一是我老瞎玩儿瞎动的，好饿；再是自己有时也懒得学，有时晚自习时就早点回去偷着在炉火上做饭。那天还没弄好，就熄灯了，我就和炉火旁一兄弟说"帮我铲一下锅"。那天应该是侯老师晚上查宿舍，就听到了。第二天恰好侯老师上课，趁我没留意，就让我回答一下刚才那问题。其实那阵真有点走神，我就不知道问啥，这下正中侯老师下怀，就说"你每天晚上不睡觉光顾着铲锅，你能回答上吗？"其实如果我知道问啥是能答上的，只是被侯老师弄个措手不及，侯老师正等这时机想治一下俺呢。

还有一次记得是打了一下午篮球有点累，晚上又吃小锅饭咸了，睡之前就有点渴的感觉，暖壶里又没水了，想着睡了也许就不觉渴了。半夜却渴醒了，大半夜去水房也不敢，小孩儿怕鬼呢。渴得实在不行了，洗脸盆里有洗完脸的水，就喝了两口，那个味儿啊，也不知那晚洗过脚没，唉！

记得有一次是骑着车就冲进学校了，那个来劲，忘了宿舍前有晾衣服的铁丝了。恰好也没晾衣服，感觉一闪一抬头挂胸上了，可把我跌得够呛，幸亏反应快，没让铁丝挂脖子上。尽是糗事儿！

高二那年加文把他弟转到浑中初中了，估计是想这样好考浑中高中，可能是找赵老师办的，真行。也是为弟铺条路子，挺不错。浑中初中基本上都是城里孩子，他弟眼睛稍有点问题，再加上是村里来的，也就基本上没啥同学与他来往了。这孩子实际上心理还是很孤单的，我看他哥基本上也少管他。他住在我们宿舍，别人都在忙乎学习呢，他又小，宿舍里也就一样没有人理他。也许他看我也

浑中师生小合影　　　　摄于 1985 年 4 月 14 日

后排中：作者

前排中：老师臧雪

中华（右）与熊老师一展歌喉，中华是79班班花 2008年大聚会

右1：守武 左1：顾爷 左2：张院长 2008年大聚会

小，也许是觉着我较随和，这小孩儿跟我相对是较亲近的，还有意搬在我旁边挨着我睡，常常问问这问问那的，有什么题不会做也让我讲讲。我也是常常尽量照顾一下他，他也是可喜欢跟我去打个水、打个饭的，或许是怕别人嫌他端不动吧。那时都吃不饱，我吃带的干粮时多会也给他些，小孩儿挺高兴的，甚至感觉与我比和他哥还随意些。这一年，我给了这孩子一份儿温暖，之后他怎样了呢，就不清楚了。有时还会想起他，愿他一切都好吧。

　　高考了，那年我16岁，其实我基本上不知高考的实质意义，认为就是一次考试吧，也许只是正式点呗。上午考完一科后觉着饿了，反正下午考还早着呢，骑上车就回家了。到村里也就不到十里地，一会儿就到了。进家后我妈很惊讶，说："你不是今天考试吗？"我说："上午考完了，我就回来了。"妈说："俺孩儿吃点饭赶快回学校吧，别影响考试啊，明天可不能再跑回来了，等都考完再回来吧。"这就是那年我的考试状态，没觉咋回事儿。其实那年总体说考得不错，只是一个小闪失，一个也许是年龄小缺少的意识，让我又过多地经历了两年的心理磨砺，命。人生也许就是个历程吧，或许你就需经历这些，好坏难说。

续　篇　补习班
补习班的兄弟们

再说说几个补习班的兄弟们吧。

炜哥，南边学校过来的。炜哥人性善，与人和气，觉得那时他家境挺好的，骑辆崭新的自行车，总笑呵呵的。老哥精明能干，学习也还行，考中专了。毕业回了浑源，后调大同了，不简单啊。老三，张老三。上次写的东西发表后，老三说："记性真好，就是把我忘了。"我开玩笑说："没，那时你是城里人，清高得很，不搭理俺们。"老三，城里人，他们"二中帮"之一。那时老三太内向了，基本很少和别人说话，我和他们二中几个找他耍过，也只是简单见见面、简单问候几句，他既不爱多说也不咋爱走动，好好孩子。可能是这个性格影响，或是一直在等待心中人出现，反正老三估计是最后一个才大婚的，我就够不开窍了，他比我还甚。觉得老三性格有所变化应该是毕业三五年后，一次竟到厂找我耍去了，令我有点诧异三兄还主动上了。然后我俩在宿舍吃了饭，瞎聊了许多。看老哥话还多上了，这还不说，走时还把我自己在车间车的一副哑铃提走了，说："这个好，你自己再做副吧。"三兄竟然还胆子大起来了，还敢拿人的东西了，三兄变了。

焕晓兄，应届80班，西边温庄的，和我还是有一定缘分的。焕晓补习一年后考入了太原重型机械学院铸造专业，我第二年入起重运输机械专业，又在一个校了。高中时没啥来往，补习时也不多，大学时来往一下就多了起来。焕晓脑子活泛，性格也很刚硬，属在哪儿都掉不到地上的。毕业后到大齿集团了，没几年结婚了，媳妇儿家庭有一定背景。也是，焕晓兄找的媳妇怎么可能没点说法呢，强人。焕晓一结婚就住大楼房了，把俺给羡慕得直流口水，流又有啥用，自惭形秽去吧。世奎兄，城里人，家庭不一般，一看老哥就是大气人。老兄人很好，就是太刚太硬，常是瞧着不顺眼的就真不瞧，个性太强。他山西农大毕业后也回大同了，与焕晓、我三人处得不错。他俩都是不爱搭理别人，三个人都是驴脾气，驴一块儿去了。世奎结婚还是我俩跟着忙活的，在市里一处平房独院。真是行啊，挨着扎我针儿，你们还让人活不？同学们没叫多少人，他那硬劲就那样儿。

再写几句慧慧吧。上次写完后微信中和她聊起时还说，本来有几个场景还想写一下，只是篇幅有点长只好作罢，再写时补点。我们和郭老师家确实不同一般，不仅我父亲与郭老师是同学，与慧慧母亲王老师也有一些亲戚关系，父亲与郭老师私交的确很好，一直有着来往。慧慧哥琛琛比我高一届，由于父辈们的来往，好像我们也是很熟的样子。妹鹤鹤与我弟、妹同班同学，我与慧慧似乎没什么过多交集，但实际小时就见过。这一年补习时，刚好文科班离我们不太远，不知是好看的女孩子都是爱学文科，还是女孩子读了文科就神采奕奕，抑或是自己心眼长了点，反正就是时不时地也爱往她们那边瞟几眼了。竟还看到一个小姑娘好眼熟，不错，就是眼熟，那就是慧慧。我们下放农村时，父亲究竟是不愿成天看着那些土圪垃，还是又想念他的那些朋友、同事们了，是终不愿离开这个县城呢，还是不想让他儿子们真成了老农民了，这就说不清了，就是断续地骑车带着我们到城里来，看看啥是城里，看看啥是城里人，也就去过郭老师家多次了。没错，就是我当时见过的那个小姑娘。慧慧那年补习一年后又转山阴补习去了，似乎是那时结下了她的人生美好。慧慧是 1984 年考上的，晚我一年。第一年春节后再回校时，郭老师担心她一个小女孩路上不方便，就说你和慧慧一起走吧，带上她。我们两家有交往，我也就没觉有啥不妥，像个自己妹妹似的。虽然一路上还是没好意思多说话，但也没觉有多生分，亲人似的。到太原后送她回校了，还说有时间再去看她，这便是我与慧慧实际上的第一次来往，以前仅是觉得见过。之后竟好久再未能见到她，慧慧经历了一些自己的难，人生中许多事儿真难说。再见慧慧就是那年因一位朋友在朔州有一个项目需常去看看，就有机会找慧慧了，见面亲人似的，一顿好酒又结识了个赵哥，人生乐事儿啊！

说两位有点特别的。先说成儿兄，这老兄，咋说呢，长处是真长，短处真短。成兄 80 班的，很难描述他究竟是啥性格，说朴实不朴实，说活泛说不上活泛，总之是说不好。成兄在补习班时有一个外号——"一摩尔"，补习同桌晓东给喊出来的，大意是成兄背了英语单词儿有"一摩尔"，够吓人的。这位的确应该是记忆力很好，这是他的长处。实话说成兄性格上可能有点不成熟，所以就很难说他究竟是怎样的。他补习后考山医了，回了县里成一名儿科大夫，据说还不错。毕业后，几个同学一高兴，说到成儿家耍耍去。他媳妇儿也是我们同学，金叶姑娘。人多，我进去就靠着柜子站那儿了，那时候时兴平柜，崭新的，也是，刚结婚吗。手一扶柜子，感觉边上有几个大坑，诧异，问之，说两人打架刀砍的，也不知男的砍的还是女的砍的，刀痕上未标注，这两位！后续一来二去两人就过不下去了，成儿哥赌得裤子也没了，也不知跑哪儿去了，真成！

看来人还真不能太没谱，太过了真会出事儿的。再说玉堂，金玉满堂？不尽然啊。这老兄荆庄村人，我也在这村住过，从年龄看他应该比我在这村时高一届或同届，具体他没说。这老兄表面看挺灵活会来事儿，个子不算高但还是很精神利索的，应该不是那种太死性学不进去的。我起初觉得这位还是能考上个学校的，大学不行中专也是行的，并且觉着这位将来也会混得不会差的，会混出个人样儿来。结果呢，这位的行径真是让我大跌了眼镜。我们补习时他没考上，似乎是一定还想上大学，之后一年好像是脑子出问题休学了，又一年说终于考上了，那挺好啊。不想进校一年多又说跳湖了要自杀，不知是学业不成还是想小妹子儿想的。后来好像又说学校也妥协了点，让他毕业了，似乎是真怕他跳了楼啥的。他毕业回县电厂了，那就好好工作好好生活吧，好像还找了厂领导家姑娘，前途应该有望啊。听说又不知想啥呢，想得竟然疯了。2008年聚会时和他要好的几人说去看看他，我就一起去了。家里剩一个老父亲了，家徒四壁，可想而知。他没在，那阵儿病又厉害了，进医院了，打了个电话联系问候了一下，开始还说"二虎，我知道"，后语就是"今天下地干活不"，都不知道在说啥，没了连贯思维了。和他老父亲聊了几句，老人一脸的无奈。本该颐养天年的年纪了，不仅没人管，还拖这么大个麻烦。给老人留了点钱，补贴一下生活吧，一声叹息啊。这哥们儿的经历再次说明，人还是踏实点好，想一点行，多想点估计也行，可别真想太多了，太多了脑子会炸的。

再说两位。旭明兄，80 班的，应该是第二年分班时又从 81 班过去的。他补习时与我一班，同桌。旭明兄那时给人感觉有点木讷、结巴，因而也就少有人与他往来，说句话等不了，人家也就不等他了。我能等，同桌，一边干事儿一边儿等呗，这样也就只和我较近了。一日，我突发奇想，我说："旭明，你这反应慢，是否耳朵里塞上东西了，听不见呢？来，我给你看看。"这一看不要紧，真还是发现了大问题，这哥们儿两个耳道里各有一大块儿灰黑色的铁耳屎，玉米粒大，像两个耳塞似的把个耳道塞死了。我给硬抠出来了，我说："你自己就没觉着？"还真怪了，之后旭民好像真还有点变了，反应有点快了，也更增加了我们间的情谊。实话说，他好像就和我行，别人他也不敢和人家来往似的。旭明印象中数学还行，文科也可以，理化不行。这个还是有点让我想不通，数学可以的话，一般说理化差不到哪儿，他是特例，搞不懂为何。补习后考电校了，分电厂了，几年后听说干得还不错呢，厂里还送他到北京进修，很不错了，为他高兴。2008 年大聚会时见到他了，我知道他字儿应该写得不错，还让他给签名册写了个题名。忽然间觉他说话不磕巴了，我说："你现在说话像是顺溜了。"他说："哪只是顺呢，现在说起来停不下来。"可不，这哥们儿变得抓着话筒不放手了，啥毛病呢。前些年时兴微博，忽一日电话联系我，说他现在是网络写手了，还很有名儿，让我看看。我说一定拜读。找到他的文章看了看，写得确实是不少，但总体觉着还是有点空，有些理想化，甚至说偏执。侧面提醒了一下，我说："有些问题也许我们知道得不够全面，也难了解实际情况，因而还是慎重为好。不肯定的就先别说了，别给自己找麻烦，别给社会添乱子。"老兄似乎没事儿似的，好像依然我行我素。只是他一些东西我不再多看了，没啥深度，就那样。之后微信又盛了，我们有个同学老师小群，他也在，刚开始时就时不时发一些捕风捉影儿的事儿、东西方的言论，我开始也是善意提醒，老兄基本是不管不顾。我实在不明白，你脑子里是糨糊，就没个基本判断。甚至我还和他说："旭明，你这号称网络写手，那您一些言论是会产生社会影响的，您这自己都弄不明白的事儿就一通胡喷，您这不是给社会制造负面影响，给社会造成麻烦吗？"老兄依然还是不管不顾。之后再在群里说时，我就直接驳他。这兄弟让人气愤的是，他也不思考，下次照样喷。这样时间一长，不少人就不想忍了，他再喷时，就不少人怼他，几次后好像消停些了。我看他在其他群发东西时，基本上没人附和他，我知道这哥们儿又添啥毛病了，为何呢？从一个极端又到了另一个极端，不知何因。生活中真有些人只是感性地生活着，为何呢？脑袋难道只是吃饭的吗？哪怕您只是或多或少地想想也行，或者说也听听别人的看法啥的，真的是搞不懂啊。反正我自己觉着，咱自己没本事能为社会做啥贡献，但咱一定可约束好自己，不给自己找麻烦，不给社会添乱，尽量做个好点的人吧。愿社会安定，人民幸福。

　　元亮兄，还是很犹豫要不要写他。写，怕是话说得不合适了受埋怨；不写，似乎还真是常记起他的一些事儿来，还是写点吧，就当是个挂念吧。再说都这个年纪了，也没啥合适不合适，没什么大不了的。写点儿话还说不定让人们有个思考啥的呢，写点儿！元亮兄高我一届，高中时隐约就听到过其大名，原来传的咋也是名牌大

浑中旧校园

补习班同学　2008 年聚会照

浑中旧操场

学，结果是没考上，就这样就和我们一起补习了。补习时还是很有激情的，在屡战屡败后——印象中应比我晚两年，终于攻下个山头儿，大喜考上了，好像是兰铁院工民建专业，其实说应该是真不错了。毕业分南口厂了，还是很不错的。感觉这老兄和大家处得都不是太深的，也许是忙着事儿吧，顾不上这些个鸡毛蒜皮的事儿，与我见面顶多打个招呼，聊上几句而已。上大学后印象中再未与他见过面，1997年我到京后隐约听说他在京，还不错。那个时候即使工厂里，基建的事儿也不少，有事儿做，再说还是大学毕业，做得不赖也就正常了。后来又听说出去干了，也是，房地产市场正火着呢，出去闯闯也挺好。再后来，就听说似乎这老兄耐不住性子了，又有想法了。一次有电话联系说是元亮，说他的矿就差那么一丁点儿就捞到金子了，还需要那么最后一点银子点下火。我俩之前从来不联系也未见过面，社会中做人做事儿总是有点规矩的，我要是这么借了估计对自己也交代不过去吧。正常说，总得有个可抵的吧，房还是地呢，钱烧没了咋也得见点灰见点渣儿吧。再不济赌个情义、信义啥的也可以，可问题是我们始终没个联系没个交往的，咋来情义，咋有信义？也不知老兄最后怎样了，是挖出了金还是只是挖了个坑儿，总之，愿他好吧！我想说的是，每个人可能都会有些想法，有点追求，才是对美好生活的向往。但出来做点事儿也需权衡一下，自己的腰里有没有家伙，啥东西都没有，两手空空的也许就会吃亏，不可打无准备之仗啊。哪如踏实点，一步一个脚印地去享受自己应有的人生呢，超出了自己的能力，到头来怕得是一场空，那这样子人生就有点问题了。

补习班就再写这几位吧，其他人都在好好学习着呢，就不打扰他们了。

补习班的趣事儿

再说两件补习时的小事儿吧。

班里一位兄弟不知咋就碍了老师的眼了，一天，不知是因为他没好好扫地还是咋的，这老师拿起扫帚柄趁他一弯腰就砸了上去，柄子瞬间断成两截儿。估计是杨木的，不结实，那要是柳木啥的呢，这一家伙会怎样呢？不好说了！还好没事儿，之后这哥们儿记恨不，我觉得不记恨估计是假的。

有一件事儿与我有关。班里一位女孩不知怎么就对我似乎有点意思，起初我根本不知，我心理成熟较晚，那时的确不懂这些。我和他们没法比，班里多数人都是比我大两三岁的，我就是一小屁孩儿，人家男男女女的也不爱搭理我。多数时间，我是自顾自地玩儿着，跑步、打球、回家等等，顺便瞅上几眼书，也就这样。印象中这位曾路上堵过我几次，我也不知干啥，本能地就躲开了。有一天下课间打扫卫生，不注意间她就硬塞了我一封信。我正不知所措心慌中，老师进教室了，我顺势递给他了。结果意想不到的事儿发生了，这老师上课就直接把信给念了，这女孩就跑了。我很懵，觉得这么着太不好了吧，不知该如何是好。开始这老师没当回事，这女子有两三天没出现，他急了，派学生四处去找，无果，把他急得够呛。几天后，她自行回来了，无事儿人似的。她就这性格，实际上根本不在乎这些的，人家想做什么就做什么，不在乎别人是怎么看的。我那年 17 岁，客观上还没到我需要承担什么法律责任的时候。再说，人家有喜欢的权利，我也有不接受的权利呀。问题是这老师是不该这么个处理法吧，您活了半辈子了，很正常的个小孩子们、小年轻儿们玩闹，您不知道该咋办？真是无语。也还是碰上个想得开、无所谓的，真碰上个好面儿的，出了事您担得起？再说，我虽然没有法律责任可担，但我也不愿受到心理冲击啊。这位老师与上件事儿是同一人，真是不知该咋说。我觉着老师们在管理学生时，真不能只是那样简单粗暴地解决问题，他们都是些孩子，对事物还未形成一定的看法，可您是成人啊，咋能不理性些呢？

就说这些吧，再写就啰唆了，这也够啰唆的了。

2021 年 1 月 10 日

第四部分

大学时代

大学生活是人生最美好的一段青春岁月，可以肆意挥洒。

当然，难免也会有些许遗憾，有些不如意处，这就是人生吧！

大学时代

到 校

1983 年考大学了，太原重型机械学院起重运输专业。太原重型机械学院是当时山西省最好的大学之一，省内唯一一所全国招生、全国分配的学校，录取分数线不是一般的高，印象中怎么也得要高出分数线二三十分。"重院两朵花，起机与锻压"，起机更优，起机专业录取分得高出分数线四十分上下。当时省内仅有两所部属院校，重机学院隶属机械部，机械学院军工背景。

虽然三次高考都有结果，但两年的补习还是有着不少的心理创伤。后来想起来补习往事真不是个滋味，还是不要经历这些为好，会有心理后遗症的。但人生有时由不得自己选择，客观因素、自身性格一点稍微的差池，你可能就走错了路，绕了弯儿。心理压力下，考的成绩不理想，文科是硬伤。实话说理科成绩与我的实际水平也是差了不少，但这有啥用，那个数字才是真格的。未能考上自己满意的学校，心里还是有些灰暗的。不过实话说，那几年招生比例也是太低了，1981 年前应该是不到 3%，1983 年不到 5%，后来才渐渐

太原重型机械学院机械二系 83 级起机 2 班全体同学毕业照（后排左 10 为作者）

高了。

　　我是与录取到太原工学院的几个同学一起走的，他们学校与我们同期开学，那年工大得有八九个同学吧。一起乘长途车去的大同，各自扛自己的行李卷，还得再拿个大提包，装衣服啥的。长途汽车站到火车站不太远，也就一里多地。长途汽车站下车后几个人扛着行李卷，大包小包地提着就奔火车站了，那架势比现在农民工进城还壮观，还狼狈。只是那时出门的人少，不过路还窄呢。总而言之，那个时候国家确实还很落后，各方面都还是很不方便的。估计现在的孩子们已经没法想象出那种情景了，即使看到些资料，恐怕也难相信！呼哧呼哧地到了火车站，放下行李，派个人去买票，其他人守着行李，怕丢了，丢了行李就得睡光板床，还不冻死？不像现在，放一行李卷，除去可能被当垃圾清理了外，您放上十天半月啥的估计也没人瞅一眼的，社会变化起来还是很快的。票应该是我去买的，就咱出过个门儿，他们连个北也找不到。票买了，也就踏实了，晚上的车，还有十几个小时呢，怎么办？总不能就死守在那儿吧，小孩子也坐不住啊！我说这么办，咱们把行李存了，然后市里耍去。好家伙，一听，大家伙都来劲儿了。

坐公交到了红旗广场，小山汉们开了一下眼界，这大广场，那天安门得有多大呢？外面世界好精彩啊！又找了个馆子，管他呢，先吃顿吧。估计不少还是第一次下馆子，炒菜馒头米饭一顿造，好像每个人还喝了碗散啤。有的说这是啥？怎么像马尿呢，唉！那时啤酒都是散的，瓶装的少，还贵。接着干点啥呢？旁边大同公园逛去，还划了船。半天可耍了个好，其实都是我出的馊主意，尽教人不学好。前些年同学们聚时，一个哥们儿还说起："二虎你还记得不。去学校时你领我们上大同先可耍了一顿，还划船了。"我不好意思地说："好像是！"没敢直接承认。

要累了，一晚上火车上倒头就睡，死猪似的给拉到了太原站，出站分头找学校接站处，各奔东西。

印象中我们学校是没有接站车的，或者即使有也是公交车停运后有的，反正我记得应该是自己乘公交去的学校。接站处人告诉在哪儿乘1路公交，然后在哪儿转乘18路，在哪儿下就到校了，之后再找校里各系接待处。还好，到校学生还是较多的，随着人流扛着行李卷提着包一路折腾到校了，毕竟年轻也算不上怎么累。找到系接待处，告诉几号楼几层，然后看门上名字。找到后看不到完全对得上的名字，有个"龙聪虎"，想就是他了，哪有姓龙的？文化不够啊，倒也省了事儿。进屋看来的人还不多，上下床，选了个靠窗上铺。咱喜欢亮堂安静，上边可自己独享小天地也！

同学们

起机专业两个班，七十几人，一个班三十几人，具体多少忘了，也懒得再数了。多少年后发觉不知是何等高人分的班、分的宿舍，原来这里边学问也是大得很。两个班分得俨然是不同风格，似乎是物以类聚人以群分似的，分得真是高。分宿舍也是，完全是不同的风格。我们宿舍起初是六人，南方浙、苏、徽、豫各1人，雁北两人。彩盈呼哧地扛着行李卷一进来盯着两个下铺说，这儿没人吧？我一听那味儿，就知道自己人。我说你雁北的？哥们儿一听乐了，说我睡你下边，彩盈小身板儿才懒得往上爬呢，就怕没了下铺呢！行李一放，还没怎么着，就说可累死了。

我们宿舍老大是老戴，安徽人，绝对的老大，不只是年龄上是，派头上也是大人范儿，大人劲，懒得搭理我们这些小屁孩似的。老大是1962年生人，好像之后有人还说老大还是"60前"呢，反正那时是大人劲儿挺足的！老二才兄，浙江人，1963年生人，沉稳干练。

老大与老二还挺谈得来的，也许年龄差不多，价值观一致吧。老三轩儿哥，印象中是 1964 年生人，轩哥脾性急，随性，有点浪漫劲儿，无畏天地。彩盈、顺哥、我三人 1965 年的，好像是彩盈月份大点，我比小胖儿顺哥年长点。彩盈是有点一根儿筋，好像生来只知学习，其他不懂。小胖儿胖得可爱，和谁都是笑模笑样儿没脾气。我就是那傻不愣登劲儿，只是瞎玩儿。6 个人性格完全不同，各人各样儿。不过大家有一共性，人品都不错，热情人热心人！后来男宿舍都移到了二系男生楼，班里宿舍总体减少了一个，我们又增加了一位太原市人成伟，终于我们也有了个城市人儿了。成伟基本上很少住，家就在学校旁重机厂，人也很不错，和我们都合得来。他实际上不是老山西人，父辈从江南支边来晋受苦来了。

其实哪只我们宿舍 6 个人性格各异，我们班三十几人都这样，各人各样儿都很独特。怪得很，这班分得有水平，谁都不吃亏，各自玩着自己的样儿！就说女生吧，女孩子应该是差不了多少吧？那可不，我们班号称 6 个女生 7 条心，多的那条心怎来的呢？弄不懂！6 位姑娘三位大城市教授家公主，另三位也都是城市人，姑娘们个个厉害得很，就此就多生出了一份闲心吗？

半年后搬到二系男生楼后，我们班占了 4 个半宿舍，我们宿舍对面 3 个，隔壁把头半个，实际是与别的专业班学生混舍，印象中我们班 3 位，工机 2 位，矿机一位。

我们正对面宿舍是 7 位兄弟，老大、老二东北壮汉，老三四川兄弟，四、五、六太原哥们儿，老七江苏人。老大老二虽同属一城，但行事风格还是差异颇大。老大社会经验老到，行事有范儿；老二脾性急躁，冲动；老三稳重厚道，寡言随和；老四内敛，正直感性；老五当时脾性随和易处，热情好动；老六聪慧随和，太原三兄弟还是其乐融融的；老七聪颖勤奋，独来独往。这个宿舍感觉是各自行事，各成一套。

左对面宿舍老大耀国，老实巴交的陕西农村人，真正的老大，至少1962年生人。老二老邸，原平人，随性乐呵。老三太原哥们儿建新，文艺小青年，帅气随和浪漫。老四云南兄弟老关，随性，打得一手好篮球。老五万文、老六顺生，四川农村兄弟，朴实耿直。老七耀武，重庆清新潮流小青年儿，浪漫得很。这宿舍整体还是让人觉着随性些的！

右手对面老大久富，应是1962年生人，天津人，内向稳重。老二、老三大连兄弟，两兄弟脾性都急，都有点孔武，永波聪慧，长江灵光，都够强。老四春祥江苏人，随性言多易冲动。老五耀军宁夏人，朴实内敛。老六武胜，北京哥们儿，激情聪慧，有点猛劲儿。老七彦斌兄弟，太原哥们儿，内向性善厚道。这宿舍似乎稳当点。

隔壁三位太原的，一股子江湖气，往来在社会中。水长是宝鸡人，思想活跃脑子灵光。还有一位是1982级退下来的刚兄，当时给人的感觉是刚直冲动随性。

女生老大蔡虹，老二吕姑娘，老三彩虹，老四梅姐，老五少泉，老六敏妹儿。老大可能是1962年或1963年生人，太原妹子，校内子弟。四年中基本感觉她很少与同学往来，也基本不住校，独自忙着自己的事儿，也许是年龄比别人大了些的原因吧，有着属于她自己的内心世界。我后来当班长的时候因一些事儿与她接触过两三次，觉着还是有点大姐范儿，人还是很热心随和的。女生中厉害的应该是老二，甚是了得，有城府有热情有心思，这二姐在大家都还没有半点反应的时候，人家大学一年级下学期就入党了，怎么入的呢？估计没人能弄懂，只剩一个字儿"服"！老三小城市平遥姑娘，朴实善良能干。老四川妹子，泼辣热情。老五校内子弟，柔和活泼，得天独厚。老六江南妹子，性格倔强，风风火火有个性。女生中她们其实不这么排序的，内部相互间是以大猫、二猫、三猫……这么叫的。是这个"猫"字吗？是取乖中有强之意吗？没人弄懂过！

各宿舍的排序基本上都是宿舍内部的一个认可，舍内可能会这么老大、老二地叫，舍外基本上还是叫各自的名字。比如我们老大，舍内偶尔可能叫一下老大，舍外就是老戴什么的才可明白。唯一例外的是对面舍，不知怎的他们就俗成了个班内称呼了，不管舍内外叫老大都知是谁，等等，还是有点意思的。

日 子

几个宿舍相对来说还是我们更显和谐些，三位南方兄弟文化大致相同，冲突也就基本上没有了。河南兄弟既有南方色彩又具北方特质，也都过得去。我和彩盈虽为北方人，但内心深处还都是较为和善柔和些的，因而舍内基本气氛是和善温情些的。只有轩哥与彩盈似乎偶有冲突，轩哥性躁，盈哥偶有磨叽，两人就偶生出点事端。我在中间常常是调和着，小孩子间偶动个气儿也难免。其实我还常劝轩哥拌个嘴啥的难免，可别动手啊！事情总有难免时。一次轩哥忽然急了，发作了，从斜对面他那上铺一个鱼跃翻下来就把彩盈扑倒在床上。我一直留意着事态，还没等他动手，我已翻下床把他扯

83级起机专业足球队（后排右3为作者）

与一系比赛

与三系比赛中
我与静哥挑球

下来摁在那儿了，说你要干吗？轩哥一愣神儿就动不了手了。这下可把轩哥气坏了，翻身又上了床，又脱衣服又找刀的，似乎是要和我干一场似的，弄得我也有点紧张。一会儿随着轩哥一声"你敢打我"，又好像没事了！也许他也明白我还是为了大家好的，虽然形式上好像是我护着彩盈，确实毕竟老乡，这时候，不管怎么说得过去？再说轩哥真把彩盈揍了，盈兄也是饶不过他吧，这一弄少则学校记过，大则开除，多得不偿失呢！估计轩哥心里也清楚，之后啥事儿没有，都是小孩子闹着玩。

班内战事真还不少，我们这班几乎人人性格各异，都似乎有点火烧火燎的，有点特色，于是相互间磕碰也就难免了。战事基本算不上有多激烈，一定是没有干晕过去或是干得住了院的，兄弟间真那么干就不合适了。不过流血的还是有的，也是，也许一不留神就有点过了。不过兄弟们也都讲究，打归打干归干，告个状啥的绝不干，那事儿不符合这班兄弟们的特质。

对面宿舍战事多发在老大、老七间，老大东北风凌厉，老七平时还正常，二两猫尿下肚就不是他了，也许就觉着胳膊粗了，气儿也足了，头也硬了，一改南方孩子们相对柔和懦弱的劲儿，气冲冲的就找人干仗。别人不找，还就专找老大，也许是他自己也知道老大厉害，要干就干硬茬子。结果呢？每次几乎第二天一看就是满脸花。不过，下次照样接着干，有瘾，印象中至少得有三四次，自大可怜的孩儿！其他人之间可能也发生过一些冲突，应该不算是多激烈，小打小闹罢了。

左对舍万文性格耿直些，应该是和别人干过，应不怎么激烈。耀武有时可能也有点冲，似乎和别人也有过些小冲突的。不过，万文和老四这俩不知怎么就干了一次架，动静还不小，哥俩儿性格都有点儿硬，不知怎么就刚了起来。好像是老四一急就要动手，万文这愣子顺手就不知从哪儿拎起了一把小刀，他一挥，就把老四的手划了不小一道口子，一下就血淋淋的了。不只是老四急了，万文这货当时也傻了，大家赶紧就送老四去医院，还好没伤筋动骨，总算是庆幸得很。万文一劲儿地说我没有意去捅他，只是无意地去挡，小子不断地很认真地在说，心里确实是害怕了。他并不怎么怕太原兄弟们找他算后账，更多还是怕学校知道了非得开除了他，小子是怕得厉害！老四是讲究人，绝对是好人，打归打弄归弄，告官事儿一定不是四爷风格，事情就过去了，万文心安了许多，好像之后这兄弟再也不那么发愣了。

右对舍大连两兄弟脾气太暴，应该是和别人发生过不少摩擦。永波是82级休学后过来的，也就不只和我们融合着，和82级他们也还是有着联系的。82级这帮也不是省油的灯，永波也是常和这帮哥们儿打过来打过去的，好像在外边没少干。不省心的起机兄弟们！入学后永波担任班长，一年级时各班有固定教室，一天晚自习时不知因何永波就和梅姐骂骂咧咧了起来。梅姐川妹子那辣脾气哪吃这些，嗓门儿更高，这可把永波惹急了，上去就要动手。我迅速上去把他拉开了，没有让事态真发生，也因此这两人和我都心生了些情感，应该说四年中永波和我是更亲近些，梅姐之后似乎也和我不怎么生分了。我觉着这次的事儿是最不应该发生的，最不该干的一仗，和女孩子要动手性质就完全不一样了，这事儿应该对永波有不少影响。之后所发生的事儿实际上也印证了这些，第二年永波不再任班长了，被太原帮借机弄下去了。

长江应该也是没少磕碰，那时印象中长江脾气不好，爱生气，动不动就恼了。其实我和长江应该没啥交集，有一阵儿他就看我不顺眼，总找我点麻烦，咱胆小就躲着。我猜测那时可能长江与永波关系有点紧张，爱屋及乌，我就中招了。一天中午下课后回宿舍，我上楼，长江下楼，正好转角相遇，长江一边骂着一边居高临下一拳就过来了。至此我也只能接招了。我自小练体育相对敏捷，迅速头一甩，顺手就挥出一拳给了长江一家伙。其实我不会打架，基本上从没打过架，只是应激反应。我当时大脑还迅速反应如何应对长江的凛厉攻势，不想长江着了一拳竟无反应，转身下楼走了，似乎啥也没发生似的，把我晾在了那儿。我倒吸一口冷气，没挨了揍，好悬。至此后，我发觉长江不仅没计较，反而还好像一点事儿没有了，比原来和我还近乎些了。看来都还是些小孩子，打打闹闹瞎玩儿呗。

有点想不通、不可思议的是这屋看上去最为柔和的两兄弟——祥哥及耀军兄弟，即使在班里也是与他人发生冲动最多的，尤其是祥哥。据之后一些兄弟们统计，班里估计得有一半多与祥哥过过招儿，军哥也不少。看似柔和的两兄弟也会动辄发点小脾气，不过哥儿俩和我从未动过气儿，我基本上没和兄弟们翻过脸。

学　习

　　学风是我们宿舍相对好些，我们相对都是来自小地方，都较为朴实，也都较珍惜能够上大学这样的人生转机，向往着各自今后美好的人生，因而也就较为安分、踏实、肯学了。学习最好最用功的是彩盈，兄弟这性格似乎生来就是为了学习，不学好像就没了别的事儿了。自入学至毕业每天晚上 11 点前基本上没回过宿舍，真是搞不懂每天这样究竟是为了个啥，就没个其他的事了？似乎别的与他无关似的，乐在书本中！彩盈每学期不仅本专业成绩第一，几乎系内第一，甚至院内第一，甚是了得。兄弟连续三年院三好生，那怎么少一年啊？是的，第一年不是，啥也不是，因为第一年他体育不及格。也许有人会说"笑话吧"，体育还会不及格？不，真的。因此，这也生出了我们班与这位体育老师的爱恨情仇。

　　居老师，身材挺拔，得有 1 米 87 往上，比我高几厘米，恨得我牙痒痒的。他篮球打得不错，尤其是后期，校内几乎无人可敌。起初打球我还可以适当干得了他，实在不行使使坏，反正彼此看着不顺眼，他也不敢咋得了咱，只能是干瞪眼而已。后来我们三年级时这位去进修了一年，不仅技术提高不少，关键体格壮了许多，体重怎么也有一百八十斤以上了，我就根本干不动人家了，人家对咱就是一脸鄙视劲儿了，真是气人得很！我们入学，这老师可能也是刚毕业带我们，江南人跑北方穷地儿了，一肚子怨气儿，又碰上了我们这么个硬茬子班，一肚子的气就全撒在我们身上了。第一学期就是个下马威。彩盈体育不及格，我们能笑得掉了牙，彩盈气得能

大四在沈阳实习合影

建新兄（左）与作者

篮球赛后恒山游合影

永波兄（右）与作者 秦皇岛实习合影

大四在朝阳实习合影

断了肠。我是体育成绩很好，实在是他治不了我。他最后一招儿是那年选篮球队没要我，把我牙恨疼了，从此就和他球场上见了。别看他人高，什么扇他帽了，顺手乎他脸一大巴掌了，顶他腰眼了，磕他腿了，这事儿没少干。实际上，他与我们班这么大的冲突，根源上应该还是南北方文化差异的问题。实话说他能对彩盈这么下得了手，对我"这么好个孩子"他都看不惯，实质上他以南方的感觉看待北方的特质了，我们班兄弟们"躺枪"了，他几乎和我们班学生关系都不行，紧张得很！

我们舍老戴、志才也很用功。老戴是农家孩子，甚是珍惜这个改变他命运的机会。印象中他和别人说过，他们家族有个遗传病，下水田干活到了一定年龄腿就瘫。问题是南方人呀，下水田是必须的，老戴耿耿于怀，必须改变。老戴还是年龄大了些，虽然很用功，成绩相对不是太好，只可以说还不错。才兄是个有志向的青年，用功，脑子也行，成绩不错，他应该是班级前五名。顺子哥小孩儿脾气，高兴了使劲学学，不高兴了偷偷懒儿，成绩也不错。轩哥有点耍脾气，不对付了就会有点紧张，不过还行，不是太令人担心。成伟是我们班三四个没补过考的之一，非常不错了。不过成伟成绩一般，会考，每门几乎都是六十多分，刚好过。大城市的孩子，没啥压力，过了就行！

我在宿舍里有点各色，吊儿郎当的，去上课基本上还是能做到的，不过遇上不感冒的，比如政治啥的，尤其是上午最后一节课，多数就听从肚子召唤，逃课了。自习基本上也上得少，不爱做作业，也就不用找地儿上自习了，晚上躺床上看看就得。终于上大学了，得有个大学样儿，大学上得成了"高中＋"，那还有啥子意思吗？歪逻辑！我的事儿基本上都是在操场上，不是田径队训练，就是足球场上和兄弟们干着呢，再或就是篮球场上琢磨怎么对付居老师呢，可把我给忙坏了。那时体力真格是好，打一场篮球，或是踢一场足球，教练说来再跑个四百米吧，依然是 1 分差不多。也不可能再好了，不是跑不动，而是我小时练长跑的，速度练不出来了，难过！我补考过一次，也是自己不知好歹自找的。理论力学，这个实话说难不住我，第一学期考试前老师说没交作业的把作业补了，只要补齐，五十多分就给及格。大家都在补我没补，因为从没正经做过，全补那还了得，最后应该有两三位没补的。考试成绩下来后，彩盈 87 分第一，我 82 分差不多第二。彩盈生气了，说大虎这不公平啊，我笑了！第二学期胡老师上课前就说大家必须交作业，张聪虎除外，我是这个得意啊！又考时我一看题，小菜儿，提前小二十分钟交卷出来了，恰好碰上胡老师了，他诧异地说你怎么没考试呢？我说考完了。老师说，真行！成绩下来，58 分还是 59 分，老师 1 分没给加，应该是做错一道大题，看错一道题，老师一生气也没手软，给了我一次教训，我自己嘚瑟得得意忘形了。胡老师是特温和特好的一位老太太，没想到是我大意失荆州了。考试我基本上是最后几天解决问题。那时考试一般三四门，每场时间隔三四天。我就平时上下课晚上看一下书，也就等最后这三两天突击了，有时成绩还可以呢。有一学期有点紧张，应该是二年级第二学期。进校的新鲜感消失了，开始了对人生、社会的迷茫，不知所以，成天行尸走肉似的，少了许多精气神儿，自然学习更是丢脑后了。猛然间要期末考试了，咋

与四爷（右）、武胜（中）2015 年在北京合影

整？一看书几乎还是新的，没翻过似的，恰那年考查课都改考试，得考五六门，麻烦了。学校还又出台了新规，三门补考直接留级，两门补不过也留，四十分以下不能补。啥也甭说，玩命吧！几门基本混过去了，到液压这门老师太严了，还是先缓一下吧，想法病假缓考了。突然又冒出个政治辩证唯物主义和历史唯物主义，没觉着有这课啊？原来是上了一节后就再没去，竟然忘了有这课了。书呢？早不知哪儿去了，还好找82级一哥们儿一问，说他的书还在。好吧，定了一下神，提前一晚上到了考场教室，夜战一晚后直接考，成绩七十几分，厉害了！

这一学期补考的学生之多不用说了，直接下去两位兄弟，另一兄弟补考一大意也下去了，冤不冤？其中耀武兄更甚，平时学习不赖，之前没补考过，这次三门没及格直接下去，被一棍子干趴下了。液压补考及缓考共17人，又十多人没过，这老师太认真了，校内扬名。我过了，我们胖子顺哥没过，从此给顺哥坐上了心病。接下来一学期，有我在时，顺哥就看着我说："你看我的，你过了我没过！"我不在，他就常自个儿发着呆说这句话，可怜的孩儿！这是因为那天考试他坐我前边，有一题我有点拿不准，我偷摸说："顺哥，让开点，我看一下。"然后我明白了！结果是我过了，他掉坑里了，把他气坏了！

总的说来我大学时成绩还可以，与武胜、彦斌、老六大致一个水平上，第5名上下。我还得过一年系三好，一年优秀学生干部。这些也都是要考核学习成绩的，可想我虽然不怎么用功，成绩还行。我体育、英语成绩最好，基本无人可及，体育那更是绝对第一。英语基本上也多是第一，波姐、少泉英语也好，尤其波姐口语了得，我是哑巴英语，口语差这两位不少。三年级时学校还有意选我去湖南大学进修，然后回校做英语老师，我没去。

武胜成绩还行，的确不易了。京生相对基础还是略差些的，可想武胜一是没少用功，再者脑子还是够灵光的。印象中毕业设计时武胜挺受郑老师赏识，郑老师教金属结构专业课，武胜好像是做的构架与制动设计，郑老师很满意。老六也是脑子不错，各科成绩都挺稳定。彦斌基础很好，入学时在班里好像是成绩很高的，之所以到我们学校，是因为色弱，不少学校与专业受限制，这样就只好来我们校了，毕竟当时这学校还是很不错的。其实我们班或说我们专业不少人有这问题，大致有三分之一是这样，只能是这样的选择。

班里多数人都是这么应付着，将就着就过去了，少数反应慢的多用些功，脑子快点的多玩会儿，也就这么着各科过了，毕业而已，非要学个啥，大多似乎没那么多想法，上了大学似乎就多数没啥目标了。

也有真不学的呢，各人情况也许不同，但结果确是真不学！老大应该说上课较少，老大好像主要是在宿舍研究下棋呢，象棋、围棋什么的都行，基本上无人可及。除此还弄些啥呢，基本上就不清楚了，也许老大是思考人生了吧，反正书本是不想看的。老大虽然也有不少课补考，但多数还是过了，补考也是过了。估计考时老大也会着急的，应付一下也能过，再说过不了时老大也会有自己的办法，实在不行了不还有大姐想法帮忙呢。总之，老大虽不怎么学，经常还挺危，但都安然通过毕业了，与那几位留级的兄弟比真是幸运多了！老关也是很少学，我估计主要还是因为他们云南来的基础确实是差点，学习起来太费劲了，也就不想学了。老关好像是主要躺床上看闲书，躺得哥们儿虽然是篮球队员，体能可是够差的。不过老关倒是不管怎的总还是混过去了，只是后来好像因为补考过多未能拿到学位。孟基本上也是不学，忙着自己社会上的事儿，用着自己的办法混毕业了。

顺生兄弟有一学期也挺危，平时这兄弟还行，挺爱学习的，成绩也还行。那学期这兄弟突然转换了一下风格，抽上烟喝上酒了，小烟儿叼得还好着呢，学习好像不当回事儿了。考试时已经两门不及格了，再有一门就得留级，他那情况留就是要他小命儿呢。他和万文都是四川农村孩子，家里孩子也多，能供他上学已经是很艰难了，再留了级，估计就得夹铺盖卷儿回家了。这两兄弟来校时可是挑了个棉花套子就来了，惊得王老师说你们怎不带被子呢？不怕冻着？问题是兄弟们家里也做不起被子啊，另外也应该是不知北方会有多冷吧。最后一门儿考英语，好像是老五坐他后面，大家说老五得帮一下他让他过了。老五英语也不错，总算这么着让他渡过了危机。假期后哥们儿正常了，之后再没发生这些问题，够惊人的！

运　动

班里爱踢球的人不少，永波、长江、武胜、彦斌、久富、老二、老五、老关、耀武、轩哥、我，几乎是每天踢，风雨无阻。彦斌、久富两人踢得不错，技术上算是挺好的了，久富体力相对差点，其他人基本上就是爱踢，谈不上啥子水平，玩儿命干就行。祥哥、耀军有时也去比画两下，虽然是比画得不咋地，还是挺喜欢比画的。

老关、老牛、我，我们三人爱打球，应该说打得还行，再加上工机班李勇，就是系队主力阵容了，常常是把其他系削得够呛！老牛身板相对弱些，遇弱时还强，遇强时先弱了。这是我们的硬伤，更大的问题是再连像老牛这样的也找不出一个了，于是我们还是不够硬气的。老关、李勇、我，我们三人也常和那些老师们打半场，除非居、王两教练同时上场，否则，他们基本干不过我们。即使后期居老师已经很难看得住，但我体力好能盯住他，得球时老关一协防，他也就没啥大戏了，气得他也是够劲儿。老六有时也去打球，不多。其他人几乎就没有了，即使去耍一下，也是扔个南瓜似的，玩闹一下，我们班总的说还是都挺喜欢运动的。

一些事

二年级第一学期时，"太原帮"借改选之机他们的人当了班长，永波确实也是脾气易躁，引起了不少人的不满。可一年多以来，新的班干部们似乎只是和系领导们在拉帮结伙呢，班集体的事儿没操那心思，班里没一点生气。三年级王老师主导改选，我被赶鸭子上架地当上了班长，当就当吧，不就是给大家跑跑腿服务一下嘛！其实我不是当班长的料，我是一个没政治想法的人，只是对人对事比较热心热情而已，就这么着给摁在那位上了。当然，情感上我也是看不惯"太原帮"他们个别人那些做派的，情感上还是偏向于永波的，虽然觉着他有些事儿处理欠妥。其实不少太原兄弟们对当时班里那种情况也是颇有看法的，不愿接受的。这么着我就当了两年班长，似乎大家对我没啥太大意见，除了因此得罪了太原个别人外。突出的一个事儿是三年级时入了党，以他们之前布的局，那年似乎是孟、建新、成伟三人，老牛自觉也有他。可问题是我那时是班长了，我无论是学习成绩还是各方面表现都应比他们强的，是个绕不过去的问题。如果没我，那时再牛的政工干部估计也还是有顾忌的。开始他们觉得可能入党四人，没老牛啥事儿，最后结果是三人，建新也没有，似乎是我把建新挤了似的。客观说不是我的问题，究竟为何应该问那些系政工干部们。那年元旦分宿舍聚餐时，建新找我要喝点，我俩一人拎了个酒瓶子下楼坐地上喝。虽然起初他多少有些误解，我和建新说我没找过任何人，给我入不是我的事儿，建新多少明白怎么回事儿了。建新其实是个好人，虽然表面上风流倜傥的，但哥们儿人性特好，好的似乎多少感觉有点少主见了。那天我俩各自基本又喝了小半瓶，加之在宿舍喝的，我喝一瓶多了，他估计也得喝了个半斤八两了，都喝多了。建新已经站不起来了，少泉看到他和我下的楼，找来扶他上楼了。我勉强站得起来，扶着墙扶着楼梯回了宿舍，一推门一个趔趄就摔在了地上，可把他们吓坏了。

　　一到考完试，耀国就和平常不一样了，不只是喜上眉梢按捺不住的激动劲儿，还又是理发又是刮胡子的，一下子就来了精气神儿。耀国其实是个特老实的人，平时基本没个话，见人常是咧着个嘴笑笑。耀国这么兴奋这么收拾是因为要回去见他那未过门儿的"媳妇儿"去了，"娃娃亲！"这种亲事似乎原来多见于陕西，班里俩哥们儿都是，还有老牛。这种文化现象究竟是怎么形成的呢？内在有些什么内容，未了解过。不过，遗憾的是这俩哥们儿虽然至毕业时还在保持着这门亲，但毕业几年后都又散了，为何呢？还是很遗憾的吧！

在校时，觉着老二一些事儿多少有点让人费解，就是多少有点背！先是踢球时不注意让人一飞脚踢断了一颗牙，再一次踢完球哥们儿本想打两壶开水在水房冲一下舒坦舒坦，打回刚放桌子上还未来得及脱裤子，平时本来都是穿短裤，那天不知为啥还穿了条长裤，还未有任何反应，不知因何，老大好像是和耀军兄弟推搡了起来，两暖瓶开水瞬间倒了，全泼他腿上了。哥们儿一脱裤子，皮就起来了，大面积烫伤，老二住院得有小一个月，人家打架他遭殃。还有一次应该是毕业设计时，那个屋子进门谁都没事儿，一天他进门时屋顶掉下块水泥砸了脚了，又是住了得十几天院。也许老二是难后有福吧！

女生中我除了和梅姑娘不生分外，和秦姑娘也是，甚至还似乎更亲近些，毕竟秦家快婿不是咱自己人，不用顾忌他！秦姑娘那时个性太强，一年级时谁都不理，偶遇一扭头就走了，爱谁谁！应该好像是三年级时这姑娘骑车从城里回校，到阎家沟时有一大下坡，坡下就是一小桥，这位愣劲儿一上，直接冲桥下沟里了。我们送她到了医院，治疗时我背进背出的，女生也背不动啊。那时我是班长了，这些事儿得管。其实我这种人，不是班长也会管，就好管个闲事儿，闲得。之后，秦姑娘不仅和我随和了，不生分了，和班里其他人也和气多了。至今，不管是有机会见了面还是意念中，这姑娘始终好像与我没啥隔阂，感觉还是很亲切的！

花 儿

再说说兄弟们的情感世界吧！有没有结果不管，只要是开了花儿的咱就说说，花儿还是很美的啊！我们宿舍一帮子愣小子，没一个有出息的，似乎才哥还动过点小心思，其他人就是个愣，顶多是晚上熄灯后闲言碎语几句，没出息的。

右对舍武胜凭着一身的魅力拿下了一班的虹姑娘，两人本身都是北京人，近水楼台，武胜怎么能失了手。客观地说，两人的确也是合适，两人都是品性极好的人，你恩我爱的，彼此给了对方充分的信任，让人真是羡慕不已啊，绝对是恩爱夫妻之代表。我和虹姑娘关系还是不错的，虽然不是一个班，但我们都在田径队，我们一帮人有着深厚的情谊，后续再说一下我们队友们的事儿。我和武胜在校时交往不是太多，大城市人，俺们不敢太靠近了，怕被嫌弃！后来与武胜交往多了，尤其是到京后，逐渐觉得这兄弟真不错，不仅才气够，做事儿靠得住，品性尤其是好，怪不得早早就能把虹姑娘拿下呢，原来是身怀绝招儿。

对面舍的老六毕业际毫不犹豫地把彩虹姑娘斩获了，下手是稳、准、狠，正当时。

老二瞄上梅姑娘了，两人也谈得来，非得让我去给说和。我说这事儿咱也不懂啊，不行，非得让我去说。哥们儿的事儿，没办法，还得去说。两人最后成了，毕业时武汉有俩名额，班里没湖北兄弟，两人携手奔武汉了。

老七手段够高，临了竟然把一班学杰姑娘拿下了，一个文质彬彬的姑娘，不知多少人动过心思，让他幸运了！只是姑娘也许真是命差点，遇上了个没心的，我们这位应该说是丧良心了。这怎么还骂上人了呢？实话说这货骂他是轻的了，具体啥情况，之后再说吧。

吕姑娘厉害，爱情路上也是稳、准、狠，盯上了1981级的才俊。按当时标准说，这位才俊一定是高大上了。这位在他们1981级本专业排名第一，前途应该是无量。毕业前被我们吕姑娘咔嚓拿下了，分到杭州起重机厂等着美人儿归兮！这给才哥埋下了隐患，最终才哥也是让位，屈就于杭州叉车厂了。吕姑娘最终还是只开了个爱情花未能结成果。几年后社会发生了很大变化，才俊已经不符合吕姑娘的新标准了，所谓的才俊已过期了，吕姑娘有着更高、更新的追求，留下过往去海里闯天下了。

秦姑娘没把持住，被三系一位勾跑了，也不矜持点！

少泉擦了个不小的火花，终究还是未能点亮爱情的明灯。

两位老大级哥姐让人着实是不懂，在校时应该是绽放了爱情之花。毕业虽各奔了东西，老大回了东北老家，大姐留在了本地，可不久大姐追随也去了东北，没过两年携手又奔了深圳随波逐流，可为何没结了果呢？多年抗战都能胜利，多年的相濡以沫没个果儿，多少还是让人有点遗憾的，只能说是成人的世界搞不懂。更让人痛心的是应该是2011年吧，大姐不幸离世了。

不 幸

那年春节后，在太原，同学们一起聚，席间老六说大姐病了，女同学们知道，不让和同学们说。我说究竟啥情况，如果一般病那我们就当不知道，如果严重那怎能不去了解一下呢？老六说应该挺严重，大家确定说那得去看看。几人一起去了她妈家，她弟媳没啥表情地说在医院呢，我们也只好自己又去医院。到了病房，扒门窗看了一下，没有。不对呀！又转了一圈再一看：那不就是！瞬间，大家似乎都被冻结了。人已经完全变形了，没法一下认出来！进去后，几位平时能说会道的舌头似乎是打了结，说不上话来。也是，他们都是太原的，感情上或多或少还是更深些，这种情形难免一下子受不了。反倒是我这笨嘴拙舌的，一急先开了腔，说了些安慰话，让她稳定好情绪，没啥大不了，慢慢治。出来后我们一起赶紧去找她妈，了解了一下情况，希望抓紧治吧，不行转北京治。然后大家又一起议了一下这事儿究竟该怎么办。我说是否了解一下有没有经济上的问题，如果存在就赶紧解决，不能因为这个耽误了。几个人说应该不会吧，家里条件还行吧。我说我似乎觉着家里有放弃的念头，也许是这原因。最后决定让牛虹侧面了解下，她们比较熟悉些。牛虹回信说应该有这方面问题，那啥也别说，赶紧筹钱吧。先知道这些人每人五千元，大致印象五六万元给了她家，意思是先用着，尽快治疗先恢复身体，然后再想办法。我把她的病历资料带回了北京，先是找了我熟悉的军区总院，大夫看了说不是要命的病，但需尽快恢复身体，否则有衰竭的可能。牛虹联系的301医院的大夫，我也去找了，意思基本一致，说转北京治也可，但现在情况是，路上也许会有风险，最好是身体能恢复些再转京。那就先在太原输营养液恢复，半个月后见好转，我还和武胜及武胜媳妇蔡虹去太原一起看了一下她。看着精神的确有好转，我们觉着也许危机已过，心里有些欣慰。一周后建新说去看了，情况又有些不好，结果几小时后建新又来电话说人没了，肺衰竭，深感震惊。后来印象中是老五说她有些好转后，想吃东西，她弟给买了个猪蹄子，吃后又服不住了，泄得厉害，又虚弱了，唉！感觉家里有些冷淡，没嫁出去的姑娘，世俗等及其他，也许就这些导致的吧。我说问问家里吧，是否需要我们帮忙。这个时候应该说她妈还真是很明白的，对家里其他人说，怎么办，一切听她同学们安排。也是，毕竟是亲生姑娘，稀里糊涂草草埋了母亲也不忍心吧！她家里人提出的是家里不设灵堂不置花圈。整个过程我们都是放的鲜花，全部是同学们一起安排的。生病时老大应该是想去看的，本人与家里都不接受。我知道消息后订了去太原的高铁票，与武胜他们两人一起。老二打来了电话意思是他与老大同往，让我订下同次车票。放了电话我有点不确定，我这么做合适吗？联系了太原的同学，说了一下自己的看法。一、家人是否接受，如果不同意，我就不应该帮着订这个票。二、太原的兄弟们怎么想？毕竟是人没了，如果哥们儿也是感情上难接受，那我帮着订也不合适。回话是家里人意思就这样吧，人走了，愿来就来吧，没必要再计较了，活的人还得要好好活。同学们的意思是既然家里可接受，他们也就那样吧，看法归看法，事儿归事儿。我们五人同去的，一列车在不同编组，中间不通，只在车站见面给了一下票。太原的兄弟们让北京来的主持告别仪式，我说那就武胜吧，武胜说"你傻啊！"我立刻明白，只好又得赶鸭子上架，我这笨嘴拙舌的。刚一开口，看了一眼已经是另一个世界中的大姐，泪水已夺眶而出了，哽咽得难再言声。抹了把泪水，定了一下神，继续吧。再一看下边，已是一片抽泣声了！老大在外边时已经是有些不可自持，老二搀扶着说别进去了。印象中应该是建新说，进吧，再不进啥时进，不进还来干吗呢？也是，最后没见着以后想起来再悔没用了！建新其实是个很正直的兄弟，有时说话也是很直的。老五又上去搀扶着老大，就这样在老二、老五左右挟持下，老大进去做了告别，还好未晕过去，心里究竟啥滋味也许只有他清楚吧！结束了，按世俗传统要一起吃中午饭，大姐的弟及弟媳给我们鞠了一躬，感谢我们给她姐的送别。我们定的是一千、五百两种礼金，同学们来了的还是未能来的随意，又有几万元，加上治疗未用完的，应该有十万多元吧，够葬她了，家里怎么安排，我们就管不了啦！席间看到老大又没动筷子，已经是三餐了。蔡大姐究竟是为啥这样了呢？金融危机后生意惨淡的焦迫？感情纠葛的失落？或说诸多因素的交集？弄不懂了！逝年 48 岁多，太年轻了！

兄弟们

我与彦斌处得不错，是有些感情的。彦斌人性善，内向，不善与人交往，对人对事很真诚！我们常一起踢球，有时晚上闲得没事儿时也会一起出校门溜达一圈，这兄弟绝对是一个好兄弟。彦斌性格上有点随性，后期还抽上烟了，抽得还不少。兄弟毕业分矿机厂了，一年后出差大同去找我，他上楼我下楼接他，对面没认出，错过后我猛然觉着不对，应该是他。一年多哥们儿身体宽了小一半儿，体重小二百斤了，在校时也就一百三四十斤。我问咋回事儿？说厂里没事儿干，又吃又喝又耍的，就这样子了。他说一喝就一斤多。在校不喝酒啊！彦斌让他们厂小翻译带到大上海扔坑里了。女孩子水性，男生死性，这种事儿对有些男孩子是要命的事儿，认死理儿，不易走出。彦斌结婚很晚了，2007年北京聚会时他小孩儿才几岁。后来在上海又见过一次，还是爱喝酒，性格使然。

　　老四是个很独特的人，太正太真了，和谁和事儿都是不偏不倚，只说本质只说理儿，拗！拗得偏科都很严重，竟然随夫人进京后从教了，绝对的好数学老师。

　　老五后来一改过往，挺着小胸脯夹着小西服闯天下去了，换了个人儿似的，性格有了些质的改变，为何呢？

　　老六凭着自己的天赋，不仅适时解了自己的终身事儿，后来又勤恳付出，事业有成了，成了一位行业领军人物，赫赫有名。

　　老大完结了学业独行天下了。老二携梅姐寻得了自己的位置，闯出了一番天地。可惜的是两人闯过了患难，幸福中却撞出了裂痕。也是，社会巨变，花花世界，老二怎耐得了寂寞，顶得住诱惑呢！

　　老七"随美人儿"寻自己的天下去了，这位实话说确实是有他的长处，头脑够用，勤恳吃苦，再加上关口时能够无情无义、六亲不认，着实是不成事儿也难。说句得罪人的话，南方有不少这样的人存在，有头脑，吃得苦，有危机感，也有自卑感，但少了格局，缺些情义，唯利是图，不利时装得三孙子似的，得势时就不知姓啥了，历害了也许天王老子都不认，是不是这就是现在所谓的凤凰男呢？这位凭着自己的努力，借着媳妇儿家的势力，很快年纪轻轻的就是中层干部了，就开始不知道自己姓啥了。据说当中层干部后，一次出差回了学校，在太原的兄弟们就招待。几两猫尿下肚后，这位就不是他了，原来自卑的本性迅即转换成了不可一世，把兄弟们一个个一通痛贬不说，说是还摸上了人家头，还了得？结局是被一顿痛扁，又来了个满脸花，有点意思。我到北京后，印象是1998年见过他一次。他来北京做个小手术，说不了话，架子是端着，没正眼看我，咱也不多瞧他。后来小子更出息了，先和老婆离了，后成上市公司老总了，公司造假割了不少股民"韭菜"。欺负弱者，天理难容，被证监会列为第一批终身禁入市场五十人之一，该！其上市公司公开资料显示，这位履历直接是清华MBA毕业，无本科历程，哪个学校本科不知。也许是我们这小学校怕丢了他人吧？他没我们校，我们也没这样的同学。后来这位与同学们基本都无来往，只和一两位他自觉与他当值的有联系。连与他在校时处得最好的同学，开始有联系的武胜后来也不再理了。武胜说起时还颇有感慨地说："看来叫俊良的真不一定良啊！"武胜让两位"良"伤了他的小心脏，可叹啊！

　　耀国兄老实得迂腐了，厂子倒了后做什么去了呢？几乎无人知。一次我和行业内几位兄弟们说，我说你们联系一下这老兄，关照拉他把吧。可是这老兄迂腐得是和谁都不联系，行业内这些个兄弟们谁还不能拉您一把呢，唉！之后有一次竟听说老兄干保洁呢，刷楼宇外表玻璃墙，不是开公司，而是干活儿。我心里听得是一阵子酸楚，这个估计他能干得出，也能干得了。可惜的是一位有学识的老一代大学生怎就去干这个了，大材小用了吧！

邸哥一脸委屈地多念了一年后回家筑就了自己的天下，成了一方翘楚！

建新凭着自己在校时画个图都哆嗦的手，竟成了其行业专家级人物，事业有成了，人不可貌相啊！实际上说，本性上老兄还是本分人，虽说在学校时耍得底子不够厚，但老兄后来下的功夫深，成事了，为老兄高兴。

万文也是有点特例，在学校时老实本分的一农村孩子，摇身一变还弄得油头粉面的，销售做的是一个油，啥话也敢说，也许是啥事儿也敢干，真还是不只干成了事儿，还换了两次老婆。

耀武留级了，把哥们儿委屈坏了，没后悔药啊！

老关左补右考的总算是完成了学业，有点遗憾的是未能取得学位，留下了人生路上的硬伤，有些事被人为地放大了，也许会致命，之后的事实也是这样子的。庆幸的是没被留级，要知道总体看，被留下去的三位兄弟应该说比他怨多了。

久富后来再没有和他人有联系，这老兄怎么了？怎么才能找到他呢？

永波、长江都回他们宝地了，都各自有声有色地干着。

祥哥回老家南方了，南方经济很活跃，有事儿干。耀军也是接着还得多读一年，后来也是回家乡了。

老戴春风得意，满足心愿进了设计院，顺风顺水，自己干得也是头头是道，了得！

才兄被才俊挡道，只好求其次到了杭叉，因祸得福事业有成，得到了自己应有的回报。

轩哥回了家乡，厂里之后的不景气搞得哥们儿挺不易的，人生都不易啊！

成伟终于后来回了属于自己的家乡，风风火火地干着，小日子很如意。

顺哥成了检测大员，大权在握，其乐融融。二十年聚会时我看着小胖哥熏得黄黄的手问："顺哥怎么搞的？"顺哥不好意思憨憨地笑着说，他们老送，就都抽了，这胖哥。

彩盈被学校看中当了教师，哥们儿竟不求上进了，和老师们打起了麻将。据说可把居老师洗涮坏了，报了仇出了气。后来兄弟一觉醒又考西南交大研究生了，最后成了中车行业一名大教授，没负其生。

顺生兄弟安安稳稳地回了自己自贡老家，符合他稳稳当当的小性格，去过自己稳当的小日子了。也许是这兄弟确实是太稳重了，也许是四川天地那时也是闭塞了些，毕业后15年内竟没有一个同学再见过他，没有一个同学联系过他，毕业后15年聚会也无他的消息。可怕可叹的是15年聚会后过了也就半年上下吧，有消息说兄弟走了。甚是震惊，慨叹生命的脆弱！后来说起说兄弟临走前两三个月，曾联系过建新，说自己生病了，想起来联系问候一下他。兄弟没有明说自己的情况，建新也没有过多地在意，只说让兄弟好好养病，有时间去看他，不想这通问候竟成了与大家的诀别。建新这大大咧咧的性格也是错过最后能给这兄弟一份温暖的时机，唉！毕业20年在京聚时，借着酒劲儿，不少兄弟们还为此把建新好一通数落。不过，现今回头再想想这些，实际上我们也许做的是过分了。

顺生家小公主出嫁了

我们失去了一位兄弟，事实上对建新而言，他失去的也许是手足，一些东西被从心里掏走，心里某个地方也许永远是空落落的了。他应该是比我们更痛苦，也许他确实是错过了这个时机，但这些事儿谁又能意识到会这样呢，毕竟那时都还年轻，还难有这些对不测的预感的。再说，那个时期，每个人几乎都处在一个为自己的人生奔命中，哪个不是脚打后脑勺中。过于情感冲动地抱怨别人，其实是自己的不成熟，在此还是为此事向建新道个歉吧，我们过多地责怪你了，谅解放下吧！顺生的确与建新有着不一般的情感，顺生与万文都是四川农家山中孩子，一看就有懦弱的一面。虽然性格中也很刚，万文浑不吝起来还能把握住分寸，顺生就是再支楞也难护住个犊子。建新虽然表面上吊儿郎当，但内心有着极善良的一面，一个宿舍，一来二去的，顺生把建新当成了心理上的依靠，建新成了大哥，也就是个必然的事儿了。实际上也是，四年中顺生基本上就是跟着建新，小跟班似的。估计建新也没少关照他，吃的喝的没受过多少委屈，估计用钱上也照顾不少。可能像顺生家的情况，基本上不会怎么管他的，实际上也管不过来，条件艰苦啊！家里能给个钱假期回家吗？也许难，反正是看他们也常不回去的。也许建新说不定给出钱买过票呢，这些建新当时还是有条件的，家里情况很不错。欣慰的是顺生家媳妇儿真的是不错，有联系后有一次问我考个注会用处大吗？我说如果能考上这个，一定就有饭碗，不说是金饭碗也差不多。她是个普通工人，通话后我还想，这个不可能吧。别说是一个没受过高等教育的人，即使受过高等教育又有几个人有心能考上呢，毕竟这个还是不那么好考的。只是这话不好和她直说，生活已经不易了，还是鼓励些好。令我没想到的是，两年后人家竟然考上了，了不得！之后遇上一些说这事儿那事儿多么难的，我就拿她与另一个朋友媳妇儿两件事儿说事儿。我说人家一个工人出身，近四十岁的人了，一个人还带着孩子支撑着家，这样的都能考个注会，我们还有啥可说不行呢？另一个朋友的媳妇儿是这样的，也是没上过大学，想考估价师。如果没有这个资格，她也就只能是在公司里打杂，如果有这个资格她也就站得住脚了。问题是想考报不了名，朋友问我能否帮个忙，我想法给她报了名。也是想反正我已帮你了，结果怎样是你自己的事儿了，想她能考上的可能性几乎是无。没想到她真就考上了，改变了自己命运，朋友直感谢我。我说其实我没想到她能考得上，佩服啊！这俩事儿让我明白了，自己日子过不好，谁也甭怨，只可怨自己！毕业20年在京聚时我们邀母子俩参加了聚会，我们多年来也都给予了一定的关注，让娘俩感受到了我们应予的温暖。应该是2016年吧，我去重庆参加了小姑娘的婚礼。婚车到酒店时我在酒店门口站着呢，小姑娘看到我后下了车，一身婚纱就自己跑过来了，一脸的幸福模样，望着我说"您来了！"那个眼神，我至今也没有一个较为准确的词语或语句能去表达，那种温柔、温馨分明是透过我望着她在天堂的父亲吧！我内心感到了无比的温暖幸福，是一种无比的美好，我说祝你幸福！孩子离开后，我再也难以抑制情感的冲动，转身抹了一把不禁涌出的热泪，心中默默地说："顺生，你家小公主出嫁了，你放心吧！"

　　武胜怀揣着自己的爱情回京进了起重所，凭着自己的聪明才智成了行业领军人物，爱情事业双丰收，不给别人有余地，让别人是羞对人生！二十五年聚时听着别人侃侃娶了几个老婆、结了几次婚、生了几个孩儿，看着这两口子幸福腻歪的样子，真的是让人自愧的很！说白了，还是两个人都是好人，过着属于两人恩爱的日子。

还有一位需说一下，太原孟。这位在校时基本与我没有交集，当时这位基本就是个社会人，处事处人多是社会方式，其实与多数同学交往都不多。我当时不太认可这样的人、这样的学生的，毕竟是学校里，多少都还憧憬在青春年少的美好中，过多过早地世俗化有意思吗？我个人觉着那样不好。发生些摩擦的起因是永波与"太原帮"的争执，客观说永波人性上还是不错的，可他的处事方式也许过于简单过于粗暴了，于是不仅没有团结到他自己的力量，不少不相关的同学或多或少对他也有一些看法。这样，这个机会被"太原帮"利用，一年级后永波班长被干掉了，也是自己作的。孟上了位成了班长，学校里的班长理应是团结同学操持好班里的事儿，和大家一起营造个其乐融融的大家庭。可问题是他的心思只是为自己谋利，班里事儿他没那心思也没那想法操那闲心的。最后班里情况也就可想而知了，别说其他人，估计即使太原兄弟们也有不少看法。年纪轻轻的青年学子，谁没有个激情昂扬的劲儿，看着自己的集体是那么个世俗的劲儿，谁能接受得了，谁还不生出个怨气来。估计他实质上也未把辅导员放在眼里，只是拉了系里那些俗套的政工干部们。王老师看着自己负责的班那个样子可能也是接受不了，在王老师主导下，三年级时我被选为班长了，直至毕业。我无意参与到任何一方的纷争中，只是做好自己的事儿，担起自己的职责。情感上难免还是倾向于永波，对"太原帮"的一些做法存有介蒂。客观事实上也是由于我的介入，实质上妨碍了他们的一些算计，这便是我与他的摩擦。后孟通过系里那些官僚谋了个系里学生干部的差事，为自己立足了依靠。在三年级入党时，我成了一个绕不过去的坎儿，无论从哪方面说我都是突出的，他学习成绩没我好，我一年系三好学生，一年优秀学生干部，校田径队队长。即使就入一个，如果不是我，也得有个说辞。那次入了三个，孟、成伟、我，没有建新与老牛，客观说这个结果对谁有意见也别对我有意见，不是我的事儿！

毕业15年聚时是在太原，经过在社会的摸爬滚打，我也曾想过学校这些事儿，我一度也想过的确可能因我的出现妨碍了他们的打算，心里多少也是有些歉疚。这样我也就主动与他们交流了些，校园中学生的事儿也就都不要再介意了，同学情谊深！毕业20年聚时，我基本上在社会上已立足，同学们也都在各领域做得有声有色的，我想大家是否可以考虑集中各自优势做些事儿呢？也许能成些事。之后建新建议可与老五的事儿结合先起步，然后再看情况找机会发展。这时孟自称是太原大哥级人物，我对这些不在意。不像学校时，社会上形形色色，什么人物都有，白的也好黑的也罢，不讲规矩不说理儿，其实就是啥也不是，就是混混！这样就先借助老五的路子，4人先成立了个公司，名儿我取的，叫"同颂"。资金我出的，明确钱我负责，如何经营他们承担，我没有任何职务，公司事儿需要我出力协调什么我尽力。公司经营两年后无任何起色，日常我也渐觉出干不成个事儿。毕业25年——2012年重庆聚会后一起在太原议了一下，我说了当时的想法，3人都不同意做，意思是挣不了大钱。此时我基本明白也就这样了，我确定退出了，到那时公司所有损失我个人承担。当时公司账面亏损应该有 60 万元上下，还有近 40 万元应收款，我以一百万元的损失退出了。我去尝试做了件事，只是未成，但心愿结了。做事其实本质就是这样，能成是少的，多是不成的，正常！做公司两年间，孟的一些事没少帮过他忙，不只是三五次，没有个十次八次也差不多。我觉着既然他自己有能力，做事儿有谱，能帮就尽量帮一下，都是为了好，岂不是好事。当然，过程中也有磕吧，我对事还是很认真的，这时我认真了，这位有时喝上二两猫尿后好像还是咱小瞧了他，偶尔搞得我自己觉着是否自己也太苛刻了，自己有时也会含糊。不做公司时，那时其实我已经看明白他们做不成事，有许多不放心的成分，心中也暗自想之后再不做这些事儿了，再不会帮他这些了。2013 年 4 月前后我去太原时，他又提出借一百万元。我本是不想再管这些事儿。但想既然张嘴了，都是兄弟们，公司不做就不管了，觉着多少有点过不去，况且数儿不大，将就一次吧！这样我说了两个条件：一是和他家人说，家里人必须知道；二是和一个同学说，以免以后大家误会。晚上在他家吃的饭，他当着他老婆的面给的借条，说同学就别说了，没事儿。我说了我的看法了，你不做是你的事，我再坚持也就显得太那个了，那就先这样吧。借期两个月，到期还了好像是不足一半，我没多说啥。想是那些慢慢等着还吧，反正没多少，不算个啥事儿。七月还是八月我又去时，他约了陈刚三人一起吃饭，陈刚可能晚到了会儿。席间他哭哭啼啼抹着泪说："帮哥最后一次！"估计他也清楚我不再愿意帮他这些了。他提出的条件是每月还五十万元，以太原重型机械集团二千万欠款做抵押，要回钱及时还了，否则每月至少还五十万元。我迟疑了好大一阵子，本意不想管，但看他那样子，毕竟自己人，又下不了狠心。我知道这货这次应是遇上真麻烦了，如果没结果，也许命难保。过了一会儿后，我说现钱我也没有，我得从股市出，我不想管这些。但一定要让我帮，那首先每月必须还五十万，其次既然用太重欠款担保，那老六必须签字，个人必须出面担保，另外他自己必须要告诉他家人。第二天在一个饭店，还有陈刚、老姚，给我看了借据，盖了公司章，姚签了字，等老六来再签字。后来老六来电话说过不来了，之后再办。第三天我去成都了，晚上与老三、彩盈一起吃饭。老六打来电话，说"那事儿放心，你帮下他吧，我就不签字了，放心。"对着老三、彩盈，我也大概和他两说了一下，未述详情。后来说起时，彩盈还说你就不应借他，他不还你怎么办？我说不至于吧，都是社会上做事儿的人，不应该这样没谱吧。再说还有老六担保呢，他不能就不还吧！不幸被教授言中。借期中一次未还，我催过几次，总是各种借口。临到借期一个月前，以给儿子找工作为由到京又骗了三十万元。我说了借款到期的事，他说得很肯定，到期一次全还。然后就没法说了，十一、五一、元旦、春节的只是个拖。又拖一年后，我无法再忍，就去找了老六。老六说他找他，让他还。然后又是一通承诺，但始终不还。我再去找老六时，就电话不接短信不回了。至此，我明白只能诉了，法律解决了。最后一次见面时，我和他只说了一句话，我说："如果说我有错，错就是我高看你了！"我去太原办理诉讼时，恰遇上陈刚，我和他说了诉讼的事。我说既如此，缘就尽了，法律办吧！他知道后电话联系我，说能否不诉讼？我说可以，把你房本明天给我，我可暂缓。第二天，无音讯，我正式诉讼了。开庭时先是代表他去的律师声称没借那么多，要要赖。我厉声告他想好了，考虑清后果，别不知好歹。之后姚声称公章是假的，不是他盖的，孟伪造的，我真是无语！我是否要追究这个事，如果追，民事案件会转刑事案，伪造公章罪要判几年呢？思之后我未追究这个问题，我不想因为借我钱把人判了刑关进去，这么做对我来说不合适，我干不出这种事。于是我忍了，于是就这么着他们设套把公司摘出去了，合伙坑了我。判决后我等了半年，他们根本没有还的意思。其间还见过他们两口子，像是没事儿了的。我想，好吧，我申请了强制执行。我和他的事，说白了就是：我救了他的命，人家设法坑了我。渣！我之前基本没和什么人提起过这些，现在之所以写下这件事，是因为我需要对我自己有个交代。况且，现在也有不少风言风语的，我也需要说明一下！

毕业分配

学校全国招生，各省招的又不多，当时重型机械行业又缺少人才，分配相对就没多大问题。可问题是再完美的事儿也许其中也暗含着缺憾，况且这种事儿，不足是必然的。冥冥中我就成了那个美女脸上的小麻子，难耐得很！

当时分配的政策应该首先是哪儿来回哪儿，其次是成绩排序。当时应该是太原学生多，太原名额也多，够太原兄弟们了。然后是北京、天津名额也不少，其他各省基本各回各地。武汉俩名额，由于没有湖北学生，老二两人占了，正好。问题出在了山西其他地方学生及老关身上，云南争取了三个名额，正好云南三人，可两个在市里，一个不在。一班一位云南兄弟选择了蚌埠设计院，于是一班一对儿就可携手入云南了。可问题是老关也是昆明人，原则他应留昆明，最后结果是他到郊区。老关有硬伤，被扎了个正着。然后是山西我们其他地方人，陈刚稳稳当当被打发回老家临汾，没啥说的。还有雁北我们三人及晋南几位兄弟，发生了个麻烦是不知为何有个大同的小厂子名额，那就得我们三人之一去填，彩盈已确定留校，那就是我们两人之一。这个地方我不愿去，如果大厂还可考虑，我不在意回大同。起初我没觉得一定会是我，因为无论从哪方面说，我到京、津应该是有条件的。可事情就是这样，到你头上也许就没啥理讲了，我被打发回大同了！

　　转眼，四年大学生活结束了，最后一天学校食堂全体师生会餐。一瓶啤酒下肚后，老关摔了瓶子。随后，我也难忍胸中愤懑，手中瓶子砸向了大地，接着断断续续地，各个方向不断地声起！这时，没有一个学校人员肯站出来管一下这些，没人敢，天有不公天不容！

　　随着我挥手摔出的瓶子爆裂声，随着我怒吼出的一声国骂，我知道我的大学青春生活随着一个无奈的结果结束了。

续一　　1班兄弟们

　　那年我们专业两个班，我们班（2班）兄弟们都说了，怎也得多少再说一下1班的兄弟们，是吧？毕竟两班亲兄弟似的，1班的兄弟们不是2兄弟怎么也是3兄弟吧，肯定不是表兄弟们！

我与超哥（右）吃"花餐" 2013年于重庆

　　确实是，两个班除了一年级时各上小班课外，其他时间都是一起上大班课，不就是三兄弟了吗？和那些个上特大课工机班、矿机班的表兄弟们比，不知是亲了多少，根本就不在一个层上呢。男男女女们抛个媚眼啥的也多是看自家兄弟们为主了，表姐妹们不耐看！的确，后来毕业后再聚时我们也是一个专业两个班一起聚的，大兄、2弟、3姐们其乐融融！

　　那就再说说这些兄弟们吧！可话说回来，这些个兄弟们还真不太好多说。主要是当时分班的人真的是高人，把两个班分得区别太明显了。2班兄弟们是个性鲜明，一人一个样子。1班兄弟们似乎又是一个模子出来的，都是些好好孩子，好好地做人，好好地上学呢？这怎么写呢吗？

　　好吧，就找点突出的写写他们吧，怎么也得损损他们，不然心里总是不平衡的，谁让他们那么好呢。

　　就先说一下他们几位班干部吧。俊良，又一位俊良，唉！这位俊良是一班的班长，始终是吗？记不清了，大致是。这位兄弟山西人，应该是年龄偏大些，看着还是很沉稳的，由于当时两个班风格确实是很不一样，基本上就没啥来往，就只是个表面感觉了。似乎他们班里干部间还不是太团结，班长、书记间还明争暗斗，动着些小心眼似的，其实真也是没个啥意思的，小孩子似的。不像俺们2班，有啥明说，不服就干，动个小心眼儿多麻烦呢，那不是俺们风格。后来这位回老家专业厂了，兄弟学生干部、党员，年轻有为，很快就提干了，之后不久就当厂长了，厉害得很！印象中我来北京后一次去太原时还顺路去见过他，春风得意，官架子也行呢。问题是，几年后，厂子干塌了，谁之过呢？唉！后来，北起院要办一个厂子，院里兄弟们想到了良兄，人才啊，把良兄请到了北京，一家三口落户京城，好家伙，羡慕啊！遗憾的是，良兄又没干成，唉！良兄不仅是事儿没干成，还弄出个三来——小三儿！就这么着，糟糠妻离了，儿子爱咋的咋的吧，再弄呗，三儿转正了才是，英雄抱得美人儿归！一次一位兄弟来京大家聚，良兄借机告诉了自己的良辰吉日，这帮兄弟们也是太不大气，都说不去，咱们自己也可应声了！当日，武胜、老牛、我三人去的，毕竟兄弟大喜日，说归说，只要人家高兴，我们就得祝福不是。席间最后到了我们这桌，胜兄开了句玩笑说："也不给我们敬酒！"武胜和新娘子还是很熟的，不然像我一句话也不敢说，顶多偷瞄上一眼。胜兄的一句玩笑话让我听到了估计史上难有的一句惊人敬语："上那点礼还敬酒呢！"妈呀，羞得俺就差找地缝了。好家伙，大着胆就又瞄了眼，良兄这新媳妇还有点儿小胖，脸也不小，看来良兄找了个不是七仙女儿，是八仙女儿，不，九仙女儿！两人离开后，胜兄压了压惊说先走了，我与老牛对视了一下，说咱还得坚持一下吧，不能走。席散了，良兄不管怎样还得送一下我们。刚出门口，老牛一转原来的笑模样，严厉地说："最后一次了啊！"老牛就这样，爱开个玩笑，还一本正经的。我也是再没忍住，笑了。良兄应承着说，"不了，最后一次。"我心里暗自道，您厉害，不要命就再来次，反正俺们都祝福你！说了这段，估计良兄看了肯定是很生气的，但是，我想说，人不管怎么走自己的路都没关系，问题是需自己清醒明白，不然真要命呢，命可是自己的。唉，我可是得罪良兄了，咱也只能再唉叹一声，不能只是别人可以唉叹吧！

　　说完班长了再说书记。印象中1班书记开始是锡良兄，唉，怎又是良呢？不过这位良兄还行，好像是当了一年多不到两年被弄下去了，他们这班干部间也是捣得厉害，谁是谁非谁能说得清呢。只记得当时锡良兄跳远很厉害，让我诧异，个子不大爆发力还很强，了得！后来和一班一位兄弟聊起来才说锡良兄当时入学分数可是全校最高的，能达清华、北大线，只是身体原因才到了我们校，又是色盲问题，真是害了不少兄弟们。我说印象中觉着1班飞姑娘、潘兄弟学习厉害啊，没印象锡良兄也如此厉害啊。这位说那是锡良平时根本不学，不然……这样啊，明白了。怪不得1班牛姑娘这大个姑娘能被锡良兄挂上了，事出有因啊！只是，良兄擦了个火花儿，终还是未成。良兄后来也是大展拳脚，左右腾挪，体会了不少人生，牛啊！

　　牛姑娘在校时真没有过接触，二妹妹不理咱，三妹妹更是，况且牛姑娘还是大城市大小姐呢，更不会瞧眼咱们这愣头青，唉！后来因虹姐事儿和牛姑娘接触不少，才觉知其人不错，大气热情，方才明白良兄这才子为何下手那么快呢，唉，俺们这反应慢，还让活不！

　　向峰兄后来好像是接任书记了。实话说我和这老兄其实在校时应该是也没任何接触，只大约知他是云南来的，见面挺热情，感着挺大气，与众不同，后来才隐约听说他是官家子弟，原来如此。和向峰兄真正的第一次接触是毕业后第一年我去南方玩，顺便去看老戴。在秦姑娘宿舍，秦姑娘给做的江南菜，真格的好吃，不敢说粗口的，说个雅的吧！我原来想是秦姑娘、老戴两人，不想向峰兄也过去了，还嘘寒问暖的，让我这个被发配到小地方找不到北的小人儿倍感温暖。心中想这兄弟行，是个成事儿人。果然，向峰兄后来事业有成，祝福兄弟。

超兄，超兄得说说。那时只知道有个超兄，愣了巴唧的，川棒子！二十年北京聚时最后一晚露天餐会，兄弟一激动就进场跳上了，醉舞。我说没酒怎么行？抓着酒瓶一边喝一边跳那才够劲儿。有的说递个空瓶子，我顺手就把有半瓶酒的瓶子递了过去。兄弟没留神，一装样子就是一大口下肚，没个三两也有二两，可把兄弟整够劲儿了，但还得接着舞啊。也因此生出了我与超兄的感情，兄弟是条汉子。超兄没辜负自己的承诺，着力完成了二十五年的重庆聚，真不容易了！

小六子，一次江南兄弟们说小六子出息了。小六子谁呢？闫生辉啊！噢，想起来了，这兄弟在学校时不说话，还风风火火的，印象中爱穿身军上衣，一个南方小子还北方兄弟打扮儿。可能正是这样，让小六子风风火火地干成了自己的一番事业，一改原来小六子那个毛头小子，成了闫大老板了。

小山，献军兄弟，在学校时闷声闷气的一位晋南兄弟，不怎么言语，就知道学习，学得还不错呢。毕业后进京，后来不仅是学校的才华发展得很能耐，社会才华也是横溢，成了行业内重量级人物，挺吓人的，厉害。

学杰是位儒雅的姑娘，书香门第。可惜啊，不仅是没插在牛粪上，插上还吸点养分吧，用现在话说让头土猪拱了大城市的大白菜，不，应该是鲜花。唉，又没俺们的份儿！

　　心一，大姐级人物，性格爽朗，下手稳准狠地把1982级帅哥师兄拿下了，后来还携夫转战了大上海，了不得！二十年聚会时，电梯里一下遇上了，心一幸福丰满地成了大妈级人物了，我这一不留神的毛病一犯顺嘴就叫了声闫大妈，可把俺后悔坏了。晚宴时其小公主一段儿蒙古族伴舞可把一帮大老爷们心醉了，估计不少兄弟们都在想，年轻上十岁多好呢！反正俺是这么想了，只是廉颇饭不了啦，还是一声唉！

　　丽霞姑娘在学校时就是个朴实的河南妹子。妹子随玉兄下河南了，玉兄才气过人，干得是有头有脸，两人小日子过得红火。不幸的是玉兄怎么就先走了，不应该啊，霞姑娘多保重吧！我与霞姑娘在校多少应该还说过话，和玉兄顶多是见面点个头或是嗯声，南方口音北方口音多了也互相不懂。玉兄走时我随武胜两人去了，以及南方不少兄弟也去了，一起送了一下兄弟。

　　还有一位任姑娘。任姑娘与多数在校姑娘不同，是个小美人儿坯子，有风情，云南的风情。估计兄弟们都是很向往吧，美！任姑娘傲气到最后时被桑兄弟拿下，时机是一个准，两人双飞入云了。

　　1班还有两位兄弟得说一下，海军，天津人，他和我们相对来往多些。海军性格爽快，与人随和，爱踢球，常和我们一起踢球，踢得还不错呢！毕业15年聚会后和我同车从太原回的，我给送到了天津后回的京，还说好在京或津再聚，后竟至今未再有其消息，人呢？

　　还有一个老魏，晋南人，起初对他没印象，后来三年级时这兄弟迷上踢球了。下课踢上课踢，就不上课呗。期末三四门补考，补考前大家劝他复习一下吧，还踢。最后把自己踢回家了，从此没了消息，为啥呢？

1班兄弟们就写这些吧，其他兄弟们安静学习干活呢，不打扰了！

续二　田径队兄弟们

我大学三年级第一学期时，学校调来了一对年轻体育老师夫妇。也是，学校当时体育教研室老师总体也是年龄偏大，该增加些活力了。

学校原来体育还是很强的，尤其是足球，印象中直至我毕业前，学校足球都可称霸山西学校足坛，尤其是前几届，更是无可匹敌的。这与我们学校是全国招生有关系，有各区域人才加入，另外，山西原本对足球就不太重视，群众基础差，整体水平就差多了。篮球原来也还行，1981级之前在山西也是有一号的，与矿院可匹敌，矿院当时应该是最嚣张的，好像还经常出省征战。矿院这个传统似乎一直在保持着，不知后来合并到理工后怎样了！田径类应该是山西大学最狂，这学校本身就是综合性大学，有体育专业，山西田径类底子也厚，山西大学的强也就是自然了。

新来的这对年轻夫妇是杨老师、步老师，都是北体院毕业，杨老师专业田径，步老师排球、篮球。杨老师是部队专业田径运动员，步老师应该是部队专业排球运动员，后都保送北体院了，可想两人成绩都还是非常优秀的。印象中后来听杨老师说过，其百米成绩应该是进入十秒大关了，还是很了不得的。学校调杨老师来，估计是为了加强学校田径力量培养的。

印象中第一次见到杨老师是在学校操场旁台阶上。那天我们应该是在和老师们打篮球，打完后上台阶时看到一位年轻男子穿了一身时髦运动服，上边还印着"中国"二字，一头长发，抱着个一岁多的小姑娘，旁边还站着一位苗条秀丽的女子，怎么也得有 1 米 75 往上的个子，看着就应是两口子，一起站在台阶上看我们打篮球呢。两位这形象这打扮，看得我是一下呆住了，好家伙，羡慕得是不要不要的。年轻帅气漂亮不说，一身亮丽运动装，还"中国"二字，哪方神圣呢？两人都是从秦皇岛国家训练基地调来的，也就身着"中国"队服了，厉害！

　　杨老师是个激情洋溢的人，不干点事不是他的性格。来校后就着手成立田径队，学校每学期运动会都有成绩单，选拔组队也就容易些。我当时在校中长跑基本上是在前两名的水平上，一千五、三千应该是别人跑不过我，八百我应该没有同届工机班一兄弟强，我原来是练长跑的，速度上不去。可是我不想再跑长跑了，一个是恢复高考后主要是学习了，已经好多年不训了，吃不下那苦了。再是长跑太枯燥，没啥大意思，我更大兴趣是打篮球。组队后杨老师说："跟我练四百吧。"我一听挺高兴，毕竟短，好玩儿。其实八百米也可以，只是这个归另一个老师带，我还是愿意与杨老师一起练的，于是就跟杨老师练四百米了。杨老师说，大虎，你是咱们队队长，好家伙，俺还弄了个队长当当，小官儿迷！

　　人和人也许就是缘分，一眼的事儿。一个居老师怎也不愿瞅一眼的，杨老师却是愿意要一起练，因此也就生出了我与杨老师、步老师一生的情缘，我们田径队兄弟们的情缘！

　　田径队有几个老师带，主要分短跑、中长跑、投掷、跳跃等，刚开始时老师配置不完善，再后来是多数老师也懒得带。就这样，除了中长跑外，杨老师短跑、跳远、投掷，啥都管。后来基本上就更多是以队员为主了，我们处得来的几个，不管啥项目杨老师都带着。

我们这些人开始有82级的明生、姬芳姑娘，83级的赵素清、蔡虹、武静、我，84级的陈琳、郑瑜、陈皋、李伟、吴勇。明生也就试训了一两个月，一是后来转其他教练了，再是涉及毕业基本也就退出了。

左1步老师　左2清姑娘　左3杨老师　2017年春合影

姬芳姑娘是转其他教练了，这姑娘82级校花，挺好看的！82级两位与教练及其他兄弟们基本上都还是有点生疏，这两位和我反而都还行，尤其是明生，大家都爱踢球、打球啥的，又一起进田径队了，就更没了生疏劲儿了。虽然与姬芳姑娘原来不熟，但我是队长，一来二去的

187

也就有点熟了。这姑娘还是很文静的，一说话还脸红，来往也就不多了。84级李伟南方人，哥们儿别看身材不壮实，甚至还有点单薄，但标枪技术是一流，开始时还是无人可超越的。这兄弟与人来往不多，南、北文化还是有差异的，不过和我还行！余下几个基本上就可以说是死党了：武静、我、吴勇、蔡虹、赵素清、陈琳、陈皋、郑瑜。武静、我、吴勇、赵素清、陈琳我们几个更是，没个正形，成天瞎闹着呢！

相对来说，我们83级几人与杨老师、步老师两人更为随和些，似乎师生关系淡些，更多是哥们兄弟似的。84级几位师生关系重些，尤其是在校时，可能他们是进校刚一年多，还是有点放不开。俗话说还没成了学生油子呢，对着老师、师哥、师姐还有点拘束！另外，还有些更深层次问题的是84级几位，尤以陈皋、郑瑜两人，杨老师是非常看重的。这两人有着得天独厚的身体条件，别说在高校中，即使专业队里，估计这两人也有可培养的基础。于是杨老师就异常地重视了，也就从他的角度不敢和他俩太随意了，严师出高徒吗！不像我们，杨老师一看，这几位小兄弟儿姐妹们，也就是一起好好耍的事儿，不也挺有意思吗！的确也是，我们几位的情况，基本上也就是学校里玩儿下还行，要想出去拼个高低，不可能了，况且综合类学校里还有专业体育生呢。

明生印象中也就试训了一两个月，就忙他们毕业设计去了，试训时没事儿干也就和我瞎呱嗒几句，或者是趁机瞄两眼小姑娘呢，心里估计是琢磨着看看能否对那个小师妹下下手呢！别人他基本上是不怎么搭理的，得有点大师兄的样子。明生兄最后虽然是不训了，但还是没收住他那狂野的心，和小师妹动了一下心思，但终还是理性控制了躁动，没敢真下得了手，还行。明生其实是个人性不错的哥们儿，也有头脑，毕业后回西安老家了，凭着自己的双高——高智商、高情商，成了一位大国企高管，甚是了得。2001 年前后，陈琳出差去西安学习，打电话说："大虎你也不来看看我？"我说这就去。在西安不少同学一顿喝，好家伙，都多少年没见了，必须喝好。白酒我不是喝最多的，也差不多是，足有八两往上了。明生说，咱们一起唱歌去，又一起去了。明生、我、陈琳三人又是一起一顿畅叙，明生要了啤酒和茶水，高兴得有点收不住了，是左一杯右一杯地与我干呢。我平时的确也是掺和不了酒，反正是喝多了，朦胧中我手一摸热的我就干了，凉的就换一个，反正总的说肯定是热的喝的多凉的少。第二天明生就又起不来了，直接上医院了，之后和我说你怎么没事儿我怎么又倒了？我说主要是你又激动了，当时没敢和他说我喝得烫了嘴了，唉！毕业后明生一直与我有着联系，时不时地找机会喝顿，一不留神第二天哥们儿就又上医院了。2019 年底明生到三亚度假去了，哥儿俩当天晚上就是一顿整，两人高度的喝一瓶，完后一人又一瓶啤的。完后坐在外边台阶上就又聊到了大半夜，说："大虎，咱们去看一下陈琳去吧！"我说随时听令。第二天两人又整了顿红的，明生怕再上了医院没敢弄白的。完后还和我说："大虎，我回去安顿好请了假咱们就去。"我说："好！"元旦后我还在等明生消息呢，国企出来也不容易呢，结果没几天就新冠疫情消息了，后来就开始封城了，没去成。

　　姬芳姑娘转其他教练了，这姑娘应该也是标枪项目，成绩也基本上一般，又是 82 级要毕业了，杨老师就懒得训她了，转了另外教练。开始还是能见着她，偶尔会打个招呼，校花耐看！后来知道她留太原了，我和 82 级不少人有来往，也就大致知道她的一些情况。这姑娘后来遇人不淑，命运不济。再后来知道她消息时我已经在北京了，这姑娘精神上出问题了，一次在京时还要进中南海去呢？可惜可怜的姑娘啊！

蔡虹也是练标枪，成绩也一般。可蔡虹是个憨厚热情的姑娘，人品好，杨老师不会随意转给其他老师的，成绩好坏无所谓，一起乐呵就是了！蔡虹与我一个专业，她 1 班，我 2 班，可实话说，进田径队前基本没接触过，甚至没说过话。蔡虹是北京姑娘，实际上北京不少姑娘都这样，大大咧咧热心人。北京生源那时基础都相对差些，蔡虹也是，相对而言学习还是挺吃劲的，是她的一个愁事儿。那学期蔡虹又补考了，开学后还好都补考过了。这时我和武静哥儿俩就又打起了坏主意，说虽然补考不是好事儿，这补考过了还不得让她请次客。武静说："大虎，你说呢，咱们是不是得敲她顿呢？"我顺势装糊涂说"那可不是，就这么办！"于是，哥儿俩有一天看蔡虹高兴时就唱起了双簧，一个说："听说你都考过了，好啊！"另一个就势说："那还不请我们吃顿高兴一下。"一个接着："是啊！"于是哥儿俩一顿煽乎就说："择日不如撞日，就今天吧。"就这样哥儿俩把个蔡虹可煽乎好了，破费了银子还高兴着呢，这俩坏小子！吃完我一抹嘴和静哥说，我给盯着动向，下学期接着来，静哥偷偷地和我一阵儿坏笑！下学期了，静哥问我说："大虎，怎么办，接着来？"我一听立马凑近静哥耳朵说，可不敢了，虹姐有"带刀护卫"了，可得小心了。静哥一听一下含糊了，小心地说："也是啊！"三年级第二学期末，虹姐给自己增加了"带刀护卫"，自个儿乐呵上了，懒得理我们这些个坏小子了，只能是偶尔叫虹姐一起去操场上切磋一下功夫耍耍了！

陈琳是我们84级小师妹，可这姑娘和我们处得真是一点儿也不生分，似乎觉得她和我们比和她们同届同学处得更随意更亲近。琳妹子身材苗条，典型广西妹子秀丽的模样儿，人性很随和，性善。进队不久，她就和我们非常熟络了。陈琳可以说是多才多艺，她田径项目其实也还行，她是短跑，成绩还不错，但真要出去比画还是差点的。她篮球打得不错，女篮主力，排球、足球也行，好像是没她不行的事儿。更可气的是这姑娘学习在他们84级几乎可以说是院内排第一，至少说他们专业我们系无人可敌，真是有点玄乎！一次我和静哥两人晚上无所事事外边瞎溜达呢，说陈琳这咋整的，怎么学习这么好呢？静哥说："她好像是每天都在图书馆晚上学到10点呢，也不累！"我说那咱们去找她瞎聊去，看她怎么学？学不了她怎么办？俩坏小子一拍即合，就上图书馆找陈琳去了。一看，那可不就是她，在看书呢，旁边正好有俩座位。我俩假装刚看见她就过去坐下了，一顿虚情假意地瞎关心就聊上了。静哥也能说会道的，把个陈琳可给聊高兴了，她还一点没有烦我们的意思，可把我俩高兴坏了。悄悄一瞄墙上钟10点整，我俩偷偷一递眼神儿，撤！出了图书馆我俩就猫在了墙后边等着看陈琳啥情况。结果是我俩应该是和人家聊了有1小时，人家又多在图书馆学了1小时，11点多才出来。之后我俩说，好了，以后不聊了，服了！四年级第一学期时，静哥一天中午打饭路上碰上我了，说："大虎你不够意思，我对你有意见！"把我弄得一头雾水，我说："怎么了？"静哥说："是不是明生找的你？"我说嗯！静哥说："哥们儿也有意思，你怎么不给说呢？"好家伙，静哥给来了个激将法！没办法，哥们儿事儿，硬着头皮得去！找到了琳妹子，我一说她就急了，说："大虎，你又……"我赶紧说了句："反正我说了！"扭头就跑了。事后，

　　俩兄弟姐妹还是没弄成，那个年代分配是个问题，再说陈琳已经历过一次，更是慎重了。但兄弟们情谊永远在，也许更深了！

　　赵素清是个好学生，班里、系里、院里都有名儿，有一号。那时我和静哥俩也没少打她的主意，比如她得优秀班干部了，哪门功课还考得不错，哪门总算没补考，总之各种由头一煽乎，只能是请客呗。清姑娘毕业后回内蒙古了，那时候计划经济，毕业国家统一分配，她那专业估计也只能是这样了。改革开放后，内蒙古这方天地清姑娘可没觉着多广阔。这姑娘是一个硬人，硬劲一上来跑革命最前沿去了，下了广州了，可一通折腾，大发了，干脆跑加拿大去了，敢于直面人生啊，佩服！下一步清姑娘还怎么折腾呢？问题是，您不累吗？多歇会吧，多累呢！我们不懂啊！

　　勇哥，勇哥是练什么项目的呢？始终是没弄明白。其实勇哥是练游泳的，绝对的游泳运动员身材，不少小姑娘都爱盯着勇哥看呢！勇哥其实田径没什么可行的，只是勇哥爱体育，勇哥人缘好，勇哥为人处世随和，大家都喜欢他，杨老师更是，于是勇哥就成了田径队队员了。主要负责是杂务，比赛时司个线了，计个时了，挥个旗了，官职是杨老师助理，勇哥干得是其乐融融。勇哥不仅和杨老师处得好，和我与静哥那也是穿一条裤子呢，要不是小对象拉着腿，估计早和我们混得找不着北了，勇哥和女队员们混得也是随和得不行不行的。勇哥情商高，最后终当了官。

　　武静是三系锻压专业，我是二系起机专业，入田径队前基本上不熟悉，只是知道有这人而已。主要是静哥田径确实不错，运动会时能看到他的雄姿。踢球、打球平时偶尔也能看到，但似乎静哥不是太着迷，不像我傻不愣登的似乎就是黏在球场上了，这样也就之前与静哥基本没啥来往了。入队后就不一样了，我们都师从杨老师，静哥是短跑及跳远，尤以三级跳为长。静哥人高马大步伐长，又有爆发力，自然也就不逊了。印象中那时百米成绩还是明生略为优些，两人基本不分伯仲，也许是十分之五六明生优，十分之四五静哥超。那时因为我练四百米，于是也需着重练速度，于是也就常与这俩兄弟及陈琳一起进行百米跑。一天没个十组，估计也得八组，我跑第一永远是不可能的，肌肉类型完全不同。也许十组后我说再跑十组吧，他们这时也就只能举手投降，说啥也不干了，于是这时咱也可以露出一丝笑容了，哼，十组后见，咱也只能这么无奈地和他们牛下了。那时我不仅跑不过这俩兄弟，还常跑不过琳妹子，我们都是百米破不了 13 秒，我也许偶尔有一次过了，希望是吧！我被琳妹儿甩后边后，琳妹子总是说："大虎，快点啊！"好家伙，把俺奚落得连个地缝都找不到了，这时几位就是一阵儿坏笑呢！这样我面子实在过不去时，我就建议另几位妹子们清妹子、虹妹子、瑜妹子也该练一下速度吧，不然也会影响你们成绩的。这几位一上当，咱也就找回点面子了，不过也不敢掉以轻心，这几位妹子腿也是快着呢，咱小心里其实也是有点紧张的，这要是让这几位妹子也超了，俺还活不，得找多大个地缝呢！这就是我们其乐融融的日常训练生活，谁都不服，谁也得使劲儿干，就想着能看了别人笑话儿呢！静哥与我更深的缘分是我俩身材外形很像，静哥略比我高一点，从后边猛一瞅，熟悉的人也许都会认错了，不熟的人那更是基本常认错了。这么一来，也还常给我弄点小惊喜呢！学校里那些迷着静哥的小妹子儿们时不时地望着我的背影，柔声细语地喊着静哥的名儿，嗲声嗲气问："到哪儿去呀，一起吧！"搞得俺心里一个美呢！田径队常训，夏装、冬装的基本不断。静哥耍酷基本是常穿着，俺是一方面也想和静哥学着装一下酷，再是家穷买不起新装，这便宜多赚呢。就这么着，我俩有时没事儿晚上一起校园里溜达时，不少个静哥小迷妹儿常激动得看晕了似的，想怎么两个静哥呢？这下好了，更好下手了！那时实际上学生年代都还是很喜欢运动的，都手头上紧买不起件好运动服，别说是大妹子们看着身穿运动服挺拔身姿的兄弟们有点小激动，小兄弟们其实也是恨得不行，向往得很！静哥性格很随和，口才也了得，不像我笨嘴拙舌的，憋半天说不出句像样的话，唉，又被静哥笑话坏了！就这样静哥也就不感兴趣那些球类运动了，剩下的活力凭着静哥一身的魅力撩小妹子去了，成了学校中的傲骄小子，俺是羡慕得不要不要的！毕业后，静哥留在了属于他的大城市，到大工厂、大社会，到广阔的天地中迷妹去了，让人向往的人生啊！

　　瑜妹子、皋兄，杨老师盯着俩练呢，杨老师是真下了功夫，可把他俩盯坏了，盯得他俩不仅走向了山西，还走向了全国。最后皋兄成绩在省内不是第一也是第二了，瑜妹稳坐山西第一，代表山西省参加全国大学生运动会好像也取得了名次。两位成绩都很不错了，在重院田径史上应该是新的突破吧，杨老师的付出得到了学校的认可，也收获了两位高徒的深厚情谊。

　　总觉着杨老师、步老师两人与我们几位是兄弟情深，与瑜妹、皋兄是师徒义重，我们间都有着一份大家共享的人间情义！永生不忘！

　　愿兄弟姐妹们一切都好吧！

2021 年 4 月 21 日

第五部分

西、东、北南三十年

这段时间的不堪，应该说有客观的因素，也有主观的问题。

　　客观因素之一，自己的专业的确是与工厂的主业不合，使自己失去了能更好发挥自己的基础。之二是这个小社会内文化不朴实，人为因素过多，不是真的在意人才之地。这个厂培养出的顶多说是"精英"，不是看重人才，而"精英"是创造不出未来的。于是，这个厂三十几年后，仍徘徊在行业内的边缘，难有真起色。之三是社会的变化，让经济成主导了，传统意义上的知识分子不再是社会骄子，这对我的家庭产生了冲击。

　　主观因素是自己个性太强，性格上过于正过于真，不会追波更不能逐流，融入不了是非中。本是人性上的优点，却让自己成了社会中的弱者。

　　自己的不会做事儿，更导致了家庭的问题。

　　宝贵的青春岁月在惶惶与不堪中逝去了，谁的青春又不是青春呢？又能奈何！

西十年

我不明不白地被打发回了大同，我们学院我们专业是重型机械类，我的发配地是大同金属构件厂，既不属部属企业，又不是重型类。在当时各行各业都还在急需人才的一个时期，我作为一个班内学业成绩第 5 名上下，全专业排名也是第 10 名多，还曾得过优秀班干部奖励、学校田径队成员，分配情况是全专业最差的两人之一（另一位是陈刚）。应该与他也无法比，陈刚是临钢，只是小城市，但是大企业。我为什么会是这种情况呢？至今我也难以想明白。为什么会有这样一个名额，多争取一个其他地方专业名额有那么难吗？又为什么一定要让我填这个名额呢？没有任何理由啊！就这么着我在人生道路的重要关口，被一些人生生把道岔子扳向了一个险峰逆境，成心是让我跌向那阴谷，可恨。这些人就是那些不学无术、无事生非、玩弄权术的"文革"余毒。这些人除了为自己的个人利益拉帮结伙毒害社会外，可以说一无是处。我现在之所以说这些人，不是泄自己私愤，而是这些人确实是我们社会发展的毒瘤，是我们所有人应该去予以铲除的。不然这种毒风气不除，一定是我们社会的祸害！

我找了院里，说了我的情况，院里也是很不解，为何这样呢！但事已至此，再解决也不是那么容易的。最后院里同意可以重新改派，但到哪里需要我自己去联系，分配工作已经结束，学校不可能再安排了。

改　派

人生也许就是这样，在你遇到坎坷，有些人成心要让你走向一个荒芜险境时，你也许无法阻止这一切，但你一定需要尽力去自救。把这条斜路绕个弯儿也得尽量朝向一个有着一丝光亮的地方负重前行，光明一定还会再现的。不然如果你不努力去做点儿啥，那就只能等着看坏人的奸笑。需要的是我们用实际行动去回答他们，人间自有正义在！

一个还未进入社会的学生，在那个年代，到哪去联系工作呢！无奈，还得需劳烦父亲了，不省心的孩子啊！先是找市里负责分配的部门，之后总算同意可市里调配，自己联系接收单位。自己意向的单位是 428 厂、616 厂、70 研究所、大齿厂，更趋向 70 研究所。客观说我自己性格也更适合研究性工作，自个儿干些自个儿的事儿，没那么多人为的事儿，也许还可干成点事儿呢。本来是要干点事儿，夹杂了许多人为的事儿，也许就很难干得了啦！70 研究所、616 厂都不行，属军工企业，要人还是有多种因素的，况且我专业也不对口。428 厂、大齿厂都有可能，最后还是选择了 428 厂。这厂是造机车的，通俗说就是火车头，比大齿厂子还是大多了，铁道部企业，半军事化，感觉是更有可为吧。

我拿了大同市同意调派函及428厂接收函，学校轻松出了改派证。我是那年第一个改派的，好像也是唯一一个。有几个不同原因要求改派的学生，可能只有我办成了。

车间实习

按要求如期在9月初到428厂报了到。印象中当年共分配到厂的二十人左右。简单的入厂教育后被分配到不同的部门，有些是直接到了岗，多数还是先行实习的。我在修机车间实习，实习期一年，期满后待正式分配入岗。

实习期不算正式编制，只是一个了解工厂生产性质的过程，没有工作上的正式要求。我的专业是起重运输机械，与工厂的生产产品不对口，属设备类，于是就分在了修机车间实习，方向应该是机修车间技术组或是厂设备处。

我先是在钳工四组实习，组里两位老师傅——宋师傅、昝师傅，再就是技校毕业的一帮小孩儿，比我也就早进厂一两年，年龄小个两三岁。宋是组长，昝是副组长，宋很强势，不只是组里、段里、车间里也是。当然，活干得也是不赖，这个组是车间优秀小组，宋是厂劳模。昝师傅干活更细致，更勤恳，少言语不争抢，段长、主任还是看在心里的，也是很受器重的。两位组长间应该是没啥大矛盾，宋要干出点面子，也还需昝师傅干好活撑着他，光靠他自己也难。因而平时他还是很给昝师傅面子的，为了自己的荣耀也得安抚好下面的人，这个人的情商还是很高的。多数小年轻儿们还是更愿意跟着昝师傅干，跟着宋干不会给他们好脸色的，三孙子似的。可毕竟也不能是都跟着咎干，不少人还得跟着宋干。当然，也有些会来事儿的孩子考虑跟着这样的人也许更好发展，也就更愿意跟着宋干。不过，这样的孩子多少还是有点势利劲儿吧，有一位就这样！我起初到这个组时没有在意跟谁干不跟谁干，因为本身我在车间也是没有编制的，没有考核，也不考勤。你只是实习，干不干，怎么干是自己的事儿，愿不愿表现就是自己的想法了。车间顶多是最后给你出个实习评语，到时想要你还得看你愿不愿留呢。况且那时的确也是缺少上过学的人，各地方都还是很需要的。我是个性情上很随和的人，也很自律，平时就爱动，于是干个活啥的根本就不会在意的。并且组里多数还是小孩儿们，自然我就更愿意和他们一起干了。就这样基本上开始时我就看哪个小组忙需要人，我就和哪个组干，没分过彼此。和这些小孩儿们很快就处得很熟了，他们也很尊敬我，休息时更是一起玩，一起踢球啥的。甚至我看到别的组干一些有意思的活时我也会过去帮忙一起干，了解一下、学习一下。我和别的组的年轻人处得也很好，师傅们也都挺尊重我的。大学生嘛，当时还很少，偌大一个车间，除了上两届分了个大学生当技术员外，就是我了，主任还是中专生呢。这样一来，时间一长，我们这组组长反而有想法了。一是我有时到别的组帮一下他可能心里不舒服，再是我毕竟是个没报酬的劳动力，如果组里只帮他小组干，那他不赚便宜了吗？于是，他就要求我每天给他们小组干活，另一方面我随和，好说话，他可能是当我傻，好欺负了，能捏就得捏。这么着我就反感了，不理他那一套了，他说他的我干我的，反而我只跟咎师傅干了。于是，这位就更变本加厉地开始难为我了。先是让他那位小跟班小喽啰硬性地给我分配话，口气还趾高气扬的。我也一点没给他情面，我说："你是谁？"再后来就是给告状了，和段长说和主任说，说我迟到早退啥的。我是有时回家会早走半天或晚到会儿的，但一是我没有考勤要求，再是我和他们干活我也没有加班啊。我偶尔请个假再正常不过了。后来技术组比我早来两年那哥们儿也有点儿看不过去了，就和宋说："小张也许实习后会留车间，这么着你不怕到时他难为你？"谁料，这家伙是油盐不进。最后的爆发是植树时。车间抽调各组人员去植树，他就耍鸡贼，头天下班时告诉我，第二天让我去植树。我明确地回他："我不去，凭啥让我去？"这家伙气哼哼的！第二天早上我已经做好准备，如果他再和我来硬的，我就得和他干一架。恰好我平时坐的那个长条木椅有一根木条活动了，可拿下来，我等着他爆发呢。先是他那小喽啰告诉我去植树，我说不去。后来他过来告诉我，我盯着他，手抓着屁股下的木板，说："老子就不去，你想干啥吧？"他可能也感觉到了不妙，就没敢动火，说段长让我告诉你的。我说："行，那我去问段长。"恰这时段长过来了，我说是您让我去植树的？段长笑了笑说："走吧，小张，和我们去植树吧！"段长看出了名堂，这位情商、智商都够。

这样，我也就再没法在这个组待下去了。主任说："小张，你帮王师傅干干铣床行不？"我一听也不错，我还正想干一下床子，增加点感性认识呢，就这样我又跟着王师傅干铣床了。

王师傅这时已近退休年龄了，为什么没有徒弟呢？这个我没弄明白。大概有四五台铣床，不同类型，用来铣各种类型零件。这个年龄，其实老爷子或多或少可以说已经干不大动了，所以有一搭没一搭地干着呢。这老爷子人特随和，不怎么爱说话，人一看就特善，绝不会强求我去干啥的。可越是这样，我却越愿意干，况且我也很感兴趣干这些。刚开始还只是给老先生打个下手，不到半个月我就基本知道大致怎么干了。干个件时让老爷子大体说一下怎么弄，然后就自己弄了。再过了有半个月，老人家对我就很放心了，干过的基本上不用交代，没干过的说一下即可，老爷子多数时间就可以端着大茶缸子找地儿喝茶闲聊去了。再往后我就火力全开，几台铣床同时干，活多了就加班干，可干了个昏天黑地的，几乎成了加工段最忙的一个人。几个月可没少给老爷子挣工时点，得了不少奖金呢。干得车间里不少人都忘了我是个实习的大学生了，真以为是个闷头干的愣头青小年青工人了。后来的活儿基本上是给其他车间干加工活了，完成了不少任务，车间也挣了不少外快，领导们很是高兴。

转眼间又小半年过去了，我的实习期要结束了。先是干部处通知上报实习表，这时那位宋组长私下说是又得意了起来，表中有组长评语一栏，据说这位要好好整我一下呢。我填了表后去找了主任，我说组长那里怎么办？主任笑着说："小张，你不用管，这个我们办！"我把表留给主任后放心走了。后来拿到表后我看了下，组长栏是段长写的，主任的评语那就更是不用说了。主任本身人就很不错，我在车间一年里究竟怎样，主任是看在眼里，心中有数的。客观地说，这一年里除了宋一人外，这种势利眼儿的人确实我也是很不待见这类人，其他无论男女老少，几乎没有一位对我有闲话的。

我很尊重他们每一个人，他们也很尊重我，我没有和他们有过任何生分，看着就不是个实习生，没有过一点大学生架子。一次车间弄福利拉回一车大米分，其实根本没我啥事儿，也不会有我一粒米。多数人都尽量躲着不愿去卸车，我看到了主动去帮忙。那可是二百多斤的大麻袋，我也得扛了少说五六次，看得段长一个劲儿地说："小张，你行吗？"他没想到一个大学生能扛动这样一袋子米，我一直和他们全部卸完。和小年轻们更是打成了一片，成天和他们踢球、瞎玩儿，没分过彼此，有几个和我处得还不错！在这车间一年里，昝师父、王老师傅给我留下了深刻的印象，朴实诚恳的工人师傅！尤其王师傅，与我结下了深刻的情谊。一个小年轻小梁，昝师傅爱徒，与我处成了哥们儿，小兄弟性格随和热情有情义，我之后和他一直有着联系，很不错的小哥们儿。

设计处

一天正在铣床边忙活着干活呢，副主任下楼过来喊我说："小张，干部处来电话让你去下。"一身油污的，没办法换衣服，我就这么着扛着一身油包上了干部处。我是实习生，只给发一套工作服，成天昏地黑天地干，到哪里洗衣服呢。只可能是周末休息时偶尔洗一下而已，工作服穿成啥样可想而知了。到了干部处，他们都诧异地看着我，再往前倒几年一定会以为我是劳改去了呢！通知我说车间对你实习非常认可，实习期已满，设计处正需要各方面人员，你被分配到设计处了，回车间交代一下后尽快去报到吧。从我的专业情况说，我可以留在修机车间，可以到设备处，也可以到运输处。起初我意向中还是希望去设备处或运输处的，世俗的说是管理工作，也许实惠些。留车间我不太愿意，干干学习一下掌握一下基础知识还行，真要扎进去觉得没啥大意思的，不然我也就主动争取了。设计处我一直觉着专业不对口，那时工厂开始考虑要新产品研发了，因而也就急需各方面人了，就这样我被选到了设计处。客观上说，不论之后发展究竟怎样，这样的分配对我来说应该说还是很不错的，这个地方接触面广，能够开阔自己的眼界与意识，虽然这个地方当时还是有许多不尽如人意之处的。

设计处前半段

在设计处报道后我分在了 DT20 组，是要研发一个柴油调车机的小组。组长、副组长是改革开放后第一届北方交大毕业生，专业完全对口。其他人员有几个前几届的毕业生，也是机车专业生。还有一两位老人，更多的就是我们这一两届的毕业生了，多数是机车类院校生，像我这样的非专业生少。另外还有几个本厂电大生，那个时候的确也是太缺人了。

工厂应该是 20 世纪 50 年代由大连机车厂与常州机车厂抽调来的人员组成筹建的边区老厂，大连厂以基层人员为主，常州厂管理、技术人员多些。原来主要是生产蒸汽机车，曾一度辉煌过，估计说全国一半的蒸汽机车是这个厂生产的应不为过。改革开放后，从大方面说国家建设初期机械行业都不是太景气。客观地说，厂里管理阶层受地域环境影响，尚躺在过去的高光中晕乎着呢，不思进取，更没有危机感，未能抓住或者是意识到发展的契机。小的方面说，从工厂高层到中层管理层多为南方人，还停留在小生产者的意识中。事实上工厂处在一个危机四伏的状态中，恐难自拔。大连厂抢先改向内燃机车，不几年已抢得先机，站稳脚跟。株洲厂后来者居上，更是拿下了电力机车的发展之路，有远谋。大同厂如何办？似乎是没人着那急，过一天是一天的劲。这由此也确定了技术部门在工厂的地位，设计处是最不招待见的。在工厂一万多人的眼里，设计处这小一百人就是吃闲饭的，要你们有何用？几十年工人就生产那个，工人们闭着眼都能干得了，你们碍啥眼呢！这其实就是工厂最大的隐患与危机。

设计处原来主要是一二十个老牌大中专毕业生及后来断档后的一些工农兵大学生，不死不活地受着歧视应付着工厂几乎是一成不变的生产，没有地位也没啥前途更还是不受待见地凑合着。随着大连厂、株洲厂抢占了山头，内燃机车渐成主流，电力机车将是未来，蒸汽车被淘汰成了必然，生产任务逐年渐少，何去何从成了生命的叩问。两位北方交大第一届生就成了承前启后的主力军，先从边缘产品入手吧，研发个副产品调车机起步吧。首先是招兵买马，就这样稀稀落落地来了几个前几届毕业的学生之后，从我们这届开始，两三年后，设计处迅速发展到近百人了，我们前后这两三届为主力军，开始了设计处的涅槃重生！

我到20组时，20调车的设计已基本完成进入试生产中。这时又有研发10调车的想法，由副组长老兄负责，组长老哥着重20调车的试生产。也就是不到半年时间，经过多方面调研，10调车的研发基本上搁置了。我起初是直接归副组长管理，因而也奠定了我与这老兄的感情基础。老兄出身山西南部农村家庭，朴实善良热心，为人处世多以身作则，与人随和。10 车停研后我被划归车体小组了，当时并不十分了解其意，因为毕竟还是专业上不对口的，后来干了一阵儿后才算彻底明白了整个情况了。

车体组刘工任小组长，20 世纪 60 年代前的知识分子，组里共五六个人。除我外，其他都是本厂电大毕业，不过其中老马还是实践经验比较丰富的，大师兄。但从整个队伍情况看，难有啥大的创造与发展，创新能力上是不够的。当然，这个情况也与处里甚至说是厂里对这些的认识有关系的。工厂一如既往地几十年干了一个车型，总觉得什么东西都傻大粗了就行了，没有把这些东西放在一个科学的角度上去认识。就算刘工还是老一辈知识分子，在这样的一种氛围中，他的水平也就是停留在了个东拼西凑的层次上，谈个理论说个方法实在话说，没那认识与水平，根本上也不可能有了。其他电大兄弟们可能会有这种意识吗？应该说没那基础，不可能萌那芽的。我专业不对口，没有过这种基础与认识，要上升到那个思想认识，尚需一个实际了解的阶段。于是，就这样我迷蒙于其中，我们难道就是别人眼中拼拼凑凑的糨子吗？我不知所以然！就这样我从改图、生产指导开始，我们完成了 20 车的试生产，组长老哥升任工艺处处长了，不久后副组长老兄也调任总装车间副主任了，我们 20 组也解散了。这个车生产了几台呢？应该没几台，市场需求不大，我们这个厂这方面也占不了主流。

内燃机玩不成，就又想着改玩儿电力了。可产品呢，哪是一拍脑袋就可来的呢！经部里协调，我们开始试产韶山3型电力机车。首先是设计处兄弟们拆图，这样就成立了韶3组，各小组分头细化熟悉图纸，开始试产前准备工作了，我又被分配到了该组车体小组了。

一二年后生产基本稳定就绪，可作为一个大厂没有自己的产品，总不是个出路吧？这种情况下，在新任总师倡导下，开始了自己产品——韶山7型机车的研发工作。这也是因为我们这届前后分配到厂不少电力机车专业类学生，工厂或多或少可说拥有了这方面突破的一些可能，于是便着手筹办。但苦于原来电力基础底子较差，就选择了与株洲研究所合作研发的路子，电力专业类兄弟们有了大展身手的机会了。实际上也是，后来这帮兄弟基本上都得到了一个好的发展机会，几乎都出人头地了。

我又被调入了这个组，前期因为工作尚未展开，我先是被安排到了总体组协助工作。其实我是干不了具体事儿的，我不是机车专业，又没多少年经验，根本不可能形成一个总体方案的思路的，只能是协助作些辅助性工作。高工是组长，运伟是高工助手，我们三人一组，我辅助两人打杂。高工是位德高望重的老知识分子，高级工程师，有头脑，实践经验也很丰富，思路也很沉稳敏捷，担当得起此重任。高工人品也好，不随波逐流，不卑躬于上层，也不趾高于后生，就事论事，与人随和、亲切正直。运伟早几届名校毕业，头脑也很清晰，与高工两人搭档珠联璧合，将遇良才。两人的高大上，弄得我就成了个"小混混"了，命运危啊！

工作正式展开后，我又被分到了车体组，早两届的挺工任组长。有两位老者，另外增加了后来几届几位自觉不含糊的年轻人，表现

20车研制生产成功　后右1为组长　前左1为副组长

欲还都很强，我的日子就难过了。

电力机车设计主要分总体、电力牵引、制动、转向架、车体几部分。

总体部分需要有各部分都有经验的人综合考虑，实际上是该车的总设计师，不是一般人可当得了的。

电力牵引是车的动力来源及控制系统，需要有专业领域知识方可，几届电力机车专业毕业生有了用武之地。只是这些个兄弟们应该说实践经验不具备，真要造个车能力还是不够的，于是只好走与株所合作的路，先借鸡下个蛋吧！

制动虽有极强的专业性，但原理基本一个意思，几十年机车生产了，基本的实践知识还是具备的，剩下的就是配合研发车型进行提升发展了。

转向架是车的腿，走得快否、灵活与否、会否散了架，它起着决定性的作用。工厂有着丰富的蒸汽机车制造经验，不过应该说电力与蒸汽已经是完全不同的时代了。毛驴儿拉辆车弄几根木杆子撑住走就得了，毕竟是慢。电驴子撒开了欢儿，懒钢条子也得歪了，得好钢轮子，还得跑得起来稳得住，还不能把地砸了坑把钢轨条子踢飞了，其实里边还是有很深的技术含量的。我原来觉着干这个应该很有意思，有许多可琢磨的，最后明白这事儿干不成。应该说不是自己不能弄明白，而是这事儿自己不可能去干。转向架设计由一位老工程师负责，起初不认识，他在车间里，仅有些耳闻。等其来处里后，我很快就知道自己赶快断了念想吧，人家不可能要我这种人，咱也是不可能跟他去干的。不是一路人啊，一条路又死了。耳闻这位在原来蒸汽车转向架设计时就曾出过常识性错误，似乎是因此下放车间了，当然也听说了其他一些有意思的料儿。可这位一直号称自己是厂里转向架大拿，独一无二。我多少还是怀着几分敬意迎来了这老先生主持 S7 车转向架设计，可没过多少日子就让我大跌了眼镜，失望至极。先是这位先生日常的工作态度及处事方式，不像个身怀才志的知识分子的做派，迎合领导似乎倒是颇有些心得。再是显摆起自己夸起自己来也是夸夸其谈，觉得设计处根本就放不下自己，铁道部也没几个他这样的人物。他的得意弟子那也是相当的了得，将来何止部长水平，炫耀得是似乎我们这些人就是些尘土而已，眼里根本就揉不进我们这些沙子，我们卑微得是如此这般。实话说，我和这位基本上就没说过正经话，人家就没正眼儿瞧一下咱，咱也懒得理会他。应该说，这个组最后正经人没几个能留下来的，留下的多是与其相似，或者说至少是有些小想法的。我在总体组时，还曾在高工指示下与这位先生协调过工作。事实上，基本是互相语言不通，弄不成的。

技术设计到了初级阶段就结束了，需要一个阶段性的总结。我作为总体组成员参与了各部门汇报，转向架部分由其得意徒弟介绍。审核组一位成员随口问了一个基本技术数据，这哥们儿愣了一下，然后说我拿三角板量一下，这时轮到我愣住了。转向架设计轮距是多少等等是设计时基础设计数据，这个可以是用三角板量的吗？这就是将来部长的料子？即使我这个门外汉也知道这个不是量的，难道……瞬间这位先生及其弟子们的光辉形象在我心中塌了。我知道，我与转向架已经无缘了。后来他们设计出转向架了吗？印象中是与

生活于迷茫中

其他兄弟单位合作了，但后来人家吹得还是山响啊，自己不含糊着呢。

　　车体组挺工挑起了大梁，工厂需培养新生代技术人员。挺工1985年机车类专业毕业，有着四五年的内加车间车架、车体施工经验，给予其重任应该是正确的选择。也许欠缺些的应是没有设计研发的经验，谁又有呢？客观地说组内两位协助的老先生也应是研发经验没那么充分的，毕竟工厂是几十年在干着的老产品，研发啥呢！挺工心思还是挺重的，事业心还挺强，说啥也得整出点事儿，为自己的将来垫好块儿砖，认真对待着自己的重任。挺工为了自己的美好前程用心地奔着，负重前行着。客观地说，协助的两位老先生确实也是在挺工搬好砖后给涂好了灰、抹好了缝，鼎力挺工砌了堵好墙。挺工成功了，那些心思也重的小年轻儿们也许是本来还想着从挺工嘴上生撕块鲜肉啥的，只是没那铁嘴钢牙，怎么下嘴还不知呢，想得还不少，没硌了牙就算是不错了。咱是怯怯地看着这一切，没咱插脚的地儿，跟着混吧！车体部分是厂里也就是我们组干出来的，也就是我们设计出来的，其实已经是不简单了。车体就是个骨架，实在没把握大不了就傻大粗点呗，也就是说还是有办法可解决的。毕竟是没有太多动力学问题，不像转向架似的，稍有差池，不是车毁就是道亡，最后还是人亡，总之没个好。当然，也不能说车体就没技术含量，其实如果严格对待技术含量还深着呢，只是您没那个水平没上升到那个高度。本事就是砌个单片墙还不倒，整个费料的三片墙那是没办法的办法、没本事的本事。但不管怎样，还是砌了堵墙不倒，不容易了，为挺工喝个彩吧。挺工因此也垫好了自己的人生之路，不错。最后车体还是做了应力计算，做了不同工况下的动态分析，只是我们自己做不了，请大连铁院解决的。当时那个条件他们是否有那么高的科学水平分析呢？这个就真弄不清楚了，挺工、我，还有一人，我们参与了这件事情，我觉得结果还是不错的。但是否确切呢？几位负责人当时那个条件真能行吗？他们有底儿吗？我的判断是应该有一定的把握，完全把握就难说了。反正我是弄不懂，挺工真完全懂吗？可能也够呛。另一位呢？我认为他不懂。不同工况下的应力计算是一个弹性力学计算问题，首先理

组长挺工和我

处里一些年轻人，记不清为啥我们一起合影了

论问题基本可以说已经超出了一个本科生可完全理解的事儿。再说那时还不具备现今的计算机超算能力，初步弄一下应该还行。就这样，我们不仅自行设计出了 S7 车体部分，还进行了计算分析，进行了初步的设计优化，应该是说得过去了，挺工事业初成。

我在设计处的上半段，基本上就是这样子结束了，不尴不尬地晃荡着，难寻西东！

结婚了

1992 年 3 月初，我结婚了，我应该是同时期几届学生中不是最晚也差不多的一个。自个儿晃荡得周围实在是没一个能一起瞎晃的了，他们都有了各自要做的正经事儿，自己也只好尽快解决了。

高中时期自己心理就是个孩子，女孩子在我心中更多只是个纯洁美好的象征，不敢具象触及，只是埋藏在心中。

大学时更多的具象化了，可自己的性格更多的是顾虑，不像一些兄弟们或是听从生活的召唤或是计划着自己的未来实实在在地选择着行动。我没有过想法吗？应该说一定是有过。可我究竟应该找个什么样的另一半呢？我能承担得起这些吗？我能做到认真地对人家吗？别人会对我满意吗？这一切的一切在我也会有想法时也在同时困扰着我，我还未具备成熟的思想，还没有下手的思想准备，既怕伤了别人，也担心自己的处境。不像一些兄弟们该想就想，该办就办，办了再说，好坏再说。我是真不敢，真不行。我性格上本身就是个敏感多虑的人，又多了理性少了些感性，人性还善，唯恐于人不好不仁了。教师家庭的出身更是多了些边边框框与底线，再加上那个年代的气氛，一切让自己不敢越雷池半步，太谨慎了。

大学毕业到厂后，脑子里也有了一个该想一下个人问题的意识了，可基本上还是含含糊糊的，没有那种紧迫感，顾虑还是占据着上风，有一搭没一搭地思虑着。那个时期，改革开放初，大学生还是相对稀缺的，还算是社会骄子。无论在哪儿相对还是较吃香的，在我们厂里一样是。基本上每年一拨一拨地来，也就被一拨一拨地注意着。用句好听的话也许说是看好你，用句难听的话说，这些人在一些人眼里被当成了马似的瞅着，挑拣着。我也是其中的一匹不知好歹的愣了吧唧的小马，只是看着就不是啥善茬，不服不忿的茬儿，撒着野呢！之所以这么说，是因为这个地方的确是不怎么淳朴。这儿的人有些过于多了自我的意识，少了许多与人为善，区域内社会风气不是那么朴实的，通俗地说不咋地。我就是那个被挑剩了的，不是不好，客观地说，诸方面说我还是不错的，人品好，做事儿正，也阳光，应该还是很理想的。只是咱个性强，不是没人挑，是咱不理那一套，爱谁谁，咱有咱自己心里的认识。爱情或者婚姻，应该首先是个美好的东西吧，过于世俗化了是否总觉得是哪儿有些不对呢，掺了沙子牙碜。他们也许觉得你是个大学生，不错，但更多的不是善意地待你，而是居高临下地好像是给了你脸色了，你得服，他们只是为了满足自己的心理而已。要么觉得你小地方的土得不行，没他们大城市那范儿。要么就是嫌你穷，酸着你。更有甚者是家里当个小官，似乎你的前程就攥在他手里，你得听话，你得听他给你灌输你家啥也不是，一切都是他们的恩宠，或者种种吧。总之，一个意思就是他们选你就是看得起你，他们只是满足了自己的心理就好，不会也不把你当回事儿的。你得感恩戴德才是。因此，这个坑也就闪了不少弟兄。

一位早几届的老兄经人介绍，被姑娘的美貌给迷住了。女方也是上过学的，他一激动，真以为撞了一个金蛋，也没细想想自己是几斤几两，一脚就掉坑里了。婚后才知女方精神是有问题的，一有情况就会出问题。问题是不是不能找这样的女孩子，但事先得让人知道这个情况吧，人家就喜欢你，就愿意找你，那又是一种美好呢！现在这样，只能双方都是没办法吧，心甘吗？应该说够呛！

我同届一位中专毕业的兄弟，突然高兴地找上媳妇儿了，家境还不错，介绍人还是有头有脸的，人家还不嫌弃他是农村人家穷，似乎是形势一片大好，很快结婚了。旅游回来后，他的同学们无奈地请他吃了顿饭，说他新婚妻子其实原来结过婚，他们也才知道。但既然是同学就不得不把实情告诉他，之后怎么选择就自己定了。这兄弟当晚喝了个大醉，还怎么选？一个农村穷小子，离了还有财力再结一次吗，认命吧！如此之事，应该是不少，可想这个风气究竟是怎样的。当然，也不能说没有好的，应该有，应该也不少，但存在着的这些恶心事儿也不少，让人不寒而栗的。曾有过一个不小的官员可能觉着我还不错，但我隐约觉得他们家这个女孩子学历是不真实的，将来应该难以合拍，这样我就没有理会。后来说得多了，宿舍老哥说给我去看看，觉着可以了你再考虑，老哥回来后说算了吧，觉得就那样，我说好的，事情就不了了之了。其实内心深处我对找这样的家庭还是有不少顾虑的，我不是那种随意受别人委屈的人，找这样的家庭，即使人家还不错，像我们这样的人，受委屈还是必然的。再说，即使是受委屈，首先我愿意了也许还行，别人可能巴不得的事儿，但我不当回事儿，咱就是那种不受抬举受苦的命。后来也经过几个学历上有点不真实的事儿，不是觉着人不行，而是担心认识不同会出问题的。

厂里流行一句话，医院的丈母娘、幼儿园的姑娘不能找，恰恰这两个我也都经历过，起初对这些话还不太理解，后来基本明白了。医院的老太太们还是有文化的，幼儿园的老师们或多或少都还是有点文化的，可这两个地儿多是女性，互相攀比成风。有点文化不知怎么就更甚了，文化没起正面作用，反而起了反作用，成了有文化更可怕了。

一次有人给我提了一个其母在医院的，我初觉得家庭还行，不想发觉所说的这个女孩子情况都不怎么真实。另一次说了个幼儿园的，这次是可靠的人说的，我觉得应该是没啥假的。见了一下觉得还可以，可考虑，虽然学历不高，但多少还受过教育，懂道理就行。不想这事儿我又想简单了。几天后说的人很觉不好意思，告诉我说对方很犹豫，意思我家小县城的没钱没势。我一听反而高兴了，我说不用犹豫了，好事儿，事情很清楚了。后来这位又托人找我几次，我都是笑笑而已，我说："高攀不起！"再后来听说那位结婚当天两家就打了起来，我很庆幸啊，又躲过了一灾！处里兄弟们找幼儿园老师的似乎很少，不过找医院丈母娘的可不少，不幸的是基本上都被言中了，关系都是不怎么融洽，甚至说有些僵，乃至更甚。

更进一步说兄弟们毕业来厂找厂里姑娘的，多数结果并不太好。尤其是我们设计处的兄弟，也许是这些人都是墨水喝多了吧，都有点拗，就是等着被抽的料儿，一代骄子傲气地闪坑里了！

与我一届一位兄弟及下一届一位兄弟，有一段时间我们住在个筒子楼里同层。下一届这位找的媳妇儿有点厉害，结婚前这位就到处和别人借钱筹措婚事，大家还是都有点同情的，不少兄弟出力帮了，和我还借了些。结婚当天，我与另一位哥们儿同他一起去接亲。麻烦事儿来了，这女的家里非得要多少上轿钱。眼看时间来不及了，就是不行。我这劲儿一上来，跑出去赶紧借了钱才解决了问题。可过了几年等我要结婚与其要钱时，这货竟然说"你没钱了？"可把我气坏了，这位就是个没骨头的货。一次我与一位老哥骑车回处里，刚把车放车棚里，扭头看见旁边小树林里他被俩小伙子一脚踹地上了。我俩一看急了，过去就要动手。他反而拉住了我俩，说不管我们事儿，我们一头雾水，一下泄了气儿。原来这俩小子是他小舅子，替他姐揍他呢，这没出息的货！

同届那兄弟，常看见他媳妇儿，女方父母都在医院，姑娘人还不错，挺柔和，可这兄弟与媳妇儿家里觉着也挺紧张。一次过八月十五，平常日子里集体厨房做饭人多，挺紧张的，那天就只有我俩，哥儿俩相视一笑。这时一车间老哥过完节回来到厨房打水，看到我俩在忙活，情不自禁地叹了句："唉，还是妈好啊！"我俩又是相视无奈地一笑！这哥们儿也是一个硬骨头，处里十之八九的兄弟们都偬着呢，自己受罪吧！那个没出息的家伙软得很，时不时地到女方家蹭吃蹭喝，过节更是了，二两猫尿一下肚小嘴一抹啥也无所谓，爱啥就啥，先嘴过瘾了再说。记吃不记打，骨头软，处里这样的兄弟少，大多硬着呢，可怜的兄弟们！

一位老哥媳妇儿是医院的，有两次也是被小舅子揍得够呛，不过他这小舅子在厂里就是个混混流氓。工艺处的兄弟们不像我们，相对还是随和多了。不过下几届一位兄弟被大舅哥、小舅子们一顿暴揍，血淋淋的在医院住了半个多月，心灰意冷地说啥也不在厂里待了。和他媳妇儿说要么一起走要么离婚，这兄弟到底还是走了。

还有件事儿也是有点意思，就也说一下吧！一位兄弟的爱人给提了个亲，说是人家知道我，这位与兄弟的爱人都是教师，家庭也不错，只是说这位很有点清高劲儿。其父我大约知道，也是有点傲劲儿，隐约中我感得有点不妙，潜意识中有所顾虑。见了一下面，我能感觉出这个女孩子人应该还是不错的，但其身上那种优越感似乎能显现出她还是缺少不少社会的认知，也许还生活在自我的世界中的！聊了几句，问到我处里年轻人不少吧，竞争挺激烈吧。我顿时觉着找到了反击她的办法，先给她上一课再说。我说，说激烈也激烈，说不激烈也不激烈。说激烈的年轻人都积极向上，难免激烈。说不激烈，这个世界对谁都是公平的，都是天白了天又黑了，谁再牛你让他每天过白天，让别人都过黑天去，谁能做到呢？说完后，我说改天有时间再聊吧！后来兄弟媳妇儿说，她说听不懂我说的是啥意思，我说听懂就好了，等听懂了再说。客观地说这应该是对这姑娘有好处的，如果明白了一定会对她人生是有作用的。这姑娘只是和咱对不了点儿！大致就这么个样子，真也是经历了不少历练，我终于历练出了自己的三句话。后来再有人和我提这些事儿时，我首先要说这几句话：我家没官；我家没钱；我是小地方人。愿者上钩吧！后来我结婚时，也是先说了这三句话，然后还又针对其特定情况又加了句："我也不可能与她们到南方去！"

最终，自己还是为自己的无知交了学费。根本问题在于：1. 南北方文化的根源性不同；2. 家庭知识层次不够、眼界低下、自我。如果一定要说一下两人的问题：独生子女对人关心的缺失，也许认为一切都是应该的；我有大男子思想，对女方关心得不够细致，我可以很真心地对一个人好，可我不会虚情假意地细致入微地想着怎么去哄一个女孩子，没有那种浪漫劲儿，没那情致。人嘛，有长就有短，长即是短。女孩子可能就这样，诚心地对她可能不知，虚情假意以为真！

1992 年我终于结婚了，1993 年有了孩子，有了自己的下一代，沉重的责任也使我进入了一个无奈的精神压力中。我是个很认真对待生活的人，我做事情还是很认真的，我从未想过自己生活会走到那种地步。可生活有时是没有道理可讲的，怨不着谁，只有的也就是接受！

业余工作

20 世纪 80 年代末，社会在悄悄地发生着变化，原来计划经济那些个形式渐渐地在消融，制度也在悄然地放松，人们开始向往更加美好的经济生活。社会上万元户已成宠儿，物质生活的提高成了生活的目标。那时成个家也得大几千了，什么组合柜、电视、洗衣机、电冰箱等，稍微讲究点儿就是上万元了。即使你是大学生，即使是人家没怎么难为你，你不也得差不多弄个家，不然自己也是说不过去吧。唉，又是一脑门子官司，咱这性格，不可能难为家里父母的，自己整。可以说吃的什么苦、付出的什么代价都不会是无结果的，我想到了个自救的办法。我和父亲说您带我认识一下咱们县几个厂的人，其他您不用管。

计划经济时期，县里有不少轻工业厂子。改革开放初期，国家建设力度加大，县里这些厂子市场需求还不小呢。只是它们设备陈旧，设备维修更新还是个大问题。市场还是萌芽初期，找一个合适的维修处，能修了，费用合理还不是个容易的事儿呢。我有办法了！我实习时的车间就是做设备维修的，这个时期，在完成工厂维修任务后，也允许车间做些外委的事情了，可以给工人们谋些福利的。因而，其实在那时，这个车间在厂里是好车间，可以自己接些活儿干，可以额外挣些奖金的，车间内一团和气。

我联系给县里这些厂子进行设备维修件加工，既解决了他们维修困难的问题，也给我们厂这个车间创了收，两边都高兴，我也有点收入，不错的事儿。我有一年的实习维修经验，大体知道各种零件的加工过程，即使复杂的弄不清楚，也可在自己认识的基础上进一步去了解去解决。有些维修车间自己干不了的，我还常联系其他车间共同加工呢。那段时间干了一些活儿，既解决了自己的经济困境，也增加了不少加工实践知识。客观地说，当时处里小百号人，估计在车间生产经验方面，能超过我的不多，这些是我初期的小小创业。那时在自己处里还找不到自己位置，找不到北的处境下，自己忙乎着自己的一点儿事，的确也是充实了自己的生活，从某些方面说还是颇有成就感的。至少说自己成家的钱是自己挣出来的，没和家里张过口，更是没让父母有过压力的。那个时候，虽然工作上颇有失落，但实际上我还是小有成就的，谈不上说有多少钱，但至少还是有点小钱的，真还不是个穷人，可以说娶得了媳妇儿，买得起房子，置得了家。如果说改革开放初期，万元户是起步标准的话，那自己肯定是起了步了！

　　印象中一次组里兄弟们开玩笑说某位老大哥牛，家里钱都在自己口袋里装着呢，怎么也得有个小一千元呢。我说装个钱就牛，谁还口袋不装点钱呢？一位兄弟不服地说，平时口袋就装那多钱，你要有我就服你。兄弟挺激动挺认真的。我说那好，咱可说好了哈，兄弟说行！当下我从口袋掏出来有三千多拍在了桌子上，兄弟一下愣在那儿了，好一阵子没反应过来。确实，要知道我们那时月工资才百十几块钱，的确还是有点够吓人的！因此，组里一个家是市里边的，平时觉着自己感觉良好，挺牛的一位，随后便心里不忿地给我起了个外号"张三万"，说是腰里揣着"三圪蛋"。管他呢，爱怎么叫怎么叫吧，不能总是你们在牛吧，咱也得心理平衡点。过了几年，随着社会经济的发展，县里边这些厂子也都不景气了，逐渐完事了，我的这个业余事儿也就停止了。但终究说，这些业余事儿解决了我当时的问题，那时自己并未虚度。

设计处下半段

1992年铁道部组织科研、院校、工厂开始高速机车的研究工作，西南交大牵头，我们厂主要参与车体研究工作。

转向架理论性强，西南交大为主，他们自己基本上干得了，我们厂只派了几个人临时协助一下。

车体部分理论性不是太强，实践经验更需要，这些教授们反而不知如何下手了，于是就与我们成立了联合研发组。厂里挺工带队，有我，还有另一位，主要我们三人参加。

挺工是研发组副组长，全面都参与，主要是参与底架部分；另一位参与车体侧墙部分；我参与司机室部分。高速机车的设计与以往各类车的设计就完全是一个不同的概念了，是一个全新的理论认识层次。之前的各型车，无论是蒸汽、内燃与电力，车速能上一百千米就算是快的了。蒸汽客运的也就七八十千米而已，高速机车速度都是二百千米以上起步考虑的，基本上说就完全是两回事儿了，以往的设计经验、实践经验还有多大用处呢？应该说借鉴不大了。当时国际上高速机车领域三个国家具有影响力：法国的 TGV、德国的 GEC、日本的新干线。主持研究的西南交大人员为德派为主，究竟是这方面原因呢还是政治上的原因？当时我没有这方面意识。反正印象中在这三者中，只是在比较法国、德国两个的选择，但更大因素上还是倾向选择参考德国技术。高速机车设计较之前，机车的设计首先问题就是减重，无论是转向架、车体还是设备，统统首先就是重量控制。不然还像以前傻大粗式的，那快的速度，地球也得砸个大坑，还怎么在轨道上跑呢！可重量轻了，承载能力怎么办呢？是的，这就是技术问题了。车体部分的减重，主要是在底架上，底架是主要的承载结构。原来都是不管三七二十一，不行就加粗加大呗。对不起，现在这路走不通了，只能是精确设计了，也就是使得整个部分无论哪个地方在不同的工况下都要承受大致相同的应力，也就是该粗的地儿就得粗点，该细就得细，不是想当然粗点放心的事儿了。这一切的依赖就是理论建模的计算，精确到每一根梁、每一块板、每一个小部件，这个问题的解决就需依靠交大教授们了。车体墙体部分虽然也会有应力承载的问题，但总的说它不是主要的承载部件，减重的问题主要是新材料的选择上。原来机车设计中不存在什么过多技术问题的司机室设计，在高速机车设计中却成了重中之重。因为机车在高速运动中，空气阻力成了主要的问题，如果不能有效地降低空阻，机车是不可能跑得起来的。这个涉及空气动力学问题，在原有的机车中基本不存在太大的问题，只是简单地大致地考虑一下即可，现今空气阻力成了一个主要的课题。西南交大没有研究空气动力学的专业或是教授吗？还是长沙铁道学院（以下简称"长院"）空气动力学专业更胜一筹呢？这个当时没有太准确的认知，只大约知道西南交大应该是有这方面教授的，同时常规说应该不会比长院差吧？或者说都是同类专业院校，西南交大档次上可比长院高出了不少，即使是西南交大空气动力学方面比长院差些，应该说差不到哪儿去！可问题是为什么把高速机车空气动力学研究就切给了长院呢？这是个费解的问题！由此给最后研发的完成留下

参加高速机车技术设计论文研讨会

了些许隐忧。后来，随着事情的推进不断地出现问题后，研发项目负责人，西南交大一位教授实在忍住不了，印象中气愤地说，要不是部里科技司一些领导找孙校长协调，给长院找点儿事，协助一起干的话，我们自己弄不了吗？司机室研发当时分组是这样的：西南交大一位老师具体参与，我们厂是我，长院几位空气动力学老师们负责空气动力学分析，起初负责人是那位西南交大教授。当初制作系列十比一模型都是西南交大具体实施的。西南交大老师们、我们、长院空气动力学老师们还一起到绵阳风洞做了初步实验，此事初步有了个眉目。可后来更让人费解的是，在进一步进行具体结构设计时，长院又加入了一老一中两位，自称是做结构的，似乎又是上边领导协调的，但没说这事儿由他们负责，只是一种协作。西南交大有些社会认识稍微简单的教授们怀着一个包容、和谐甚至说美好的愿望，估计想的是兼容并包地与大家携手把课题研究好吧。他们自己也没留点心眼，甚至这位项目具体负责人在人家一通吹嘘后还爽快地让贤，由长院这位中年女士具体负责车头结构设计，任小组长。这样，开始具体结构设计时，由于西南交大确实不具备具体设计实践经验，确定长院这位老师任司机室头部设计组组长，我为副组长，西南交大一位老师参与。就是这样子，好戏开场了！

印象中是 1995 年中，在西南交大就高速车总体方案做最后的总结，然后开始真正的技术设计。由于底架、车体墙体基本上是由西南交大老师主导的，各种优化计算及选材选型基本上都已有了个眉目，开展下一步工作还是有把握的。司机室头部问题，在比较 TGV 与 GEC 后，大家还是决定采取 GEC 型式，更显流线型，也许更符合国人追求圆润之心理吧。之后，西南交大做了一系列模型，在长院空气动力学老师们的协助下，尽管也遇上了长院一些人的磕碰，但终究还是经过风洞试验完成了定型。长院空气动力学这几位老师们还是具备学术气的，还是应该值得肯定的，未过多地听任校方一些人的别有用心的摆布，值得尊重。但因此这几位的成就也就被他们长院那些人利用且没有他们好果子了。这次总结协调会，对于司机室头部这部分，下一步工作还是没啥把握的，原来口口声声自己多么了不起的长院两位没有拿出任何设想。最后确定一个月后长院拿出结构设计初步设想，然后集中到交大共同确定。一个月后集中商讨时，这两人是来了，胡喷一通后还是没有具体方案，拍拍屁股又走人了。西南交大负责人无奈地确定司机室部分一个月后集中在西南交大最后确定方案，长院方届时必须与大家共同确定其结果。一个月后又在交大集中了，可长院这两位并未开展具体工作，反而提出让西南交大签订委托协议，该部分事情确认为由长院完全负责。当初这两位想通过空气动力学老师们未做成的事儿，现在要独吞了，够贪的！这时西南交大老师们不仅真有些生气了，还有些警觉了，知道这两人没安什么好心，未同意其提案。这两人又转而做孙校长工作，又找上层关系。最后西南交大虽未与其签订协议，但同意其回去做具体工作，待年底最后两个月时，全体研发组集中西南交大完成全部工作，然后向铁道部科技司上报技术设计方案。11月初，全体研发组成员在西南交大集中做最后的攻坚，长院人员未到，一直在找各种借口拖延到岗的时间。左等右等一个月时间过去了，眼看只有一个月时间了，如果还不到，司机室头部工作还不能及时开始，任务完不成那是肯定的了，西南交大如何向部里交代呢？也许长院人看的就是这个笑话，想法把你拖死，显得你很无能，你是干不了的。西南交大的老师们即使是抱着最纯洁的愿望，也不可能眼睁睁地看着自己让别人当猴耍吧。他们真的是很生气，教授们就差动粗口骂娘了。骂也没用啊，还是赶快想法吧！这时西南交大的老师们与我们厂里负责的商定，既然长院的人不来，既然我是副组长，那这事儿先由我担起干，希望我们自己能到时完成。剧

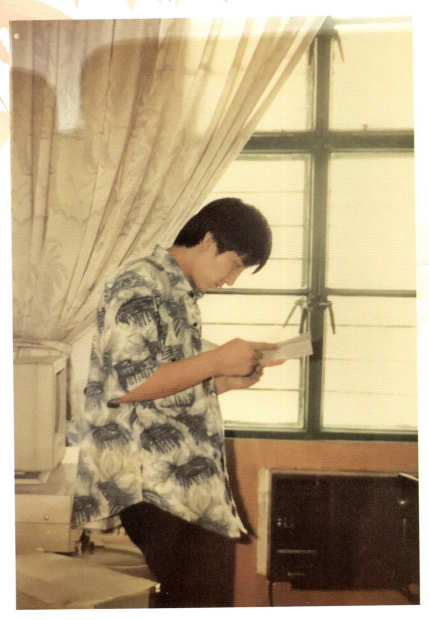

于长院做高速机车头部设计研究

情又发生了变化，事情陡然压在了我身上。西南交大的领导、老师们找我谈话，希望我能担得了重任，也算是最后协助他们扳回大局，不被人宰割。

　　头部结构的设计主要问题是之前在机车上没有流线型式的图纸表达，飞机上应该有。但一是在机车头部上流线化型式更复杂些，再说飞机图纸是如何表达的，也不可能知道。因为这些企业多为保密单位，图纸是不可能流出的，尤其在那个年代，更是不可能的事儿。这么着，我们的头部设计只能是闭门造车了，自创吧！研发工作已经近两年了，如何进行结构设计图纸表达，实话说我还是心里有数的，别人是否明白我不清楚，但应该是这个难不倒我。另外，两年多来西南交大的老师们是如何对待工作的、如何对待协作单位的、如何对待我们这些具体工作人员的，我更是心中有数。我心里不愿让这些正直、仁义的教授们被这么无情地干倒，我拼了小命儿也要维护他们的权益的，士为知己者死！好吧，开干。留给我的时间不多，其他两个组阵容强大，且已经干了一个月了，而这方面只有我一个人，只得靠我自己想法解决问题，没有任何参考，没有可能的依赖。我用了三周时间，基本上都是一早就去办公室，晚上一二点才离开，没日没夜不停歇地弄着。干到最后几天时，我爬上五层办公室去已经是非常吃力了，最后还需撑着楼梯上，身体消耗太大了。但我终于完成工作了，将最后成果提交了。经过几个项目负责人的联合审核，共同认定在没有任何可借鉴的条件下，我的图纸表达是清楚明白的，可充分地说明结构情况。既然是没有先例，那就可认定此方式是准确的，我完成了我的任务，没丢脸，西南交大老师们也总算是一块石头落了地，心里踏实了。图纸明细一栏中有设计师签字、审核签字、组长签字、项目负责人签字。问题来了，组长一直未参与，我为副组长，这段时间被定为代组长，那么究竟该谁签这组长呢？这里边似乎不是那么简单的一个事件，事情大着呢！剩下不到最后的一周时间了，长院两人来了，依旧是两手空空，是来看笑话儿还是来摘果子？估计更多的是来"生砍猪头"摘果子的吧！令其着实没想到的是这颗大猪头已经蒸熟了，容不上他们再生火做饭了，更不用说血淋淋地生砍头了，根本就没他们事儿了，这两位急了！当然理论上还有生抢果子，把熟了的猪头硬搬到他们桌子上的可能性，这就得看猪头主人让否的问题了。如果主人还没傻得脑子坏了，他们即使是再坏的吃相，抢在嘴里还是不易的。问题的根本就是谁签组长这个字，如果同意让他们签，那果子就被摘了，煮熟的猪头就生摆人家桌子上了，西南交大的老师们还没糊涂到那份儿上呢！起初领导组提出既然长院他们不在也没参与，那就由项目负责人签组长栏。这位教授说他不能签，他是项目负责人，但他不是司机室头部组长，我是这个组副组长，这个时间段代组长，那这个组长就应该是由我签。聪明人啊，一举四得！既保住了西南交大的成果，又肯定了我们厂协作中的作用，还认定了我的工作，更重要的是硬生生地把长院推到了门外，高！研发组厂里原带队负责的是挺工，最后结构设计这个时期厂里又增派了原设计处一位老处长作为总顾问协助，以防技术上出啥大问题，老处长是一位在厂里德高望重很正直的老一辈知识分子。西南交大提出由我签时，种种原因与顾虑让挺工起先没敢表态。老处长将后期种种情况也是看在眼里，当时

青岛做高速机车技术设计审定

　　左1西南交大肖教授　右2高工　右1株洲机车车辆厂一位工程师

也是急得很，终算是问题解决了，还是我们厂里干的，西南交大肯定了我们的作用，老处长认为这个字当然应该我签，对厂里那是一个荣耀啊！他说有顾虑那就请示厂里，他俩先是和我们处里汇报了此事，又和总师汇报了。两位领导一致觉着是件好事，为厂里增了光。后西南交大方又正式与厂里做了交流，这样，决定了由我签字，长院彻底无望了！但长院这些人哪是那么省油的灯呢，无望也得想三分呢。他们又打起了我的主意，私下找我谈话，总之让我不要签组长这字。哈哈，想是各种措施拉拢我呢，也不看看咱是啥人，哥们儿不折腰，容不下他们这些邪气。我明确告诉他们，事情是我干的，项目方让我签字，我就得签。长院方就了结了，事实上也是，在之后的成果总结等一系列技术设计方案审定上报中，均未再有他们参与，贪心落了个空！除了这个贪心鬼一无所获外，其他皆大欢喜。西南交大高速机车项目历时两年终基本完成，我们厂在该项目结构设计阶段的协助作用也得到了充分的肯定。我也吐了口气，几年来总是郁郁中没有个体现自己价值处，今儿不想给了自己一个机会，得以充分发挥了。是我创立了该方面图纸的表述方式，是最简明最科学的吗？这个难以定论，但至少说是客观正确的。我也得到了西南交大老师们及工厂内部各方的肯定，我还是个有能力的人的，应该是个合格的工程师。

世事的变化是那么的无常，原本觉着总算是走出了自己一小步的我，不想这才是厄运的起始。生活也许确实是没什么道理可说，各种各样的偶发的各式因素在推着你向一个不愿意去的方向，似乎这就是生活的本质吧，你几乎无力反抗。

回到工厂未一月，还未得到真正的认可，罪过就又扣到了我头上。有点想不到的是长院这俩人竟专门到厂里来告状了，更让常人想不通的是堂堂厂里总师竟吃里爬外了。我不仅干活干得没辛劳还成了罪状，成了我与西南交大老师们勾结整长院的罪证，这是什么人呢！就这样，我又成了多余的了，我算是基本对这个地方失去信心了，我又晃荡着了，又没了北。过了两三个月后，处里通知我总师找我，我想还能坏到哪儿去，爱咋地就地吧，无所谓。去了告诉我说西南交大要造一台车体样车做实验，头部制造车间有困难，特意找了个老师傅焊工单独找个地方干，需我作生产技术服务。我画的图，这种特定的形式没干过，别人去协助会有困难，只好我去，又想到我了。印象中我们两人大致干了两个月，每天我都是固定地去给这位老师傅做图纸指导工作。老先生干活确实有水平，在没有任何先例的情况下做出了实物。接着整个车体组装合拢，高速机车实验车体部分顺利完成，只待发往西南交大进行各种工况实验了。

运输这样大的一个车体属特种货物，需到北京铁路局、铁道部申请特种货物运输车皮。也许是觉着我在车头生产中做得较靠谱吧，这位总师又让我与技术处负责调度计划的人员去办理此事，我负责技术上的解释工作。几经周折，总算把这东西运到了西南交大，我们完成了制造任务，工厂实际上也争了光，我的阴霾是否就过去了呢？

又过了些日子，处里又通知我说这总师又找我过去，然后告诉我说厂里要申请高速车钩的研究课题，让我先期做个这方面的初步方案。我说这个应该不是那么简单的事吧，涉及开合启动问题，涉及车钩应力动力学问题，这个我们应该干不了吧。他告诉我先参照现有客车等情况作个原理方案，我只好接受。我出去调研，收集一些相关图纸，经过一两个月的瞎折腾，就这样照着葫芦画个瓢，大致画了个样式。那天上午弄好了，下午要和那总师汇报一下。要打印时机房停电了，说是下午一上班就有电，那时条件还有限，计算机共用，集中在机房。好吧，那只好下午上班再打了，没有啥办法啊，再说咱一个平头老百姓，啥不得顺着人家呢！人也许路就是生逼着你往乱石滩来，就容不得你好好走个道儿，给你的选择没有，人有时喝点凉水也得塞了牙！上午下班前，一位副处长说："虎子你不是下午要和朱总汇报吗，正好替我开一下生产会，我有事儿去不了。"我说下午一上班我得先打一下图，上午机房没电，再说我代替可以吗？他说可以。这处长和我还不错，一届来的一位兄弟。下午离上班还得有十多分钟我就早早到了机房去等待，一开门就赶快打，也就五六分钟的事儿，然后拿上图一路小跑到技术处会议室去开会。一进门赶快解释说机房上午没电，我下午一上班赶紧打了图晚了几分钟。我觉着，但凡是有点人性的人，况且是长者，是领导，应该是能理解我对工作的责任心吧。可是，该你倒霉是没理由的，这位平时发淫威惯了，连头也不抬地吼道："买烟去！"我没有当回事儿，找了椅子搬过来要坐下，心想这样就过去了吧。不想牛人就是牛，还未及我把椅子放下，这位抬起头怒目再吼道："不能坐，买烟去！"我也就不想再忍了，老子一平头百姓，你还要咋地？我回道："我是来开会的，凭什么给你去买烟，我不是来给你买烟的！"这位道："有规定，迟到买烟。"我说："那你把规定给我看一下，否则让我开会我就坐下开，不让坐我走人！"这位吼道："走！"我说："好吧，遵命！"这位又道："把你们处长叫来！"我说："我是来开会的，没那义务给你捎话，对不起！"我扭头走了！这位自己有个不成文规定，他组织的会谁迟到就需先买盒烟。我不理他那些，爱咋地咋地。我回办公室了，没给他叫处长。这位觉得脸面下不来，把我们处长叫去骂了通，然后处长把我们那副处兄弟说了两句，说你不知虎子啥人，你非得让他代开会。

我完了，这次算是彻底完了，性格！我就是被蘸人血馒头的料儿，可怜的社会，可怜的我！按常理，我在高速课题组中体现了我的价值，我之后应该会有一个实现自我价值的过程。可是，常理对一个老百姓来讲，也许是根本靠不住的事儿，况且是在我们厂这么个过于世俗的地方。没想到的是遇到长院的两个无赖，更难料的我们厂这领导格局也是这样的小，竟和西南交大这么正直这么强大的学术力量能交恶。我还等着常理的正义，可能吗？

我的机车厂下半段也就这么着无奈地结束了，生活的这个阶段算是到头了，重新涅槃、浴火重生吧！

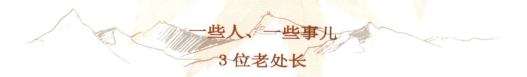

一些人、一些事儿
3 位老处长

我入设计处时，是三位五六十年代老知识分子当处长，一正两副，一副的兼任书记，都是南方人，都是当时建厂时支边来的。这位正处长与当时厂长是大学同学，名校毕业，技术能力上应该是没啥大问题的。客观地说人品上也不坏，至少说没啥坏心眼。可这位心眼小得像针鼻子似的，既没啥大出息，也没丁点儿格局，菜市场买个菜还得1分掰两半儿花，你想这种人能干成啥事儿。一个处近百十号人，别人怎样他根本没那意识去理会的，只想着他那点小九九。这样的处长有啥用？好人还是坏人？说是坏人真还是委屈他了，他没那坏的能力，但要说他是好人，作为一个处长，大局上来说他起不了丁点工厂发展的作用，对处里这么多人也没个责任心。这位处长除了和几位靠着他的女同事还不错外，基本上和别人都没个啥情分，干不了个啥事儿，别人多也懒得理他，理不理都没个啥大作用。我与这位处长基本上可以说没啥来往，毕竟是人没啥坏心眼儿，所以也就没啥反感的。但对这种过于小家子气的，还是有些看不惯的，况且还是个处长呢，不耽误事儿吗！他对我估计也不会有啥看法的，甚至可能还会比一般的一些人有些好感的。咱是个正直的人，既不藏着也不掖着，是啥就是啥，不拉帮也不结伙，更不可能欺负个谁算计个谁啥的，因而应该说还觉得咱不差吧。

我与其有过一次正面冲突，一点也没给他面子！出差每日有一定的差旅补助，是个亘古不变的道理。厂内每人每月有自己固定的一份工资外，还有一点奖金，车间工人是按自己的工作量计的，各自不同，技术人员是按工人平均奖的7成计，可想当时技术人员在工厂里的地位究竟是怎样了。这个奖金发到处里，然后处里又根据不同情况发到组里，组里再来个三六九等。年底还会依工厂年度生产完成情况有一点年终奖，也是按这么个原则分配的。开展高速机车研发项目后，因各种调研各种会各种集中讨论等，我们几个人几乎就是断续地出差了，开的车票日期基本上都是连续的。这样在那段时间里，各种补助以及有时在西南交大集中研讨时交大给我们的一些补贴，我们相对处里其他人，收入就会高些。这些是我们付出我们的时间与精力应得的啊，可一些闲得啥也干不了的人不这么想，只知道眼红，于是闲话就有了。有就有呗，这个拦不住，不行您也出去干活去呗。问题想简单了，不想我们这大处长居然也这么想了，你们干活与我无关，拿了钱我可也心里不爽的。于是，在最后西南交大年底集中技术设计后，年底我们回厂时，这处长就把工厂应给我们几人的年终奖扣了，由头是西南交大给我们发了项目研发奖金了。西南交大给我们发补贴与你厂里何干？我们是否是厂里派出去干活的？别人外派出去干活也这么扣吗？这是个什么领导呢？挺工很生气，我们也很生气，可挺工得顾全大局，他再生气也不愿和领导们动气去，本来他就爹不亲娘不爱的，自己还有点小想法，得忍气吞声，还得提防着那些也动着小心思，时不时地想把他掀个跟头蘸他点血的小鬼儿们，他真要是动了真，那估计就没他的好果子吃了。这样，我就管不了那些了，总不能人家都踩您脖子上了，您也不吭个声吧。我就去找这处长吵了一架，还当着另两个副处的面儿。我去了先把他们门打开，要吵咱就公开了干，谁怕谁呢？我说你凭啥扣我们钱？有规定吗？你这是什么领导？干得这处长是哑口无言，他知道咱就是一个生瓜蛋子。我才不管他那一套呢，再说他还能把咱咋地！两位副处坐那儿一言不发，看他笑话呢，弄得他也是下不了台。后来还是和我不错的一位把我拉了出来，也是怕我吵过了之后吃亏呢。再吵也没用啊，只是嘴上过一下瘾，心里出了个气呗！挺工还是气没出够，毕竟是再气也是我去干了架，他还是得忍着呗。没过几天，处里年底总结会后，各组自行回组里开茶话庆祝会，吃瓜子、糖果、茶水啥的。挺工还是没忍住，事先准备了个大二踢脚，正当各组你一言我一语高兴中时，挺工把二踢脚靠在墙根，冲着走廊就点火了。我们组在走廊最末端，二踢脚冲出去就直指处长办公室那个方位去了，然后就是一声巨响。不一会儿，这处长就循着烟气儿过来了，咆哮道，"谁放的，谁放的？"挺工一脸认真地说，不知道啊！这处长又一脸狐疑地望了一下我，我是根本就不搭理他，这处长气呼呼地无趣地走了。事后这处长到底知道谁放的吗，估计一定是知道的，有些人早蘸了挺工的血了，这机会怎可放过呢。只是这处长也自知自己做的是不对的，就糊涂一下吧，放炮事件成了设计处一趣事儿了，人们时不常乐道一下！这位处长就这个样儿，正经事儿干不了个啥，闲事儿还老膈应着人，就怕你不难受了。这位先生就这么混着混回家了，给人们留不下啥念想。

另一位副处长人很随和，人品不错，和谁都没个啥架子的，不拉帮不结派，也不掺和其他人的纷争。可也啥事儿不管，其实也就没个啥说的了，当个领导不干事儿不管事儿不主个正不导个理儿，只自己有了待遇不理别人死活，应该说也不太合适吧。那还当领导干吗呢？这位我到处里一二年后调走了，到哪儿了呢？没印象了。之后又来了一位，新来的这位人也很随和，还很活泼的，和大家处得都还不错，偶尔还打打闹闹的，没啥官架子。工作休息时还常与我们踢个毽子打个排球啥的，挺喜欢运动的。但这位也是基本上不管事儿，一方面觉着可能各方面比较复杂轮不上他管，再是觉着他自己对这些也是不上心。说句不好听的似乎也是根本没那心思想那些工作上的事儿，就是混日子得了。这老哥后来退休说是跟姑娘到京了，再后来我在北京稳定下来后还打问过他，本想是有时间时见见面聚聚聊聊，这老哥人还是不错的。可听说是老哥早早走了，挺爱运动挺好的身体啊，咋就这样了呢！

还有一位副处是兼任书记，中专毕业，这也许是他的一些短处吧。无论何时，中专程度的理论基础一定是没有大学扎实的，过去是，现在仍然是，书不可能是白念的。企业里那个时候是厂长负责制，也就是说厂里应该是厂长说了算，处里应该是处长说了算。可在当时我们那处里，并不是处长说了不算，而是那处长心眼儿小得只是计较谁迟到了、谁早退了、谁占了小便宜等鸡毛蒜皮的事儿。作为厂技术核心的设计处该干点啥、该怎么发展、该如何培养人才，这些他根本没理会过，压根不是他的事儿似的。这么着，也就给了这书记机会，您不珍惜，不等于别人没琢磨。书记有自己的小想法，但客观上也为工厂在那个时期的转型发展做了事儿，还是值得肯定的。另外也为工作的发展培养了急切需要的新生代力量，新人才。不管他出于什么想法，无论他究竟是怎么做的，所做出的成绩是不可否定的。这位书记在工厂转型初期一手抓了DT20车的研发工作，并成功制造出样车，并使改革开放后第一批毕业的两位名校毕业生主持了实际的工作，得到了理论到实践的真实锻炼，迅速成长为工厂主力技术人才，为工厂进一步的转型奠定了切实基础。工厂以这个小组为核心也锻炼出来了一批基础性骨干人才，储备了应有的研发力量。感觉这位的问题是口号喊得有点多，处里氛围还在"文革"

气氛中似的，还拉个帮伙的，似乎表面上过左，也许是自我的一些小打算，应该是这个样子。那时 20 组应该是他的小基地，打造着自己的小天地，构筑着自己的想法吧。我算是快到项目后期了才到这个组的，一边做着这个车的生产服务工作，一边参与筹划 10 车的研发，后来 10 车暂缓了。这位书记对我个人本身来说应该还是很肯定的，但是我是属于不上套的另类，既当不了枪也成不了棍儿，所以人家看咱也就那个样子了，不错但也上不了人家的手。正常来说，我应该还是和这位关系不错的，这样的人虽然有自己的打算，但还是很能认清人的。我内心还是很感激人家不杀之恩的，上不了套根本上还是自己的问题，可有一事儿，应该是改变了不少我与其的关系与认识。

我成家时的介绍人是这位书记，他与人家是老乡，他觉得我还不错，人家托他说的。当然我把我该说的都和他说清了，另外针对他们的情况，我还特地又加了一条"我不可能和他们到南方的！"他说都说清了，没问题。可等过了两年家庭出问题时，我找他，想是他作为介绍人应该还是可以调解一下吧，俗话说宁毁十座庙还不拆一个家呢。我找到他，说您是否方便给说说呢？这位很冷淡地说管不了，生怕沾上点啥麻烦似的。能有啥麻烦呢，我从来也未怪怨过您呀，只是很无助时想看看您能否帮一下忙吗。至此，我们关系也就那样了，人家怕沾上咱啥麻烦，咱也真不想给人家添半点麻烦的，自己的事儿自己解决，自己的命自己换！几年后我回去时，在厂里外边偶然碰上了，那时他已经退休了，站住打了个招呼。我说您挺好吧，他说听说你现在混得挺好的，我说混口饭吧！也就这样了，咱和人家不是一回事的人，过于的虚情假意咱也来不了，咱也和人家没个啥情义的。再说，我总觉着，事情都是过于目的性了，各有各自的打算，真的有那么多情义吗？有的也许只是各自目的的满足吧！也许当时各自都心欢喜，时间久了也就没了彼此了，因为都是过多地顾自己了！咱和人家没目的人家和咱也没啥想法，更是谈不上啥了。

上次写处里几位处长时，竟忘了一位，4位记成了3位。怎么当时就一点没想起另一位副处长，为啥呢？或者这位副处长是搞电的，咱是弄机的，不是一个行当，没有任何业务上的交集；或许是这位处长更多是自顾自吧，虽然嘴上功夫了得，但也只是仅顾着自己谋些利，与别人有个情有个义吗？应该是少了些，不然也不至于竟是一丁点儿的都没想起来这位吧，现在就如此添上一笔吧！

处里的几位处长就这么个样子，这个处能好到哪儿去呢！作为厂里最核心的技术部门这个处这个样子，那么这个厂又能好到哪儿去呢！

我的几位组长

我刚进设计处是 20 组正、副两位组长，都是名校第一届大学毕业生，都是山西人，都有着朴实、厚爱的性情。相比下，正组长似乎更具领导才能，也许是与家庭环境有关吧，看着将来定会前途无量的。副组长出身农民家庭，就更踏实随和仁义了，也有着干一番事业的壮志呢。在当时社会各行各业急速发展需要人才的那个时期，这两位的无往而不胜的雄心，对我们厂的发展是弥足珍贵的！在工厂主导下，两位先是联手研发了 DT20 机车，奠定了两位技术领域的江湖地位。后来两位分为两个小组进一步开展研发项目不久后，两位就分别被提拔到新的工作岗位了。

正组长先是到了工艺处，后到了车间。几个车间轮岗后，被提为副总师，又过了一段时间最后升任总师了，成了技术部门负责人。

副组长提到车间了，勤恳地干着。他就是那样的人，农民的孩子，干活儿是根植于心里的，他又没架子，很朴实，就和工人们打成一片了，深得工人们的好评。这老兄也是太能干了，上班时忙，下了班后还是忙。1991 年印象中是三四月份，那个月轮到我去车间搞生产服务并参加生产会。这要求我就得除了每天白天上班时落实了生产中需要我们设计处解决的问题，下班后还需到生产处开生产会，共同落实生产中的问题，还需进一步再到车间落实一下，这样那个月我就基本常会见着他。他也是知道我会过去，会提前给我留份加班饭，我去时就叫我过去先吃点饭，老兄人太好了。那段时间是他到车间后见面最多的一段时间，平常很少过去，虽然关系的确是不错，但人家毕竟是领导，咱也尽量不愿去打扰他去。那天生产处开会时基本上没啥事儿，那处长就说今天早点散会，大家早点回家吧，今天车间也没啥事儿，我犹豫了一下，想那好吧，我就不去找他了，就回了。第二天早上上班刚要进大楼门，一位老兄赶过来拉着我问"他出事了！"我愣怔着说："出啥事了？"一脸的疑惑不解！老兄说："你不知道？你不是去开生产会的吗？他出事了，可能够呛，一会儿处里一定会先开会的。"我一下子蒙在那儿了。一上班，处里就先开大会，气氛很是凝重，通报事故情况。这位老兄因事故而亡了，会场上我当时就难掩心中之悲，痛心不已瘫在了桌子上。会后我是被别人搀扶出来回的自己办公室，已不知所以了！事情是那天他们车间交了的车有些小问题，几个工人去修，本其实没他事儿，他的责任心促使他与工人们一起去了，还和工人们干在了一起，应该说全厂里基本上也没这么做的主任了。在他探下身帮工人们扶着一个件儿时，车间外一辆调车机不知何因失控了，滑向车间，撞开了大门，又冲向了他们的车。应该还有几十米距离，这样如果地面上人看见了喊一声或者过去把他拉出来，就不会也不应发生这样的事儿，可惜的是，那天车旁站着的是生产处交车的一个副处长，眼睁睁地看着那车冲开了门滑向了正在维修的那辆车，竟一声未吭，一步未动，瞪着眼看着车撞上了那车，看着偌大钢轮压向老兄的肉体。当时就两截了，几乎是没吭一声就没了，人就这样没了，天偌有知天也知冤啊！从那以后我再未正眼看过那个副处长，更别说和他说句话了。工厂里都是些这样的人，这工厂好不了！这工厂当时有些说法是"几带关系！""裙带""裤腰带"还有什么带来着？后来还有一句话是："你受的头点了地，这厂会说你是头长得不牢！"这是个什么地方啊！处理后事时，其父与弟来了，朴实的农民父子。父知情后情绪异常，几昼夜不睡觉，明显的神经质样。送别的那天，我们一起去的，其弟憋了许久后的一声恸号令我知道了啥叫撕心裂肺。太年轻了，太可惜了，天若有情天亦老！处里大家一起集了些资，安慰一下老父亲。听说回去后老人家就恍惚了，神神道道的，精神上有了问题。我们给带的钱竟买了辆摩托车，成天

　　骑车瞎转，估计老人家心里也是支撑不住吧。没几个月，老人家因交通事故也走了。又没几个月，疼爱他的奶奶在双重打击下也离世了，一年中三代人不幸离世了，可悲啊！我与他确实还是很有感情的，这老兄很关心人的。我是个很有个性的人，老兄从没个架子，很是关心我的，他可能也是觉得我人品不错更多地给予我关照吧，彼此结下了一份情义。估计若是他没出事儿，老兄哪天发达了，应该也是不会忘了我这样的穷兄弟的，老兄人好！那年我刚好谈了朋友，冬天去家里回来晚了时，天黑黢黢的没个人影，老大人了那时还常有些怕的感觉。后来和一老哥们儿说起，他说那段时间他也是，他老婆在医院上夜班时，他一个人在家里总是不踏实，睡不了觉。彼此间感情不错，突然间人就没了，心里不好接受的。

　　正组长老哥也是很重情义的，不是那种一当了个小官立马就换了嘴脸的人。虽然一个组时我和他直接打交道不是太多，咱也不愿太主动接触领导，但老哥和我还行，还是认可的。老哥到了车间后，有时我下去服务，偶尔能遇上，这时从我来说尽量还是不想去打扰人家，作为领导人家事儿也是挺多的，不打扰人家为好吧。但这个时候，老哥只要是看见我了，总会老远就喊我，咱想躲也躲不开了。老哥总会问问这问问那，还是很关心我的。只是那个时期，咱也是太不上套了，后来我自己出问题后要离开厂时，先是找了处长，后又找了他。老哥开始觉着有点诧异，确定后对我只说了一句话："你走吧，放心！"在他那个位置，能站在咱的处境上想一下已经是很不容易了，那个时候工厂还不允许大学生随意走呢。人家啥话没说，真的是非常够意思了，是咱一辈子的情义。老哥做到总师后干了几年离开工厂了，那时原厂长要退了，厂内多数人认为应该是他会接任厂长的，不想厂办主任接任了，一个奇葩的厂子。此事引起了不少震动，尤其是技术人员多较为失望。老哥过了段时间调走了，之后还引起了两位技术骨干人员的辞职事件，在铁道部工业总公司内部较为轰动。我想老哥那时一定是有一番雄心开拓一下这个厂的，只是当时那个社会状况、那个厂里氛围、那时的工厂层次结构，他的一己之力就显得太微薄了。那时的工厂还停留在原来固有的一个低下的认识层次中，虽然领导高层不乏高级技术人员、大学生，但曾背负着首屈一指的蒸汽机车辉煌的傻大粗的模式延续不断，早就失去了科技发展的动力与意识，成了"没文化不可怕"的天下。工人照样可当了家可作了主，再加上"文革"的动荡，因而那时工厂里主要是成了那些人的天下。只要有点关系，再到哪儿混上点学，什么工农兵啊、技校呀、干部培训等，摇身就成了干部了。其实能干了啥，实话说多数是干不了个啥的，主要的能耐是拉帮结伙占尽了各种权势，愚弄着工厂、社会。工厂怎样无所谓，他们滋润了就是，于是厂里就成了各种"带"的天下了，一切混沌中。老哥再有雄心，也不是这些力量的对手，无奈地离去也许是最好的选择了。也许就这么着也就了结了老哥的壮志了，再强的人，或许也得被环境左右着。

还有位组长就是挺工了。虽然我在20组后，断续也到过其他组，比如S3组及起初S7时总体组，但时间都不是很长。S3时是杨工为组长，总体组时是高工为组长，两位都是特别好的人，人们都很尊重他们，他们与我也都不错，我对两位前辈也是很敬重的。我到S7

245

车体组时间最长，一直归挺工领导。挺工比我早两届，开始研发 S7 时从车间抽调到了设计处，起着新生代的接班作用。挺工虽然没有设计经验，但他所学专业是对口的，他所在车间也恰好是车体生产，有着扎实的直观经验。另外当时这个组又给他安排了两位有过设计经验的前辈长者，这样在他们的辅助下挺工基本上就可胜任得了负责人的角色了。挺工与我处得不错，可以说我是他在处里能较为坦诚相见者之一。挺工虽然实质上心思还是较细腻较重的，但很爽朗豪气，爱踢球，爱喝酒，这些成了我们交往较深的根源。我既不与人结伙也不琢磨谁，更不会为了个啥目的啥前程的动啥小心思，挺工自然也就放心坦荡地与我相处了。我们常没事儿了踢个球啥的，挺工脚法上还行，至少是比我行，非正式踢时显得比我厉害，正式踢时就不行了。反正技术部门每年参加联赛时没要过他，我每年都会入选的。那是因为像他那样耍两下脚法的不少，他还算是一般的，比赛时难突出。而我虽然脚法不行，但我一是体力好，再是人高马大的还壮，绝对是个好后卫的材料。反正这个位置也不需要脚法怎么好，又不是多么专业的队，只要来了球开掉就行，开哪儿无所谓，开不到自己球门就可以。再说人高头球就能控制得了高球，这就一切具备了。挺工每年参加不了还是挺遗憾的，每每看到我们输球了就愤愤不平的。那时和挺工踢完了球还常喝酒，踢球累了渴了就喝啤酒，整点小凉菜，爽得很。平时有机会时就喝白酒，挺工内蒙古人，好喝也能喝，不醉不归。挺工当时在处里喝酒还是有一号的。

我们这个处不知怎么的，整体酒量水平在厂里可以说是无敌。按理说车间工人们应该是能喝吧，但在我们厂里，他们不行。无论走到哪儿，一个小团队里只要是有设计处的兄弟们，其他人无论是哪儿的干啥的都得被灭了。当时处里酒量在七八两往上的，差不多得有两打人。半斤的根本就上不了桌，连个板凳儿都坐不上，一斤往上的差不多一巴掌，挺工在一巴掌上下。我基本上是喝不过挺工的，偶尔发挥好了也或许能胜他一下的。我们真的是没少喝，处里偶尔有个啥喜事儿喝一下，组里高兴了喝一下，兄弟几个没事儿了约着喝一下，出差火车上熬着喝一下，出差在外烦了喝一下。喝得也不讲究，高度酒啥酒都行，一个字儿"烈"。菜更是弄点香肠、拌小凉菜儿、花生米、豆干，喝它吧。一帮子念书人，还都挺能喝，难道是酒量与知识水平有关吗？我和挺工喝得最多最有意思的一次是S7组一行小20人出去调研，在大同到北京的火车上喝的。高工总带队，那时我还在总体组归高工管呢。上车后我和高工还有另一位老哥我们一组三人一起坐着，正没事儿干呢，挺工过来了说："虎子咱们喝点？"我挑战道："你行吗？"一句话激起了挺工的战欲，说："那咱今天好好喝点！"高工与那老哥一旁敲边鼓道："你俩今天比一下如何？"我撑着想吓一下挺工说："敢吗？"挺工激了说"干！"我想找个台阶下，我说："车上没菜啊！"高工又开始敲鼓了，说："要啥菜呢，一人一包花生米，一人一瓶二锅头，到下车为止，谁倒了谁认输。"挺工更来劲了，说："就这么着！"我没退路了，只能硬撑着上了，谁让咱当时非硬逞能了呢。这样，我俩开始了，一人一瓶二锅头、一包花生米，各吃各的各喝各的，高工两人监督，不能洒酒，谁先倒为止。两人一路喝了两三个小时，酒都喝没了，花生米也吃光了，似乎都没啥事儿。高工说那下车时看，谁打晃谁输。等到站时，我基本上没啥事儿地下了车，挺工晃着，那老哥扶了几次到了住的地方，这轮儿高工最后说应该是我略胜了。多么美好的年轻岁月啊！后来又与挺工干高速的事情了，与他一起怎么也得共计有个五六年。虽然挺工还没有那么大能力护着我，咱在组里被人家挤兑得也够呛，但我们俩处得还是不错的，一起高兴了好几年呢。我离开厂后没过多久，挺工终于干出了头，成挺总了，不错！

几位总师

我刚到设计处时总师是原来厂里干蒸汽车时的总师，这位主导了 20 车的研发，估计应该是心里没个啥数的，毕竟两种车型完全不是一回事儿，没多久这位就退了。

接下来的一位主持了 S3 车型的引进生产工作，这位总师很朴实能干，对人也较随和。在他的引领下，工厂很快就实现了转型生产，这位总师还是功不可没的。只是这个车落实后他就被提拔到其他厂任厂长了，他在任也就顶多干了 2 年左右，时间短了些。

总师又换了，接任的这位主要是负责了 S7 车的研发生产工作。客观说，这位还是很勤恳的，有干一番事业的心的，甚至说有点工作狂，事无巨细地盯着弄，终于使工厂研发出了自己的转型产品，也使新生代的技术人员得到了具体的强有力的锻炼，还是非常值得肯定的。问题是这位做事太强势，太不容人、太不关心理解别人了。

更甚的是这位心太小，格局远不够大，顺其意者可，不顺者啥也不是，这个就很可怕了。小事儿可以，大局难成。虽然是干出来个车，功不可没。除了能识大局，可顺应他的一小部分人外，虽然大家在工作中都得到了实际的锻炼，但并未为工厂培养起一批真正的技术骨干人才，没有能促使工厂形成一个真正的技术氛围，整体意识依旧停留在一个如何钻营当个官儿的状态中。干就是为了表现，表现为了得到赏识，赏识为了进入官僚层。本来是一个企业，应该是人人把心思放在自己岗位上的能手，发挥自己的才干，得到自己的认可。结果企业混成了小官僚体系了，成了谋求好处凌厉社会的手段了。这样的企业还能干好吗，能成一个有发展的企业吗？所以说，这位总师并未干成啥大事，未能为厂的发展起到大的作用。这位干了一届就退了，很快也就被人们淡忘了。当时得到锻炼的一批人未得到重视，不少就相继离开了。研发了个车型但未真正起到应有的作用，未能实现储备人才以利进一步发展的更重要的一步。

再接下来就是我们那大组长经过几番历练后任总师了，新生代知识分子一定会有新的想法新的思路的，老哥也是胸怀壮志的。他上任后工厂氛围确实是有了不少改观，甚至可以说有了些实质上的改观。技术人员不再过于被歧视，有了些许改变了，再不是工厂平均奖的 7 成计了，至少可以是平坐了吧。也在筹措着培养各方面的人才，问题是他再有啥想法，区域内整体的那个群体意识氛围还是一时难以改变的，甚至说他也是改变不了的。以往的各种势力远甚于他，所以一切的改变似乎只可能是先改其表未能动其本了，真正地培养一批人才力量还是不容易的。即使有各种培养机会，七大姑八大姨的问题避不了，这样的人培养了真有用吗？事实证明，除了个别凭真本事争取来机会的少数几人外，多数就是混个资历，为将来谋官加些料吧，工厂人才还是贫乏。过了两年，老哥正是志在必成之际，厂里厂长更替，他还是未能敌过旧有势力的围猎，一腔青春热血洒了春秋，未结成个果。看来再厉害也有解不开的麻烦，老哥勇退了。

接任厂长的是个二混子，厂又复辟暗无天日了，黎明前的至暗。这位混了几年，老天爷估计也看不过去，领他到那边混去了，在那地方想怎么混就怎么混吧，没人在意他。那时接任总师的是我们处一位兄弟，兄弟也是满怀壮志的。在那个环境里再豪情也只能是尽量硬撑着了，技术人员们依旧还是不那么容易的。那厂长混没了后接任厂长的也是一位从我们处里出去的老哥，老哥虽不是新生代正规大学生，但这位老哥还是很有胸怀、智慧与格局的。再是从设计处工作出来的，所以基本上既知道技术人员的重要性也能摆平各方势力。这时厂长、总师两人配合的步调很一致了，这样，这个时期技术人员才开始初步迎来了一些春意，工厂的氛围也有了不少改观。但要说彻底地改头换面也不是那么容易的事儿，方方面面固有的一些东西想改掉应该是不可能的事儿。后来厂长这老哥到点后调离了，由总师这兄弟继任了，没有再发生断档的事儿。他们这两届工厂有了一个基本的稳定发展期，是彻底地改变了吗？应该说不可能的。虽然厂里有一定的发展，但总的说这个厂在整体行业里还是处于下游的，想从本质上改变不容易呢。后来这兄弟也离开了，据说是新任者又不知所以了，大批技术人员又离开了，这厂又开始走下坡路了，命运不济啊！

我和那位厂长老哥还是有些缘分的。起初其实我们不熟，机缘巧合的是我进设计处那时他刚离开设计处，基本上没重叠。只是我知道处里走了这么个人，他知道处里来了一个小伙子，仅此而已，但似乎又觉着还是有些关系的。之后也基本上没来往，也可能仅就是彼此知道，后来直接打交道也就一次。那时我离开厂了，第二年回去办各种手续。到干部处时先是碰到一个与我们同时期的本厂电大毕业在干部处的具体办事人员，好家伙，一个小办事员和我一通官腔，把咱可一个劲儿地数落，说你不能因为你个人问题就离开厂呀，你们是技术人员之类的话。可把咱气坏了，老子正倒霉着呢，还轮得上你这种货训斥。我当时气一来就没给他好脸子，我说："你要咋地！"小子一看遇厉害茬子了，立马怂了说那你找处长吧。这样我就找到了这老哥，老哥这时是干部处处长。见了后老哥只说了三句话，不到5分钟。第一句话老哥有点严肃，一本正经地说："虎子，你们是工厂技术人员大学生，不能随便就走啊！"第二句老哥有点疑惑，很关切地问："虎子，你真的是发生问题了？"他的这句话还没说完，也许是刚才受了别人的嘲讽，我一下没忍住，随着他的话音，我的泪珠就掉地上了。老哥一看这阵势，立马体贴地说："去、去、去，走吧。没事儿，找你们老领导说一下就行了。"我心里一阵温暖，人和人也许真的可能是没啥交往，但在一些特定时候能给你一点理解，这就够了，这就是一生的情分，还别说人家能拉你一把呢。我心里很感激这位老哥，这是当时我与这老哥唯一的一次打交道。后来老哥调京了，我们一直有联系，有些小事儿时相互帮个小忙啥的，挺好一老哥。

两位新处长

　　新来的大处长是比我高一届的一位老兄，副处长是我们一届一位哥们儿，两人都是电力机车专业，专业院校的专业。还都是本地铁路部门子弟，耳濡目染，又生逢其时，是大展宏图的机会。两人不仅有聪明才智，更有社会意识，出头也是必然了。相比而言，大处长老兄应该是更富有社会意识，更自信，更有雄心，且势在必行。副处长哥们儿更有才智，更有专业上发挥的潜能，是同时期兄弟们中专业能力上脑子相对好使的。两位遇上了好时机，也都充分发挥了自己的能动性，都火线入党提干了。机会是很重要的，当然自己的发挥也许更重要。

　　我和大处长原本没啥交往的，他与我不在一个处，也不是同类专业，况且他是本地人，也不住宿舍，也不运动，也就没有任何接触的机会了。第一次认识接触是我分房子的时候，我分到的房子恰是他退的房子。收房时一看是他，相互打了个招呼而已，之后过了一年多他调我们处任大处长了。在他任中，我们也基本没啥来往，咱就是普通一个兵，再说咱也不愿往领导跟前凑，该干啥干点啥就是，既没啥想法咱也不给别人找麻烦。客观说老兄是一强人，工作作风还是很凌厉的。但对我似乎基本没怎么动过真，也许咱本身就不是着意找麻烦的人，再是咱也不是那种能和别人掺和个啥损个人的人，本性上咱是一好人。当然，咱也不是那种怎么管咱就服管的人，也不会屈于各种淫威的。其实咱本身就是个不用管的人，不会出格，硬管反而可能会出点问题的。老哥是一聪明人，明白这些，也就基本不理咱了，基本相安无事。这个时候其实已经是我在厂时最后一段时间了，我的情况的确是很不好，自己也是很无奈的。有时不是自己不愿干，而是人家就不待见咱，碰上这么个总师还直接插手技术人员具体工作，你还能咋的，处长能咋的，咱也就只好无奈地混着吧。在厂时最后一次与这老兄打交道是我要离厂的时候，我去找了他，我说："我得走了，如果不是太为难的话，我的档案尽量保存一下。"他当时知道啥情况，老兄丝毫没啥犹豫温和地说："虎子，放心，我尽一切可能办，你和老总说一下吧。"这个时候，原来我那组长老哥已经是总师了。就这样，我又和他说了一下，两人帮了我不少忙，档案保留了一年，第二年我转走了。我和这位处长本没啥交往，没啥关系，人生关键的时候人家能给你些理解肯伸手拉你一把，这就是兄弟，是情义。也许各自有着不同的性格、不同的向往追求、不同的人生看法，但这都妨碍不了大家是兄弟，是真的有情义的兄弟们。我离开厂两三年后，老兄也离开厂来京了，之后我们联系就多了起来，有事了坐会儿聊会儿，没事儿也是定期几位一起聚聚，彼此也是人生中的一份信赖吧。记得老兄来京不久后两人一起吃个饭，聊起来后我说："我感觉你现在没以前那么自信强势了。"老兄抬头凝思了一会儿说："没来京时的确觉着自己很了不得，来京后才明白能人多的是，自己踏实前行吧。"我瞬间知道，老兄真的是心智成熟了，人生更上一个档次了。接着老兄又说了一句话，说，"虎子，你看你不是也变了吗？"老兄的一句话一下子让我眼含了两滴泪，是啊，人生经历了这么多，再没变化一定就是傻子了！

有句话说："十年的种种经历，是足可改变了一个人。"

　　副处长哥们儿是我们同一年来厂的兄弟，他比我早到设计处半年，我们一个组。只是人家与我不一个行当，人家是正当时的电力专业，咱是还不对口的机械类。虽一个组，但工作中交往并不多，再说哥们儿也是本地人不住宿，业余也没啥来往了。平时一组中兄弟们偶尔也打打闹闹的，哥们儿与我的关系基本上还是停留在"我觉着哥们儿人不错，哥们儿觉着我人不错"的水平上。但有这一基础也就够了，也就够兄弟，也就值得一生的交往了。哥们儿其实和大处长两人是发小，两人齐头并进搭班子成领导了。后来在总师老哥未竞得厂长后，两人对此还是甚为失望的，本来大家有着齐力改变大同厂的愿景，美好戛然而止，两兄弟还是很灰心的。然后学生义气一上来，哥儿俩一起闹了一出辞职事件。这时应该是大处长已经是副总师，哥们儿已是大处长了。一个厂技术部门两位高管携手辞职，行业内够轰动的了。大处长老兄离厂调京后，哥们儿又动了辞职下海的心。那个时候我回去时还是常与他有联系的，我对他还是较了解的，曾劝了他不少，希望他还是能先稳下来，忍着点自会有出头日子的。他应该说不是很适合出来干的，海不是什么人都可下的，没个自我认识与准备，被淹死的可能性应更大。哥们儿人是很聪明有才智，但哥们儿身上还是有些问题的。一是还是有点懒，有人盯着没问题，让他自己做老板图发展，他应是不容易做到的。再是哥们儿人好，人好不是毛病，可人好了对社会又缺少深刻的认识，这一定是个麻烦。他在厂里那点小经小历来衡量社会，那岂不是太小儿科了吗。这么着只能是白给了别人口中的肉，还想自己弄块肉啥的，那不是做梦吗。哥们儿还是禁不住花花世界的诱惑，被外界的异样弄晕乎了，一定还是出来了，自己干。过了两年再见时，就看不到哥们儿原来身上的锐气了。我借机也和他聊了不少，希望他既然是出来了，那就转变，从适应社会着手。但终究哥们儿还是难以应付得了的，表象的改变是应付不了实质问题的。最终哥们儿还是被社会所累早早解脱了，年纪轻轻的太可惜了，盲目的代价！

　　人和人也许就是不一样的，有差别的。你不能看着别人行的事儿你自己就觉着你也行，不可想当然，你得需要深刻地认清你自己，然后痛下决心怎么办。不然，肯定得碰个大石头，轻则头破，重则亡。大处长老兄来京后顺应转变后上了个层次，干得是风生水起的，值得兄弟们敬佩。这哥们儿盲目地直接下了海把自己干没了，我们失去了一位人生中的兄弟，甚为痛心！

几位兄弟

　　我的一位师兄，算是仅有的一位吧，是老马。那是刚到 20 组车体小组，我与一位老工程师及老马三人一组。马兄厂电大毕业，在车间已工作几年了，有着充分的实践经验。我之前从未接触该业务，又专业不对口，没有理论上的认识，因而实际上就是小白。其间，老马给了我不少帮助，使我有了一个初步的认识，终于可以站起来走路了，非常感谢这位师兄的帮助。老马人品也好，人很正，没啥歪的斜的，与人很和善随和的，工作上也很认真。虽然不是正规的大学学历，但大家还是很认可他的。但终归这类学校难有深厚的理论基础，要想有技术上深刻的发展还是做不到的。这样，在S7新车型的研发时，工厂就调挺工到处里着力培养了。看不可能再有发展，老马就离开了车体组到其他组做辅助性的设计工作了。老哥还是凭着自己的勤恳走出了自己的独特之路，后来发展得还是很不错的，一位好老兄。

我与卫国的缘分起于在干部处办理到设计处的手续，他比我晚一年到厂，直接分到设计处了。那时研发需要新生力量，尤其是他们这些名牌院校专业对口生，更是吃香得很。他正办理手续时，我扛了一身大油包还挽着裤腿推门进了干部处。估计当时他也是很诧了一异，不明白怎么一个工人到干部处干啥，还一点不讲究，全身油腻腻的，估计用劲一攥定能淌一地油渍的。殊不知咱那时正在车间玩儿命干着呢，也没有可换的工服，只能是忍着。一听我也是办到设计处的手续，两人会心地笑了，后来说起时还算是老乡呢，其父辈离开家乡到大同的。到处里后我们又是在同组——20组，这样我们就来往更多些了。卫国那时也爱运动，常一起踢个球啥的，卫国踢得也还不错呢，踢完球偶尔的也会喝点，彼此的感情也就更深些了。再说当时组里也不时地组织聚一下，有时大家还一起拼个酒的，就更显得兄弟们情深了。卫国出道还是挺早的，没几年后就厂办主任了，各种因素吧，但总归兄弟还是很有能力的，不然，天上掉个热馅饼也不可能掉你头上的。后来卫国也有发展，但似乎总是有点磕绊，应该是没有达到他的目标吧，还是那句话，因素也是林林总总吧。2020年4月底还打听新冠疫情期回京情况，5月份得知兄弟出状况了，后来总算过去了，还是挺惊险的。本想看望一下，疫情期间也未成，愿兄弟大难过后一切都好吧。

老高年龄上比我大了不少，觉着他应不是工农兵大学生，但他又怎么到的设计处呢？是上过什么培训学校吧，这些似乎是没印象。老高不和我们一组，但特随和，也就常一起来往了。处里那兄弟被小舅子在办公楼外边揍那次，就是我和老高一起过去的，本想是哥俩一起干那小舅子们一顿给那兄弟解一下气，没想那兄弟说不管我们事儿，可把老高气坏了。其实老高也是在家老受气，老婆比他能，厂里混得不赖，就嫌弃起老哥了，老哥日子过得也不易着呢。也许这也与他自己有些关系。老高工作中也是没个啥想法的，就是个应付。本来没啥学历没个理论基础，自己也不愿勤苦，也就更不可能有个发展了。终究老婆还是和他离了，老哥人还是很不错的。

教授，教授不是职称，是处里我们组一位老哥的"名号"。全厂人都这么叫他，上上下下的都这么叫，可想老哥是多么有能耐了。教授是我见过的工厂里脑子最好使的一位，一个本科生的基础，能把一些深刻的理论问题琢磨深了琢磨透了不是件容易事呢。正如硬件再好的计算机，给装的软件是低层次的，那还是低层次地转着，只是可能快点罢了。教授能用其高配置硬件硬是把低档软件自行融会贯通地升级成为高级软件，那真了不得了。教授得到了上上下下的认可，没人不服。教授一直得到了上层的赏识与认可，也不断地进步发展着。但当时工厂处在那么个官僚阶层拉帮结伙的氛围中，估计更多的还是想利用他，会否把他当作自己人，或者说他心里压根就没有那么想，只是不得已地为了自己的生存之地苦命地受着，这些似乎都难说清。因为他还是有点小清高的，也不是肯为几斗米屈膝的人。这样子的人是不太容易入圈的，但还得用他拉个套，不上也不行吧。总之，教授发展得还很不错的，是否是他的愿景就说不好了。我和教授私人关系还是不错的。到了设计处我们就一个组，他比我高三届，大师兄级，又有能耐，就不会怎么瞧咱这种小兄弟了。但咱对人家很是佩服，很敬重的，这样一来二去他就渐随和了。再者大家基本都是比较朴实的性情中人，处得更是没啥太顾忌了。我也是有啥问题常会请教人家的，受益还是匪浅的。我到京后，我们一直还是联系着，时不时地一起聚一下，一起坐一会儿，一起喝点，一起享受着人生的美好。

小武比我早到处里半年，她是大专毕业，其实与我一届，电力机车专业大专毕业。小武也是 20 组，与我一组。山西的女孩子，朴实善良人品好。不仅如此，小武性格很是大大咧咧，与人很随和，没啥小性子，当时在组里乃至后来在处里与人们处得都很不错。我也是个直爽的人，小武与我处得更是不错了。小武俩还是我给介绍认识的呢，刚兄与我高中同学是中专同学，比我早来厂一年。他本是当地人，但常去那同学宿舍玩去，我住宿舍也常过去找那同学，也就会常碰到了。刚兄是位个性很强的兄弟，很刚很正，有些看不惯的人他根本就不搭理。结果兄弟和我还行，两位个性都很强的反而彼此还不别扭，还挺认可似的。一天我忽然觉着这兄弟和小武两人似乎挺相称，两人人品都好，性格上也融合。顶多是小武小地方人，可人家学历还高呢。这样我就和刚兄说要不要我给介绍认识一下，刚兄一听甚是高兴，他之前也大致知道小武。就这样我和小武一说，小武似乎也挺认可，于是两人就一拍即合了。还是两人都好，都彼此很珍惜，这样不可能日子过不好。两人从认识到婚后，日子过得是其乐融融的，令人羡慕着呢！如果从那时的大环境来说，其实两人也都不易呢。刚兄中专生，学历还是低了些，再加上他那性格，也就是怎么干恐也难出头的。所以感觉刚兄那时还是很压抑的，甚至说情况不比我乐观。咱好赖不说还能靠着大学的本子硬挺着，可刚兄难啊。那时还得亏了小武对他的理解和关照，携手刚兄挺过了那段艰难的日子。小武学历虽然高点，但是个大专，还是矮了别人一头的，还是个女同志，可小武凭着自己的本专业、凭着自己的勤恳、凭着与人相处的随和、凭着自己的不屈，竟自己干出了一番天地，升任设计处副处长了，真格的是很了得。再后来，刚兄也随着小武的节奏被提拔为工艺处副处了，这两位还真是行呢。有时我想，如果我还在厂里，估计十之八九还是那个奶奶样子，难有个起色的，还是挺佩服这哥儿俩的。俩人都不错，都是有情有义的人，我和他们两口子一直保持着很好的关系，人生中的好兄弟。那年我与原来那处长吵架时，就是小武听到后进去把我拉出去的，一声没吭地拉我走了。要知道这种情况是会得罪那处长的，但她根本没在意。难道我其他那些兄弟们没听到我吵架吗，一定是知道的，只是一些情况下，谁都是有顾虑的。那次小武让我感到我与这两口子会是一生的情义的，的确，我们一直处得很好！

还有一位也还得再说说，老大，也是第一届大学毕业生，只是不是工厂本专业而已。其父可是在厂内有深刻影响的人物，按理说老兄这条件，再怎么不济，再怎么不会来事儿，再怎么不勤恳啥的，弄个中层干部那简直是太容易了吧，太没啥问题了吧，应该说连个小问题也没有。要知道其父当时可是正主管生产呢，那两位组长老哥甚至说我们几位处长的命运还在其手里呢，自己儿子这么硬的条件那不太不是个事儿了吗！可人世间事儿就这样，你越觉着绝不可能事儿，它果真就是可能的。最后是老大这老兄作为第一届正规大学生，还背着老子这大靠山，最后竟一根儿毛也没落着。老兄是太扶不上墙了，自己就是不上，这谁能理解得了。老兄是太没一点想法了，究竟是想啥呢？谁也弄不懂。即使最后说评个高工，第一年没弄上，然后就不弄了。之后过了两年还是一些老哥们儿看不过去非得要给他弄，才勉强主动了些。然后没论文，和我说用你的行否，我说那还用说，用就是了，这么着好容易才弄了个高工。起初本来在设计处和我们一组，后来屡次三番的滑到了集体单位中混去了，其实也越难混了。老子的余光渐去了，自己又不努力，实在是搞不懂。在设计处时就和我还行，他说那些人都是小爬虫，都想着拍马屁呢，太硬太偏激了。有一次喊我说："走，和我搬家去！"我二话不说就去了，一看就我们两人。我说咱俩能抬动？怎么不多叫几个人呢？老兄说能抬动，不叫他们。那天幸亏我还劲儿大，大柜子两人硬是抬下楼抬上车，抬下车抬上楼了，更甚的是路上好几个柜子根本护不过来，扶了这件扶那件的，可忙活坏了。完后我说："你可真行，叫个人有啥呢。"老兄还是那句话："不叫他们！"硬。这老兄后期应该是挺难的，老父亲人再好再有余威，光总会有暗下之时。再说这厂这么个势利状况，他应该是受了不少委屈，吃了一些苦的。

爱人是老师，不愿再忍世俗的冷漠凭着自己的能力调上海去了。他这情况也只能是跟着去上海，可大上海也不是好混的啊，您自己得有两把刷子才可混得下去啊，可他没那两把刷子，混也是混不下去的。那时我已经在京了，已经是站得住脚了。老兄问我能否到我们这儿，我没犹豫地说："来吧！"来后我只和他说了一句话，我说我们当时在厂时啥情况我们自己心里很清楚，我们不能再受那苦，只有自己干好了事儿。我还特意另外给他安排了个事儿，让他每月底找会计对一下账和我说一下情况，目的还是给他设个岗比别人多拿点钱，不然同样情况怎么和别人交代。最后是老兄与在厂时一个劲儿，没有一点儿想法，说我既然来了我就把事儿干好，让我放心的同时自己也尽量能多拿点钱。并且是活不愿多干，发钱时还和别人比得厉害着呢，对我好像意见还不小。您干活时怎么不多想点多替别人操点心呢，怎么净只想着白拿钱呢。我安排每月对一下账的事儿也未做过一次，真的是难解。工厂时的苦算是白受了，还是弄不明白。干了一年半的样子，说是要回上海去了，家还是放不下的。我松了口气，好吧，这样也好，总不至于弄得不好了，到此吧。不到一年，公司一位兄弟私下和我说老大和他联系了，想回来，让他和我好好说一下。这兄弟说他在那边挺不容易的，合适工作找不到，老婆也不理他，你们是兄弟，还是帮一下他吧。再说，经过了这些，他应该也是明白了吧，应该是会有些变化吧。这时我内心其实还是有些犹豫的，有些担心，但想如果不管也是不合适吧。就这样，他又回来了，我还特意又和他聊了一下。可之后人该怎样还是怎样，还是那个样子，真弄不明白。我也彻底想开了，爱咋地咋地吧，我也懒得理他，想怎么混就怎么混吧，无所谓的事儿。就这么着，他就和公司的兄弟们瞎混着，我也不管他那闲事儿了。可混着混着就混出事了。有一段时间总见不着人，我问公司的兄弟们，说是他生病住院了，应该问题不大。出院后不久他又不见人了，又说住院了，折腾了有小半年。一次我去我们工地公司所在处遇上了他，有点失样了，我吓了一跳。我说你这是怎么了，你得当回事儿看一下呀！问了一下公司的兄弟们，说是劝他去其他医院看看，他就是不去，非得坚持一直去他原来认定的那医院，怎么说都不去别处，可也总治不好啊！我心里很沉重，这要是真出了事儿，我怎么和原来厂里时的兄弟们交代呢，看着就有大麻烦的。我让公司的人给他挂了个301医院的号，让公司的兄弟们硬拉着他去看了。同时以防万一，也让兄弟们通知了他家里，不然真出问题怎么说呢。301医院的医生建议他到中日友好医院去医治，在中日友好医院住院半个多月后出院了，真还是治好了，我谢天谢地啊。基本好了后我建议他回上海吧，别一个人这么总在外边待着，再把身体弄不好了。他不回。后来直至我们公司不干了，他基本算是最后走的吧。听说还对我很有意见的，似乎是我没怎么把他安置好，没法弄。后来还听说临走前有一次他看到我们院子里一堵墙上有两段遗弃裸露的电缆，这老兄一起意想砍了卖钱，提着斧子就砍去了。结果不知何故这电缆还带着电，一斧子下去被电击得倒那儿了，差点又给电死，唉！我和这老哥就这么着分开了，这辈子缘分也许就算尽了，还怎么联系呢！是我不对吗？我也实在弄不清了。愿老兄一切都好吧！

一些事儿
"我他妈睡着了"

"我他妈睡着了"，说这句话的是小史。小史比我早一年毕业，工厂专职翻译，正规院校专业英语毕业。改革开放初期，国门打开，这样的人才可是很稀缺的，很是吃香的。尤其是这么个大厂，难免外事多，缺了翻译那还怎么干事儿呢，当时厂里可就这么一个宝贝啊！

小史本来原隶属技术处，不知为何那段时间就划归设计处管了。一天下午上班后全处开大会学习，书记主持，小史就躲在最后边一个长条椅子上睡觉。书记一边念着文件一边不时有鼾声，书记不时停下想弄清楚这是什么声音。但随着书记的停顿，声音又消失了，还挺有节奏的。正在书记难以忍受之时，只听猛地一声"扑通"，书记生气地喝道："怎么了？"小史断然道："我他妈睡着了。"原来是小史睡着后一翻身从椅子上掉地上了，书记无奈地摇摇头接着念文件，也有他管不了的事儿呢。

小史是位个性极其强的人，特立独行，做事儿不管不顾，不过基本上说人还是不错的。说是小史来厂后陪工厂几位高层、中层出国考察，国门刚开，这些人像是山汉进了城的，啥也稀罕。工作之余就想这里转转那里买买的，可没小史这话筒，啥也甭想干，出去连个路都可能不会走。可小史根本不管那事儿，爱搭不理地告之，我是工作翻译不是生活翻译，对不起，不陪。这些人软硬兼施都没用，可把他们给气坏了。这些个官僚们哪受过这气儿呢，个别人甚至是想和小史动手了，可小史就那样，甭来那套。

小史原本与我不熟，他与我一位同学住一个宿舍，我常过去玩儿，又都是性情中人，就很快熟络了，常一起玩，进城转转。一次哥几个一起陪他进城买自行车，结果是车没买成，进饭店吃了顿饭把个小史喝大发了，喝得小史出了饭店门后趴马路牙子上怎么也不起来了。他酒量不行，还玩命喝，他就是这么一个人。实在没办法了，最后是把他搁在后坐上，拉个死猪片子似的我骑车驮着他慢慢地回了厂。第二天问他："小史昨天怎么了？"他是一点儿也不知。

小史别看做人不行，不会社会那一套，不会来事儿，小史可是个歪才。我曾与小史切磋过，我在高中、大学时期英语都是不一般的，考上那年英语八十几分，总分差了几分，不然就上重点院校科技外语专业了。小史他们校那专业我那年是可上的，只是没报。大学三年级时学校还有意选我出去进修留校当老师，可想我英语还行。可与小史一论道，我知道自己差得是远呢，小史词汇量太大了。

小史这样的人是不可能在这样的厂待下去的，他自己做事儿较极端，这些个官僚老爷们哪管你水平不水平的，他们更多的是在意你是否为他们所用。工厂又自己培养了一些人，他渐渐被边缘化了，日子不好过了。小史自己调走了，调回老家去了。他这样的性格不改改的话在哪儿也不好融合的，似乎回去后渐渐也是有了些问题，后来听说还差点出了大事儿，再后来就不知道了。

排球队

我们处排球队还是很有一号的，在厂里数一数二。

队里有位女队员旺英，省队退役的专业队员，与我们同时期人，不知怎么头脑一热就非得到我们处，到学校当个老师多好呢。旺英比我早到厂有两三年，年龄印象是大个一两岁，工作中接触不多，每年工厂组织比赛时就常在一起了。旺英是专业球员，主攻、副攻、二传、一传啥的无所不能，我们有这么一位队员那几乎可以说是无往而不胜了。但基本上说我们似乎没拿过多少第一，社会有社会的规则，我们又不是强大到真的是无敌，因而人家总会恰当地弄得你不成。当时厂里那个气氛，技术人员就是二等公民，大学生们就是异类。

应该是我们队初期那时是最强的，除她外，还有老大、副组长哥们儿、老马等等，那时其实基本上可以横扫其他队了。老大球打得也很灵巧，副组长老哥二传也行，老马基本功也顶得住，遗憾的是那时我刚学打排球，虽然打得还行，但毕竟是刚上手，还是不成熟啊，不然……！

我大学前只打过篮球，小县城那时足球、排球基本上没有，上大学时才踢足球，工作后才打排球，能上手主要是底子好，年轻体力也好。真的是后悔上学时没机会打啊，我还是很喜欢这项运动的，体力好个子也可以，业余的做个主、付攻的没啥大问题。印象中与机关队的比赛中，因为平时就看不惯这些人，恰巧那一扣也发挥好了带上了劲，旺英球给得也恰到好处，一个力扣一球砸在他们一女队员身上将其砸倒了。我心想，要的就是这效果，看你们再牛。

后来付组长老哥、老大相续退出了，队里阵容不整齐了，还有个脾气大爱较真的老兄，再加上人家也刻意搞些小动作难为我们，搞得是每年总是不太如意的，但玩得还是很美的。

旺英与我们基本上同龄，又常一起打球玩儿，我又是比较随意的人，处里方方面面还是有点复杂的，相对我们就处得比较随和了，没事儿时偶尔也会串串岗扯扯闲篇儿啥的。姐们儿来我们这么个地方其实也挺不容易的，毕竟不是多数人会像我这么随意的，有些人还是只仰脖看的，踩着别人才不管呢。想不通她怎么会来这儿呢，知识分子多的地方也不好待的，这些人心思过多。

接一位姐们儿出院

到设计处20组后不久，一天副组长哥们儿犹疑地和我说，"小张，有个事儿你看能否帮个忙？"我说啥事儿呢？他说组里一位女士生完小孩儿出院，问我可否帮着接她出院回家呢，她爱人出差不在。我毫不犹豫地说没问题，看他松了口气似的。

这种事儿可能多数人不愿去，估计他也不愿去，如果我不去他就得硬着头皮去了。我就是这样一个人，热心肠，不会在意乱七八糟那些的，啥事儿都无所谓，可能一些事儿在我身上似乎也就没那么奇怪了。那天我接她出院的，我用车推着她，她家里人抱着孩子，就这样送她们回了家，我比小孩她爸还早看到这孩子，这事儿弄的！那时其实我还不认识她呢，后来两口子和我都挺随和的，说起来还是我接她出院回的家呢。

这事儿后副组长老哥与我也更亲近了，他可能心里想这兄弟可以处，人不错，的确，后来我们处得确实还是不错的。

华哥轶事

华哥同时与我来厂的，研发 S7 车型时抽调到设计处的。

华哥唐山人，应该是那时经历过天灾的难耐吧，没敢问过，有些伤痛是刻骨的，是不可回忆的。华哥性格很刚硬，如果说我是硬气的话，他刚得似乎是有点"傻"了，不知他这样是否与他的过往经历有关。我对一些人一些事儿觉着不合适时也就是不吭声而已吧，他那可是拗着呢，根本就不搭理了。

我和华哥本没太多交往，一次大家瞎侃起来，说到了吃西瓜，我说一个人再想吃也吃不了一个七八斤的西瓜，华哥劲儿一上来说太容易了。这时别人就开始敲边鼓了，说打赌，于是就要赌。我知道是一定吃不了的，因为前几日踢球后实在渴的不行，我就买了个近七斤的瓜，觉着一人轻松就吃了，实则吃不了。他说啥也要赌，劝也不听，于是看热闹的就让一个人去给买瓜去了，就要七斤大，多也不行少也不可。买回来后华哥就开干，开始很快，半个后明显就慢了。吃了大约三分之二后华哥一仰脖子喷了出去，华哥丢脸了。

华哥电力专业毕业，应该说是有他干一番的天地的，可他就是看不惯工厂那时的风气，就是不入流。华哥其实不仅有充分的条件，其实也是具备必要的条件的，华哥爱人家是本厂的，后来女方家还是有一定势力的。按当时的情况来说，华哥弄个小中层干部似乎是太简单的事了。可他别说当干部了，处境难的比我强不了个啥，甚至说更难。有一次我不解地问他，没想到兄弟笑着说："老虎，凭咱自己就行，还用找他，你说是不？"我只好说："也是！"谁不想自己有个发展呢，估计老兄也是，可他就是看不惯拉帮结伙那风气，就是不入圈。再者，我估计女方家人可能也是和他摆着谱呢，没有怎么诚心地待见他，这厂子就这德性，估计兄弟才受不了那呢，你们牛，我还不吃这一套呢。反正哥们儿在厂时那个时候挺不容易的，够难的。

我离厂后一两年，听说老兄也调走了，估计也是实在是没办法的办法吧。这么着至少肯定是他爱人肯定不如在这厂里如意吧，在这厂里有人护着，出去就不好说了。

之所以想起写华哥这么一段，一是与他原本交往不多，离开后就再没了联系，哥们儿的正气还是很让我敬佩三分的。再是也想从另一个侧面印证一下我前文中说到的这个地方的人过于世俗，兄弟们的不容易。似乎华哥还有些依靠，但这种靠是靠不住的，是屈辱的，这地方正经人难活。

大"闹"接待站

这件事儿其实是我来京两三年后发生的了，那时厂里来京办事儿的多数都住在接待站。

接待站是工厂在京自己设置的招待所，工厂人多出差的也多，有个接待站方便些，基本上都是工厂职工来住，有办公事儿的也有办私事儿的。总之接待站不大，但还挺忙活的，常常是客满。

哥几个几路人马出差在接待站聚集了，一合计说好久不见虎子了，不行，得喝点。其中有挺工、教授等等，一个字儿——"喝"。于是就晚上在接待站旁一个小饺子馆聚了，说主要是离得近喝多了好认道儿，酒菜无所谓，再说"饺子就酒越喝越有"！兄弟们心里已经准备好了是要好好地敞开了喝点了，人生中有时还真的是需要彻底放松的，不然心中郁积了还是挺累的，放轻松了再上阵杀敌更威武吧。

我开车去的，我说喝多了车咋办，要么我先把车放回去？哥几个齐声说不用，喝多了咱不开，咱们推它回去还不成。我想也是啊，先喝吧，喝美了再说。

一人一盘饺子两个小二起步，凉菜随意上着，七八个人开喝了。最后的战果是菜和饺子多少不知，小二肯定是平均一人三个，两个后，能者多劳，以喝晕了为基准。我和挺工几个基本上怎么也得是八两往上了，那可是高度二锅头啊。兄弟们都喝美了，下半场该开始了。

下半场是啥呢，下半场就是发发酒疯儿，放松一下心情高兴一下呗，这么着那天可就把个接待站折腾好了！这时，兄弟们不同的性格也就尽情地表现了，有哭的、有闹的、有耍的、有笑的，还有收不住了骂人的。这个是着急放水找不到地儿的，那个又说是裤子咋解不开了，那边又叫着说快给弄点水吧，渴得真是不行了，那个又说今天谁怎么不来呢，不行，现在打电话叫他来，那边哭着又说我想谁谁了，也联系他一下吧。有两个哥们儿屋子待着觉着不敞亮，不行下去马路牙子上闹去。另一位哥们儿到厕所扛了一个拖把就下楼，可把管理员吓了一跳，以为是有人和外边人打起来了，要去帮着干仗呢。哥们儿说兄弟俩坐地上凉，让他们坐棍子上去。骂人的是我和老贾，两人一合计，这谁有些事儿做得不咋地，哥儿俩骂他去，搀扶着就找人家干嘴仗去了。人家没喝酒，他喝不了，脑子清醒着呢。我俩可把人家一通数落，唉，真的是自己找事儿呢。教授是这边儿看看，那边儿瞅瞅，这里给倒杯水，那里给送杯茶，到这儿说两句宽心话，到那儿一起发两句牢骚，可是把他忙了个够呛。一者教授是能按捺住情绪，再是那时他已经是高管了，他还得把握着点，真出了事儿也还是不行的啊！

事后的确据说是传回了厂里，领导们一了解说就是些兄弟们日久了见个面喝高了都发了酒疯，没有造反之意，设计处这伙兄弟们就那样儿，领导们放心了。估计心里想你们好好喝吧，想疯就疯吧，别真疯就行，疯够了给我好好干就是了，还是领导们高！

我生病了

副组长老哥的离世，让我感到了人生的无常，困惑自己的命运将是何往。结婚了，生活暂时有了些许安定，有了小孩，似乎一切也就这样了，生活在日复一日中。可人生难得的估计就是平常了，难料的是无常吧。本来参与开始高速车的研发了，也是挺有意思一件事儿，自己挺感兴趣，又似乎看到了一丝亮光，想是估计自己也许有个发展的方向了吧。研发结束时自己还的确干出了自己的一点成绩，得到了认可，似乎是有望了，可不想的是那么个二百五总师打发了我。另外，这个时间段，家里也出了幺蛾子，人家又有自己的想法了。社会也变化了，那个时期大学生是社会的宠儿，几年的改革开放社会市场化了，有钱成了人们的向往与追求。也对，钱是生活的基础吧。可是他们的自我，他们的鼠目寸光与浅薄，直接导致得是我啥也不是了，我既是个穷小子，又嘎嘣脆得不可能会去满足他们的私欲去，于是我成了多余，成了他们自以为是的障碍，我该何去何从啊！

内外的压力已经让我不知所以然了，不知如何是好了。

高速机车研发结束年后开春时，铁道部主持了总结会，认定了我们的研究成果，科技司司长及西南交大孙校长都到了会。印象中会后两人一起去了株洲厂，然后又回了交大。当晚这位校长自己在家离世了。《人民日报》头版头条登载的是我国杰出的、世界知名的轮轨动力学专家西南交通大学孙×校长不幸因心脏病突发在家中病逝。这位校长实际上是高速车研发的真正领导人，是国内真正的轮轨动力学专家，无出其右者，甚至说是无与伦比。本来是位学者型人物，因专业领域太突出，不得不同时担任校长了。可作为一个专业型人才，虽孙校长人的确是很德高望重，人品好，但官场上的事儿可不是一加一等于二的事儿，上上下下里里外外应付起来不是易事儿。孙校长实际上内心是很焦灼的，本来很要强的一个人，却常处困境。高速车研发的事让长院那二位把他折腾得够呛，最后总算是完成了。孙校长不仅担任校长还兼任着机辆所所长，是他一手奠定了这个所，支撑着这个所。在他的扶持下这个所最终出了两位真正的院士，国家一所重点实验室设在此，孙校长为机车车辆的发展做出了巨大的贡献。

离厂前与女儿合照，我的眼神儿是迷离的，精
神上有些问题

　　孙校长的意外离世可以说是让我垮掉的最后一根儿草，我心里
陷入深深的困惑中，难以自拔，我沉陷于生命的思考中。生是何？
死又是何？不知生死，难解其意，总萦绕于脑中，不断纠缠纠结中，
一刻不静。

　　一个人如果处处陷入困境时，不出事儿基本是不可能的。副
组长哥们儿的意外之灾狠狠地在我心中猛击了一下，心痛。之后原
本希望工作中能现一丝光亮，结果是天暗灯灭无望了。家庭的裂痕
又深深地刺痛着我的心，一切的一切都是不知所以，无有去处，与
死又有何分别呢！对孙校长的事儿不解也就最后一下使我摔向了深

渊，我的世界昏暗了，我开始抑郁了！在这段时间，心里挣扎半年左右，我又彻底把那位总师完全给得罪了，爱咋地就咋地吧，我知道我在这儿是待不下去了。

我想自救，于是就打算复习考个研究生离开。可是都过去那么多年了，那时招生比例是很少的，基本上是导师选定后才有可能，可到哪儿联系导师去呢，还是无望啊，此路不通。那时本来心理焦虑已经是难自持了，强制的复习下身体开始紊乱，晚上睡不着白日不清醒，焦虑加重，人在崩溃状态了。

那时最严重是意识时常在神游状态中，看着马路常是不敢过的，意识集中不了。一次回老家时，一路上怎么回的似乎只是一恍惚，自己弄不清是怎么回的了，只觉得是一转眼自己在家里了，自己常是不知所以然了。

我该怎么办呢？工作怎么办？自己的家怎么办？没有路可走！最后，事情终到了绝境，我只有离开了。

我1987年大学毕业分配来这厂，1997年再无可走之路不得不离开这厂了。

十年的宝贵青春泪洒此处，我走了！

2021年7月30日

到京后，一些朋友问起我北京与大同的区别。

我说："在大同时，你可能会觉着自己很是了不得，英雄无用武之地，没有你的机会。在北京，你常会是觉着你啥也不是，没那能耐。"

北、上、广、深，一线大城市，大浪淘沙，能者至上。

东十年

到 京

我离开了厂，别无选择！

给三弟简短地写了封信，大意是我眼睁睁地看着自己正滑向深渊沟底，与其等死，不如自己主动跳下去，也许还有一丝活的希望。我无路可走了，于×日到京。三弟没有过多说什么，只说了一句"好，我等你"，这一句就够了！

我先回了父母家，在家待了一周。大意说厂里情况不好，现在社会也变化了，我要出去发展了，你们放心。爸妈基本上不知我的情况，平时有些问题我也不会和他们说的。他们已经养大了我，自己的人生怎么过、路怎么走就是自己的事了。不可也不能让他们再为自己操心了，那样是不合适的。我说要离开，他们多少还是有点担心的，但他们平时也了解我做事的风格，知道我决定了的事儿就会做的，虽然有些顾虑，但总的还是放心的。

这一周待得也是很难的，本想临离开时看看他们，再平缓一下心情。但这种无常的变故还是在深深地折磨着自己，表面的平静掩饰不了内心的创伤，痛在心中。急火攻心下，从未发生过问题的牙齿，足足痛了一周，要命的痛，半个脸已经肿得大了小半圈了。我要走了，母亲还是很担心的，说你脸都肿这样了，要么再待几天缓一下再走吧。我知道解决不了问题，再说再待着我心里会更不平静的，是死是活自己得先走出这一步的，笑对吧。

我离家乘火车到了北京，三弟特意到车站去接我。平时出差路过北京时我都是自己到他那儿，这次他应该是知道了我的情况不好着意来接我。见到他我没有特意说啥，忍不住地含了两眼泪。他说哥咱们先回家，饭我已经买好了，回去咱先吃饭。饭后，他说哥你怎么打算？如果你还没有具体安排的话要么我给你联系个我们行业这样的公司，你先干着，有其他合适的你再做其他安排。那对我来说还有什么打算，先安顿下来就是最好的打算。他又说，哥你就住我这儿，我已经又弄了个床了，有我住的就有你住的，我又禁不住地涌出了泪水！

上 班

两三天后，我去了一个土地估价所上班，陌生的领域，从头开始。

所里人不多，六七个人，几个头儿都是与我基本上同期毕业，另外几个就是刚毕业没两年的大学生。他们是刚从行政单位分出来的半事业性单位，独立核算，自负盈亏。

原来计划经济时期，我国土地制度是国家所有制下的划拨用地性质，无偿使用，也就不存在土地的价值与价格了。计划经济下，全民为社会服务，不存在小团体、私人经济的局部利益问题，自然就不计土地利益了。只要是国家社会整体需要，划拨块地就是了。需要大了拨大的，小的即可就小的，羊毛出在羊身上，就是一锅粥，没啥需细分的。

改革开放后，市场经济了，再不是国有经济下的一锅粥了。成了国有经济、集体经济、民营经济、个体经济下的市场经济体系了，即使是国有经济也更多的是着重于自己的局部利益为主了，能者多劳，没收益就喝西北风。并且是国有经济除了国计民生外，政策引导性地在向市场化发展改制，再想占土地的收益已经是不行了，国家也是要和大家亲兄弟明算账了。用得起您就用，用不起您就挂空气中去，甭想再占着茅坑不拉屎了，"好"日子到头了，想混不再可能了。卷起裤腿死命干吧，谁也不想穷，发展是个硬道理。

随着国家政策改革开放的不断深入，这个时期住房制度也进一步开始改革，原来全民按"需"所取的住房体制开始变革。人们一是无法真正地得到这个"需"，即使得到了也渐渐与人们对美好生活的追求不相符了。再者，这会是个多大的负担呢，国家如何承受得起呢。还是自行想法吧，自己劳动所得吧。于是房地产市场开始形成，一个巨大的经济规模在建立。

经济体需要用地需要向国家买地，国有经济改制需要核定土地价值，房地产市场开发需要征用土地，向国家买地，集体土地征用需要向集体经济组织补偿，拆迁原用地需要补偿，以房地产做抵押物是需要知道其应有价值，等等。总之，这些都需要核定其应有的价值价格，房地产估价机构应运而生了。

　　我到的这个所就是在这种大的社会背景下，应社会、市场需要从政府部门脱离独立出来的机构，是一个社会发展的契机。当时这类机构很少，原来计划经济下没有土地价值概念，因而就没有这样的一套体系以及这样的人才。随着社会的发展，一些高等院校才开始建立这样的知识体系，以人大为主体。后来各级政府机构也是在这样的人才基础上，应社会需求建立了土地管理新体系。之后部分人员在市场经济进一步发展需求下派生出了专业的估价机构，对接了国家与经济体间的用地桥梁，形成了一个公平合理的有偿使用市场体系。

　　新行业新机构，市场需求还是挺盛的，所里还是很缺人的，我也就恰逢其时。到所没一周，一个矿业改制项目需要人员，所里人员不足，我就被派随一位兄弟去了，开始了新行业的探索。

　　这兄弟是项目具体负责人，专业院校毕业，比我晚几届。兄弟人不错，脑子好使，做事条理清晰明白，事情梳理得是一目了然。所里派不出人，就我俩，我给他打下手，干些粗活。什么收集资料了，核实现状了等等的吧。他吩咐后我去做，这些难不倒我，要知道我可是个勤快人，不怕干活的。于是就从这些基础开始，我开始了自己的新工作。然后我在此基础上进一步琢磨他怎么开展工作的，用什么方法核定价格的，为什么这么做，以什么为依据，如何形成报告，等等吧。兄弟人好，我问问这问问那兄弟都是不厌其烦地指导我。另外，兄弟虽然能力很强，但是身体有些问题，不可太劳累。这个不是问题，有些我能干的事儿我就尽力帮他干，输入个文档什么的。在他指导下能干的我都干，其实也还是帮了兄弟不少忙，兄弟还是很高兴的。另外，各方面应酬，委托方、协作方等等，方方面面的事儿还不少呢，兄弟这方面不行，既喝不了酒也察不了言观不了色。这些咱基本没问题，十年的苦逼大鬼小鬼见多了，应付这种人和事还是没啥问题的。这样这些事也就我解决了，还可以。

就这样，我们在现场干了有一个月，干完了，结果是甲方满意，当地政府部门满意，协作方满意，兄弟满意，所里满意，我也满意。甲方满意是我们依据法律法规尽可能地保障了甲方权益，及时高质地完成了任务。当地政府部门满意是在处理事务的过程中我们没给他们找麻烦，依规依据办，过程中与人平和耐心有情义。协作方满意是在大家共同处理各种问题中，我们积极配合解决，不推诿不刁难，大家共同携手完成了委托方的工作。兄弟满意是在与他共同工作中我勤恳不计较，苦的累的粗的难应付的我上，我是一个既好处又肯干的好帮手。所里满意是活干好了银子就不少收，本来还担心兄弟有些事儿难应付，不想啥问题没有，既甲方满意还协作方高兴。另外所里还看到了又有一个可用之人，所里怎会不高兴呢。我也高兴，从小的方面说，一个项目就让我基本明白了这些如何下手了，再是从大的方面说，我似乎感觉到了我可发展的方向了。皆大欢喜！

回所里刚过一周，一个油田项目要开展，领导又问我可否去，我一个字儿"行"。这样就又随一位女副所长及一个刚到所的小年轻儿一起去了。这位所长待了一周多，各方面工作理了一下，地方上政府部门走了走，就准备回去了。女同志不可能长时间离家，孩子还得管吧。这样就问我自己能行吗，她之后会再来盯一下，我说"好"。照葫芦画瓢呗，已经是见过葫芦了，先弄个样子，然后该补的地方再抓方子补它一下，还怕弄它不成。就这么着，我硬顶着，有问题了及时请教解决，她有时间了再来看一下，一个多月这个项目也完成了。完后接着又和她去弄了个煤矿小项目，也是挺顺利的。

这样两三个月过去已是深秋了。一个大点的油田项目要开始了，估计是时间不短，一个男副所长准备带队去，又想到了我。因为我是让在外待多久就多久，无所谓的事儿，反正在哪儿都是个待着吧。

三人去的这个项目，他又从其他单位带了一位兄弟去，估计是他懒得去理那些事儿。应该是去了解一下情况接洽后他就撤了，然后让那兄弟具体整理一下交接给我了。去了后基本情况是这个项目比较琐碎，需一起协调的事儿较多，应该不是一时半会儿就可理好的。原本打算他们在这待几天理好就走的可能性几乎无，于是这位副所长待了两三天就走了，想是让那兄弟再待几天基本有头绪后再撤。可是几天后各路人马还没聚齐呢，啥都没个头绪，可兄弟在单位只请了一周假，还得回去上班呢，只能回去了，就我一人留着了。

这事儿成了我行不行也得行了，那就行呗。那女副所长时不时还问问说说，这老哥倒好，干脆啥也不问，似乎这事儿与他无关似的，再没来过也不过问。这老哥性格就是这样，不是太想管事儿，每天过着就行。反正大体都是那么回事儿，杀个白猪还是杀个黑猪，都是个杀猪，先捅上两刀再说。大不了再解牛吗，干就得了。也就是那些法律、那些依据、那些规则，慢慢地给它融会贯通吧。工作展开了，甲方问我你们什么时候来人呢？我说他们应该不来了，这事儿我负责。过了两天，甲方又问，说即使律所现在没太多事儿，他们还两三个人呢，券商还五六个人呢，会所、资所都二三十人呢，你们就一人，不行吧，还是再派两个人吧！我说我联系一下。我向所里转告了甲方的意思，可我清楚是不会来人的，只能是我顶着干。甲方又问时，我说，他们来不了，不过请放心，有啥我负责，肯定是不会让你们出任何问题的，甲方有些疑惑。

工作正式开始后，定的是每天上午先开碰头会，提出各自遇到的问题，该哪个管哪个负责解决，然后第二天再说解决结果。甲方配合我的是一位山东老哥，壮汉，一看就是位行事利落的爽快人，做事雷厉风行的。开始也是有点迟疑地问我说："张经理，咱一个人行吗？我可是个粗人，啥也不懂，我就听你的，让我干啥我就干啥。"老哥还是挺负责任的，生怕干出问题领导不高兴了。我说放心没问题的，觉着老哥还是有点忐忑。

甲方的顾虑其实还是有道理的，属于我们的事儿其实是不少的，需要收集各种资料、核实宗地情况、了解产权问题、协调政府主管部门、和协作单位对接等等。每天真的是事儿不少，脚打后脑勺儿呢。可我是谁呢，我是战士，可以说是无往不胜的战士，不怕的就是干活儿。我和配合我的那老哥说，我说去哪儿你就带我去，随叫随到就行，老哥泰然道放心。就这样我白日里东一头西一头跑着，他们都看不到我干具体活儿，还都挺担心的具体活儿没人干，每天碰头会怎么说问题呢。这个项目仅油井口用地就是四百多宗，要将这部分资产放入。四百宗地情况那是个啥情况，只一个 Excel 表就得多少页，看一遍需耗多时，真的是够吓人的！他们还挺替我操心的，我面不改色心不跳的，他们更疑虑了。不用他们操心，我有我的办法。每天白天忙完，晚上吃好了饭，我就先回酒店屋里休息一下，看会儿电视，这样差不多8点左右了。然后我换了衣服出去跑步，半小时后回来洗一下，9点前后，再看上一小时电视，10点，我开始正式工作了。大约两三个小时，12点到1点间我就全部理顺了，上床睡觉，休息好了第二天上午应战。到了第二天上午，这个说这，那个说那，各个单位打着嘴仗，总也是对不上，不是这说多了，就是那说少了，也不知该听谁的了。那就只好听我的，我挨个儿给他们指着各自的问题，大致折腾了有小一个月，总算基本上差不多了。他们实在是弄不明白我怎么这么清楚呢，连甲方人有时都说不明白，我怎么就明白呢！那是因为没有一个人愿意沉下心来仔细把那四百多行的表对一下，只是头疼了医头，脚疼了治脚，今天这儿不对，明天那儿又有问题了，总是不停当的。过了没两周，他们都服了，一理不顺，就说听张经理怎么说，一说便解决了，他们就是弄不明白我是怎么明白的呢。他们根本不知道，我每天夜里对一遍，每天每天，这就是功夫。配合我的老哥高兴了，啥话不说只是咧嘴笑着，会开完后就一句话"张经理，咱今儿吃那啥去啊！"接着还跟一句"食堂饭不好吃！"这段时间，我真是没少跟着老兄出去吃喝，不去不行呢。老兄总一句话"不去你看不起我，你这样，我在领导面前有光，我高兴！"必须去，不去老哥是怎么也不行，可给吃了个好。

在这个项目待了大约有一个半月多，结束回京了。那时应该是元旦前后了，快到春节了。临回前甲方说合同签订的事儿他们之后去北京具体办吧，我说好的。他们到京后所长去找他们谈合同的事儿，甲方领导说合同先放着吧，你回去让张经理与我们联系就行。我问了一下所长这类项目收费的情况，然后和甲方联系了一下。甲方说"放心，我们对你们的工作很认可，给你们×，行否？"我赶紧说："没问题的，多谢了！"他们给的费用是高出当时这类项目普遍收费水平的，是对我们工作的认可。起初所长还有些不安，觉着是否对我们不满意故意拖着呢？不想这结果，甚是满意！

春节后又开工了，先是山西太原两项目，一小项目去了几个人弄了两周多，然后另一个大些的就只留我一人了。做了又近一个月，基本上是结束了，准备回时告诉我晋城一个项目你自己去吧，我说好的。

这个项目还是有不少需处理的麻烦事儿的，因为需当地土地部门协助解决，这样就和他们当地估价所合作了一下。这个所长兄弟人不错，有啥问题一协商，他就会尽力想法解决。一起干了一个多月，基本上都理顺了，兄弟和我处得不错。这个项目最后的问题是土地如何处置，小地方政府相对很支持这个企业，要交土地费用还是一笔不小的钱呢，当时煤炭行业也不太景气，怎么办呢？交钱没有啊，不交办不了土地手续，怎么上市呢，似乎成了死循环。我给他们出了一个主意，我说如果地方政府确实是支持，省里也支持的话，可采取作价入股的方式进行土地处置。他们疑惑地问："可以吗？"我说可以，有先例，国土部门这么处置过。再说你们用地少，是在省里批。他们似乎看到了点光，但又半信半疑地。一天，他们让我和他们一起上省里主管部门一下，说是省部门支持，但没听过这样，还是有点疑惑的，让我去和他们说一下这个办法。于是我就和他们一起去了，详细地说了情况。几个月后这个企业领导给我打电话说省里研究后批了这么处置了，他们很快要上市了，他们很感谢我！这个项目圆满结束了，还是我有力地促使了项目的成功上市，所里对我的灵活应对及成功地解决问题甚为肯定。

离职了

转眼一年间，我该何去何从，这是个问题。这个所是从一个事业中心中分出不久的一个所，之前还有几个隶属这个中心的所，都是各自独立核算。春节前年度总结时我们这个所成绩还是格外突出的，中心不少人也知道所里外聘了一个人还挺能干的，我基本上还是挺得到各方认可的。一年了，所里应会有个安排吧。

所长找我谈了话，大意是这一年多所里对我是很认可的，想让我长期干下去。我是个爽快人，做事不藏着掖着。我说首先是很感谢所里给我这个机会，使我得到了锻炼。再是我也很愿意留在所里干，这个工作我还是很喜欢的。那么接下来问题是我接着干所里是怎么安排我，现在所里虽独立核算，但仍属事业单位，我是外聘人员，那么我应该被怎样对待呢？

这个时期这类行业大体情况是这样子的，券商收入相对较高，券商中一个相当于我这样的具体做事负责人年薪应在二十万元上下，券商中即使是跟着跑腿的大概也有 10 万元上下。会所、资所具体做事负责的 10 万多元，一般人员月薪 5 千多元。我们当时的月薪是多少呢？我是 1 千多元，加上出差补贴后 2 千到 3 千元。因为那时他们还是按事业单位在核算，那么对他们这个工资水平我心甘吗？当然不可能。但他们有办法解决的，他们所里有了钱至少是可以买房，这是政策允许的福利。可我呢，我是编外人员，任何事情是与我无关的。那么好，咱们得说清与我有关的事儿吧。

我是一个工作了十年离厂出来闯生活的人，不是个刚毕业的学生稀里糊涂干。我需要每走一步有一个自己清晰的思路，需要对自己负责，需对得起自己。这所长似乎没啥思想准备，我说咱们都是明白人，事情说清楚了。两个办法，一是我是否可以调入所里，二是我作为编外的话就须有应该的待遇。也就是如果我有可能调入，那我以后也可以享受事业单位待遇，这也是条路。如果不可能，那我付出了，拿了钱，也是对我的一个交代。搞不清他们是怎么想的，似乎是只对我干活感兴趣，别的他们没在意。

我的答复出乎他们的意料，两三天后，通知我离职了。

这个所给了我一个踏入新领域的机会，这是我非常感谢他们的。当然，这一年里，我也是付出了常人难以做到的辛苦，不仅为所里得到了应有的利益，更重要的是为所里在行业内树立了好的口碑，这个应该是更重要的。这类机构，靠的就是人，通过人的做事儿体现单位的价值。没有了人，没有了可干能干的人，也许就啥也不是了。这一年多，我对得起这个所了，我问心无愧。不是我背叛这个所，是他们辞退我了，我得接受。

交接后我去找所长告了别，我说首先是很感谢所里对我的培养，这些就先不说了。再是原来我在所里时你是所长我是员工，我们需要保持距离，我没有机会也不能与你们有过多接触，今后大家彼此分开了，希望我们将来能是朋友。

我该说的说了，该表达的心意表达了。我在这所里一年多，其实和大家处得还是非常不错的，只是和这位所长基本上没实质性来往。另两位所长也是和我不错的，我和他们都干过项目，他们知道我是怎么干事儿的，他们是非常放心的，他们心里知道所里是需要我这样的人，我是能给他们撑得住台柱子的。他们和我私人感情上相对也还可以，我不与人计较什么，坦荡还在意情义。其他一些小年轻们更是和我没啥说的了，大家在所里时常一起玩儿，一起聚餐，都是非常随和的。甚至说私人感情上他们与我比与几位所长更融洽，实际上也是。我离开所后我们一直都还有联系，只是后来种种因素再不方便了。所长的一个小妹妹也在所里，当时做会计。我临走办手续时小姑娘很不高兴地和我低声说："他们太不地道了，他们卸磨杀驴，真不像话！"然后又说，"张大哥，我们都知道，你在哪儿都行，你能干，在哪儿都能吃得上饭。好好干，让他们看看！"这个小姑娘是个品性很好的女孩子，性善。我笑着说："放心，一定有饭吃的！"

就这样，我离开了所里。这个所后来在国家政策下两三年后改制了，改制时应该还是国内较有影响的一个大所。可是好景不长，几年后这个所没了，纷崩离析了。不少人从此离开了这个行业，也有几个因此进去了，相互间不只是撕破了脸，还打得血淋淋的，还要互置对方于死地。最后便是离散的离散，进去的进去，一出闹剧悲剧收场，还是非常可惜的。据说是这位所长进去一段时间出来后每天只是借酒消愁了，家属受了牵连，好好的工作也没了。另一位副所长也进去了。唉，真不知咋说才好！

　　这个所最后是这样一个结果，问题的根源应该说是在这位所长身上。这所长应该说是很能干的一个人，头脑灵活敏锐，也很勤恳，甚至有点工作狂，另外实质上还是有点野心的。可问题是哥们儿心胸上似乎有点不够，争强好胜不怕，可在社会上做事儿您有胸怀才行，否则您只觉着自己了不得，不客观地对待别人，总不把别人当回事儿，那您肯定是容不得天下的，最后也只能是自己一方小天地的。就说与我这事儿吧，别说有胸怀就说有点理性，应该也是知道我说的是在理的，你们做到做不到是另外一回事儿。但据说之后对我还挺有意见的，真不知怎么想的。他的确后来似乎和我也是爱搭不理的，他们改制后那时我已经干得站得住脚了，行业成立协会时他是副会长，见着他了我就主动打个招呼恭贺他，不想这位还拿着个架子。我心想，就你这样，我问候你是给你面子，以为你是谁！他们所改制前还是事业单位的一套思路，你是所长，你想怎么弄就怎么弄，想怎么干就怎么干，别人碍不了你怎么不了你，你可以想怎么发横就怎么发横，想怎么耍淫威就怎么耍淫威。改制后就完全不一样了，虽然你是大股东，你有你的行事权，但性质上大家应该是完全一样了。你再想咋地就咋地显然是不行了，可他完全认识不到这些，没那胸怀。于是利益面前，大家就再不是大家了，就分崩离析就各自为政了。好一通拳脚相加，也就都消声了。后来我就基本都没再有啥联系了，怎么联系呢，谁对谁错呢，不好说！

一年拿了三证，可以了！

这一年多我的收获还是可以的。首先是得到了这样一个机会，自己也抓住了，基本上站住脚了，为将来在这个行业有可能的发展奠定了基本上的基础。这不仅是这一年来我干了不少活儿，多还是自己逼着自己基本上达到了一个专业上的实质性的把握。另外，在此基础上因为自己基本上有了较深刻的理解，在房地产估价师及土地估价师两师的两次考试中，经过自己短期的突击，两次考试自己都顺利通过了。我取得了房地产估价师、土地估价师证书，成了一位名正言顺的估价师，有了在该行业发展的资格，还是非常欣喜的。不仅如此，离职后，我又立即去考了驾照，可以说一年三证，应该说是可以了。甚至说是了不得了，为下一阶段的出发踏实地扎下了脚跟。

驾照考得也是很顺利的。通常考个驾照怎么也需两三个月的时间吧，我仅用了七八天。那时驾校有个班叫半价计时班，其实就是直接去考试。一般是学过后要集中几天考杆，然后路考时集中几天路考。我报的这个就是免了前边的学习，直接插进去考的这个阶段。印象中总共六七位考生一起考，考杆时因为他们都已经学了几十学时了，第一天时我是最差的一个。因为这是我第一次正式上车，所以还摸不清门道呢。教练一脸嫌弃的样子，因为即使咱这样子，咱也是不怎么想多搭理他。那时就那风气，考个驾照上个驾校你还得巴结那些教练，好给你开点小灶，多让你摸摸车，关键时照顾你一下，咱不来那一套，咱是来真格的。第二天时我就差不多了，算不上好的但也不差。第三天又练了练，我就熟练到不是最好的也是差不多最好的样子了，教练又是甩着脸子老大不高兴的样子。估计心里怎么也是不情愿让我过的，不给他点好处就过不合他的情理啊！可那只是他的情理，正理儿可不是他的。第四天考试，第一个上车的过了，第二个没过，我本排在第四个，这教练啥也不说就让我先上。我一声没吭，上就上呗，这还算个啥，过了。然后原来排序第三的上，依旧是没过。这教练本想是第二个没过怕第三个心理受影响，就先打发我上。我才不管那呢，你们爱过不过，二爷是要过的。不想的是我过后，教练本想让第三个调整后能行，可该不行还是不行，还是没过。

路考前教练场上路两天，基本对我没啥大问题。问题是教练场是平面立交，我从没走过所以不知，这教练可找到训我的由头了。我依旧没理他，中午休息时，我抓紧吃了点东西后，然后一人进教练场全部走了一遍。偌大一个场子只有我一个人四处在晃荡，下午再上车时，我就没走错了，这教练有点纳闷。他不知中午我走了小2小时，早全部记脑子里了，想难住我还差点。到考试那天，2个考后这车停在了坡起位置。这个会开车的应该都知道，对于新手这是个麻烦，教练这货又盯上我了，一句话："你上！"我依旧没吭声，上就上，让这就吓住了，二爷就别活了！上车静心屏气离合手刹油门顺滑配合，起车走人，又过了。驾照有了，教练没好气地说："恭喜！"我头没抬地说了句"谢谢"，扭头走人。那时多数过了也要给教练买盒烟的，咱不惯他那个，没门儿。

之所以我要报这样一个直接考的班，一是自己这一年里的确还是找机会摸了几次车。再是如果我要像别人那样报名慢慢地去学，我可没那个时间。世界对我是没那份温柔的，我必须硬着头皮去接受去对待。去单独做那油田项目时，配合我的山东老哥特爽快，我事情处理得都很不错，老哥高兴，与我处得就非常随和了。老哥有一辆公司配的有点似工具车的小车，我本身是学机械的，自然对车也就感兴趣，另外自己爱动，对车就更喜欢了。一次我和老哥说我开开行不，老哥一点没犹豫地说没问题。我说我可没开过，老哥说这好弄，开一次就会了。然后告诉我怎么弄，给了钥匙他就回办公室了，我就在院子里准备开。弄了几次总是熄火怎么也起动不起来，我就进去找他问。他说踩踏板多给点油就行了，别担心。我出去接着来，这下倒好，油是给大了，车是起动了，院子中间有个花坛，旁边放了几个大花盆，车一下子冲出去撞碎了一花盆，"砰"的一声巨响。他听到后出来了，问我你没事吧？我说就是把花盆撞坏了，他说不撞你还不会呢，没事儿。接着就拎着花盆碎片扔旁边了，说了声接着开就会了。果然，这一撞后我就会了，绕着院子里转了个够。这老哥就这样，特豪爽一个人。一天上午干完活又叫我出去吃饭，路上停了说来你开开。我说行吗，他说没事儿！就这么着我就这样开着到了饭店，倒是不太远，那时车也不多，他敢让我开，我也是敢开，都够胆儿大的。饭后要回，他说接着开，我说喝酒了行吗，他说没问题。这么着喝了酒我又开了回去，凭着酒劲儿好像是开得还更顺溜了。后来好像是我自己还开着上街转悠过，真的是胆子壮。

还有一次是做晋城项目时的事儿。合作所的那哥们儿有辆小面包车，常开着去酒店找我。又好久没摸车了，不知还会开吗。一次他又开车来找我时，我说给我开开。他问我会开否，有驾照没，我说开过一次，没驾照。他说应该没事儿，走。这样我开着就上路了，走着走着到了红绿灯口。怕啥有啥，有一个小交警路口站着呢，我一着急就想右转躲着赶紧走了。刚一转，小交警就打手势要我停下来。没办法了只好停了，那哥们儿说没事儿别担心。小交警过来要行驶证要驾照，行驶证给了，驾照我说忘带了。那哥们儿就和小交警说××局的，这我们上级单位来的，出差驾照没带着。小交警又看了一下行驶证后给了回来，我顺便笑着问说我没闯红灯为啥拦我呢？小交警也笑了，说你直行线右转你说为啥拦你呢。这时我才知道原来是这问题，自己就没学过交规，哪知这些呢。幸亏是那时车少，交警们管得也没那么严，尤其是政府部门的也就更是松松手了。有了这两次摸过车的经验，我心里就基本有点底了，我想只要我用心，应该是可考下来的。既省了钱，时间上又可以接受，于是就报了这样一个班。

一年的得失

要说失，这一年基本上来说没啥失，该失的早失去了，还能有啥可失的！只是这一年来内心的折磨还是无时无刻不在的，干活时还好点，忙着呢，再难受也顾不上。停下来后，就不一样了，人生走到了这一步，究竟该怎么办呢？自己倒是无所谓，好坏自己受着就是了，还能咋的，死都不惧还怕活着，不怕。问题是孩子呢，那是自己的责任、自己的义务，我又是个心重的人，断然是不能接受孩子受点委屈的。出问题时我什么都无所谓，你们说怎么办就怎么办，我不难为谁。但是仅一样，我明确告之不能让孩子有半点儿委屈，我是可以一人将孩子养大的。如果让孩子有一点儿委屈，我是会玩儿命的。临离开时和孩子一起照了个相，我抱着她，相照得很不错，可爱的孩子，只是仔细一看照片，我的眼神儿都是迷离的。出差间隙我会回去看孩子，每次分别我送她回去时，和她说爸爸要走了，她都是挺乖的，什么都不说只是瞅着我。可一关门我转身下楼时，背后就是一声杀猪般的哭号，我的心刀绞般的疼，出了楼门我都是满脸的泪珠。一次回去时我接她回去住，和我高兴地回去了。我一直还很担心晚上会不会哭闹要回去呢，那时毕竟还小着呢，应该是 4 岁吧。可晚上一直很高兴很乖，要睡了，我说你要小便时告诉我，她说好。第二天早上起来我看见小盆里有小便，我说你起来了，你怎么不叫我呢。她说怕你累，我没叫你，我自己拉灯下去小便了。我一把把孩子紧紧地抱在怀里，心里暗自说我今生拼了命也一定要为你挡风遮雨的，我一定不会让你有了委屈，孩子你放心！在北京时，三弟给了我不少心理上的关心，他知道我虽然表面上看着还平静，其实心理压力还是很大的。只要是我在，他就尽量叫着我一起出去吃饭。这样，那阵子我也没少认识与他们一起的那些人，三弟是个有情义的人，那时真的给了我不少关心的。有时他担心他不在时我会吃饭对付，就特意给了我许多附近一些快餐的票，这样就不会他不在时我糊弄肚子了。的确也是，那时我一个人时基本上没事了就会困扰发呆，常常是不知所以的。比较严重的一次是 1998

年"五一"，回去看完孩子匆忙返京后三弟长假与人出去了，各种心理的烦乱下，我一个人在床上整整躺了四天四夜，滴米滴水未进。第四天下午起来后到外面坐了半下午，然后晚上大致写了个过往的回忆，心里想："去他娘的吧，老子该干嘛就干嘛了！"至此，我变了，我心"狠"了。

开始了创业

一年多的苦干折腾，似乎让我看到了新领域中远方闪耀着的隐约的一丝亮光。也许那是个我可以去寻找的地方，也许那个地方可以有我一方立足之地，也许它可以属于我。我已备上了马，打好了刀，可以放下包袱，披荆斩棘，奋勇前行了。

离职后，我便朝着这个方向去努力了。社会的变革已经显现了这个领域的澎湃发展，也呈现出了估价行业市场的需求。这个行业改制分化出来是种必然了，我必须抓住这股浪潮捕住浪头弄潮一番。自己如果迟钝了，今生也许就完了。我不可能让自己完了，我要奋进我要奔，向那一丝光亮去奔进！

那时已经有极少的个人公司了。我先是找了个老哥的公司挂靠，先摸一下行业情况，熟悉一下方方面面，做一下发展的基础，同时筹划自己办个公司去发展。经过半年多的摸爬滚打，我已经对这个市场有了一个大致的认识，有信心去发展一番了。并且经过各方面努力，于1999年2月也终于拿到了自己公司的营业执照，可以起步了。

这半年我还是找了两三个小项目做了下，北京的市场情况与我原来在那所的情况还是不一样的。那所主要是以企业改制土地处理为主，在全国范围内寻求市场。那时通过各种形式多属于他们垄断范围内，主要只是他们内部在竞争。北京城市建设急速发展，建设单位用地市场较大。虽不少事情还在政府各种垄断状态中，但越是这样子，他们就越是吃相差，也就是他们不当回事儿，不在意别人可吃的肉了。毕竟不是啥肉都愿主动送他们口中的，你不瞅着不正好咱下手吗。好吧，干它！

这几个小项目我干得也是很认真的，一方面通过这个去深刻把握北京这方面的相应政策，再是想通过具体的事情迅速地达到一个可把握的水平上去。每个项目我都会实地去看，选择的案例我也会去了解具体情况，这样也就很快有了深刻的体会了。

做了几个事儿也让我有了一些收入，为了把一切尽快安排好，又找了一位小兄弟先借了点钱，找了一位朋友帮忙就在大兴买了两套房。那时房子还是很便宜的，市场需求还没那么大，房价还是好承受的。这样在1999年2月公司办好后，"五一"后先把父母接来了北京，6月份又把孩子们接来了。无后顾之忧了，我可以放下心思甩开了干了。

那时项目基本上都是政府部门估价事业单位在做，事实上市场的加速发展让他们这些单位已经无法满足需要。再加上那个时期，这些单位官老爷作风还是很浓的，他们基本上是不会着那急的。可市场是等不及的，他们管不了那些。育了一栏猪都肥了，人家等他们宰了好上市呢，他们今天是刀钝了，明天是人情绪不好，后天又是得歇会儿，反正是就咱家正牌屠户，慢慢来呗，顶多是扎紧点篱笆别让肥猪们跑了就行了。可他们没想到的是篱笆终归不可能都挡得住猪，再是，这么着这篱笆早晚一天会被拆了，不可能这么着让人眼看着吃不上肉，那终究是不可能的。起初咱庙小惹不起这些个大户，咱就盯着那些不愿等他们的那些机灵猪，咱给他把猪弄好了，收拾停当了，抬桌子上。人家可高兴了，于是一传十，十传百地咱就有了好口碑了，说这家好，动作快，做事儿停当，不耽误事儿，以后就来这办了。就这样脚踏实地地一步一个脚印地咱算是基本展开了。另外，咱还正瞅着他们关起来的那些大肥猪呢，心想迟早一天您那篱笆没了，咱就得迅即逮它几头，那就美了！

果然，在我做了两年多基本铺开了后，2001 年这个行业整体改制了，大篱笆拆了。虽然小的篱笆仍有，仍在设法保护着他们的既得利益，但这已经是挡不住咱抓大肥猪了。趁他们还迷瞪中，咱三下五除二抓了个痛快。改制后第一年一次审定会时，我们公司项目几乎占了总计项目的三分之一，并且审定方认定这些与其他人无关，是人家公司市场做得好。年底行业部门统计业绩时，我们在全行业前五名之内，令他们惊异。接下来两三年，市场进一步放开，我与他们不断地拉锯中。他们想把我吃掉那基本上是不可能了，一些市场我已做定。信任不是两三句话可换得的，用地的主儿都是大生意，对于他们来说能放心能干成了事儿才是重要的，仨瓜俩枣他们不在意。因而实际上我做的那几年是有不少固定的客户的，他们只要有事儿，首先想到的是我。因为相信了，这比任何事都重要，当然是咱做人做事儿做到了那儿，没让他们操过心。于是他们才不会让自己有一点闪失呢，为了些其他因素闪了他们的大事儿，那会是多笨的人呢，那样他们还能干成了事儿？又过了两三年，虽然是被他们各种措施挤兑着，但我们依旧是夹缝中求着生存，并且活得还不错。只是在一些事情上总是被限制着，他们也只能是通过这些办法弄，咱也只能是忍着，这是咱的弱处，咱无能为力。确实，直至最后我放弃不在这个行业再做下去时，我们依然是未能取得 A 级资质，还是甚为遗憾的。确实也是影响了我们一些发展，事情总是会有不如人意处的。到 2005 年、2006 年时，公司就基本具备了一定实力了，我也准备另寻他路干下了。不再在这个上面上与其纠缠了，路广得很呢，我得比他们先走一步才是。

几年的行业内摸爬滚打，其实已经是非常明白行业内的各种运作方式，也是非常眼热着冲到一线做一下，那又是何其美呢！只是一线那不是谁都可以上得了的，没有一定的社会基础，没有一定的经济实力，那就是个梦了。即使是想要玩个空手道，空手套个白狼，那你怎么也得有块肉吧。终于有块小肉了，该试身手了。可是眼看着狼要跑了，市场逐渐稳定，政府开始政策调整了，只能看到个狼尾巴了。说啥我也不能让它跑没了，我迅速赶上薅着尾巴手起刀落切了块肉下来。在政策变化的后期，2007 年、2008 年我抓着时机买了两块地，让自己升华到了房地产投资。虽未可大展身手，但终也到了一个应有的高度，应该是知足了！

至此，一个阶段基本上结束了。从 1997 年中来京到 2009 年，大致十年多点，从一脚迈进这个行业，经过十年的辛苦付出，我基本上可说化蝶了！

我病愈了

进京时，我发病已经有两年上下了，离开工厂时的情况急剧变化心里其实是更灰暗了，但潜意识模糊地觉着已经是这样了，还能坏到哪儿去呢，反而是有些许放开了的劲儿。唉，死都不是个事儿，活着还能怎么地了，忍着吧！

如果那时说没有过放弃了的念头，那应该是假的。当然这种话可不是儿戏的，不能也不可以去说的。但是，这种病致人内心的失望与灰暗真的是常人无法理解的，生无可恋，一切的不快无时不在折磨着你。如果你不怀疑活着是否还有意义那可能吗？基本上是不可能的！如果你内心深处真的是没有了生生可念的东西了，放弃了也许就是种快乐，生与死究竟是什么呢？有时还是很难回答的一个问题呢！我心中有我放不下的东西，有我的责任。我得为我的孩子去挡雨护寒，我不能伤了父母心。我为了这一切我得坚持，我得坚韧地去坚持，不可有半点糊涂的念头，再灰再暗抹了眼泪还要面对。这种病的致死率还是非常高的，一旦陷入后不能自拔，然后又没有了啥念想了，放弃也许就是最有可能的选择了。无声无息地去解脱了，这是这个病最可怕的地方！没有一个坚强的意志于心里深处或隐或现地念想，挺过去是太难了！我们时常会听到各种各样的人物无声地走了或是看到身边一些人悄然地就离去了，这种病是对人内心的折磨，基本上都不愿说不想说也许可能也是不能说，最后也许就无声无息地倒下了！

我应该有得这种病的充分条件的，我内心还是比较认真敏感细腻的人，过于认真往往会让你较真，细腻敏感了会让你深思，这样可能会让你往深了去。但我其实不存在得这个病的必要条件，我虽认真敏感，但我不是个认死理儿的人。我性格上还是很豁达的，没有啥事儿看不开的，不是一个计较的人。可生活就是这样子，你觉着所有的一切不可能，它可能都会和你开个玩笑成了可能，然而这个玩笑就是要你命的。我遇到了所有的不堪：工作长期边缘化的无望、身边一些人的无常、家庭的状况，一切的一切是无解，没有一丝光亮闪现。再者还有世俗社会的践踏，你不倒下就是不可能了！任何人如果长期处于一种各方面都是无助的情况下，一定是会出问题的。再坚强的人，一年、两年没事儿，三年、五年还行，七年、八年一定会是找不见人的，这就是生活的残酷！

社会普遍的认知是抑郁症不像神经病、精神病有或多或少的器质性问题，认为其只是个心理上的问题。我个人的经历让我觉得这个病严重了其实也会有些器质上的小问题的，也许没发生病变，但神经系统也许是会有些阻塞断路的小问题的。如果仅是心理问题，为何即使心理偶有反转后不久又会消沉下去呢！我当时的明确感知是起初意识有时会恍惚，不集中，常会不敢或者不会过马路，或有时做一件事儿恍惚间过去了，对其中过程不知。之后我病情稳定后，最明显的问题是对世界外物没有鲜活的感知，似乎一切是沉寂灰暗的，没有活力或是无生动的感觉。比如那时很无奈的是只知树绿了，树叶黄了，叶落了，感觉不到动的鲜活的芬芳，意识抑制中。

　　我的发病是在工厂的后两年中，孙校长的意外使我陷入对生死的深思困惑中，难以自拔。后来自己工作的无望加重了忧虑，自我的急切意欲摆脱困境进一步加重了心理的焦虑，最后家庭的状况将我推向了心理的灰暗，无法自拔了。到京后进入了一个忙的状态中，忙起来心里也就安定了许多，一静下来就焦虑，还是很痛苦的。那时骑车从三弟住处到所里，大约七八公里，抬头望望树，绿色中也是静止的，没有生气的，我不知这何时是个头，心里还是很苦楚的。1999 年自己开始干了，家里的事儿基本上也安置好了，心里多少有了些安慰，可自己的脑中还基本上是一片沉寂的，焦虑仍占上风，难有生活的快乐生气。之后的几年中自己是不停地转着，似乎没闲暇时间可去焦虑了，虽然偶尔也会闪一下，但基本上是顾不上了。大约在两三年后的一个晚上，我开车走在路上，突然间脑海一闪现，外边夜晚的霓虹灯是那么活灵活现，那么生动耀眼，我已经有多少年没有这种感受了。我难抑制心中的喜悦，抹了一把涌出的泪水，不禁心中迸出了一句吼"活着真好！"是的，活着真好。我知道，我的病应该是真的好了，内心中激荡起无限的喜悦。我又有了感受美好的能力了，我要好好地活着，去感受人生的美好！

　　从生病到彻底地过去，前后得有五六年，工厂开始生病两年多，来京稳定缓和一两年，渐渐好转大约一两年，我终于放下了，还是非常欣慰的！

　　这个病最大的问题就是焦虑，要时刻注意这个问题，长期的焦虑必定会抑郁。其实在之后的生活中有时遇到问题或者是在闲暇时，我依然有时会惯性地要焦虑，但我已经知道不能这样，这样是有问题的，我就有意识去控制了。也许这是过去病的后遗症，有时一些因素下会不自觉地要焦虑，我必须时刻注意。

不焦虑！去寻求生活的美好，这也许应该才是生活的真谛。

我又恍惚了

到 2005 年、2006 年，公司就基本做得有个样子了。那时，不仅是做估价业务，相继又开展了拆迁、测绘等业务，已经有点模样了。行业内也有了一定的口碑，实力上也可以了，甚至可以说是佼佼者。因为当时大多数的公司，尤其是做得较突出的，多为改制后的公司，原来人员均是股东，只是持股量有些区别而已。我实质上是一个人的公司，当时创办时是我自己一个人所做，把公司硬是做起来也是我一个人拼命所为。后来公司做起来了，觉着有办法的也不会来找我合股，他们也许还瞧不上我这样的公司呢，人们往往更喜欢看表面。我自己招人呢，我也只是招干活的人，即使有些人有点小想法，那咱们也是说清楚了，该怎么办就怎么办，明算账。省得相互说不清扯麻烦，参个股你多了我少了的，分好处时都盯得眼红，干活时谁都找不见，实际上是啥也干不成。这我清楚，你干活拿钱，干多拿多、干少拿少，赔了钱是我的事儿，挣了钱您也别太眼红，不行您也弄点事儿来。这样我们也就轻松多了，该干啥干啥，最后大家各自高兴。因而那时他们即使大点的公司看着强，实则多数是比不过我的。再者，在此基础上，我们公司我一人说了算，各种发展运作上也优于他们。我们应该是较早在拆迁、测绘方面发展的，之后他们一些看着我们才跟着弄的。

拨开了阴霾，走出了丛林荆棘。朝着一丝光亮，走过了泥泞，走向了芳草地，忽然是一片艳阳了。蓝蓝的天，白白的云，绿绿的草，幽幽的山峦，青青的水，这是梦境中的世界吗？我不敢睁眼，我不敢相信，这些是属于我吗？是我的世界吗？我处于恍惚中！是的，这是我的世界了。你强大了，世界也就温柔了。我走出了黑暗，走向了光明，我恍惚了！

那一阵子，我突然有一种不知所以的感觉，恍惚中。我不敢相信这一切，这一切难道真的是属于我吗？有句话是"不要让苦涩浸润得太久，以免失去体味幸福的能力！"也许我真的是不知还有属于是我的幸福了。那时，疑惑中我常问自己，为什么我能做成？为什么我能得到这一切？我不解，我困惑中！论聪明我只算是脑子够用，论学识学历自己还是半路出家，论背景没啥背景，我何德何能呢？这些问题其实那时真还困扰了我好一阵子，我又犯病了，不应该啊！几个月后，我豁然开朗了！我基本上明白为啥我能成了。

为何我还能成呢？首先是我还不笨，脑子还够用，还能在风云变幻的世界中把握住一些事情，并且是迅速地把握住。我很快地掌握了应有的知识，取得了从业的资格。我很快地弄明了运作的来龙去脉，使自己能运转其中，有效地把握住这一切，这是一个基本。可话说回来，脑子好使的人多的是，况且自己还是半路人，比我学历高专业知识多的人多了去了，为何我能走到了前面呢？这是因为在我初步具备基本上的条件后，我在此基础上的付出是他们无法比拟的！他们虽然有着高学历甚至说是高知，但他们都是在四平八稳地干着。他们不可能也不具备那种忘我玩儿命的心态，也许他们也有番事业心，也有追求，一个人忘我地干一天行，两天行，三天、四天也能行，一周可以，两周可以，一月可以，两月可以，一年呢？两年呢？十年如一日地呢？就应该说没有了。可我是十年如一日地这么干过来的，我犹如一台机器似的这十年来不停地转着，没白日，没夜晚，没节假日，谁能这么做呢？我做到了，十年来我就是这么做的。一方面在我的身上的确是有一种勤恳坚韧的性格，再说下来，我所经历过的那些难耐与不堪过往是使我无法停顿也不能回望。那种过往的辛酸是心中滴血，会死人的。我岂敢回望，即使不敢驻足，还常会噩梦中再现惊心呢！我不敢，我只有前行，前行，再前行，快速地再前行！十年来我每天都是七点前后就到办公室了，孩子四年级前我每天送孩子一般是七点多后到，之后都是七点前，十点前没回过家，有时就是十二点了。周日没休息过，除了抽时间带孩子出去玩外，照样是按时去办公室。即使带孩子出去，也是办完事送孩子回家后我接着去办公室。节假日、春节都放假了，没啥可急着干的事儿了，只要是我不离开北京，我依旧会每日去。即使是坐着我也是要去办公室坐着的，工作已经是我的生活了！这十年来我基本上没在家吃过饭，怎么过的我不知道了。

还记得一次要选一些存留档案之类用的办公用品，公司的人说您要么去看一下选哪种合适，说是附近那个大超市里就有，我去了。进超市后看到许多人推着车走来走去的，我竟没反应过来他们这是干什么呢。多年的自我封闭着的一种生活在自己世界中的状态，似乎已经是让我不知正常的生活究竟是怎么个样子了。我还是个人吗？不是，我是台机器，没完地转着，梦中也在转着。别人能做到吗，估计不成，于是，我做成了。这十年来一天有时吃一餐是常有的事儿，尤其是刚开始那时，还没起步，到哪儿都是骑自行车跑。我又很认真，事无巨细地弄，一天忙得是不可开交。早上顾不上吃就上路了，下午还得赶那边的事儿，中午也就算了，忙完一天晚上好好地弄上顿。有一次忙完正好到三弟那儿，一顿涮肉我一人就吃三斤多，那时这种事儿是常事儿。至后来有车了，这样子也不少。中午路上正人少，上午忙完了正好赶着去下午有事儿处呢，也就忍着算了，饿不死的，事儿是不可误的。

后来有一阵子我还常周六、周日两天不吃饭，趁这样去八大处爬山。2003年、2004年，改制的那些公司懵懂过来了，再不忙活汤也喝不着了，就着了急了。不少还下三烂地干了，市场不只是竞争状态，进而是恶性化了，我也感到了更大的压力。再是一直处于高强度状态中，体力也渐感跟不上了，我就想到该周末锻炼一下身体了。这样那段时间就周末抽时间去爬八大处，一是平常总是应酬中，每天吃吃喝喝的身体负担太重，我就特意周六一天不吃饭。再想这样子状态下，周日去爬山，饿着爬感受困渴来磨炼意志。市场情况转恶后我就得咬着牙了，不咬着牙，有些人用那些个无耻的手段咱得顶得住他们才行，有些家伙们是很不讲究的。记得一次是我们申请A级资质又未弄成，本来这次我们是很有希望的，各方面情况都行，不想又被人家给挤兑下去了。这个对我们还是很有影响的，我还是很失望的。那天一晚上未睡着，第二天一早爬起来就去郊区办事了。回来晚上还是很折磨，又是一晚没怎么睡好，早饭没吃，午饭也没吃，下午我去爬山了。那天公司的人在那边现场工作呢，我要登上山顶展望一下，无论怎样我要坚持住。不给资质，老子照样子行！那天登顶时那个困难，估计没有啥人能体会到。几天的折腾身体已经是很虚弱的了，最后的百十几米望着山顶我基本上是咬着牙一步一步地挪着上去的。我能上去，我必须上去。到山顶后，公司一位兄弟打来电话说了一下现场的情况，他知道我这几天的情况，就顺便不安地问了句："您没事儿吧？"我答道："没事儿，放心！"

后来我总不吃饭饿着去登山的事儿和与我不错的一位老哥说起过，他有一次与一位女士说了，说一位兄弟这么着干。这女士就和他说，你这兄弟不一般，是个狠人，能对自己下了刀，能成了事儿。后来老哥又和我说，老哥说我没想到这女士会这么说，我原来还没想到这。看来这位女士也是不简单，的确，我是一"狠"人！

我还算是个小人物

起初，行业内多数人还只是诧异于我们的业绩，搞不懂这么一个师出无门之人怎么就会做到这么个样子，他们不明白。当然，一些人还是有点瞧不起咱的，他们都是专业院校毕业，对一个边缘门外人自然会是不当回事的。可不论怎样，白猫黑猫逮着老鼠就是好猫，况且咱逮得还不错呢。我和业内多数人关系都还是很不错的，我的口碑很不错，甚至可以说是圈内最好的之列的。不论是做得好的还是做得不怎样的，都处得还是不错的。有个什么事儿帮个忙啥的，他们都还是很愿意找我的。因为我在行业内与人不见外，有啥事儿只要是找到我，我都会竭力帮的。甚至说一些人其实基本上没啥交往，甚至都不一定见过面。一起说起时我也都和别人说，同行不只是竞争，不是冤家，更多的来说应该是朋友。那么一大块蛋糕，不可能就你一个人的，你自己一个人是吃不下的，别人也一定是有份儿吃的。如果你非要去祸害，一人扒拉，最后死得早的也许是你自己。我们各自都有各自熟悉的范围，各有各的长处，我们通过自己的优势做好了事儿赢取市场。如非得下三烂地干，谁不会呢？那样谁能好得了呢！如果说大家有些小冲突，大家可以协商嘛。再不行可以原则范围内甲方定呗，定谁是谁，谁也别不高兴，那不好吗？事情其实是很清楚的。可有些人就是很自以为是，就是觉得自己有多了不得，就是要祸害人，就是不讲规则不讲究，这样的人确实是有。

　　行业内有两拨人与我不对付，甚至说还有过冲突。其中一个规模还不小，但实话说他们几个主要的人没一个像回事儿的，没个能讲究点的，都不咋地。一次区里所一位大姐和我说起，说他们到她那边抢活儿去了，和这大姐说他们收费标准的 2 折就能做，你承担不起。我和那大姐说您就告诉他们，他们这么说您就说我可以白做不要钱。当时协会不成文要求不可以低价竞争损人害己，原则上不可低于收费的 7 折。你们作为一个大所不靠做事儿的风范赢市场，玩儿这样的无赖手段，不可耻吗？还有一次我不错的一位客户，一起坐时告诉我说谁谁找他了，讲怎么个计价他们就行，又和我玩儿阴招。这位我认识，某些方面说和我还挺熟。我看这么来，好吧，老子也不客气。第二天一早一上班，我就开车去了他们公司，进去啥客套话没说，我直截了当告诉他，小子，如果要和我玩儿阴的，小心我砸断你的腿，说完我扭头走了。身后那小子一个劲儿说大哥你消消气，我理都没理他，开车走了。我必须给这些害群之马一鞭子，不然这些个货们不会知好歹的。还有一个公司也与我有点冲，这是一位女的，仗着自己从部里单位出来的，还有些名不正言不顺的依靠，认为想碾谁就横着来。我对这些人不含糊，不正眼看他们的，一次就那么冲着给撞上了。在办公室接了一个电话，调门儿很高还很冲地上来就是训人似的说她是谁谁，质问我为何不放人。我一听气就来了，这位原来我知道，既没打过交道也没见过面，这家伙口碑一直就不咋地。我没给她留一点面子，我骂了她一通，老子不吃你那套！他们为保住资质，人不够就找人挂靠。一般说这种事儿多会和人商量的，舞枪弄棍的谁还吃你那个呢。她要转走的那位的确是和我说过，我说现在要求严了，你转走她也用不了。现在都需全套手续，你没有这些对她也没用。这么着这家伙就电话训我，你想怎样呢？后来她又把这事儿告到了协会，协会与我联系，我说改天我去协会说清楚了。一天中午办完事儿就顺便去了协会，那天正好应酬还喝了酒，让我到协会好一通骂。那家伙也是个副会长，我说你们这副会长干事儿还作假，那好，我到部里协会反映去。协会当值的会长和秘书长一个劲儿地安慰我，意思是我别和她计较了。我说那行，看在您两人面上，这事儿到此为止，转告她别不知好歹了。就这两家公司和我不对路子，其他的都还行。

　　行政机关的人基本上和我们也不错，用其中一位小哥们儿的话说就是"源恒公司的人不给我们找麻烦"，是的，您作为一个专业公司，遇上了问题，您得从专业角度上想法解决问题，您不可掐着让别人去给你办。那么着办那是给人家埋雷呢，是坑人呢！事儿您办了，人家出了事儿怎么弄。所以说任何事情必须得在原则范围内办，不可给别人找麻烦的。可有些人可不这么想的，他办了事儿他舒坦了，哪会管别人怎样呢，只是想着自己呢。那么说作为专业人员您就不能动动脑子，想想解决办法吗！可这不是什么人都能想出办法的，有些人表面上看似乎是才高八斗的，可他一年干不了几个事儿，哪儿来的实践经验可融会贯通去呢。打不了真仗，纸上谈兵还行，什么"阻击战、堡垒战、运动战"啥的，真打时啥战都没了。没真打过，真打啥也就不会了，就剩下生掐了。我们公司所有的事儿都是我一手过，都是亲力亲为，不可出一点差池。因为这就是我的市场，干好这个不仅还有下一个，也许是还有另外的一个呢！我都是倍加珍惜，干得多了，事情也就都记心里了，遇到啥事儿一串下就拎个清清楚楚的。一次与我不错的一位老哥说他有一关系有一件事不好办了，看我能否想想办法帮帮。我去了，人家头都没抬一下，我说您把资料给我看一下，还是没抬头。让他手下一位老哥给了我，我看了一会儿，我说您能否把这个楼转角处这儿让设计加个伸缩缝呢？楼的设计加伸缩缝是常事儿，其实是为了楼的安全，尤其是在形状变化处。我这么说他愣怔了一下，略带疑惑地说，可以呀。我说那好，您弄好了告诉我，然后咱们办，我感觉他还是不相信的样子似的。半个月后来电话说办好了，取资料吧，我去取，他还是那不冷不热的劲。随便说了句能行吗，我说应该可以，他依旧没再吭声。过了不到一个月，办好了可签合同了，我电话告知了他们。他说真的吗？我说是的。之后他手下老哥与我联系，说定好了今晚请我一起吃饭，还有我那老哥。一起吃饭时这位老总可完全换了一个人似的，一个劲儿地感谢不说，还称起了兄道起了弟，直说以后我们大小事都你办，我们放心。我那老哥也是倍儿高兴，说我说吧，找我这兄弟有希望，这不弄成了吗！那位老总说起来也是位名门之后，架子大着呢，可咱给他办这事儿也是震住了他，让他是服得不行。饭后他们那老哥说兄弟咱们再找个地方坐会儿去，刚到了地儿坐下，老哥端起一杯就和我干。我说您不是不喝酒吗，老哥说平时不喝，今天得喝，今天高兴！接着说知道为啥领导这么开心吗，其实他们这项目已经是认为肯定是不行了，几千万就打水漂了，可这么办成了，少说不得挣几千万元。又说以为他们没找过人吗，都找过，公司、局里，甚至处长、局长都找了，说这事儿办不了，您这是怎么办的呢？我笑了笑说，事儿说难确实是难，你们找了那么多办不了，肯定是难吗，违反原则的事儿肯定是没人敢办吗。可话说回来呢，如果不违反原则就能办了呢？那怎么能不违反原则呢？说简单也简单，一语可说破。为何让你们加一伸缩缝呢，是否加了这个缝这楼就可以分成了两部分呢，1-1，1-2，这么着是否就可以1办1的事儿，2办2的事儿呢？这个楼是个转角楼，刚好一部分在可出让地上，另一部分在划拨地上。我说这样分为两部分，是不是就可以出让办出让，划拨办划拨了呢。老哥蒙圈了一会儿，猛然竖起大拇指说："兄弟，高！来再干一个。"我说简单也简单吧，但你不明白它就不简单！老哥还是一个字"高"。许多各式问题我解决过不少，我都是这么

第一批 4 人取得英国皇家特许测量师资格，估价领域 1 人，协会主席亲自到京颁证

第一批取得世界不动产咨询师资格，协会官员到京颁证　我的形象没给中国人丢脸

着别人办不了事儿我解决了，然后就成了朋友，然后事儿就不用说了，有事儿就找我。甚至一点点扩散开朋友的朋友，朋友的朋友的朋友，等等，就两字儿"放心"。可这也许是最难得到的俩字儿了吧，就这样，我们既有了市场，也不用说担心不给钱，基本上没催着要过钱，都情愿给呢。

印象中是2005、2006年前后，英国皇家特许测量师协会第一次在清华大学办培训班，意欲吸收国内成员入会，中国正在迅速走向国际化中。这个协会分16个领域，其中估价是一个。第一届一个班共四十人，各路精英都有，我们估价行业精英们也不少。近两月断续培训后，进入选择阶段。先是初选，每人写三个工作案例报告，共九人通过。一个月后面试，四人通过，估价就我一人，我是国内正式通过的英皇特许测量师估价领域第一人。上边所说那项目是我的案例报告之一，面试共四十五分钟，十五分钟介绍报告，后半小时三位考官提问。我介绍完报告后考官们简单问了一下，大部分时间他们是与我共同探讨北京相关房地产方面的问题了，更多是请教我一些问题，我知道我应该是没问题了。面试在上海进行的，考官是香港考官，然后那年年底前英皇协会主席来京给我们四人颁的证书。之后半年多在北京又办过两个班，似乎几乎没什么人过。这种情况下为扩大在华影响，英皇协会与中土协商定办一个估价班，要放一把水，多通过些。培训完考试前，清华大学考虑到我是第一个通过的，又是估价行业，于是就决定在清华来次考前辅导让我去给讲一下。我并不知道这个班是估价专门班，上了讲台往下一望才知都是自己人，那秘书长还在第一排坐着呢，我有点愣怔。他们是一样的感觉，许多人是不知道我是第一个过了的，这下好了，我在清华的讲堂上给他们上了一课，扬名了！与我不错的一些哥们儿说，你们就别再牛了，有本事你们也像人家来个第一。从此我奠定了自己的江湖地位，压抑在我心中的一口气舒展了，再没啥人瞧不上咱了，不服您也来个呀！没想到咱今生还有这个能力登了一下清华的讲坛，满足了！

我做事儿还是有点胆识的，记得有一次协会一个项目做拆迁鉴定时，我是专家组成员之一。那次是个大项目，需鉴定户数较多，总共应该有七八个人参与鉴定。甲方领着，还有政府部门人员，一行就去了现场。刚到了还未准备入户，突然间就看着一位老哥举了一根大棒子冲过来了，其他人就惊得往后闪了，甲方、政府人也没个敢往前靠的。我站着没动，我想今天是来干什么来了，是鉴定，鉴定就得入户，这种情况是有可能发生的，如果胆怯了，后退了，事儿也就别办了。我没动，就我一人，我看着他冲过来，我盯着他。一来我是防着他挥过来我好闪开木棒，再是我想这么着盯着他未必敢真挥。果然，棒子轮到半空停住了，他没那胆儿。有意见归有意见，真砸人了那是另外一回事儿了。我看他不动了，我说大哥您这么着不行，我是来解决问题的，不是来和您叫板的。您有问题可以和我说，我尽力解决。但您要砸了我，我一指身后说，您看见政府的人了吗，只要您这棒子下来，警察就得来把您带走。话音一落，这老哥悻悻的转身提着棒子走了，我们工作顺利完成！

看世界

2002 年、2003 年公司渐稳定，我的病也好了，生死问题不纠结了，活着多好！可活着的意义究竟怎样，应该是什么，心中还是迷茫一片，我得往明白了弄弄。好的，那就先看看世界是个啥样子，看世界去！

2002 年"五一"时我开车独自带孩子下了江南，路过淮安住了一晚领略了一下伟人的故居，一方风水宝地养育了带领我国人民翻身作主民族复兴的一代伟人。到了扬州体会了太湖的秀美、江南的轻柔，多少风情烟雨中。然后到了上海，逛了南京路，一派繁荣的气息。到了上海滩，茫茫的江河奔流不息，气势磅礴。返程到了孔庙，让孩子认了一下我们的文化先祖圣人，希望孩子能成长为一个有文化、有思想的女孩子。又登了泰山，一览了众山小。这一程让孩子感受了江南的秀丽、圣人文化的深厚，又登了高望了远开阔了胸怀。

2003 年"五一"放长假，我与公司一位兄弟开着一辆切诺基越野车奔了长白山。对视了一下天池湖怪，祈福祖国风调雨顺国泰民安。穿越了一下林海，差点迷失了方向，下了夹皮沟了。然后行走在祖国广阔的黑土地上到了黑河，望了一下对岸异域民族的炊烟袅袅。后在爱晖吞了口耻辱，越了一下大小兴安岭。一望无垠的林海中，修车时断续地望着后方，以防熊老哥的不期而遇。然后寻着女真民族的哒哒的马蹄声入关回京，哀叹清朝的没落给我们中华民族带来的多灾多难。一个多世纪几代人活在外来势力洋枪洋炮的蹂躏中，生不如死地苟且着，为我们的重新崛起而骄傲！

2003年北京"非典"时，各地方基本上不了班了，我与公司几个同事开着车上西北了，走一下玄奘取经的路，看看路上究竟有些啥。先奔了山西，看了平遥古城，领略一下咱晋商文化究竟是个啥。又过了黄河，看了一下秦军昔日过往的金戈铁马的雄浑气势，后直下古城西安望了一下大雁塔的巍峨，又奔了武威，欣赏了石窟文化的辉煌。接着西进，经兰州、张掖就到了酒泉，感受了国家蓬勃发展的航天事业，为祖国的强大腾飞而自豪。然后到了长城的最西端嘉峪关，体会了伟大祖国的疆域辽阔。后转向敦煌，去进一步感受石窟文化的壮观，欣赏飞天的美妙身姿，冥想于一个美妙的余音绕梁般的极乐中，为我们深厚的文化而欣慰。去了玉门关，看看春风渡了否！到了阳关，寻了一下故人！此次也只能是陪着玄奘取经止此了，来日还方长，世界还广阔，下次再续吧。北京"非典"疫情加重，我们该尽快返程了。一路上相互叮嘱着，宁可凉着也千万不可烧了，提心吊胆地风雨兼程地东进，穿过了昔日党项族的领地，领略了伊斯兰教的文化，行进在内蒙古大草原一望无际的绿草花海中，见了见风吹草低见牛羊，喝了碗热腾腾的奶茶，来了次手抓的豪放，大碗的酒大块儿的肉后，挥别了洁白的毡房，入关回京了。

2003年国庆假期带小孩与一些朋友们上了川藏，四姑娘山的壮观，亚丁、稻城天上的人间，贡嘎雪山的冰川，皆尽收眼底。孩子请假时老师不是太同意，我让孩子告诉老师看山川看风景比只看课本强，老师无奈地说没见过这样的家长。结果是孩子小学毕业时学习成绩名列前茅，上的中学是之前学校没有过学生上的。

　　2005年"五一"我驾车先到天津，准备沿海岸线走第一阶梯。直达蓬莱看了仙境，经青岛、徐州，然后过长江抵上海，再到绍兴喝了点黄酒吃了点蚕豆、臭豆腐，后到了小商品之都温州，沿海岸线南行经台州达福州。从福州折返跨过武夷山到南昌，从庐山上眺望了鄱阳湖，东北向景德镇驶去，闻了一下千年瓷都的烟火清香。到黄山看了一下茶商古镇的牌坊，登黄山赏了古松，经合肥夜宿郑州，起程一路向北返京，8天行程结束。

　　2005年国庆走了第二阶梯。从北京出发先到了太原，第二天过西安宿宝鸡，南下过秦岭到成都，经泸沽湖瞄了一眼摩梭女子，没敢驻足地直抵攀枝花，过金沙江到丽江，经玉龙雪山奔大理，穿行于云贵高原上的崎岖山路上，望着深不见底的河流。到了昆明，看了洱海。后继续在高原上经贵州过十八盘到南宁，往柳州宿桂林，山水甲天下，起程到长沙，橘子洲头感受伟人的伟岸。最后一路风尘仆仆地返京。

　　2006年"五一"上了新疆，沿着阴山到银川，找了找贺兰山上吴承恩笔下压在五行山下的悟空岩画，再起程到酒泉，一路往西穿越戈壁滩，看了看烧过孙猴子屁股猴毛的火焰山，顶着赤热过了吐鲁番，到了乌鲁木齐，仰望了一下天山，向北经过克拉玛依大油田、五色山、魔鬼城，穿行于茫茫的绿色原野中直抵喀纳斯，未寻得喀纳斯之湖怪，却看到了满山遍野不时现身于原野的肥肥的土拨鼠，别有一番情趣！从喀纳斯折返经北疆东线再至乌鲁木齐，从乌鲁木

带张乔去川藏

"非典"时新疆行　玉门关

穿越小兴安岭　车出小故障

齐到敦煌，再访石窟感受文化的博大，敦煌出，穿越柴达木沙漠无人区二百多公里，出后往东途经德令哈、青海湖到西宁，再返程宿包头，一路上听着回荡在绿色苍茫大地上的长调，欣然回京。

2007年五一自驾上了第三阶梯。从京出发当天过武汉直达宜昌，第二日顺路看了三峡大坝宏伟工程，改天换地的事儿，深感国家的强大与卓识，夜宿万县。第三日经成都过了二郎山到了康定，看了跑马溜溜的山后，直入川藏深处。之后跨过怒江，绕上了九十九道弯，到了林芝，过了工布江达，抵达了拉萨。瞧了震撼人间的布达拉宫，沿着雅鲁藏布江一路南行三四个小时后到了日喀则办了边境证。达定日后驱车101公里盘山坑洼山路三个多小时到珠峰大本营，下车仰望了一下依然耸立于半空深处的峰顶，不禁仰慕于自然的神威。我辈只是一个小小的过客，自然才是不老的仙人，我们微不足道矣！小邮局明信片盖了印戳，发给了亲朋挚友，跪拜过山神，此时已是腿在打颤，头发昏了，嘴唇已是紫中泛黑了。我辈是会缺氧的，山神仙们不会，还是不要自以为是了，上了车，赶紧吸了几口氧，怀着一片崇敬之情，再次回望珠峰伟岸的身躯后抓紧下撤吧。又是三个多小时的颠簸，夜宿定日大车店般的小店，喝了些甜美的奶茶，半靠在床上喘着粗气的、半梦半醒中又留恋了一下珠峰的美丽端庄，醒后返程了。途经拉萨到了那曲，穿行于平均四千多米的青藏高原上，见到了奔跑的藏野驴、藏羚羊。望见了山坡上盘踞着的神鸟秃鹫，慨叹于世事的循环，夜宿那曲。沿着巍峨的昆仑山，站在5千多米的唐古拉山口远望了一下，一路风尘地驶向格尔木。途中眺望了一下三江源的山、三江源的水，回想了一下为新中国的成立爬雪山过草地的英烈们，不禁心中暗忖道，我辈尚需努力，虎狼还在眈眈，要练就本领，定令其有来无回。离开了格尔木，驰骋在浓郁葱葱的青海高原上，望了盐湖，看了青海湖，到了兰州，吃了拉面，再次过了滔滔黄河进了宁夏。远望着六盘山上红旗漫卷着的西风，今日我也长缨在手，何愁命运不会转机。再过内蒙古进关回京，历时 11 日半，半日格尔木修车，行程上万公里，日均千里，尚多为山路及沙石路，高速无几，可以了。

那些年一直太紧张了，似个机器不停地转着，长假干不了事儿时，就以这种极端的方式对平日的极端进行对冲调整。出去时日均基本上都一千公里上下，一、二、三阶梯基本上都走了，几乎走遍了全国。那时的路还是不太好走的，不过路上车也少。再是，心中一直揣着个走遍天下看看世界究竟是个啥的念头，以便让思想能有个安定。

2002 年国庆期间，与几个朋友去了越南。下龙湾吃了濑尿虾，赏了景，在胡志明市体味了越南兄弟民族的风土人情。这是一个百废待兴的国家，法殖民后的民族南北对立，美帝十年多的血腥践踏，后又遭我们严厉的反击，社会没有了生机，重生般孕育中。我谨慎地问了一下地导，我说越南兄弟们怎么看美国人与中国人？这位兄弟沉思了一会儿说，多数的越南人对中国人内心深处没有仇恨。虽然发生了不该发生的事，但是他们认为这是兄弟间的磕碰，过了就过了，没留下伤痕。与美国就不同了，那是骨子里的恨，是世代解不了的仇。我听后多少释然了！也是，美国给这个民族带来的是十几年的腥风血雨，生灵涂炭，是多少代人数以万计的缺胳膊断腿的

埃及金字塔

珠峰大本营

残缺生活，这种恨岂是容易消解的。后来也看过一部越南的中越战反思影片，印象中叫《芦苇》，拍得还不错。兄弟间大打出手也还是很令人唏嘘的，越南人还是有所思考的，希望这样的事儿永不再有，携手同进为好，不可妄自尊大。

2003年春节我报团出国去了埃及、土耳其。土耳其伊斯坦布尔的兰色清真寺也是太震撼了，似为天作；圣索菲亚大教堂使占领者的异教徒也不忍去毁之半点，人类的文明还是真的是让人很是屈服的。奥斯曼帝国的强大仍可从历史的遗迹中可见，土耳其经济的衰退也显现于日常中，货币的贬值令人难以想象，土耳其里拉常是以亿计，多么吓人的计量单位啊。伊斯坦布尔海峡的雄浑也充分体现在其世界重要战略位置上，扼住了咽喉也就赢取了希望，横跨欧亚大陆的土耳其有着其得天独厚的抓手，游刃有余于东西方间，甚是了得。古埃及的文明史是令人折服跪地的，这是一个普遍较为聪慧的民族，可惜的是文化还是最终被异族强断了。开罗的胡夫金字塔等几座都高耸入云端，让人不可想象是人类所为，令人叹为观止，堪称世界奇迹，狮身人面像的威严估计天外来客也得被震慑得颤抖难止。这个民族在西方列强的淫威下，近现代失去了古老的魔力，还是处在民族再造的挣扎中，难见光明。

2004年春节带孩子去了欧洲，看了斗兽场角斗士为获得自由奋力拼斗的场所、梵蒂冈宗教艺术的极致与教皇对世俗社会的威严、米兰大教堂的高耸、巴黎凯旋门的耀武扬威、埃菲尔铁塔的现代工业标志、巴黎圣母院找了下敲钟人、巴黎大学寻了寻我国现代启蒙领袖人物们的身影，鼓励孩子立志成人。去了下曾经被那个疯子统治蹂躏过的德意志民族，希望这个民族能铭记历史，不忘过往，重新做个好人。望了望幸免于战火的科隆大教堂，顺路吹了一下阿尔卑斯山的烈风，饮了口莱茵河的水，愿欧洲大地上各民族今后都能放下成见，不可再生灵涂炭了，洗却他们的兽性，做个世界和平的好人吧。在维尼斯水城里找了一下马可波罗，愿西方人民都能成为友好的使者。闻了荷兰郁金香的气息、睹了都市中的灯红酒绿、看了布鲁塞尔小于连的邯畅淋漓。又去瞄了一下斜塔，壮着胆子上去看了一下伽利略当时是怎么做重力实验的。这趟旅程还是较为丰富的，应该是会给孩子增长不少见识的。

2004年"五一"与一些朋友去了海参崴（俄罗斯的远东城市，他们的叫法是"符拉迪沃斯托克"）。这个地方曾经是中俄有争议的地方。历史上的事情咱确实是不太懂，搞不清究竟应该是怎样，不过从地理位置看这个地方的确是江外了。我们近代与俄有不少边界争端，清政府时也签订过丧权辱国的条约，后来一个时期也是剑拔弩张很是紧张。但紧张总算是过去了，还是值得两国人民为之珍惜的。

2004年国庆又带女儿去了印度，这也是个文明古国，后也是断层了。看了印度代表建筑、世界奇迹泰姬陵，慨叹于爱情的力量真的是那么巨大吗？观了金庙，宗教的力量都是如此之巨大！

2005年春节到了南非，辗转二十多个小时的飞机，真的是不容易。南非的样式不像是一个非洲国家，表象上与一个欧洲国家没啥二致，有明显的殖民国家的痕迹。与欧洲国家比，这个国家贫富差距很明显，白人是白人区，黑人是黑人区，贫民窟条件相当差，给人民不聊生的感觉。社会对立也很严重，白人区电网林立，安全

南非好望角

土耳其蓝色清真寺

耶路撒冷

威胁还是很严重的。似乎是白人也是不敢到黑人区的。曼德拉先生经过几十年领导人民不屈不挠的斗争，终于获得了平等自由，实质上也取得了民族统治权。那么，接下来想再有殖民时的特权显然是不可能的了，伴随着估计是长久的民族对立、社会的不稳定，似乎是无解。南非地理位置独特，好望角具有得天独厚的港口优势，只是现今苏伊士运河开通后，大多轮船不再绕行好望角了。当时西方列强殖民者们之所以觊觎这个地方，估计与此港口战略优势是分不开的！南非的自然资源还是很丰厚的，只是当前社会的不稳定难以支持社会的快速发展，经济态势还是不容乐观的。这地方艾滋病情况也很可怕，那时占比可达百分之二十上下，能吓死人。当地人并没那么紧张，看得还比较开。

2007年春节去了韩国、日本，这是两个岛国。在首尔感受了一下这个国家的整体气息，很明显，这已经完全是一个财团政治下的国家了，外来势力起到了超乎寻常的作用。三八线上缅怀了一下援朝的英烈们，是他们英勇无畏的付出保障了新中国的一方安全，也使列强们知道了什么叫坚不可摧的人民意志。妄想架起一门炮就能耀武扬威的日子不复存在了，我们真正地站了起来，走上了世界的舞台，中国人民不是可欺的。半岛这个民族与我们还是有着深厚的历史渊源，一衣带水，历史上无论是出于自身还是兄弟之谊，我们都是不愿看到他们遭受外来之侮的。改革开放后，韩国与我们无论政府层面还是民间上也都有了不少的交流，可这半岛上一家子兄弟姐妹们似乎还难看到统一的可能。

2008 年春节去了以色列，一路上还是挺波折的。机场安检后，登机前还需二检，且更加严格，还做心理测试卷，搞得似登天似的，甚至更甚，一折腾又是一两个小时，上个机共计得三四个小时。落地后又是一通复检，有没完没了之势。团里有一个人被留下了，出来等了又得有一个小时那人方才出来，似乎是差点被劝返。先到了特拉维夫，还算是较为安全的一个城市，不过据说是偶尔也会有火箭弹飞过来的，还是有点小紧张。这个城市是以色列的经济中心，以犹太人为主。然后去了海法，看了巴哈花园——世界文化遗产景点，确实是不错，很美。海法是北部港口城市，城市规模不大，很舒适，印象中说是中东战争争夺水源地时这个城市战争还挺激烈的！接着到耶路撒冷，这可是个不一般的地方，非常的不一般，见识了历史上太多的风风雨雨，各方神圣你来了我往了地决斗着，不夺之不可后快也，多少英雄尽折腰了呢！古经文唱得是抑扬顿挫的。又去了伯利恒，这是个古老的城市，有着深厚的历史，现为巴勒斯坦民族权力机构管理区，穆斯林为主。但这个地方又是基督圣地，基督人员也不少。伯利恒与耶路撒冷间被隔离墙阻断着，不是一般的墙，几米厚的水泥墙，进出道关都是很严格的，还真的是很吓人的呢！伯利恒是耶稣诞生地，圣诞大教堂为圣地，主受难于耶路撒冷。返程时在机场还遇到了些麻烦，安全人员抽检到我时，看到了我埃及、土耳其曾经的签证，就开始一个劲儿地审这审那，把我快整晕了。我想爱咋着咋着，反正是要回家了，还能咋地。以色列和中东这些国家通常做法是去过这儿就不可去那儿，非友即敌，很是无语啊。"二战"时期犹太人的确是受害者，差点被那疯子给灭了族。但不论怎样，您现在强大了，这么着应该肯定是不行吧。

与张乔欧洲行　罗马斗兽场

与张乔印度行

2010 年春节去了英国。大英帝国，听着名字够吓人的，其实已垂暮。在君士坦丁堡听了听苏格兰勇士们的风笛儿，在北爱尔兰找了找依然不屈抗争的将士们的身影，在伦敦城看了看宏伟壮观的温莎城堡，的确是厉害。能被人们尊为国王，觉着自己还是皇权神授，肯定的意义上说，这家族一定是在这个民族发展的历史上付出了许多，做出了贡献，才可能得到了人民的爱戴。

2009 年去了美国，总算是踏上了现在地球上最强大国家的地界了。最早实际上是想先来美国看看的，看看强大究竟是个啥样儿，不想热脸贴了个冷屁股，一下就被人家蹶回去了，怕咱赖上人家呢。这次行程实际上是去美国、加拿大，加拿大多伦多落地入的关。多伦多是加拿大的经济中心城市，现代化都市，还不错。看了尼亚加拉大瀑布，的确很是壮观，震撼于自然的力量。加拿大也是英联邦国家，只是现在仅是个样子了，实质内容没了。离开了多伦多奔美就到了大纽约，媚美们的天堂圣地。落地入关往住地去，一路上看，这天堂也就那么回事儿。心被泼凉了一下，这天堂还是算了吧，俺是不想待这儿的，纽约城里逛了逛，几街几街的，净是阿拉伯数字的编号，也不起些名儿。看了大都会博物馆，东西的确是不少，还好，挺让人眼馋的。去看了一下科罗拉多大峡谷，自然的奇幻，够震撼的。本想顺便看看原住民，可现今还在的原住民已经成了稀罕了，成了白人眼中的保护对象了。然后飞了加洲洛杉矶，感觉基本上是没个啥，说是大城市，其实没啥大感觉。然后飞往了加拿大另一大城市——西南端的温哥华，这是个华人比较多的城市，也许是气候适宜吧，华人更喜欢来这边，房价让华人炒得也是有点高。这个城市有什么呢，似乎是气候还好外也没个啥，反正就是华人多。改革开放后国人移民出去不少，加拿大、新西兰一北一南都有不少国人移出去的。一是这两个国家的确是人口少，需要移民来增数儿，要求管控也就不那么严了吧。再是确实这两国压力可能小些，好生存，去的人也就多了。出去的这些人究竟过得怎样呢，这个真的不是太懂，不敢乱说。反正怎样他们自己清楚，好就好，不好也得受着，路都是自己走的。在加、美的地导，包括之前去过的地方的地导多为出去的华人，感觉上也就那样，说不上好坏。随着国内经济的发展，他们也许觉得并没有当初出去时想的那么好了吧。后来我还去过新西兰，在这儿顺便就说说那次遇到的两位移民出去的同胞吧。一位是地导，三十几岁，后来和大家聊起来说是出国留学留下来了，那时觉着国外好，非得折腾着家里花钱办留学出去。说是当时家里情况算是很不错的了，怎么也得花了家里百十万元人民币呢。留下来后好的工作也找不上，只能是干粗活，干脆就干地导了，总算还行吧。有人说你这三十好几了怎么还不结婚呢？小伙子顿了一下说，怎么结呢？国内出来的看不上他。别人就说那就找个大白妞儿呗，不也挺好。小伙子又顿了一下说，找是可以找，只是结不了婚啊，文化不同，跟你过不了日子啊！有的又说，那就回去吧，一个人待这儿干吗？小伙子叹了口气说，当初本来家里情况还挺好的，死活折腾着出来，花了家里那么多钱，现在我还怎么回去。一起时的小伙伴儿人家现在过得都不错，我回去了又怎么和人家说，没法回了，就在这儿吧！另一位是司机，觉着与我年龄差不多，也是单身。在景点等人时我与他闲聊了两句，说他是上海人，是刚开放不久出国潮那阵儿折腾着出来的。那时候国内经济情况不好，出来后确实感觉还不错的，但毕竟是没啥大能耐，也就是干粗活了吧。国内现在发展好了，再看看自己，就差着了，自己也就是将就着过了吧，再回去已经是不可能的了，回不去了。自己过得这样，回去再和家里人争这争那去，哪有那脸，说完老哥淡淡地笑了笑。我也感到可能只有这样子了吧，有时是没有回头路的！开放后断续出去的不少，各种情况都有。有真才实学，应该是干得不错，过得也挺好。也有不少盲目的，就觉着外国的月亮圆、空气甜，一脚出去了，过得怎样不好说。国内经济快速发展的红利反正是与他们没半点关系了，也许这部分人也有些失落了。原来做事儿时认识一位兄弟，社会上混得还行，一次这兄弟自己说，那地方（美国）我不去，去了我这样的也就成黑社会了，不是我干死人家就是人家干死我，不去。别看这兄弟没文化，脑子还够清楚！从温哥华飞返，美、加行程结束。

够了，走得明白了，不走了，该歇缓下了。的确是渐渐地心里就敞亮了，过往的事儿也好，还是再遇到什么事儿，更多的也就是笑笑面对了！我是条汉子，打落牙齿笑着生咽的汉子。生活原本也许就是这样，跌个跟头是正常的事儿，爬起来，扯扯衣服，抹一把脸上的血污，捋捋头发，昂起脑袋，继续朝向自己的方向前行，前行！踟蹰也好，负重也好，爬着进也行，直至光明。

孩子长大了

1999 年 6 月把孩子接来的北京，这年 6 岁，即将上学了，我一定不能让她上学时受到周围负面环境的影响。我离开厂时，只有几个人知道我的情况，基本上没人了解是怎么回事儿的，只看到这人突然就离开了。多数人也不会奇怪的，因为我平时就属于不怎么稳定的一类，说不定哪天就不在厂里了，离开了也就是个正常事儿，只是似乎突然了些。我也是个要强要面子的人，平时自己再怎么样，再难，我基本上是没啥表现的。自己心里边默默地忍着，忍着，自己的罪得自己受，和别人表露又有啥用，还不让人笑话吗。没有不露风的墙，时间长了也就自然会有些风声的。走了三五个月后我回去办手续时，一些隐约听到了些风声的也就忍不住侧面问一下我，我多是笑笑没正面作答。说有啥用，还是不说吧，至少说尽量让孩子不要受了影响了。明确了，知道的人普遍了，你一言我一语的，再不留意时有些场合和小孩说这些，那就不好了，这是我不愿看到的情况。毕竟小孩儿也渐大了起来，似是而非的事儿是会敏感的。还好，我一通折腾后，基本可暂时安定下了，就赶在她上学前让她迅速脱离原来的环境，离开了可能影响的因素，在一个新的地方开始了新的生活。

先找了个学前班上了两个月，然后在区里边一个镇中心小学正式上学了。起初都是爷爷早上送她下午接她，没多长时间我就买车了，这样就我早上送她，下午爷爷去接她。印象中一直到三四年级，后来是否是她妈去接她了，有点记不太清了。这段时间，爷孙俩也有一段美好的情缘，相信都是一段人生的美好，植于各自的心中。我每日送她时基本都是一早我先看首唐诗，然后路上车里时就教她，那段日子里她应该是学了不少古诗词的。课外提高兴趣的这类书基本上都是我买的，每本书前边我都写了一句话："希望孩儿成长为一位有文化、有思想、有知识的新女性！"到了小学四年级后，小孩儿就会骑自行车了，她个子也高，骑起来没啥问题，就自己要骑着车去上学了，离家也不远，之后就自己上学了。那时我觉着上小学无所谓，小学那点东西，划拉一下就行了，犯不着动多大心思非得要上个怎样的学校，上个一般的还接地气儿呢，还更能自小了解基础的社会生活呢。如果上个小学都得下多大功夫去学，那之后怎么办，还不把人累死了。这么着后来也许就疲了，就厌了，就没多大发展了，还不如小时学着玩着领悟着生活更好呢。于是就这么先找了个一般的学校让她上了，再说离家近，十几分钟的事儿，都省心呢。

　　小学这个阶段里，我常常是周末找时间带她出去玩儿，即使是忙也尽量挤出时间去。记得有一次我要参加个考试，倒是比较容易那种，我就带着她先去了考场，我说你在走廊等我一会儿，很快我就出来。估计考场不少人都还很不解的，来考试怎么还带了个孩子呢。考试二十分钟内不许离场，20分钟后我交了卷子走了，这种考试对于我太简单了，快速处理完了。北京周边能去的该去的基本都带她去过，风景区、游乐园、博物馆及各类馆等等吧，看了不少东西，或者是找一些好吃的带她下馆子吃吃，感受各种生活。记得那次带她爬灵山时，爬到最后一段时她有点累了。我说那你在这儿等我，别离开，我很快爬上去就下来。我上去即刻下来时，远远地看到她自己又往上走了。我赶紧下去迎上她，我说你自己怎么又上来了，她说她待了一下就觉得不太累了就又上来了。我心里还是很感动的，我说你要是上去我就陪你一起再上去，就这样我又陪她上去了。我们又一起登上了灵山峰顶，心中很是欣慰！

　　那时有机会时我也常带她外出，自驾去了上海等地，去了欧洲、印度，还随一些朋友去了川藏。另一次是乘游轮游了三峡，目的也是让她能增长各种见识吧。一段时间还带她去学钢琴，觉着她似乎也是不怎么太专注的，就当是增加些兴趣吧。还带她去学了一阵儿排球，觉她身体素质不错，也有个子，我原来也喜欢运动，希望她能有个爱好吧。结果也就那样，没啥太大心思。

时间还是很快的，转眼之间已经要小学毕业了。2005 年上半年我联系了几个学校带她去考试，结果总是因英语的问题未成。我有些不解，深入了解才知首先是各区选用课本就不同，其次更不可解的是郊区县英语 6 年级时是上到 4 年级水平，真的是要命啊！把我急得也是真够呛，怎么办，还得想办法吧。联系了半天，终于找到了一个只可考数学、语文的，还行，孩子考得真还不错，数学小百人的考了第二，直接录取分在实验班了。我终于可松口气了，可把我愁坏了！我总算是费了不少劲儿，孩子也争气，问题解决了，一个大事儿又过去了，放心了。

女儿平时的衣服基本上都是我买的，定期到商场看一下，集中买些，孩子在校时的穿着还是很有个性的，得体大方。记得毕业时学校要搞个活动，找个孩子弹钢琴伴奏。似乎那届班里还就她会弹琴，虽然学得太一般了，但也只能是凑合着她上了，孩子还是很高兴的！学校让穿连衣裙、皮鞋。我临时去买的，紫色长连衣裙、白袜子、黑皮鞋，深得学校认可，想孩子那天一定是很高兴的吧！事后我说你和学校要个照片吧，作个留念。小女孩儿还是不敢，那时我也是忙得脚打后脑勺呢，顾不上，这个事儿还是挺遗憾的，只能把美好留在记忆中了。

孩子办入学手续回学校取小学档案材料时，学校老师们还是非常高兴的，说我们学校你还是第一个上这学校的。很欣慰！

| 人生匆匆

　　这时在城里上学，她们就搬到城里住了，爷爷奶奶也先于她们搬回龙观那边去了，种种原因我与她见面就少了。不过我办公的地方离她们住的地方很近，车也是停在这边办公楼下，她放学回来后有时也会去办公室找我待会儿，我也还是常找时间和她一起吃饭聊聊。这个时间段一起出去玩的机会少了，初中生了，她自己有自己的生活了，也就不爱再出去玩儿了。

　　时光匆匆，转眼间两三年，又到升学的时候了，初升高。我对孩子的校内学习问题一直觉着没必要太关注，只要是她脑子不笨，基本上应该是不会有太大问题的，我也没想让她非得前几名才行，太死学了未必好。当然，若是稍用点心就可是前几名的话那当然是更好了，觉着她又没那想法，那就算了，差不多即可，要劲儿的地方来日方长呢。我平时更多的是给她一些思想上的引导，愿望是她能把握好自己的生活，自己的人生。考前两个多月模拟摸底考时，情况还真是不理想的，又让我着急了，啥情况呢？怎么办呢？搞得我真是心急得很！先摸摸情况再说，我晚上忙完去找她，我说把你的考卷拿给我看看。考试卷我都看了一下，我基本上明白问题是在哪儿了，前边基础题都没啥问题，问题出在了后边个别大题上。我心里还是稍微暗自庆幸的，这说明基础还是很扎实的，只是遇到绕的问题思考不够，缺思路，可解决。我说你各科觉着不会做的各找个题给我，我看看。看后我逐个给她引导了一下思路，然后她就明白了，我知道这事儿没啥大问题的。离开时我跟她说，你是不是想找几个怪题把我难倒了，那么你就觉得你不会就是应该的了呢？这家伙笑了！我说你这小伎俩差得远呢，老子下过苦功夫，你这该动的脑子都懒得动，还想难倒我，好好地先学吧！我明白她就是女孩子开始进入青春期了，心理上犯懒了，遇到问题不愿思考了。这样子，一个月我去了几次，断续地引导了她一下，问题算是解决了，中考成绩还是不错的。

一是那时户口有点问题，升学有麻烦，再是从我内心深处说，我是希望她出去读读的，开阔眼界，成为一个国际人。思想是决定人生的，我这辈子不可能做到的事儿，希望是托着她能实现了！我从一个县城里小地方的人，走向了省城，有了一个省城上的思想高度，然后又走出了省进了京，成了更高一层的思维。种种因素，自己再也无法走出去成为一个国际人、世界人了。我只能通过四处出去走走了一下心愿了，真正的达到那个高度也就只能是放在她身上了，愿她有个美好的人生！她的中考成绩还不错，上了人大附中国际班，入学成绩还是名列前茅的呢。三年的高中又是一瞬间，其间我也多次叫她一起坐会儿，聊聊，约她一起吃个饭。她有什么事儿也都是我去办，有时周末她也会来找我待一天，我也是尽力引导一下她。但总之是大了，她有她自己的生活，自己的认识了，尤其是女孩子，你不说不行，说多了也可能不行，再说我心里本身也是不愿太多地干涉小孩儿，不愿被太多地要求，太多地管着。因而有时我心里还是挺担心的，唉，越大了越操心啊！还是小孩儿时好玩儿，带着她干点这干点那的很温馨的，现在大了，心里顾虑多了，不知怎样才好，心里还是很忧虑的。

高中毕业申请了美国留学，学校不是太理想，但还行，国际排名还算是不错的。临出去前，我找了个不错的饭店叫了些处得确实是不错的朋友及家里人一起庆贺了一下，算是给她的一个成人礼了吧。愿她出去把握好生活，学业有成！

四年学业提前了一年，三年完成了，作为交换生又到意大利待了一年。毕业后又申请杜兰大学的研究生了，学校也还行，尤其是专业排名还很靠前的。一年后完成学业回国了，在国外求学五年多，应该是有了不少见识吧！

工作的事儿，我那年也是没少费心，最后一个事儿了，希望她能在一个好的平台上去发挥。当然，再好的平台也得自己能把握得住才行，不然德不配位了，可是要出大事儿的，台子越高会摔得越惨的。工作终算解决了，之后就是她自己的事了，人生的路终归还要自己走的，人生是个历程，自己的过往才是精彩，别人背着抱着你也就不知啥是过往了，也就没了自己的人生。

孩子长大了，我也彻底解脱了！

孩子的事儿我的确是费了不少心思的，做得应该还是可以的了。虽然有些事情确实是没办法做到，人生或许就是这样子，谁都可能会有些无能为力之事，如果啥事儿都行，也可能就不是个人生了，有些是需认命的，也就这样吧！我是个心思重的人，我有自己强烈的责任意识，该做的事儿必须去做，该自己担的就得自己担。发生问题时，那时我自己心里已经是很清楚的，孩子我自己是一定能养大的，我可以让你们，但绝不可有让孩子受一点委屈的可能存在。我付出了，我做到了，我也可以放心了！

孩子品性不错，是非常让我欣慰的一件事儿。不过觉着她性格上多少还是较随性，积极的心态不够，人生路上不去把握是会出差池的，多少还是让我有点不放心。路还是得她自己走，愿孩子一切都好吧！

1997 年至 2009 年这十年多，从开始进入一个新的领域 1 年多迅速奠定了初步的基础后，自己没有半点的松懈，抓住了这一社会迭代的新浪潮，挺立潮头不断地奋进着，不仅走出了人生的困境，可以说是取得了一些成功，自己有条件有能力可追求美好的生活了。

如果说进入社会在大同工作时的前十年是难耐、无助、彷徨、苦闷、焦虑、不安、消沉、痛苦、事难成、困惑、无望、沮丧、不知所以、难望西东的话，来京后这十年来则是欣然、暖意、坚定、沉着、信念、勇敢、信心、喜悦、业可望、执着、期待、美好、豁然、有成！这十年多太紧张、太充实了，几乎没有喘口气的时机，不停歇地奔着，生怕落下半步，丝毫不敢回头观望，过往的那种艰难是无法忍受的，不堪回首的！偶尔回大同时，过一个路口后的铁路线后就进入了厂里地界，伴随着过铁轨时车子的一震，我的心就不自觉地抽紧一下，一股酸楚就会冲上心头，难平复，无限的慨叹在心头。路是重走不了的，这段泥沼只能是沉积在心里深处了，不时地会涌动一下冒个泡，酸涩一下你的心，人生的痛！

这十年来我似个机器式地不停地转着，走向了属于自己的光亮，物质上、精神上都有了一定的高度，我可以欣慰了！

2021 年 8 月 20 日

参加张乔毕业典礼，该自己面对人生了，我也要完全放手了

不要过于自信忘乎所以地去做一些想象中没有把握的事儿，不然，也许会死得很惨。

再想爬起来，估计就不是个那么容易的事了，多数应该是百无聊赖地怀疑人生中了！

北南又十年

公司一个人出事了

2009 年，公司应该是到了一个平稳的阶段了，之后会怎样发展呢，似乎是还没有个清晰的去向呢！

还没有踏实地去想这些问题呢，不料事儿就发生了，公司里一位同事出事了。

这位小兄弟应该说还是挺能干的，人也不错，与我个人处得也还好。这个时候他来公司已经是有些年头了，不管他来公司前是干啥的，虽然也是没有这方面的专业知识，但这兄弟工作上是很勤恳的，悟性上也可以。为人处世什么的也可把握得住，从他来公司开始我就一直带着他处理各种事儿，时间一长他也就大致能明白了。后来还考了估价师，于是再后来，一些事情我也就常考虑好方案后安排他去处理了。基本上觉得可把握住，能按我确定好的思路实施了，还是能信得过的。

那两年，一个地方的事儿比较多了。从开始那边事情不多时我们就渐做起，经过几年不断地发展，事情逐渐多了起来，那边也习惯了与我们的合作，我们方方面面做得也认真到位，所以能让我们做的他们就尽量找我们做了，谁不想省心省事儿呢。虽然那时市场化竞争较激烈了，但您原来没看上的那点小果子酸毛杏儿啥的，现在长成了红通通的大苹果了，您馋了，人家树还不一定想让你摘了呢，人家也还想找个嘎嘣脆好牙口的呢。您一脏手就来祸祸，人家肯定是不愿意的，于是我们基本上就得心应手地干着了。事情一多就得有个人专门盯着，随时解决各种问题。他跟我的时间长了，基本上明白我的意图，也就安排他在那边了。每个事儿啥情况和我随时汇报，然后我安排好想出办法他去实施，总的说没啥大问题的。

我平常在公司的运作上还是很小心的，社会上各种诱惑各种的坑儿还是不少的。君子爱财取之有道，我们要通过认真地做事儿，把事儿做好了去赢得市场，取得公司的发展。歪的斜的不想、不做、不沾边，那样的东西吃下去肚子要疼的。不管别人怎么做，和咱无关，反正咱是一定不会那么干的。正正经经地把事儿干好是我们的根本，这也是这么多年我们能立住的基础。事情多了，摊子大了，怎么把控好公司人员的情况的确就是个问题了。对于任何人来说，你只能是形式上做好各方面把控，是不可能任何事情都能做到事无巨细地盯着的，他私下里弄些什么事儿有时还真的是难于完全控制住的。再说，人也是会变化的，今天他可能是会当回事儿，明天呢？后天呢？你再念叨再叮嘱再警示，也保不住他哪天就变化了。这的确是个问题，是公司发展的一个隐患。

公司一段时间内我还是心里有数的，我基本上心里清楚不会有啥问题的。因为这个时间段他们基本上还是把握不了这其中的事情的，即使是各自心里有点小想法，没那水平心里还是没那胆儿的。心里没底儿露馅儿就是必然的，那就是自己找死呢。但时间长了，干得多了，他们就多少知道点门道了，心里也就会慌乱些了！我也能感觉到一些苗头，我常是以各种方式说着，但终究也是有不胜防处的呢。

这位兄弟出事儿前的一段时间，某些方面我隐约有不可完全把握的感觉。因为他与我私交不错，我也一直叮嘱他，虽然与那边时间长了大家都很熟悉了，但做事儿上还得把握好原则，不可出啥差错，那样对人家对咱自己都是有问题的。再说，一定还是要明白我们究竟是啥身量，人家是啥身量，不要掺和人家的事儿，还需保持些距离，要敬而远之。一起做事，来往是避免不了的，但我们不沾人家的事儿，这也是我们应该的，必要的。不是所有人都有那个底蕴可把握住这些的，对于一些人来说，没那心劲，或者说定力不够，得意忘形了，也就忘乎所以了，出事也就是必然的了，这兄弟就这么着出问题了！

一天听说是区里一些人出事儿了，我知道他平时与他们来往比较多，我一直就有点担心的，怕他与人家走得太近了，受到什么牵连。于是就问了一下他，他说没与他们有啥事儿，让我放心。说您平时总叮嘱我，我操着心呢。这样，我也就放心了一些。过了一段时间，突一日联系不上他了。一了解说检察院现场把他带走了，我感到了一丝不妙，有些事儿也许还是没躲过去啊！没有人通知公司，让公司的人问了一下他家里的人，说家里也不知具体情况，只是通知说带走协助调查，具体事情不明。甚至家里还以为公司出了啥事儿牵涉到他了呢，没办法，只能等着。

　　我心里清楚这些事儿不可能不找公司麻烦的，迟早一天的事儿，静等吧。不做亏心的事儿，谁叫门咱也是坦然的。同时我也和公司其他人说了下，我说估计检察部门会深入调查的，那么到时不管找到了谁，希望大家据实说清人家要了解的情况，别顾虑这顾虑那地胡说。那时一旦一句话有问题，也许你就得十句话去找补，最后是怎都补不过来。结果是本没你事儿你也有了事儿了，大家事先想清楚，别怨公司没提醒。

　　该来的麻烦也许就是躲不开的，几周后检方通知我去一下。我按时去了，大致问了一下情况后，告诉我按要求的时间内准备好要查的资料提供给他们。准备好后及时给他们了，又过了一两个月，通知要查档案材料。我让公司同事将档案室门打开，随他们想拿啥就拿啥，我们全力配合，自己没啥问题有啥可怕查的，查清楚了咱不就放心了吗！之后又断续要这要那，都是要啥给啥，丝毫不含糊。其中公司还有几位也被叫去问话了解了情况，也许是我事先告诉了他们全力配合调查事儿，问什么当时什么情况就如实地说清楚，一切也都是比较顺利地完成了。这么着折腾了一年上下，基本上就算是落停了。传出的说法大致是这些事儿与我们公司及其他人没关系，事情本身是区里那几个人的事儿，我们那位参与了其中。我想既这样，那么这位应该是问题不大，没以公司名义出过什么依据，那他还能有多大问题？但又有说法是他参与了一些事儿，并且是从中受了些益。我心中暗思，这真是糊涂，成心是给自己找麻烦。你即使是与这些事儿有点关系，但你一定是不能就此受其益的，你没有任何好处那事情就摊不到你头上，你又不是政府工作人员，什么好处都没有怎么追究你呢！唉，脑子还是不够啊。好像是还不只是这样，说是他还拒不配合检方，似乎是要为其中的一个扛着，真是不知说啥才好。本来与他没多大关系的事儿，抗拒从严，弄你那还是个啥事儿。应该是检方很生气，问题很严重，检方要一起烩他了。我也是急得够呛，毕竟关系还是很不错的。但急又有何用，用不上劲儿啊。我和检方说可否让我见下他，我做下他工作让他配合调查，检方不同意。我想如果是我能见到他，能和他说说，估计不至于最后是那个样子的，可惜没办法啊！不久检方移交法院了，又过了半年多小一年，司法有结果了。扛不扛得啥用没有，反而是把自己也折进去了，都一锅烩了，他算是够冤的了。本来有事儿话也就是轻判下，结果他也是一样被端了，自己弄灭了自己。

司法结果是他参与了其中，并因此受了益，参照公职人员情况处理。所有事情均为个人行为，与公司无关。

还好，还算是脑子没糊涂到把公司牵涉进去，做什么事儿还算是有些节操吧。不然，如果是以公司名义去做了啥，那就算是给我彻底挖了一大坑，就是把我也就坑死了。还算是有良心，知道底线是不能过的。事已至此，只能是自己的事儿自己担着了，谈不上恩谈不上怨，谁也不愿出事儿，出了就都得去面对，得认。

前后折磨了小两年，已经是2011年了，觉得终算是麻烦事儿过去了吧，安静下考虑正事，继续前行吧。不想"好"事儿才是刚开了个头，戏还在后边呢！

刚消停了点，那地儿第二波潮又起。又是查涉及的一些项目，我们一如既往地积极配合，要啥给啥，问啥说啥。上次是市高检方查案，这次成了区检方了，也许更大点的机构相对更为正规些吧，越是小的地方可能是水平没有那个高度了，把握不了就成了任性折腾了。好家伙，没完没了地弄呢，今天是这，明天是那，想起怎弄就怎弄，似乎是有没完没了的势头，像是非得给你扣顶帽子不可的样子，不是一个实事求是的态度。管它呢，爱怎就怎，反正是心中无事天地宽，候着它就得了。一次是真有点过分了，正在高铁上让我下车。我说没问题的，你们让它停下车行吗，停了我就下呗，真的是过分了。回来后我去了，又是没完没了地连审，几个人轮着来，夜以继日地。这时我急了，我说我是嫌疑人吗？如果是那你们先抓起我就是了，如果不是，你们这么着干违法吧？如果继续这样子下去，好吧，除非抓了我，否则我出去就找说理儿的地方去。这时一个领导模样的看出不好收场了，连忙道歉，说那您今天先回吧，有啥事儿再联系您。经过这么一场后，总算是事儿有点安定些了。前后脚又折腾了一年多了，其间市中院、区中院还有两事儿也是要协助调查了下，衙门多啊。

　　似乎是该找你的都找了，该弄的都弄了吧！想得简单了，还远着呢，看来被泼了一身污后洗刷掉还真不是个容易的事儿呢！司法系统算是结束了，大刷子一通呼噜后说是干净了，没你事儿了。咱正想消停下呢，不想这中刷子又砸上来了，行政部门又要找麻烦了。人家倒还行，至少说没乱来，说是司法有结果了，与你们公司没关系，是其个人行为。但这个毕竟也是行业内影响不好，我们还得对你们惩处一下，最后，以我们存档资料不规范罚款几万了事儿，好吧，消灾吧。

　　中刷子又给洗涮涮了一下，不还更干净了吗？还是不行，放大镜下看似乎还是有点痕迹呢，小刷子也不甘心，也是要上阵来练下你呢。行政处罚一个多月后，娘家协会通知去，我想难道是觉着咱受委屈了，娘家给咱宽宽心吗？又是想多了。这娘家不咋地，像是要帮着外人剥咱层皮儿抽咱筋呢。

　　按通知时间去了，本以为娘家人桌子不舍得放点水果啥的，也得放点小瓜子吧，咋也得摸摸心给顺下气吧？不想这娘家人是更狠，不只是没准备点好吃的，桌子上是污血一盆，摆着小刀、大刀的，明晃晃的，看着快着呢！看来不是好事儿，是要不仅泼污剥皮抽筋，还要动大刑要人命了呢。这一下倒使我心横了一下，沉着了，好吧，既然这不是咱娘家，比婆家还狠。那好，今天要是爷不掀了你这恶婆桌、砸了你锅，那咱不算是爷。共三个公司，行刑人宣布战事，挨个说了罪过，然后一句当斩，我们三家资质被降。好的，恶婆真的是心狠要命呢！都说完了，我说那好吧，我受刑前喊几声吧。我说没问题的，原本想是孩子外面受委屈了，娘家会替孩子理理气安慰下呢，不想娘家也是"正"得很，要食子为快呢。那没事儿，有依据讲道理说法治就行。另两家事儿咱管不着，那么处理我们依据在哪儿？司法判决明确是个人行为，与公司无关，行政处罚我们是档案不很规范，那协会处理我们依据哪条哪款呢？没有就无凭无据地处理，那你们不是我的娘家，比恶婆还恶，我就只有上部里找真娘家诉苦去了。这时桌子已经是掀翻了，就差我抡锤砸它锅了。一位与我平时不错的协会成员就为我出面解围了，说人家说得没错，他们公司是公司人员出事儿，没有任何一个法理依据是与公司有关的，我们反而变本加厉地戕害人家，显然是不对的。不仅是伤了我们这个孩子心，别的孩子们还看着呢，今后我们还咋做人呢？这么着我们这个家还要吗？我们可以处理犯事儿的个人，不能瞎处理人家公司啊！

事情这么着结束了，本想怎么也得灌我几口孟婆汤，不想是我吐了他们一脸完事儿。另外两公司被"斩"，我们只取消犯事儿个人的从业资格。

2011年司法案结束后本想是可以安定了，结果又是这又是那地调查协助，我就渐有了停做这个行业的念头。后行政上又介入，协会也是不知好歹，这些事情加起来也就基本上促使我下了这方面的决心，可以到此为止了。

我还有必要再在这个行业耕耘吗？我已经是开了花，结了果儿，甚至说是摘了不少蟠桃了，我还需再为了树上那些个酸毛杏儿再去风吹日晒着经那些风雨雷电吗？没这个必要了吧？再说不管咋说自己还是小坑里闪了一下脚，心里还是不舒服的，为了那些个毛头儿小利再跌进别人的坑里去，那就真的是倒了霉了，谁知道别人会挖多大坑儿呢！你再上心再机灵，马失前蹄有时也难免，站不住了别人怎么下手那可不好说了，小心为妙，远离吧。大不了再尝试一下其他事儿玩玩儿呗，人生中有很多可去欣赏的呢，何必被吊着。好吧，别给自己找事儿，田地上也坑坑洼洼的了，也不要给别人有顾虑，放手。

2011年始我就不再联系业务了，基本上断了与外边的联系，自残。

我与公司他们说，公司目前情况已经是不合适再发展了，我也不便再去联系什么。公司出了这些事儿，外部多少会疑虑我们是否还能有效地解决问题，毕竟是谁都是不愿沾麻烦的，我们还是不打搅别人为好，这些事儿想和别人解释清楚了不是那么简单，还是自己收了吧。你们自己如果愿意联系什么事儿你们自己可以去联系，如果自己做不到，那就先维持，完成现有手上事儿，再不行了也可清下之前的账吧，公司过日子应该是没问题的。

这样公司又将就了两年多，看着他们自己也是没那个能力弄下去的，似乎也没了那信心了。我说如果大家真觉得做不下去了，那咱就彻底停止，各自另谋他路吧。大约是2013年年底，公司停了。

2013年初，我让他们通知原来一些还未彻底完成的项目的合作方，我们资质将被取消，有什么还需我们出具的东西务必在什么时间前提出。否则，我们将再无法提供。这样在一个时间段内我们彻底了结了这些事情，给不给钱无所谓了，基本上也多是政府部门项目，难与其讲清理儿。今天这个还管事说说还行，明天换人了，还管吗？基本上就是各种推了，再往后再换人，连庙门也找不到了，只能是算了。没必要计较，有些事情是计较不了的，这些是需要自己明白的，不能难为自己。

该是我和这协会叫板的时候了，现在不是你降不降我资质的问题了，而是二爷不再理你那些了。你们这庙太冷，没啥人情味儿，还动不动家里吹个冷风，寒着人心！咱不待这儿还不行吗，咱找个暖和地儿多好，为啥一定要受这气儿呢？事情都处理停当后，2013年年底，一纸申请退出协会，不再资质年审，俺们不干了。协会有点傻眼儿，没见过这么干的，不理他们了，他们是干愣着没法儿了。

一个历史阶段的终结，我退出这个行业了。事情终会有个了结的，也许是到了这个了结的时间点了，顺其自然吧！

其他尝试

2010 年下半年，与大学几个同学一起做了个公司，机械行业类的，想在这方面尝试下。

2007 年大学同学聚会，那时我已经做得有一定的基础了，许多同学在我们大学专业方面也是很有成就的，我就提出来是否可考虑大家一起创办个公司，有这方面优势可利用起来，若能干成点事儿也是挺有意思的。

2010 年借助一个同学的契机就想着先有几个同学筹划起来，若能起步再在各方面寻求发展。他当时的问题是应该能有事儿做，只是他没有资金的支持，难以支撑。另外两个同学也是没有正经合适的事干，这样就 4 人先组建公司，我负责资金方面的问题，钱都是我出的，明确具体事情他们去运作。当然，可能的话，如果需要我也可以尽力协助。十几年来我一直在尽情地干着，我自己已经明白再在一个新领域全心地去努力，我一定是做不到了，无论是精力上、心理上都不可能了。况且原来我在我们专业上从未涉及过，深入进去是不可能的事儿了，我只能是出资金，希望他们能抓住机会好好干，发展起来。毕竟人生已经走到这个份儿上了，一直没个啥起色，如果再不抓住机会拼一下，估计他们人生路上也就再没可折腾一下的机会了。

公司形式上我只是股东，资金量也不算小，应该是有那个能力可以折腾一下的了。第一年只是以那兄弟原来的基础做了点小事儿，我感觉没啥起色。为啥呢？也许是有的心思没在这上边，有的只是自己的小心思，或许也是没那个思路与能力，甚或是勤恳。那就第二年再看看吧，接着仍然是那个样子，公司成了个形式，没有肯干

胖哥 办公司时一位好老兄

京城的几位师兄弟与到京的明生兄袁头儿（右后1）

这个照片拍得不错　与师兄的几位发小绍兴游

一番的心思及样子。2012 年又要同学聚会了，先将就着吧，到时再没有个发展方向就再说吧。

2012 年同学聚会结束后，也还是没个啥新思路。一起再议时我说如果目前还是没有个实际上的措施，那我先找点事儿你们先干着，这样至少是公司可先维持着。然后你们得尽快着手，不然这么着一定会有问题，起不了步那什么事儿也干不成的。一个朋友在山西有个开发施工项目，我协商了一下，我们可以先给他们供料什么的，我们也可明确地挣点小钱儿维持公司。我提出这个建议后，不想三位意见一致地说不干，认为这个只是挣小钱儿，不干。他们等着干大事儿呢，至此，我基本上明白了我们为啥干不成事儿了。小钱儿不愿挣，嫌辛苦，大钱儿挣不了，没那本事！我说，好吧，那我就退出了，你们愿意接着干就自己干吧，到现在为止所有亏损归我即可，咱们的事儿到此为止了。

账面亏约六十万元，还有应收款四十万，我以亏一百万元整退出了，结束了这个事情。

2009 年到 2013 年这五年里，实质上没做多少事，更多的收获是对社会的深刻了解与认识。其实也是一种收获，从某些方面说甚至是更为重要的！司法的调查使我心里更清晰了有些事儿是不能沾上的，出了问题就得不偿失，需要自己任何时候都必须头脑清醒，不能给自己找麻烦。宁愿不做了也需远离这些的，况且自己已经是该做成的做成了，犯不着再去提心吊胆了，是时候停下来了。行政上的处理实质上就是给你再在该行业的发展找些麻烦，让你知难而退，也就不如不再费那劲儿，消除那些麻烦不是个易事的。

我与协会一直谈不上近，但一定也不坏，我不招惹它，但实际上我对其还是有些看法的。这本身应该是个行业自我的组织，应该是关心大家保护大家权益的娘家，实际上改革开放后这类组织呈现出了一种行政机构分支的角色了，成了行政管理大家的抓手。也相应地变成了某些人借此保护自己利益甚至垄断行业的手段了，应该是很让人不齿的。希望随着社会的发展，这类组织再不要挂羊头卖狗肉了，而能起到自己应有的作用，相信大家终有清醒的那一天的。

与同学们一起做公司是我尝试着去另辟一些领域的起步，这个事儿未做成使我深刻地明白了如果自己不可能全身心投入的事儿，不要去做。任何事情的成功都是在这个事情上百分之百地各方面地投入才有可能，想当然地觉得别人可以做到那必然是做不成的。否则，盲目地去做就是在找死！你以自己的认识想当然地去想别人一定是有问题的，你觉得是常理的事儿也许在别人来说不是那样的，切不可想当然，那是要出问题的。自己对事情没有完全的把握前是不可去做的，做不成的，世界上的事儿说到底了都是有其道理的，穷有穷的命，富有富的理儿，有果都是有因的，事情不可想当然地去干。这个事情自己虽然是亏了一些钱，但对自己来说一是了结了一个心愿，总是有既帮了别人也干成些事儿的想法。再是这个学费太值了，使我心里彻底坚定了不再想去做点什么的念头了。遇上真的机会了别放过，当然那还是在自己有精力有心力有把握的前提下，没有啥时机就千万不要再瞎想了，那样不慎的话会闪死你的。有多少英雄好汉自以为是地就干死自己了，有没有想东山再起呢，那是太小太小的概率了，多数都是叹息中做着大头梦的醉生梦死了。当然，能醉也是很庆幸的了，大多也许是连醉的资格都没了，还是很惨的呢！我不会这样子的，这个学费让我彻底明白了，我再没有啥想法了。后来有人觉着我这么年轻就放下了，就退出了，似乎是挺不可思议或者是遗憾的，都说还年轻再找点事儿干干吧，我都是笑笑不言了，我不干了！

我真的是啥想法也没有了，真的是啥也不干了吗？那倒也不能这样说，我是不傻干、不蛮干、不不值当地干、不没完全把握地干了。我要冷眼看世界，要用自己的智慧看待世间万物了。

2014 年后

我要和自己妥协了，我要去寻找自己去了！

2014 年开始，公司业务停了，我就再不去公司了。我要让一切渐渐地消停下来，包括自己。我要找到、回归自己的本原了，愿自己出走半生，归来仍是少年！

事儿是不干了，可事儿彻底消停下来似乎还得一段时间。断续地不是这儿冒水了，那儿荒草多了，就是啥啥的又不清楚了，林林总总的吧。总之就是找你还是想给他们解决些问题呗，我是尽可能，能说清楚的就尽量说清楚，不可能再解决的就直接说明白，就是解释、支应，等等。反正公司是干不了事儿了，再出啥不可能的了，事先也通知各家了，真的是有啥事儿也是自己想其他办法吧，我们是无能为力了。这些事儿不干后第一年，2014 年还是不少的，还是够烦人的，但也是没办法的事儿。有始有终，该说的还得说，该说清楚的还是要说清楚的，那阵子也还是很头疼手机响的。原来干事儿时响个不停的手机不再想听它响了，希望它也是静静吧，想静静了！

断续一年多，到 2015 年后期渐渐好多了，渐渐地就算是消停了，停了。终于可喘口气，静静了，人生过渡到了一个新阶段了！

归来仍是少年，那就先从体形下手吧。多年的出走那还顾得上自己是啥样呢，身体已经不是个事儿了。不仅是外貌，内在也已经是很不堪了！我是个不惜力的人，干啥只要是上心了，就是忘我地干了。也还亏得身体原来底子的确是好，小时候练运动，大了也爱运动，基本上是没停歇了。否则，估计早趴那儿去了，再好的底子也经不起不断地转。实际上身体这个时候已经是撑不住了，该是好好调整一下了。

没啥事儿干了，就好好地锻炼身体恢复身体吧，身体才是革命的本钱吗！开始学打球，学打高尔夫。觉得这是个好运动项目，不像跑步那么枯燥，环境还不错，关键是自己就可以玩儿啊，不像其他的，你就是打个最普及的乒乓球，那你不还得找个人吗，自己怎么打，打过去回不来啊，自己跑过去接也来不及啊！这个好，这个打完了找它呗，接着打它呗，自己想怎么打就怎么打，想打多少杆就打多少杆，尽兴地打呗。好家伙，不想这下可又掉坑里了！

这运动项目看着似乎很简单个事儿，开始学时想这还是个啥事儿，就凭咱这运动底子，比画比画不就可以了，不就想打多少杆就打多少杆。可是真的是想得太好了，没想就是个大挑战，至今算算大致也有六七年了，似乎是连个门儿还没入呢，真的是气人得很呢！

这个项目是所有运动项目中难度第二大的，第一是棒球，棒球是击运动中的球，高尔夫球是击静止中的球。看似静止的易些，其实基本上是一个德性，总之太难了。

前两年练得还自我感觉挺良好的，实质上门也没摸着，就是凭蛮力在干。好处倒是锻炼了身体了，可没少出了汗，问题是始终是

　　也曾打得够远，北辰 12 号洞，短 4 杆洞，一杆跃过大树旁土坡，开到果岭前

还是不会打，只是弄了个球感而已，有一杆没一杆地打着。还想打几杆打几杆吗，结果是不想也得打，想打少了是没门儿了，打多了倒是没人管，只是自己很生气呗。生气也没用，还是练吧！每一个运动都是有其发力的原理的，原来不明白，逐渐练后就知道自己做的是否是那样了。

高尔夫球挥杆是项身体不平衡的运动，其挥杆的发力是核心力量的生发。刚开始时是根本没有这种感受的，只觉得是一挥得了，可不是那么着呢！我小时练过田径，打过篮球，都不是核心转动生力的运动，尤其是径赛，更是多需要保持核心稳定的。篮球基本上也是那么回事儿，这就自然形成了运动习惯的矛盾！这个运动是投掷类、举重类、足球类、乒乓球、网球类等的运动打这个球相应有天赋，当然，棒球更是了，这些运动都是核心转动发力的，相应地对照下就可迅速上手。径赛、篮球就不行了，刚开始很不解乔丹、巴克利这等顶尖球星怎么就打高尔夫球很一般般呢？实在是不解得很，后来才逐渐明白。NBA 球星印象中就库里打高尔夫不错，不知何故，也许是小时就开始学了吧。

两三年了，才知道这么着打是不对的，是不可能打好的，只能是改动作重新开始了。可问题是你就从来没有这么发过力，你始终感受不到究竟怎么着才行。又是一两年，共四五年后才发觉干脆就是不会打了。原来使蛮力打时偶尔还觉得打得挺远的，这倒好，正确打不会发力，原来那么打似乎也不会了，干脆不知该怎么打了，越打就越打不远了，很是纠结，甚至是灰心得很。实际上是我渐渐地明白，原来就没有这么运动过，就没有这方面的肌肉运动储备。另外是实质上归根到底是年龄大了，身体僵化了，已经是没了柔韧性了，你想着是要转身的，可身体已经是不听指挥了，骨头硬邦邦

球童小姑娘们很朴实，柬埔寨
的社会文化还是很温和善良的

重庆一球场挥杆

架势还行

的听不了使唤，轴着呢，转不了啦。况且是原本也没这么转过，现在才想起来要这么干了，身体早已经是僵住了，这可怎么办啊！

冬天里室外打球活动就太冷了，也不能总在家里吧，是个问题。海南冬日里还是很暖和的，有不少老年人是去过冬的，北方冬天打不了球，也有些人过去打的，萌生了想去看看的念头，冬天里总得找个能干的事儿吧。2014年冬天去了次，从海口入岛一直到了三亚，觉得确实还是不错的，似乎感觉一个岛南北也是很不一样的。2015年冬又去了一次，又去感受了一下，基本上确定要在海南买个房子，冬天里想去时去待几天。海口还是有些潮有些凉的，还是三亚好些。三亚的房子还有些贵，尤其是好点的房子更是，选一个合适的也不是那么好办的。这两年冬天里室外活动又搞得胃受凉，情况很不好，于是决定要尽快办这事儿。2016年春节后，有一个机会，觉着还不错，就去看了后下手了。还不错，环境很好，很舒心的，只是小了些，想着仅偶尔去一次，没必要弄大的，这样的小房子还好打理呢，不在时放心点，今后冬天里就可以去了。

2016年冬11月冷了后去海南了，确实是不错，三亚的气温基本上是很恒定的，二十五六摄氏度上下，高不过30摄氏度，低不下20摄氏度，舒坦。2014年开始打球后也逐渐控制体形了，那时做事儿顾不上，一天天吃吃喝喝的，运动也不够，再后来身体负荷大了，代谢上也有了些问题，身体也就不成个样子了。想要归来还是少年，那不削上些肉肉儿是不可能的了，经过两年的控制，体重基本上凑合了，从180多斤降到160斤以下了。但体质似乎还是很一般，还是没啥大变化的，2016 年到三亚后就接着锻炼吧。这年在三亚住了有 4 个月上下，中间回来转转看看。原来是担心在三亚不一定能住得惯，总的感觉还是不错的，至少说是暖和吧。我的身体也是多年的折腾后代谢有问题了，怕冷，这下就好多了，总的说，这一年感受了一下，挺好。想是以后就可以这么着了，咱也候鸟生活吧。别人笑话就笑话吧，似乎是年纪还轻不应该就这么着的，管它呢，瞎高兴吧。

2017 年冬天就去得早些了，十月下旬就去了。诱惑还是很大的，暖和，户外舒服，吃的东西也很新鲜，着实是个好地方，好好地住着吧。

四五年了，球是越打越不行了，我知道是身体的问题了，先调整身体吧。没有一个身体的基础，那是不可能会打的，打就是瞎打。2018 年冬天到三亚后，我就开始跑步了，从开始只能是坚持几百米，到 1 公里、2 公里，后来基本上跑个三五公里算是常事儿了。到最后有次是一口气跑 8 公里多点，回程一半跑一半走，总计跑、走结合是 16 公里多。我跑步的配速还是可以的，毕竟以前是练长跑的，慢了就觉得不是跑步了。那时练得跑个三五公里配速基本上是在 5 分 10 几秒不到 5 分半间，我这个年龄这个速度也行了，身体调整有点样子了。

2019 年，回京后一边跑步，一边逐渐感觉身体需要柔韧性及力量性的锻炼，否则仅是跑步是没用的。这样 2019 年再去三亚时就着力锻炼了，折腾了一年多后身体形体看着也是有那么点样子了，打球似乎也找到点感觉了。接着慢慢地练吧，希望能够练好了！

2009 年后到 2019 年这段时间里，前五年基本上是应付社会各种事了，后五年就是身体的调整了。时间还是过得很快的，尤其是后五年北北南南一转眼就没了，恍惚间又是十年！

在京时我还是有很多朋友的，中学同学、大学同学、原厂里来京的一些兄弟、行业内朋友，合作方朋友、政府中的朋友、各种至交等等，都给了我不少帮助的，就不一一赘述了，在此一并感谢，愿兄弟们一切都好吧！

2021 年 9 月 1 日

第六部分

岁月催人老

走着走着就老了，青春一去永不回，往事只能回味！

岁月催人老

2019年年底最后一个月，一个不错的兄弟走了！

2019年刚过，我的"大黄"走了！

阴历的2019年要过去了，就要迎来新年的春天了，疫情来了！

生活似要停顿下了，转眼间，自己觉得走着走着就老了！

这年冬天里在三亚时竟然偶有感冒，小感冒了几次。

2018年加强了身体的锻炼，开始跑步与健身。开始时总有劳累之感，想是可能是自己惰性之因吧，就尽量坚持着。

跑步是从开始跑一千米，到两三千米，之后五公里是常事儿了。这样心中渐有了继续坚持下去决心，甚至考虑是否跑个半马拉松啥的呢！

健身也是在坚持着，卧推、引体向上、深蹲强度也是可以些了，身体稍有点样子了。

总想着不断地加大些运动量，后来渐觉得难做到了。跑步量加大了，健身就做不了啦。健身强度增加了，跑步就不行了。基本上可以说不是自己心里懒惰，而是生理信号明显了。如果心理上咬着牙硬上，不是不可以作，可以。问题是接着的便是第二天的肉体躺平，明显的身体不能支应日常的消耗，身寒感冒的前奏明显了。应该是身体的新陈代谢慢了，生理机能衰弱了。不得不面对一个清晰的事实——开始老了，灵魂再不服，肉体不给力了，需得妥协了！

2018 年年底，看到有一位在即将入冬时节从太原二百多公里步行走回老家的记述，一路上做着苦行僧般的冥思。甚为感触，忽起念，年后回京后我也来这么一次，用个两三天时间，一天一百公里上下，来上这么一次，算是自己最后的致青春吧！起初想着是采取跑、走的形式，后来又总觉着可能不行。一天也许是可以，两天似乎是也可坚持。问题是小三百公里，怎么也得三天，第三天呢？估计难。踌躇了一阵子，豁然开朗。我也可以加上骑行啊，这样一天跑、走个三四十公里，骑行个六七十公里，不就可以了吗！也许第三天很累，但估计还是能坚持下去的。就这么办吧，大不了找个兄弟开车随着，把自行车放在车里。跑、走累了就骑呗，觉着这样可行，心里便释然了。

2019 年春回京后，接着跑步练习。想是为了行动做准备，可身体状况总是觉得难给力。强度加大了身体就掉链子，心理挣扎中。再加上因之前身体受寒还在缓解中，不料 2016 年冬日里没注意又引起了肠胃的虚寒，总是在隐隐地折腾着，心里恍恍然。那就等天气热起来吧，那时应该是肚子会略好受点吧，身体可能会容易支撑些。坚持了一段时间后，渐渐觉得这个事儿可能是难行。意识上觉得如果坚持，应能实现。可问题是这么着身体消耗确实会很大，会不会完后自己就给累趴下呢？那样子身体再恢复起来估计就不是一两天、三五天的事儿了，没个半把月，一两月可能是不行。更是真累过了头儿暂且恢复不了了呢，那实际上就耽误自己锻炼强壮身体了。如果真是这样，还真有必要这么做吗？自己经历的已经是不少了，其实心里该明白的已经是明白了，是否还需再做这番付出呢？心里犹豫不定中！

转眼夏日将过，秋叶要黄了，终还是未成行。那就要么再放放，再提高一下体能，等来年再干吧！2019年年底，新冠疫情来了，生活变了，世界似乎也变了，许多事情也就过去了！

一次看到李娜的一段文字，颇有感怀！

李娜：

"每次我回忆起少女时代的往事，感觉都像是灰色的，没有像别的女孩子那么轻松、那么美丽、那么罗曼蒂克。那时的我倔强、忧郁，坚硬得像块石头。清寒艰苦的少女时代的记忆，或许将会深入骨髓地伴随我走一生吧，不管之后多么富有、多么轻松，那个努力攒钱还债的女孩子始终盘踞在我心中，挥之不去。她影响我的程度，也许比我以为的还要深一些。"

借用这位网坛巨星的这段话，我改编一个自己的感怀！

"每次我回忆起少年孩童时代的往事，感觉都是灰色的，没有像别的孩子那么轻松、那么激扬。那时的我倔强、忧郁，坚硬得像块石头。清寒艰苦忧虑的孩童时代的记忆，或许将会深入骨髓地伴随我走一生吧，不管之后多么富有、多么轻松，那个需努力拼搏，求生存改变命运肩负重担的男儿始终盘踞在我心中，挥之不去。影响我的程度，也许比我以为的还要深许多，抑或是一生！"

贾平凹先生说："大凡世上，做愚人易，做聪明人难，做小聪明人易，做聪明到愚人更难。

　　当五十岁的时候，不，在四十岁之后，你会明白人的一生其实干不了几样事情，而且所干的事情都是在寻找自己的位置。

　　好多人在说自己孤独，说自己孤独的人其实并不孤独。孤独不是受到了冷落和遗弃，而是无知己，不被理解。真正的孤独者不言孤独，偶尔做些长啸，如我们看到的兽。"

　　我的童年处在了一个社会动荡的年代，自己的性格又有些敏感，父母的情况又是处在一个不太被社会接纳的处境中，就体会了太多的人间冷暖，形成了我内心深处过于孤独忧虑的情怀，难以自拔。

　　终还是赶上了世事的变化，自己可以转变命运了。但究竟还是岁月的耽搁，有着一些难以弥补的缺陷，考学未能称心如意，涤荡了一些心尘。

　　进入社会了，可我们原本就是社会中的弱者，不具备那种挥斥方遒的准备，人性简单地下不了那个大染缸。再者，客观上说自己确实也不是人家桌上的主料，自己的专业并不是人家的主业。作个配料吧，自己还不会主动地配合好，成了废料也就是自己的必然了吧，命运又未济。

　　都说，家是港湾，可我已然是一身轻了！

　　无奈下，自己只好了断一切孽缘，毅然跋山涉水社会中飘荡了。

　　我是一个勤恳的人，可以说我不知道苦是什么，我能奋力地拼下去，这是我的长处。相对地说，我脑子也还算得上是好使，有着较强的悟性，干成个事似乎不是个多大的问题。我内心是很善良的，为人真诚讲信义，社会应该是会接受一个好人的。这些使我具备了独自干一番事业的基础，我抓住了上苍恩赐我的一线生机，我坚持着，坚持着，走向了光明！

如果说孩童时代是倔强、坚硬、晦涩的，其实自己在青年这个时期是更艰难。高中时期的苦涩，大学中的不如意，工厂时的艰难困苦，最终还是深深地刺痛了我，我迷茫了。痛苦中华山论剑一条路，最终走到了死拼的路上。自己奋进的那十年中，真的是失去了常人的生活，只知道干着，机器般地转着，只差把自己吞噬掉了。说句常人难解的话，那阵子我几乎不知道啥是生活，是不是该吃饭了，该睡觉了。我会走路吗？好像是不会，因为那时我基本上都是一路小跑着的，跑着赶这个，跑着赶那个，我终于跑出了沉沦，跑向了生活。

庆幸自己一身创伤还活着走下了战场，一段时间里其实还是身子紧张着，松不下来，时常是听到了跑步声，听到了号子声，不敢松懈。直至今日，身心基本放下了，但即使是小事儿，我都是筹划细致中。即使是约个事儿，约个局啥的，无论与谁，我从未迟过半分钟，心理已成了定局，创伤！我就不能迟到下吗？我就不可失个约吗？我就不能忘个事吗？心中的固有在说你不能，现在的自己开始说可以的了。我不能再残害自己了，我应该可以散漫些了，放松地好好活着。

一度停下时，也有许多知己不解，怎么了？

我有着一些真能干成一些事儿的因素，于事执着、忘我、吃苦、耐劳，脑子还算够用，基本上多琢磨会儿总能把事整明白了，与人仁、义、信、诚、不计较、见识够、悟性有，这些方面集聚在一起可以说能干成事。可我身上的确也有着难以逾越的问题，自己内心确实是过于善良了。自己做事那些年，困扰我的不是事情上弄不明白，关系上处理不善，更多其实是公司管理上总磕绊着。实话说。我内心中总希望大家能把事情想明白了，有问题可以探讨，我可以侧面规劝、提醒等等。但实际上，这一切也许只是自己的愿望，人品上、社会意识上这些也许都是自身的善良意愿而已，没用！所以，做公司的那些年，人事上总是这样那样的，按下葫芦又起了瓢，困扰了我，又无所适从。管它呢，自己干就得了，我能做到领着一群羊在市场上在社会上干成是一伙狼。我独当着各面，技术知识上、社会处理上、业务难处上，我都一马当先拿下，事儿终于是干成了。

那么，接下来呢？我还要再转战战场接着拼吗？如果是，那可以说基本上还需我全身心地披挂上阵。那么，结果应该是明确的，如果是自己做不到这样，可以说难有胜算，干自己无法把握的事，十之八九是惨败！那自己上阵呢？自己还能上得了吗？可以说，做不到了。那些年的打拼让身体基本上耗够了，再全身心地做是做不到了，强努可能行，但，也许就把自己拼没了。

自己还有必要那样吗？应该是没那必要了。

这就是我彻底放下的真正原因，干不了啦，不干了！

"百年世事三更梦，万里江山一局棋。"

凡是过往，皆是序章！

我要大把地虚度时光了！

我们从哪儿来？

脑洞一下！

光速 30 万公里／秒，地球到月球 1 光秒，到太阳 8 光分，到海王星 4 光时，到银河系最近的恒星比邻星 4 光年，夜空中星光灿烂的肉眼可见的恒星多为几千光年，到银河系中心人马座 A* 几万光年，可观宇宙 130 多亿光年。

那么，我们在哪儿呢？

我们银河系中恒星太阳的一束光照到了我们身上大致需要 8 分钟，也就是说，暖和着我们的这束光是 8 分钟前从太阳上投射到我们身上的。我们的星球及其他几大行星金、木、水、火、土啥的，都在依着太阳这个恒星转着呢！

我们到哪里去呢？宇宙一切归零沉寂了，孕育于新的光明中！

我们呢？每个个体或是群体，应该是一样的一个路数。我来了，耍了耍，又去了。尘归了尘，土归了土，厚薄中都是个人生！

我们是同一个世界吗？似乎是，似乎又不是。广义上是，狭义上似乎又不是。客观上可以说，我们应该是生活在我们各自的一个世界中。我们看到的、见到的、想到的、认识到的，做到的，是一个世界吗？似乎不是，这些都是在我们自己的一个世界里！最接近我们的是血缘了，我们生在我们的家庭中，长在我们的家庭里，可我们真的理解、明白我们的父母吗？估计是没一个人能答是的。我们的兄弟姐妹呢？我们的各种长辈呢？小辈们呢？我们也许是有时聚在一起，一起吃一起喝，可我们真正的意义上还不是在自己的那个内心世界中吗！我们也会有朋友、有同学、有战友什么的，可我们这些关系又有多少交集呢？甚至说没有！我们又都各自看到了山，看见了水，望了星空，可我们看到的又不都是自己心中的那方天地吗？我们生活在各自的世界中，若能互相间有些交集有些碰撞，便是幸运与美好了！我们顶多是搀扶一下，慰藉一下，欣赏一下，望一望，观一观的。独自来，悄然去，珍惜可能的缘分吧！来世，如果有来世，还能相遇否？

生活又是什么呢？我们来了，我们就得生存。我们宣告了自己的到来后，睁眼看到了世界，我们以为这个世界就是我们的。我们以为我们自己是最好的。可到头来我们一点点地才感觉到这个世界不是我们的，我们只是在自己的一个小世界里。我们不太好，我们不好，我们还是成熟了。也许这一路我们走得还算轻松，也许磕磕绊绊，也许是头破血流，也许……也许还有也许……一切都是自己造化了！

人生的意义是什么？真的有意义吗？有句话说："活着就是个虚无的事儿！"一个电视剧里有这样的一句话："活着要做有意义的事儿，做有意义的事儿就是好好地活着。"够绕的！人生真的是有意义吗？似乎人生是本无意义的，有意义的是赋予一些有意义的事儿。还是挺绕的！是否可以通俗地说，活成自己想活的样子就是有意义呢，也许吧！看到过的一句话是，人生之意义是有情之世界！想想可能是确实如此吧，可能正是世界上的各种情各种义，才使世界温暖了，有了温度。不然，只是一个冰冷的物质世界，有可恋吗？亲情、友情、爱情等各种情，正义、信义、仁义等各类义，兴趣、情趣、乐趣等各种趣，是否才是这个世界的光芒，人生的意义呢？也许吧！还是那句话：无论厚薄，都是人生！

尽量让自己活得充实些吧，也算是有点意义吧！

修身齐家治国平天下！

治国平天下，别说是现在，娘胎里估计就知道自己是几斤几两的，这都和自己没半毛钱关系。自己没那天分，想都可能是罪过，更甭说有那心思了。

齐家，看似容易的两个字眼儿，其实也不是个易事儿吧！有句话说："我从不相信，儿孙自有儿孙福！我觉得三代人，总要有一代人要努力。要么你吃苦，要么你的孩子吃苦，要么你的父母，继续为你吃苦。其实我们奋斗的理由，无非是，年轻时不拖累生我们的人，年老时不拖累我们生的人！"从这个意思上说，我们的确是应该去拼一下努力一下的，不要拖了上，更不要累了下，我们是要齐这个家的。还看到一句话是："我这辈子，没打算活很久，把养我的人送走，把我养的人养大，就可以收队了，下辈子嘛，不来了……"这也许也是齐家的意义吧！齐家还有何深层的意义呢？觉得还是别想多了好，想多了也许就是儿孙自有儿孙福了！

万丈红尘三杯酒，千秋大业一壶茶！

修身吧，也就这点是自己的事儿了吧，自己可行的事儿吧！

也许在别人的世界里微不足道，却可以在自己的世界里闪闪发光！

接着跑步，接着健身，接着打球。跑多跑少跑快跑慢无所谓，能跑着就行。撸出腱子肉否无所谓，健了就行。球打好打不好也就那样，打着。甩了中年的油腻，把自己活成一个矍铄的灿烂的老头儿就好吧！

再不济了，上大街上转一下。站在街角处，别碍了人碍了事儿，就傻笑着，望望人看看事儿，笑笑这个想想那个，也挺美吧！

再不行了，接着看看小姑娘们。闭上眼睛，回味下那忘不掉的青春回不去的过往，即使是苦涩，也定会是有甜的吧！大不了还可以冥想下下辈子自己会怎样吧，轮回中长点经验争取点美好吧！

江湖中事儿已是烟云，舔舐自己的伤口，相忘吧！我要做个好人，冷眼看世界，不给自己找麻烦，不给社会添乱子。昂着头挺着胸，给他人给这个世界以微笑、慈悲与宽容。追寻内心的宁静与情怀，不盲从，不虚慕，做个理智的有格局的好人！

累了抬抬头，看不了天了，也可以望望云端吧。云端的那边究竟是怎样的呢？心里边憧憬好，坦然地走向自己的未来，亦美！

世界是多么的美好啊，我要拥抱它，深情在这壮丽的情怀中，走向明天，走向未来！

2022 年 1 月 30 日

前将军帽是军哥　改革开放后第一代飞行员

中笑眯缝了眼的是赵大爷

笑光了头的是师兄

后白头发老头儿是吴姥爷

腰板直溜儿大背头是晖哥

第七部分

附　录

本篇摘自本书作者张聪虎的弟弟张飞虎为其父写的小传。飞虎先生是浑源籍杰出青年之一，中国人民大学管理学博士，现供职于北京市知识产权局。飞虎父亲张江先生是新中国成立初期浑源的老中专生，曾长期担任乡村教师，后调到县煤炭局工作，直至退休。

　　张老先生一生历经坎坷，命运多舛，但难能可贵的是，在那个特殊年代，他始终以顽强的毅力和超强责任感竭力守护家庭免遭风雨，最终使家庭小舟穿越云谲波诡的困难岁月，安全停泊在幸福的港湾。张老先生的传记作为那个时代一名普通知识分子的微样本，从一个侧面反映了当地人民在党和政府领导下艰辛摸索与奋斗的历程，对我们研究地方文史也有宝贵的参考价值。

父亲经历的沧桑岁月

小序　缘起

　　大约七八年前，我就和父亲、母亲提出，希望他们写点自身经历的文字，能让我们这一代对他们多一点了解。也给他们送了几个笔记本，但这些年他们一直没有动过笔。

　　然而，我一直没法消除这个念头，觉得对父母的人生有更多的知晓和理解，自己才不枉为人子，将来也不会留有遗憾。而且，我内心认为，父母的人生经历也会让我们对自己的人生之路有更多的领悟。

　　今年初，这个念头更加强烈。我想，不妨换一种方式，尝试自己当一回记者，以采访的形式让他们讲述，我再行整理成文。和父亲谈了这个想法，父亲仍是那么淡然。他谈了他的想法："我的人生基调是灰色的！回忆起来，哪个时期也没有尽情的东西，哪个时期也不适应，稀里糊涂地过，直到现在。好几次，你说让我写点东西，我是觉得没有一点价值，没有一点意义。有的事情不符合时代，与时代割裂；有的事情当然离不开时代，但以你的想法去做也不行。

所以我也不愿意提这些，就这么稀里糊涂过去就行了。少年时期，心也曾朝气蓬勃，结果上了个不理想的学校后什么都失去了，没有理想了，过一天算一天，挣扎半天回老家，什么都没有了。参加工作，又给压了个政治帽子，一切都定了，一直到成年。大半个人生什么都没有，成天起来混日子，想如何吃饭，如何养活家人，你说有什么意义？有些想法和社会本身也不符合，现在也是这样。一些家庭的不和谐因素让心里也不能平静。所以我不愿意说这些，更不愿意写这些。本身咱们这个家族也是挺悲伤的，最大的遗憾，连个家谱都没保存下来，丢失了，本来这个家族据先人们讲还是不错的……"

父亲开场和我谈了这段话，我才明白，为什么我几番劝导，父亲却一直没有动笔，不是因为懒，而是有其思想根源。首次听到父亲对自己人生"灰色"基调的总结，我心情很沉重，但这也让我更坚定要把这次"采访"坚持下去。我希望通过和父亲进一步的沟通，不仅能从父亲的人生经历中寻得启示，同时也能让父亲换一个视角，

浑源古城

认识自己人生美好的一面，让阳光扫除阴霾，重新照亮心灵。

但愿能做到这一点。

2012 年 2 月

第一章　身世与童年

在山西省的东北端，矗立着五岳之北岳恒山，素有"人天北柱""绝塞名山"之美誉。恒山坐落在浑源县境内，该县始置于西汉，定名于唐，因浑河发源于此地，故名浑源。

远远望去，恒山主峰"天峰岭"似一位圣者稳然端坐，给人以安定、平和之感，与西侧"翠屏山"相夹而有"金龙峡"，浑河出于其间。新中国成立后，在金龙峪口，悬空寺之上修筑"恒山水库"，从山上观之，如一面明镜照映着天光山色。

翠屏山北麓、浑河西侧的郝家寨村，就是我们的"根"之所在地了。村虽名"郝家"，但印象中几乎没有姓"郝"的人家，难考其源。倒是张姓居多，但也非一个家族，我们属于"南门张"一族。可惜的是（也是父亲为家族悲伤和遗憾的），新中国成立后破除封

北岳恒山主峰"天峰岭"

建迷信的社会运动下，"南门张"家谱遗失无存了，祖先坟地也为发展农业生产而被平掉了。遗憾总归无法弥补，对家族太多的考究也就没有太多意义了。

父亲1934年出生于郝家寨"南门张家"，是奶奶生育的第二个孩子，第一个孩子出生之后就夭折了。父亲出生时爷爷已近而立之年，当时也算晚得子了。请先生取名为"江"，或许是五行缺水吧。小的时候，家里就他一个孩子，后续奶奶生育有几个孩子都不幸早夭了，直到十几年后，才有大姑张月英（1945年出生）、二姑张月娥（1948年出生）和二叔张河（1950年出生），家人当然倍加宠爱。

秀丽的村庄是孩子们无羁玩耍的广阔天地。父亲的童年基本是在郝家寨和奶奶的娘家所在的荆庄村度过的，直到 1940 年左右随爷爷迁到县城民安街定居。童年时，父亲的亲戚玩伴主要是奶奶的娘家的几个表兄弟姐妹、姨兄弟姐妹，还有他的两个叔伯姐姐。父亲的老爹（伯父）去世早，两个叔伯姐姐在父亲的奶奶的照料下就和父亲一家相依生活在一起。两个姐姐长父亲不少岁，在父亲进城定居前就已先后出嫁。小时候一起生活的经历铸就了姐弟间深厚的感情，她们既是亲人，也是人生挚友。后来父亲也带我们兄妹看望过两个叔伯姑姑。

父亲六七岁时，随爷爷举家迁进了浑源城。虽说是进城，但是住在西南城墙外面的民安街，相当于现在说的城乡接合部。当时浑源县老城墙还都在，是实际意义的城池。据父亲记忆，西城门在现沙河桥东，东城门在现东方红商场西，南城门在城关四小南，北城墙在现体育场北。城墙高三丈有余，宽近一丈。东西城门设有瓮城。民安街在西南城墙外，多住着从农村来城从事小工商业的人员。父亲刚进城时此地还是由日本人占领，抗战胜利后交由国民党军接管，随后不久，1945 年浑源解放，老城墙出于军事需要被全部拆除了。

父亲进县城时，正是应该入学接受教育的年龄，可当时兵荒马乱，城头变幻大王旗，学校虽有，但也难以进行正常的教学。父亲虚九岁时，爷爷送父亲去读私塾。父亲讲，之所以是九岁去，是老家有"七教八不学"的说法。父亲先后去过两家私塾，主要是学写毛笔字和读经。两年多的私塾教育，父亲基本把四书五经都读过了，也就有了比较好的传统文化基础。之后因战乱，父亲就在家闲着，有时帮爷爷去附近集市粜米，大部分时间就是和邻居伙伴们一起玩耍了。

第二章　意气风发少年时

1949 年新中国成立后，国家、社会秩序逐步正常起来，教育事业得到重视，学校开始正常招生。这年父亲已经 15 岁了，去考城关完小的高小部。当时的城关完小在现在的县第一招待所，后改为四小，搬迁了新址。入学考试有语文和数学两项，语文要求念一段报纸，主要看考生的识字能力。父亲有两年私塾的教育基础，读下来基本没问题，但数学由于没有系统地学习过，缺少基础，成绩比较差，就被招入预科班学习了一年，之后读了两年高小。

1952 年，父亲以全县第二名的好成绩考入浑源中学。父亲以很差的基础，经过两年的学习，能取得入中学招生考试第二名的好成绩，说明天资还是相当聪慧的。爷爷培养父亲继续接受教育实在是很有远见卓识，也才有了我们后来接受高等教育和发展的机会。

1952 年进入浑源中学读初中时，父亲已近 18 岁了，是现在上大学的年龄。新中国行政区划调整之前，浑源县归属察哈尔省，浑源中学还叫作"察哈尔省立浑源中学"，1952 年区划重新调整，察哈尔省撤销，浑源县划归山西省。浑源中学是山西省内一所优秀的中学，当年位于后来的二中校址，现在那里已经恢复成文庙了，后来浑源中学就迁到东关外的现址。我们兄妹四人也是在浑源中学读高中，并相继考入大学。从父亲开始，我们一家人的人生变迁都和这所家乡的高等学府息息相关。

父亲是浑源中学在新中国成立后的第三届学生，前面两届都只招两个班，第三届就是五班、六班，父亲在五班，当时还招了一个培养教师的师范班。父亲在浑源中学期间的同学成为他日后主要的社会关系资源，他这些同学在我们兄妹的成长过程中给予了不少的帮助。

父亲在 1952 年春季入浑源中学，本应于 1955 年春季毕业，但由于 1954 年入学时间由春季调整为秋季，所以他们这一批学生中，成绩好的大部分同学就在 1954 年秋季毕业，其他一些同学在 1955 年秋季毕业。浑源中学两年半的岁月，父亲风华正茂，是他一生中最为灿烂的时光。看过父亲年轻时候为数不多的照片，能够想象当年他一定是个身材高大、相貌英俊的追风少年。

中学时，父亲不仅学习成绩优异，还是学校的体育明星。父亲

浑源中学已旧舍变新楼

从小爱好篮球，在中学应该是球星级人物了。工作之后参加了县教育系统教职工篮球队，后来还担当球队的教练。直到现在，NBA 比赛也是他最喜爱的电视节目。这一爱好伴随着他的一生，给他带来快乐的同时，也带给他主要的伤病。从中年开始，父亲就一直受脚踝伤痛的困扰，晚年定居北京后，我们四处为父亲寻医，但都没有彻底治愈他的脚伤，这影响了他外出活动，不能不说是一个巨大的遗憾。我们兄弟在父亲的熏陶下对篮球运动多有爱好，我自己比较遗憾的是没能进入相对正式一点的队伍参加正规训练、打比赛，比不上父亲和两位兄长。除篮球外，父亲还练习体操，他在浑源中学就读期间，有一位四川体育大学的老师下放到学校，组织学生们进行体操训练，据说当年父亲单杠运动的水平相当不错。

在新中国、新社会灿烂阳光的照耀下，父亲这一代人的学生岁月充满朝气，人人洋溢着青春的活力，他们憧憬着触手可及的光明前程，仿佛，他们就是那个年代的天之骄子！

第三章　困顿中重生的青春岁月

1954 年，父亲从浑源中学毕业，时年 20 岁，正值青春的黄金时代。

当年初中毕业后的学生大体有三种流向，除一些成绩差的学生难以升学，少数家庭条件好的学生上高中外，大部分学生选择上中专。父亲选择考中专，需要到大同参加会考，在当时的交通条件下，去趟大同可是件不容易的事。父亲讲他们在五更天就出发，步行赶往大同。到了桑干河，没有桥可走，需要沿河习水的人领着游到河对面，那天，他们赶到大同已经是半夜了。

1954 年，正值新中国社会主义改造运动即将完成，过渡时期即将结束之际，社会主义建设事业在上层管理者炙热思想的推动下如火如荼地展开，直至发展为狂热的生产"大跃进"。在当时的社会背景下，个人的发展必须服从于社会建设的需要。

父亲这一批即将毕业的莘莘学子，满怀着对未来的美好憧憬，分别报考了各自心目中的理想学校。父亲报了当时比较热门的机械学校。不承想，由于大同大规模采煤的需要，当年的燃料工业部根本不考虑个人的志愿，直接录取了20个成绩优异的学生进大同煤校，有一些并没报中专而报考高中的学生也被强行招录进来。我父亲就这样与机械学校失之交臂，被招进了大同煤校。学校将招进来的新学生分配在两个系，父亲被编入采煤系。

煤炭行业的工作环境和危险性与父亲这一批学子的理想差距实在是太大了。从这批学生不情愿地进入校门开始，他们的人生目标就被打入了谷底，厌学情绪普遍。父亲记忆中最后完全走煤炭行业这条路的同学只有两个人，其他同学都在不同时期转到其他行业去了；更不幸的，还有在就业初期就因矿井发生事故而丧生的。在学校期间，还有同学借各种原因要求退学的。但是，在当时的社会背景下，户口、粮食关系等社会管制工具束缚下，父亲和大多数同学只能在学校混下去。

1957 年，父亲这批学生毕业，分配到大同矿务局各煤矿当技术员。当时正开展"反右倾"运动，一批批老工程师、老技术员被打成"右派"，这些刚参加工作的年轻学生的思想受到了极大的冲击。因为难以看到自己人生的前途，加之矿井恶劣、危险的工作环境，他们纷纷想各种办法逃离煤矿，有的人借病返乡，有的人重新考大学离开……

　　父亲被分配到六矿（白洞矿）做技术员，1957年8月报到上班，居住条件很差，收入也很低。到矿首先是实习，和工人们一起从事矿井巷道的掘进，环境的恶劣可想而知。白天下井，晚上还要参加对老工程师们的批斗。这样的工作环境和思想压力，促使父亲下决心辞职。

　　当时父亲家里情况也比较艰难，爷爷生病，姑姑们和二叔都还年幼，家里几乎没有劳动力。在合作社期间，没有劳动力就意味着没有工分，分不来足够的粮食，家里人就得饿着。父亲首先以此为由申请由技术员转为工人，想多挣工分养活家里，这在当时政策是

大同的煤矿

不允许的。在被拒绝后，父亲又以这个理由申请辞职，返乡务农以照顾家庭。经向本矿和矿务局人事部门多次申诉，费了很多周折，最终父亲得以带着户口、团关系和粮食关系返乡，但矿上未给开具辞职书。父亲讲，办完手续后在同学金子兵的哥哥处住了三天，以平静一下心情。可想而知，当年能脱离煤矿对一个心情压抑又举目无亲的年轻人来说，无疑像一场战斗。

父亲在 1958 年元旦前回了郝家寨，他的同学张衮在 1957 年国庆节前后辞职回村，两个年轻人同病相怜，在村里也算有个伴。三年多的困顿终于扔掉了，落下的是一身轻。但接下来的人生之路怎么走，以什么为生存之道是摆在他们面前的大问题。他们相约去找东方城乡的领导，希望有机会时能被招聘当老师。1958 年生产队改组，他们分别在小队当了会计。时间不长，当年 4 月份接到乡里的通知，县教育局招老师，他们一起报名加入了教师队伍。

在县城参加教师入职培训期间，父亲碰到时任文补校教导主任的老同学张建功，当时文补校也缺教师，张建功就向教育局申请把父亲要了过去。当时的文补校主要是给机关干部补习文化知识，还招了一批没能考进浑源中学的学生办了个中学班。其他教师在培训结束后都分配到比较偏远的乡村做了小学教师，张衮分到了最北的吴城乡。

经过煤校和煤矿工作的几年磨难，入职教师后，父亲站在了人生新的起点上，中学时代的意气和风华重新焕发，也是经过磨难后更为成熟的焕发。谈到这段经历，父亲说："当年重新就业，热情恢复了，但自己年轻，也没有人指点，更多的是热情，门道摸不清，不知应该如何设计自己的发展。"从文补校到后来转到进修校的四年时间，父亲满怀热情地投入教职和学校其他一些社会工作中，人

青年时代的父亲（张江）、母亲（高贵华）

生的光明大道似乎就呈现在眼前。

第四章　成分阴影下的十年

　　1958 年，父亲重新就业，满腔热情投入工作之中。有了父亲收入的支撑，家境改善许多。然而好景不长，"大跃进"导致的大饥荒出现了。1960 年，爷爷病逝，从此父亲挑起了抚养年幼妹妹和弟弟的重任，生活压力的沉重可想而知。

　　1961 年，经人介绍，父亲和母亲相识，母亲当时在青瓷窑小学当老师，成婚后过着分居、居无定所的生活。

　　1962 年初，父亲所在的进修校教师压缩，父亲被重新安排到城关完小。之后，由于母亲怀孕，为便于照顾母亲，父亲托关系一起调回了姥姥家李峪村。但时间不长，教育局组织教工篮球队，父亲因有体育特长被调回县城西关小学。为了有时间训练，不耽误学生文化课教学，父亲竟然改做了体育老师。就这样，父亲在西关小学工作了七年，直到1969年按政策要求又返乡到唐家庄学校工作。

1962年，轰轰烈烈的"四清"和"五反"运动在中国大地开始了，而且愈演愈烈。"成分"又成为"以阶级斗争为纲"时代背景下的重要身份依据，甚至以此来界定敌我关系。这一年，大哥出生，父亲初为人父自然非常欣喜。可是，本来不是问题的"成分"被人篡改了，给父亲笼上了巨大的精神阴影，此后十多年，父亲背上了沉重的思想包袱，进而影响了他的一生。

关于成分问题，需要从头说起。1945年土改之时，爷爷有少许土地，充其量不过是个"中农"。入合作社后，成分已不多强调，也不再作为人的政治身份符号。1962年大队入户重新登记成分时，父亲才发现不知何时"中农"被改成了"富农"。他后来推测，可能是因为住房问题惹了某个村干部，此人做手脚把爷爷家成分给改了。父亲发现后，赶紧向大队书记申诉，虽然村里人们都了解爷爷家的情况，但在当时社会环境的重压态势下，把成分改过来是不可能的。

1963年三口之家

背着一个社会对立面成分的人，不要说政治上的发展了，能实现自保就不容易了。对父亲来说，也只能明哲保身，凡事不争、不冒尖，也不主动和别人多交往，免得给别人添麻烦。这样的变化成为父亲此后多年思想的主基调，影响着他此后的人生。

在现在看来，"成分"已经成为一个历史词汇，但在那个时代，成分压倒了一切。就算若干年后成分退出了历史，但人生已不能重来，这也是父亲对自己"灰色人生"评价的主因吧。

在"成分"的阴影下，父亲在政治上不敢抬头，"文化大革命"初期，还得处处提心吊胆，夹着尾巴做人，以免招惹横祸。在那个动荡狂热的年代，能不受劫难，平安度过，已经很不错了。但这些年的经历使得父亲形成了谨小慎微的性格特征。幸好有篮球这项体育运动相伴，在压抑的社会环境下，父亲的生活才增添了一些乐趣，减去了不少精神的压力和孤寂。

十年之后，1972年，中央出台政策要求纠正错划错改成分的现象，县里成立了工作组进行调查清理，父亲家庭的成分得以纠正。但此时，父亲已近不惑之年，好时候也过去了，父亲也再难恢复过往的热情了。

但这仅仅是父亲的悲哀吗？

父亲保存的大儿子生日日历牌

第五章　颠沛流离的教师生涯

1969 年，父亲按政策要求从城里返乡，被分配到东方城乡唐家庄学校作老师，母亲带两个哥哥也由李峪村调过来。从 1961 年成婚，8 年后，他们才终于工作在一起，安顿下来有了自己的家。

当年教育行业的政策要求对教师进行频繁的调整和调动。在唐家庄两年后，1971 年，又举家迁到郭家庄。轰轰烈烈的"文化大革命"中，浑源中学被解散了，转由各个乡来办中学。当时东方城乡设了两所高中，一所在东方城村，一所在郭家庄。父亲因为是高学历教师，就被调到郭家庄来做中学老师。郭家庄是我的出生地，但住在村里的时候还是幼儿，没有什么记忆。

郭家庄的中学也没办多长时间，就被合并到了郝家寨。学生毕业后，父亲又被要求前往南山偏远的黄花滩乡去。当年，夫妻在一个地方工作，在别人看来是不应该的，也是被嫉妒、眼红的。父亲虽然在朋友的帮助下没去黄花滩，但还是调到了韩村。为照顾家庭，父亲扛着基本也没去上班。后几经努力，1973年，父母从东方城乡调出，一起来到荆庄乡水磨疃村。之后不到一年，又一起调到荆庄村。

1977年，出于对孩子们生存、未来就业的考虑（当时是没有考学这条路的），经多方联系，父母在那年春天一起调回了郝家寨老家。至此，颠沛流离近十年的生活才算安定下来。对这次搬家我还有朦胧的记忆，我们坐在满载家用品的大马车上，充满着纯真的兴奋，不知疲倦得一路尖叫。

我们在郝家寨居住有十年左右，一直到1988年母亲调回县城西顺小学。这十年，一家人不再分离，不再东奔西走。两个哥哥先是外出读中学，而后离开浑源读了大学，我和妹妹在村里读了小学，然后回县城读中学。我们有了一个好的成长环境，都接受了教育，这正是父亲执着坚守、母亲辛劳操持的成果，父亲为之舍弃了太多自己发展的机会。

从1969年父亲返乡分配在唐家庄，到1977年回到郝家寨相对安定，十年左右的时间辗转五个村庄任教，平均两到三年就要带着年幼的孩子们换一个地方。所幸的是，再大再频繁的动荡也没有拆散我们这个家庭。

父亲回郝家寨后在中学任教六年时间，直到他1983年调离教

1974 年全家福

育系统。这期间，大队领导重视学校教育，老师们教学热情很高。从这所初中走出了不少高中生，有些后来考取了大学，这段时间也成为父亲一生的黄金岁月。

第六章　机关工作十余年

　　1983 年，父亲在他即将踏入知天命之年时，转换了行业，调入县机关财委工作，结束了他 25 年的从教生涯。俗话说："人过三十不学艺"，父亲往城里调动，主要是考虑我和妹妹能有一个好的学习环境。

　　1985 年，县机关机构调整，财委解散了，当时父亲完小同学张清负责组建新成立的煤炭管理局，父亲又应邀去了煤炭局，担任办公室主任，兜兜转转又和他年轻时所学的专业挂上了钩，但已无太多专业可言。

1980年父母携小女儿游览悬空寺

父亲进入煤炭局工作后，因工作需要，在时隔近30年之后重新递交了《入党申请书》，局里也曾给父亲申报局工会主席的职务，但由于年龄原因而未果。父亲在这个年龄对这些也相当淡漠了，后来让父亲入党的时候，父亲还把名额有限的党票让给了别人。父亲在煤炭局一直工作到1995年退休，又是整整十年。从回县城工作到退休这十几年，对父母亲来讲，是家庭责任和经济压力最大的一个阶段了，但好多大事都顺利、平稳地挺了过来。父亲无权无职，却尽力给我们兄妹创造了好的环境，供我们都上了大学，是很不容易的，这是他们伟大的人生成就，也是我们子女的幸福起点。

后 记

1995 年，父亲退休了，我们几个子女或上学或就业，散落在几个地方，都不在父母身边。1999 年，父母来北京定居，我们兄妹各家也陆续来到北京，全家实现了大团聚。到现在，父母亲居住在北京已经十三年了。

现在，父母亲都已从花甲进入古稀之年，我们兄妹也从青年走到了中年，四个孙辈都渐渐长大成人、成才。每逢节日和家人的生日，我们三代人都会在父母家中欢聚一堂，这是我们大家庭最为幸福的时刻。2011 年，我们为父母亲金婚筹备举办了盛大的家庭聚会，那是全家最为开怀的一天，也是父母苦尽甘来幸福晚年的见证。

唯愿父母亲身体健康，和儿孙们相伴度过更多更美的岁月……

1990 年父亲跟孩子们合影

安度晚年的父亲母亲

张飞虎

作于 2012 年 5 月，2018 年 10 月重修

2005 年父母与四个孙子女合影

东方传统文化中女性的温、良、恭、谦、让，是社会美好与爱的温床，人们沐浴其中，和谐温暖！

我心中的几位老人

一人一世界！

看了三弟写的父亲小传，也激起了我心中的一片涟漪，我也追思一下与父母相关的几位老人吧，也是对父母人生往事的一些补充，以给我们留下一份更丰富的美好。

爸的家世

一次问父亲："您见过您的爷爷奶奶、姥姥姥爷吗？"爸说："见过奶奶，没见过爷爷；见过姥姥，没见过姥爷。"那么，就从这儿开始说爸这边的事吧！

爸的长辈们

爸的爷爷至少是兄弟俩，具体情况没太往深了问，过多他也未必记得清了。再说，也不是搞家谱，没有太大感情纠葛，事说得多了也没啥意思。印象中有次也是与爸聊起了往事，爸听老人们说爸的爷爷是位挺能干的走南闯北的商人，孔武干练，身材魁梧高大，买卖做得还是不错的。然而，再硬的汉子，也难说有不测之事，好像说东西奔波，染病不幸过早辞世了，这就是爸家族开始败落的起因。

爸的父亲也就是我的爷爷是兄弟俩，他为老二，就是说爸有一个大伯——我有一位大爷爷。客观地说，这位老人家在当时还是出类拔萃的，他上学至大同三中，是否毕业了？这个爸也难说清了，为啥呢？因为这期间爸的爷爷离世了，一时间家里失了顶梁柱，所以这位老人家是否坚持到了毕业，爸也说不清楚了。可不要小瞧这个"大同三中"，这可与现在的三中没有毛关系，它应该是山西省第三所中学，在大同，叫"大同三中"了。那个年代，能上这个学校，估计比现在上大学难多了，山西有多少英雄豪杰是从这样的学校出来的呢！为什么爸说他可能没有从学校毕业呢？这是因为这位老人家事后就没有更大的发展，是没毕业还是因为家庭变故再没有深造下去的可能了呢？也就难说清楚了。只是知道老人家以后回了浑源，在宝峰寨的学堂任了教，后不久被时任太原兵工厂总经理邀请至太原，在其办的私塾中任教，直至 39 岁染病去世。这位老人家有三次婚姻，与第一任妻子结婚不久就离异了，无子女。第二位妻育有两女（这两位我的表姑姑之后会提到）。这位妻子病逝了，留下了两个女儿与奶奶相依为命。娶第三位妻子时大爷爷应该在太原了，爸的这位伯母也是浑源人，是谁呢？是浑源一中郭自力老师爱人王秀兰老师的大姐。这也就是为啥我们两家是世交，不仅因为郭老师与我爸是中学同学，王老师的哥与我爸是完小同学，还因为其大姐其实是我爸的伯母。爸的这位伯母育有一女，应该也比我爸稍大些，因大爷爷已去世多年，爸起初是与他这位小姐姐不认识的。新中国成立后这位姐姐也染病后到浑源找姥爷看病，姥爷是中医，来后她的舅舅也就是王老师的哥引见了他们姐弟相识，乃是一生的一份美好啊！不幸的是，这位小姐姐回太继续看病后仍未愈，也离世了。父子俩其实都一样的病——肺痨，也就是现在说的肺结核，这种病

给奶奶、爷爷上坟

那个年代治不了。

爸的这位大伯也就是我的大爷爷的事说完了，再来个小插曲。之前提到过爸的爷爷应该至少哥俩，为啥这么说呢？是因为另一位老爷爷无子，爸的这位大伯按照地方习俗，名义上过继在这位老爷爷名下了，意思就是这位老爷爷名下一些遗产不由女儿继承，是需由爸的大伯继承的。一样，爸的这位大伯三任妻子均无子，于是，我爸也是被名义上过继在他的这位大伯名下了，后来他离世后就把在他名下的十亩地留到了我爸名下。其实，这十亩地也是爸的大伯在他被过继的那位无子大伯名下留下来的，最后，实际上到了爸这儿加上我的爷爷名下的十亩共二十亩地了。也许这也为后来成分定得高留下了隐患，所以也可说，有些事有时难说好坏啊！

那么，到现在爸的上辈们事基本说完了，也该说爸平辈们几位老人了。不过，我想在说她们前，还是再说个小故事吧，添些乐趣！爸的这位大伯能做到那样，其实在他的那个年代，已经是很不简单了。当然，之所以能上得了学与家庭的殷实分不开，但其实还应该说是有些天赋的。我们属郝家寨南门张，听爸说村里老人有种说法，说他们的老辈中曾有过一位，印象中好像说是嘉庆朝，这位老先生未取得功名，但学识够高，尤其书法独到，游走于京城，被雍和宫长老赏识，留居寺中。后皇上在寺中看到一匾，极为欣赏。问及出处，后荐这位老人家入宫做了皇子们的师爷，一个未得功名之人能到此地步那是何等不易啊！这些虽是老人说法，但20世纪70年代农村学大寨平整土地时，的确还挖出过一个大墓。村里人说从规制上看绝不是大户人家状况，形态上说应是官府制式。可见村里老人对祖上的一些说法还是有些可信的，确实，在这门张里，一直还是有读书人断续出现的，看来还是有些原因的。爸给过我的几本老书，其中一本《康熙字典》上写着"张子高"名字，我就问过爸这个不像是大爷爷名字啊，他说这个应是更早几辈传下来的。那时能有《康熙字典》估计也不是平凡之辈吧，不过，这一切无从考证，另外也没啥实际意义了。

我的几位姑姑

现在，该到了说一下爸的两个堂姐——我的两个堂姑姑了。两姐妹母亲去世后还小，父亲又是在外边，于是也就只能是与她们的寡妇奶奶同样也是爸的奶奶相依为命了。这时一大家就仅靠我的爷爷一人做点小生意维持生活了，家境已与爸的爷爷在世时无法相比，是已经败落，勉强维持。这两位姐姐比爸大不少，与爸一起长大，因而其实与亲姐弟无异。再说爸名义上还是过继在他大伯名下的，这样他们也可说就是亲姐弟。确实，爸和这两位姐姐也是感情很深。因为比爸大不少，爸的这两位姐姐还在爸未长大时就出嫁了。客观上说，父母的双亡、家族的败落也就造成了爸的这两位姐姐人生道路的不易。大姑嫁到了元圪村，二姑嫁到了宝峰寨。这两位姑姑我都见过，大姑家这个村在山上，很远，我未与爸去过，但在她来看我奶奶时见过她，人很善良慈爱。当我们到了水磨町村后，离二姑家就不是太远了，记得爸带着我去过几次，二姑也是位善良的老太太。从见过面的大姑的情况及去过的二姑家看，这两位姑姑都嫁了村里太平常不过的人家了，日子过得都很拮据，更多是生活于一种窘迫中，谈不上人生的幸福可言。两位有着不寻常父亲的姑姑，就这样因人生的变故而没落了，人生世事难料啊！大姑家没去过，对她家的情况不清楚。只是听爸说，她有几个儿女，还算过得去，在村里能撑得住门面，也就是寻常人家吧。和爸一直断续去过二姑家不少次，接触得自然也就多些，那就再多说说这位姑姑家的情况吧。对二姑家的姑夫我始终没有过一丝印象，当时只觉二姑家挺贫寒，那么现在这样想来估计这位二姑夫也就是个老实巴交的人了。我记忆中二姑家有三个孩子，两男一女，老大叫大杨孩，其实比我爸小不了多少，应超不过十岁。印象中，老大谈不上太老实巴交吧，但一看就是个平常的农民，之后的一些事确实也说明了，具体怎样后续再说。二儿与二姑娘可与老大完全不样。我的这个二表兄应该是脑子够用，在那个农村其实没啥出路的年代，他竟然当兵了。并且随后成了职业军人，可想其确实在人品能力上还行，靠着自己的所为为自己闯出了自己的人生。这位表姐应该长我几岁，但估计上学晚，在我考学时她没考学呢。后来听说她没考上重点中学，在农村那样的环境中，确实也难。但这个表姐应该还是很明事理的，本应说这样的女孩子在农村即使考不上学也会嫁个好人家，有一个应该有的安稳人生的，不幸的是她遇上了人生中的麻烦事。二姑那时应是去世了，老实本分的老大也许是因为家境贫寒一直未能娶妻。在二姑在时，这位老大虽一直未娶，也没啥过多想法，似乎打光棍也认命。二姑不在后，表姐也到了待嫁的年龄，她在村里也是很灵秀的姑娘，已有了恋爱对象，据说男方各方面还不错。但这时这位老大不知怎么就性情突变得自私了起来，老光棍要拿自己小妹换亲，这一下可把表姐为难坏了。因此二哥也特意请假回家援救小妹，可这老大就是油盐不进。于是兄妹俩想到了我爸，三人找他们舅——我爸来做主。可是这位比我爸小不了多少的老大谁说都不行，意思我爸如做主支持，那我爸就需负责给他找老婆。他实际已经是一个混蛋了，没办法，我爸也只能对兄妹俩好言相劝一番而已，解决不了实质问题。再后来印象中这位表姐跑了，还发生了这老大来找我爸要人的事，简直是混账透了！究竟是谁出主意让表姐跑的，估计很难说清，也许是她二哥，也许我爸，也许表姐自己决定的，或许各种因素都有吧。再后来，究竟怎样，也就不清楚了。二表姑家也就这样吧，在两位小的身上也许还有些他们姥爷的灵光，在这位老大的身上，可以说有辱先人啊！一母生三子，各有不同，也许这就是社会，这就是人生吧！

在此也一并再说说爸爸的亲弟妹吧。爸有二妹一弟，大妹——我的大姑与爸差十岁多。到爸开始读书时，那时家境已经很一般了。爷爷做些小生意支撑着一个大家庭，再加上那个年代兵荒马乱的，也确实不易。所以等解放后爸上初中后，家里条件已不可能允许爸继续读高中了，于是也就只好上中专。更难的是爸毕业工作不久，爷爷就去世了，一大家子的压力又落到了爸身上。实际上应该说爸的压力真是不小，既得拉扯弟妹们，还得撑着自己小家，人生难啊！值得高兴的是两位姑姑嫁得都还不错，大姑嫁了邻村的一位军人，随军到了内蒙古，后转业调回了浑源。二姑嫁到了城里，姑夫还是公职人员，都很不错了。与两位表姑姑的命运对比，两位亲姑姑的人生客观上说是很不错的。虽然未曾说起过这些事，但我直观感性上觉着，这一切其实是与爸分不开的，应该说有这样的结果，爸应起了不小作用。爸担起了家的重任，对得起故去的爷爷了，不管别人怎么认为，至少在我，我是这么认为的！可惜的是二叔一直在村里。一方面那个时代出路很少，再是叔生性就很弱，也只能是那样了。印象中，奶奶于 1987 年 11 月份去世，那年我刚大学毕业，奶奶的丧事是爸和我一手操办的，里里外外没让人挑出啥毛病。起灵时，我看到爸掉下了眼泪，应该是百感交集吧！

爸的姥姥家

现在说说爸姥姥家的事，说之前就再先说一下我的奶奶吧。

奶奶有兄弟姐妹吗？印象中没有过这样的来往，于是我也没细问爸。小时候与奶奶来往少，只是偶尔与爸回去看奶奶，那时奶奶与二叔一起生活。那时二叔还未成家，印象中奶奶话很少，现在想来奶奶很早就守寡，靠着爸的协助支撑着一个家，有着沉重的心理压力也是难免的，郁郁寡欢也是必然。后来我们调回了本村，与奶奶家近了，接触就多了起来。但终归是小时见面少，再加上奶奶的情绪状态，感情上我们与奶奶还是没那么深。只是记得那时我们只要是改善生活吃点好的时，我就从村西我们家飞奔到奶奶家给她送去。印象中奶奶虽然情绪上有些消沉，但内心还是很豁达的，与一

右2：表姑姑、左2：二姑姥姥、右1：爸、左1：妈，可惜没有姨姑姑照片

般农村老太太不一样，与事计较得少。之所以这样，其实与奶奶娘家是大户人家分不开的。

这样就说到爸的姥姥家了。爸的姥姥家是荆庄乔家，应该说是一大户人家。我小时在这个村，常去原属于他们的大院子玩，印象中与村里其他人家比确实不小。爸的姥姥是姥爷的第三个老婆，爸说他记事起没见过姥爷，他已经不在了，这位姥姥独自支撑着家。爸说，可不能小看这位姥姥，印象中是位小老太太，但日子过得光景不错，为啥呢？老太太有绝技，会针灸，尤其看小孩更是拿手。爸说这位姥姥看病不收钱，患者们就常给她拿些吃食，因而家里是不缺东西的。前边我说了似乎我的奶奶没兄弟姐妹，其实不确切，为啥呢？这是因为爸的姥爷前两位老婆都有孩子，应该至少是两个姑娘一个儿子，这三位其实就是与我的奶奶同父异母。只是这三位年龄与爸的姥姥年龄差不多，几乎算是同龄人，既是辈分上的妈，又像是姐妹姐弟，并且据说处得确实不错，于是名义上的姐弟也就似乎与奶奶没啥关系，成了爸的姥姥的知己了。这样奶奶的姐姐与哥，便引出了我心目中的几位重要人物，一位是我的表姑姑，一位是姨姑姑，一位是姨叔又是表姑夫。为啥又是表姑夫呢？这是因为我的表姑姑也就是奶奶的哥哥的姑娘嫁给了奶奶一个姐姐的儿子，传统的老式婚姻模式。

两位姑姑比我爸大几岁，爸小时常去姥姥家，于是两位姐姐就常带着他玩，也就成了至亲的人，感情很深，胜似亲姐弟。表姑姑嫁给了比自己小几岁的表姑夫，传统的旧式婚姻，两人生活恩爱有加，姑夫家境也不错，因而小日子过得还是红红火火的。然而随后发生了点小坎坷，姑夫染上了抽大烟的毛病，这样再好的家境也难撑得住的，家里渐渐陷入了困境。更麻烦的是表姑的二哥也抽上了大烟，听老人们说炕上一头躺着自己的男人，一头躺着自己的哥，我这姑姑再苦再难没说过一句难听的话，一个人支撑着一家，供着两杆大烟枪艰难度着日。终于，两位迫于政府的压力最后还是戒掉了大烟，姑姑终于从困境中得以解脱。姑夫在他们村是大姓人家，家境不错，一家人品性很好，在村里算是有一定威望的人家，虽然走了一段弯路，但很快又过上了正常的日子。表姑也是大户人家出身，深明事理、胸怀开阔、仁爱，在那段艰难的日子里，靠一己之力撑住了自己的家。表姑夫家本来就是大户人家，表姑仁爱的心又常常是关照着邻里这个关照着那个，因而表姑在她们住的后街在那个村绝对是人人皆知的有一号的人物，有口皆碑！表姑的善良、仁爱，再加上姑夫家在村里的影响，终使表姑修成善果。表姑的大儿子、小儿子都上了学，后来都做到了县处级干部，应该说是表姑的福报。表姑与爸小时感情很深，我小时候与爸去过几次她家，每次去了她对你的那种亲是你从心里能感受到的，恨不得把家里所有好东西都给你吃了。老太太有时也担心儿媳们介意，虽然他们那时日子过得确实还是不错，但物资普遍还是紧张的，老太太常偷偷地在我们走时给我们带些东西，我们小孩口袋里也是给塞得满满的小零食。我们那时正是在艰难的日子里，表姑知道这一切，她心疼着胜似亲弟的这个表弟——我爸。表姑夫也不会说啥，因为姑夫实际上是我爸的姨兄。之后在我工作后以至我们全家到了北京后，只要我们回去，我都会陪着爸妈去看表姑姑。尤其后续几年，只要与父母回浑，一定是会去的，老人家看到我们是心里由衷地高兴，嘘寒问暖的，甚是不舍。印象中是 2014 年前后，在我们看过她大致半年后，老人辞世了，享年九十几岁，在我的心里又少了位亲人！她去世时恰好我不在京，回京后才知。爸妈说因我不在京就没及时告诉我，因此我还埋怨了爸妈几句。我说这事你们是要一定要告诉我的，你们年龄大了不方便，我即使在外地知道了也一定会赶去送送老人家的，不然我心里会过不去的。因此，这事还是给我留下了一些遗憾，很怀念这位表姑姑，她给了我们许多爱！

姨姑姑与我们来往就更多了。爸妈下放农村的第一站就是姨姑家所在的村唐家庄。我那时三岁多，与兄随父母从姥姥家李峪离开了从小带大我们的姥姥姥爷来到了这个村。记得姑父家是大户家，姑父印象中是这个村的村长，一位大户家出来的人能当了村长说明他还是很深得人心的。姑父人很正直，善良有爱心，我们到这个村基本没受太大委屈。其实不仅是因为有姑夫，这个村民风较好，对我们这样的人都还是不错的，印象中多数老师都过得去，没啥大麻烦。也许一部分右派什么的还会由于政治上的因素会受些整，但这个村印象中没那么激烈。我那时三岁，父母上班，没人管我，这段时间我大多数待在姨姑家，她待我如己出，给予了我深深的爱！姨姑结婚早，印象中十三四岁就嫁了，一下子生了二男五女七个孩子。最小的老五姑娘也比我长两岁，是我小时主要玩伴。那时大姐已嫁到原平，大哥在部队，二姐当代课老师，三姐实际年龄也不小了，我们多数是和二哥、四姐、五姐玩。姑姑从来对我们没有过一点嫌弃的情绪，甚至有时更偏爱我们，也许她也是知道这个弟弟正在处于一种人生的艰辛中吧！好景不长，我们在姑姑村一年多，就又被调到郭家庄了。可后续不管到哪儿，我们还是常去姨姑姑家，也许是这个家给了我们太多的爱，也许这个家有我们深爱的兄弟姐妹玩伴。总之，这个家似乎成了我们的一处小天堂，尽兴地享受着美好！只要我们去了，姨姑姑就会拿出各种平时舍不得的好东西给我们，每次走时，瓜子、花生、豆子等小零食一定是把口袋塞得满满的，我们永远难忘这份厚爱！姑夫为人正直、大方、义气，再加上在村里当干部，虽然是一个农村人，但各方面朋友很多。我的几位哥姐最后出路都不错：大姐嫁原平当工人了，大哥在部队工作，二哥也参了军，二姐嫁给一位军官随军到内蒙古了，三姐嫁大同了，四姐嫁城里了，五姐嫁了一位当地大学毕业教师。对一个农村家庭来说，这么多孩子能有这样结果真是不简单了。姨姑为人特别善良，任劳任怨，家里经营得井井有条，不仅是自己的孩子，对邻里的孩子也是百般疼爱，孩子们都喜欢她。姑姑不仅带大了自己七个孩子，我还在她家有一年，并且她这七个孩子的孩子不少她都带过，难得的人间爱心！我工作后也偶尔随父去看她，姑姑最后是在我看她后没出一个月去世的。姑父去世前也是我刚看过他，这些让我心里有些安慰！之后也曾多次有去给他们上坟祭奠一下的想法，但终究是因不清楚地方乡俗是否可以而没去。但她的爱永在我心里，我怀念她！

妈的家世

爸这边说完了，该说妈了。同样问题也问了妈，妈是见过她奶奶没见过爷爷，其实妈还是与她奶奶一起生活长大的。妈的爷爷可能脾气盛，那时妈的爸我的姥爷估计也就是几岁吧，妈的爷爷那天还在地里干着活，一时不知因何一生气，扔下锄头说走了，从此无了音讯。妈的奶奶二十几岁就守了寡，守着我的姥爷生活，直到1960年前后，年龄大了，又没吃的，营养缺乏，去世了。老人困苦了一生，我们上坟时妈和舅念叨起他们的奶奶，总是说老人一辈子不容易，苦了一生，言语中甚是怀念他们的这位奶奶！其实姥爷应该还有个弟弟，这个孩子未成年就去世了。说是得病后不听劝，估计脾性也是像妈的爷爷，不让多吃，不听劝，偷着吃，一顿给吃死了。妈的爷爷走后一直没有消息，说是去了五台山，当了阎长官的兵了。新中国成立后曾经打听到邻村郭家庄也有在一起当兵的，说妈的爷爷那时有一年和几位同乡回家探亲，骑着马还带了不少东西，路上被土匪劫杀了。究竟是怎样？真是这样，还是战死了，更或者说战后跑台湾了，都说不清。舅舅说当时他年龄还小，没懂得好好找人家深了解一下。等他年龄大知道要弄清楚时，知道这事的人已不在了，成了舅舅的一大遗憾！1960年妈的奶奶去世时，对爷爷的情况一点不知，于是，按传统风俗就打了个铜人与奶奶合葬了，苦难的这位老人就这样结束了自己的一生。妈和舅舅很怀念她，想来那时老人一定是很疼爱他们，给了他们难以忘怀的爱！妈的爸我的姥爷性格也是很耿直，但姥爷人品很好，为人正直善良，对孩子们很疼爱。我和兄小时是在姥姥、姥爷家长大的，好像我是不到一岁时去了姥姥家。从我记事起姥爷身体就不是太好了，与1960年困难时期的饥饿有一定关系，落下了病根。这个村主要是两大姓人，穆与高，也就基本分两小队，姥爷所在小队主要是高姓人。姥爷人好，大家都很敬重他，于是在他身体不好情况下，主要就让他给小队养牲畜了，相对清闲些。另外主要也是对他放心，知道他会用心养的，那时牛、驴可是主要生产工具，是离不开的，需养护好。姥爷在我读高中时去世的，那天晚上我似乎梦到他了，冥冥中我感觉姥爷不在了，于是我请了假就骑车到了姥姥家。妈见我去了，说姥爷晚上去世了。我说我知道，我梦到了，也许真是天意吧！也许姥爷临走时真的想我们了，也让我能最后又看了一下姥爷。

问到妈的姥姥姥爷时，爸说妈见过！爸能知道其实是因为我的奶奶与我的姥姥娘家都是荆庄乔家，她们应该还有亲戚，估计出不了三辈。姥姥娘家也是大户家，那个院子与奶奶娘家院子相邻，我小时去玩儿过，也不小。姥姥兄妹四人，她是二姐，兄在外当工人后退休回村了，见过但没啥印象。三妹嫁到霍州了，回浑去过姥姥家，我也曾见过。大姐嫁在了水磨町村，我们在这个村时我还常到她家去玩儿，人很和善。这位老人家性格很刚强，她嫁得这户人家也是成分高。这个村在这方面斗得较狠，听妈说她的姨夫较软弱，批斗时常常这位姨姨代替去，处之泰然！但小时我还是能感觉到这位大姨姥姥生活得很有压力的。

妈他们姐弟三人，妈是完小毕业，毕业后就被选取当老师了。

姥姥第一次见到黑人，这位是刚果在华留学生，三弟同学

妈妈与我们哥仨

二姨是浑源中学初中毕业，学习成绩很优秀，老师与姥姥、姥爷苦苦劝她继续读高中考大学。但因那时是困苦年代，自己受不了那个苦，说啥不上了，通往梦想的坦途戛然而止。舍不得孩子套不住狼，忍不了饥上不了学啊！许多事都是这样，甜是在苦的后面的，没有把苦吃尽，甜就不能显现。不过还好，二姨出嫁后随姨夫到内蒙古后当老师了，干得还不错，最后是特级教师，一个初中生能到这个水平够可以的了。姐弟三人中我觉得舅的天资更高些，读到了西坊城中学，成绩应还不错。可惜的是毕业前赶上了"文革"，求学发展之路没有了，只有一条路，回农村。这样姥姥与姥爷就是与舅舅一起生活，姥爷虽然身体不好，不过有舅舅，这样的生活谈不上富足，但能过得去。再加上妈和二姨都工作，虽然我们也很难，但还是能接济姥姥些许细粮及零用钱，比其他农村一些困难的人家，姥姥过得还行。在时代转变后，我们日子走上了正常，我们能更多地接济姥姥了，姥姥在农村生活就算不错了，许多老人还是很羡慕姥姥的！

我和哥哥是姥姥带大的，之后随爸妈到了唐家庄。这时姥姥、姥爷想我们了，姥爷就会赶着他给生产队养的小毛驴接我们去姥姥家。到了郭家庄以后，离得就更近了，三天两头去姥姥家。到了水磨町以后，我也有七八岁了，虽然距离有点远，但那时社会没那么多事，家长还是很放心的，我们也基本上两周左右去一次姥姥家。到了荆庄，又近了，又成了几乎每周去了。直到我上了高中住校，还是一月去一次姥姥家。舅舅在他们姐弟中他最小，与我妈差大概十岁。那时两个姐姐很疼爱他，他比我哥哥长一轮，比我们大十几岁，于是与我们就很亲热，还常带我们玩儿，似乎就是兄弟样的。在那个动荡的年代，姥姥家就是我们的避风港，村里边孩子常有的一些小零食，瓜子、杏子、豆子啥的，时时馋得让我们眼直。可是没关系，一到了姥姥家，这馋就解了。走的时候姥姥一定是给口袋装得满满的，至少能顶得住好几天不会让村里孩子们馋着，弥补了不少心里的失落。那时姥姥家有什么好吃的了，生产队分肉了，分水果了等等，姥姥都是先留起来等着我们去，我们去了她才肯做好的吃，老人家给了我们无限的爱！姥姥生日是腊月二十九，每年这天我们都一定是在姥姥家的，等给姥姥过完了生日后，我们才回家过年，这时按风俗舅舅多数情况下等我们走了后才贴春联拢旺火。我工作后每年依旧是这样，那天一定会去给她过生日的。工作后我基本是每年这天都给姥姥一百元钱，我那时其实挣得也不多，月工资六十几不到七十元。每次姥姥都是不要，可那是我的一份心，必须得给，

与舅舅给姥姥、姥爷上坟

老人家都是勉强收下。可根本不舍得花，在她去世前，老人家还特意告诉妈、舅，她存了些钱在哪儿放着，勤恳朴素的老人家！

印象中姥姥是 1998 年 5 月份得病的，那时是我刚摆脱了自己人生中的一段困境离开大同到北京不足一年。知道她病了我就很快回去看她，那时我隐约感到她可能不行了，那个时候其实我也还是很困难的，但我买了我所能想到的好吃的，那时只舍得给小孩买的各式好的新式的饼干点心什么的，想是一定让姥姥吃吃。说实话，那些东西只给小孩买过，我一口未尝过。痛心的是等我回去时，姥姥已吃不下东西，看着这些东西高兴地说真好，可是吃不了，这一切成了我一生的痛，时常想起时就是满眼的泪！我常常恨自己为啥没早点给姥姥买这些好吃的呢？恨自己没出息，恨自己那时没舍得，留下了遗憾！高兴的一件事是那时我在北京的公司时，基本都是在外出差，配有手机，并且还是当时很时尚的诺基亚 716。那时手机还不多，尤其县城更少。我说，姥姥您给我二姨打个电话吧。她说，这是啥？这么小点东西怎还能打电话呢？我说是手机，能像那种原来的电话一样能通话。她怎么也是想不通，说那你给她打一下。可是等我打时，那个时候信号差得很，怎么也听不清。我到了院子里找到了合适方向，然后和二姨说了情况，之后告姥姥说与她联系上了，这两天就回来。姥姥还是很疑惑。不过，老人家在离世前还是见识了新时代事物的发展。一月余姥姥走了，我参加了姥姥葬礼的全过程。霄夜与出灵时孝子孝孙要披麻挂孝拄丧棒，我问舅说，我能吗？舅说没事，能行。于是拉灵的是我们三人，舅在前，我随后，再后是孙子。村里一些人看到说，老人不是就一儿一孙吗？怎多一人？知情人说，那是外孙。人们于是说，老人真幸福，真是没白养啊！是我和舅舅下葬的姥姥。按地方风俗，我和舅舅先铲的土，姥姥与我们阴阳相隔了。自此后每年清明与中元节我都会给姥姥上坟，去看看她，否则我心不安，至今二十年多了，没有例外。姥姥的离世似乎从我心中掏去了一些什么，空空的，再也补不上了！很是想念她，每年去看她，似乎每次在心里又与她相见一次，暖暖的！一年清明又与舅舅一起上坟了，完后我直接上高速返程，那日恰好太阳也是暖暖的，开着车，暖暖的太阳暖暖的心，恍惚间似乎自己灵魂进到了天堂，一派暖暖的场景！我分明是看到了姥姥还有那几位姑姑们有说有笑的，可我怎么喊她们也听不到，急切中瞬间觉知自己还在高速路上。此刻已经泪满脸颊，迅速抹了一把泪，很快下了高速到了服务区，在车里冥想了许久，平复了一下心情，然后才又上了路。

　　姥姥家的这个村还是挺有意思的，李峪村。这个村主要是两个姓，穆姓与高姓，表姑夫家穆姓，姥爷家高姓，还有一点元姓及其他。穆姓其实是鲜卑贵族改姓，元姓是鲜卑皇族改姓。原来一直没有意识到姥爷他们高姓也是鲜卑人，近几年我才基本认定李峪村高姓这支应不是汉人，是鲜卑之后。也就是说李峪村是个鲜卑后人聚集村，两大姓一千六百年前是吃一个锅里饭的。说建永安寺那位高姓人是他们先人，建寺其实初意是建殿，要登基为王。另外，从姥爷他们族人长相看，其实更多是胡人相，有一清楚例证就在我妈身上可体现。妈的头发有部分少有些卷，自来卷，卷发的基因是在匈奴族中，鲜卑有部分匈奴基因！新中国成立后，李峪村是穆姓掌控，高姓人有些失势。但这个村似乎又不像其他一些村，几大姓可能对立得你死我活的。李峪村两姓基本能过得去，也许是天性促使他们不会使对方太难堪，但我想他们并不知道实际上他们其实是一伙人，一个很有意思、有点奇特的村。舅舅为高姓人自然在村里不得势。但人一旦天赋够，正常情况下终不会过得很差，虽然他未能求学走出去，给他带来了终身的失落，但回村几年后他就当了小队会计，之后是大队会计。改革开放后他在自家还办了小卖部，日子越过越红火，在农村里算得上显赫人物了。后来在子女们出去后，舅舅还放弃了农村生活，随孩子们进了城，自己做点小事，日子其乐融融。一次和舅舅说，您年龄大了，也可夏天回村里住住，种点菜啥的，也挺好。他说，不回去了，年轻时想走出去时代不允许，现在出来了就再不想回去了，舅舅的一生就这样被时代定格了。

两三年前他一次小手术时查出肝有囊肿，不是很大。我说您还是需多注意些，他基本不当回事，农村人也就这样，有点事能扛过去就尽量扛。我心里一直在意着这事，但一想到要开刀，我也觉着含糊。一次，一位朋友刚好说起也是这毛病，说是要手术。过了段时间，我和其他人说，何时手术咱们去看看他。他说早做完了，去医院做完观察一晚就回家了，不开刀，微创。我这才知道原来这事现在没那么难。于是我与舅舅联系让他尽快查一下，不行就到北京手术。可他还是不在意，我又催他孩子，逼着去查了，这一查着急了，长得已经很大了。他那时弯腰已经有些困难了，这样我在2017

年5月份安排他住院手术。来京后第一日他先到我妈家，思想压力就很重，不敢吃不敢喝的，很是担心。第二天上午我带着他住了院，做了各方面检查，确定第二天手术。我安排好走时，舅舅掉眼泪了，说俺孩儿明天一定再来啊！我说您放心，我一定提前到，可想当时舅思想压力有多大。第二天我与他姑娘带他到了手术室，第一次就抽了几乎两啤酒瓶液体，医生说不能再抽了，明天再做，说真没见过囊肿这么大的，真是太危险了！舅舅抽完后一看没事儿，心情一下放松了不少，露出了些笑容，但还是有所顾虑，和我说，"俺孩儿明天还是再来吧！"我说，您放心。第二次又抽了一瓶子，第三天抽了小半瓶，这样第四天注药后才结束。一般一次抽完就注药的手术，他做了四次，可想已经有多危险了！事后舅总说我救了他一命，而在我，能帮他摆脱困境是由衷地心安。出院回了妈家，舅舅高兴了，还和妈一起照了相，笑得很甜。去年年底他打电话高兴地告诉我，检查了，全好了。今年清明我回去上坟时，还一定要和我喝点，两人喝了一瓶，还是高兴地禁不住说，"俺孩儿救了我一命"。

爸大伯家的我的两位表姑由于家族的变故及父母的早逝，他们的人生让人唏嘘！奶奶因爷爷的早逝也是承受了太多的生活压力，一生也是较为压抑！

爸姥姥家的我的表姑姑、姨姑姑还有我的姥姥，家庭都相对还殷实，虽然她们都没接受过教育，但都是从小受家庭影响，接触社会多，非常达礼，在她们身上充分体现了东方女性勤恳、善良、仁爱的美德，她们付予社会的是爱！这两位姑姑与我的姥姥是我心中最为美好的一份精神财富，她们永在我心！

2018年12月1日

灵性的动物，养了会生情，它的一些不适会引起你的同情与心痛的！

大 黄

大黄是条狗，不怎么纯的德牧，我的狗。

这个名字是不远处邻居家小孩叫它的专属名，看它甚是威猛，这小孩很是喜欢它，就常隔着院墙找它玩儿，"大黄、大黄"地叫着。我在它出窝抱它回来时，问我家姑娘叫它个什么名呢？她顺口说，叫"爱其"吧。觉着不错我们就一直这么叫它，只是我其实并不知道她说的是哪两个字儿。以至今天我想写它时，也只能借用它"大黄"这个通俗的名字了！

三个月后，它已经长得很英武了。这种大型活动犬我不想憋屈着它，于是就给它放在了山上的院子。院子足够大，它撒了欢儿似的成天颠来跑去的，这样也就长得更结实了。我很少能过去，起初安排了个人每天去喂它，这位女士对它挺好，它那段时间应该挺开心的。后来又换过几次喂的人，不及最初那位，但应该还是能吃上喝上的，勉强还行。但终究是缺少些陪伴，自己每天独自在院子里折腾，也养成了它自己的特性。它对人缺少亲近感，以至于后来兽

不满一岁的大黄

10 岁时还很英武，不想一年后身体开始出问题

医要给它打个针都不敢近它身，但每次我去时它就高兴得疯了似的嗷嗷乱叫。

它是 2006 年出生，2016 年 10 岁多时还是活蹦乱跳的，甚是欢实，抱着根骨头啃得欢实着呢，其实那时它已经是老年了。之后 2017 年开始有小毛病，先是耳朵水肿，不治吧它总不好。治吧，不让治，最后还是下决心给它治，总算好了。但自此这个耳朵不能再立起来了，少了些威风！后来后胯不太给力了，这是它这种狗的先天问题，就补钙，但即使混在食里它也能给挑出来，很是发愁恼火。再后来肛门腺有问题，更是难弄。2019 年春正好眼部有寄生虫，看着它难受，我找医生给它清洗，医生担心麻醉后醒不过来，不愿给弄。我一再劝说下才给治，但说啥不给治肛门了，怕真出了问题。10 月份我离京前去看了一下它，见了我再想叫。声音已是嘶哑不透亮了，但还可站起来溜达，我摸着它的脑袋，它很高兴的样子。不过这时它已经吃不了太多东西了，消瘦了，我已感其真的老了！

又过了半个月，说它站不起来了，我心里有些难受，觉着它可能真不行了。吩咐每天还是给它弄些好吃的，晚上冷给它盖个被子。过了 2020 年元旦，2 日晚上还好好的，3 日早上就没了，像熟睡了似的，走得很安详，没有受太多痛苦！

常常觉着没有多陪伴它，心里很愧疚。有句话说人人都在为自己的人生苦苦挣扎，我也不例外。甚至需承受更多的艰难，也就没有精力、时间多去多照顾它了，渐渐明白有些爱其实是承担不了的痛！

欣慰的是山上的狗一茬茬没了，它走过了 14 年的狗生，相当于百岁老狗了！

它走了，带走了我的一份牵挂，我心里少了一块东西似的。虽然为它没有受过多少痛苦，心里还安宁，但转过脸我心里还是会阵阵酸楚，泪眼朦胧！

回去再也看不到它了，我的狗缘至此也结束了，愿它来世幸福吧！

一路走好，来世不再相见！

2020 年 1 月 3 日

2019 年最后一个月十几日，一个不错的兄弟走了！

他和我算不上至交，我们相识于毕业后的工作单位。没有发小的情投，也无脾性的意合，只是他觉着虎子是个好人，我也认为兄弟人品不错，还是惺惺相惜的。

多年来彼此一直有着牵挂，他希望我过得不错，我也愿他生活安稳。北京有句话说，相互递个名片就是缘分，能从西城到东城找你吃个饭的一定是生死之交了。我们可是时常会一起吃饭的，也会不时问一下过得怎样。他突然走了，我失去了个彼此牵挂的朋友。

再过几天就要一个月了，时常在沉思中或是梦境中想，这个人怎么就这样了无痕迹无尘无埃地没了？梦醒时分也难以想通！也许可怕的就是上帝之手悄然地剥离着每个人的存在，然后让关于你的世界空白、沉寂而消失？细思恐极！还是记录一下他吧，至少不让他在我的世界中过早地消失，了无迹痕，也增加些我在这个世界的执着，更是对他做个怀念吧！

志正兄弟

志正，全名王志正，我的一个朋友，不幸于 2019 年最后一个月过早地走了！

志正与我相识于大学毕业后入职的工厂，当地人，与我同年毕业，同年进入同一处室同组。我们处属科研设计单位，老老小小有近百号人。由于那个年代断层的问题，其实百号人中还是以我们改革开放后刚毕业的大学生为主。有小部分老一辈学知们，还有工农兵学员，有生力量还是我们这些人。我们组有十几号人，当地人不少。算来二三十年一直和志正保持联系，主要还是因为这兄弟人品不错，多少年来我和一起相识的朋友聊起他时，我总说的一句话就是"志正人不错！"

志正毕业于名校北交大，人很聪明，所学正好与工厂专业发展方向吻合，因而干得也是如鱼得水。再加上他人不错，有几个哥们儿赏识他，肯帮他，于是兄弟早早成中干了。少年得志，意气风发，那时兄弟还是很威风、很得意的！

记得我还在厂时，他应该还只是副处，不过手下百十号人，应该还是很有权的。那时我一方面年轻，另一方面也是自己个性太强太硬，看不惯不认可的，根本不管那一套，我行我素。其实在这过程中也没少给这兄弟找麻烦，但始终这哥们儿没和我红过脸。他人性善，再者他也理解我，"知道虎子是一好人，不是无理取闹之人"，如是不顺还是有委屈的，这一阶段与他的相处还是给我心中留下了不少情谊！之后，各种原因我很快就离开工厂了。他也升任正职，回去时我们也常见面，不在一起工作了相处得也就更随意。也能感觉到他的春风得意、意气风发，真的很为他那段时间的人生高兴。

随着社会变化的加剧，几次感觉到他也有些坐不住了。外边的花花大世界勾引着他，令他魂迷，甚至还闹出了他和他一哥们儿共同罢职风波。两位技术骨干主管这那是简单事，引起了行业轰动，也是搞得沸沸扬扬。不过想来，年轻人嘛，搞点动静，或许才是人生，才是向往！

当初知道他有些想法时，其实我还是没少劝他，希望他能安于本职，踏实干出一番事业来。客观说，我对他还是有所了解的。他人品不错，人也聪明，踏实干个技术工作挺好的，一定会干出一番名堂。但他那时过于对外边世界迷恋了，殊不知他对世界的真实本

我与志正兄弟

质是不了解的，只知其表。人有所长就具所短，志正相对简单，实际上他在社会上根本就不是"个儿"，是左右不了甚至说应付得了社会的，可怕的是他自己不明白，认不清这一切。

后来，他还是放弃了自己的一切"跳海"了，他那小身板儿可想而知，没多会儿就听不到了动静。这别人也不好问啊，几年后才和我联系说见面坐坐。我心里还是挺高兴的，期望他能海里安稳了。见面了叙叙旧，也感觉到了他少了自信甚至说有些失意。他提到了借点款，我心里咯噔一下，知道情形也许比我预感的还差。平时也不敢问，这时再不敢问也许就是对兄弟们的不义。于是我了解了下情况，也和他说了一些客观的话，甚至有些话也许刻薄了。但我想，他是我一不错兄弟，如果大家只是你好我好大家好的，还是兄弟吗？也许这次谈话对他刺激不少，感觉后续一段时间他情况真还有所改观。有意思的是他把我说的一些过激话还真和他那兄弟说了，这说明也许他真想明白了，但另一方面也说明他还是很简单的。那兄弟其实也和我不错，这么做不是让我得罪人家吗？我能感觉到，但我想他了解我，他一定会理解我是真心为这兄弟好的，不会记恨我的苦心的。之后事实上也表明，他还是很理解的！事后我抱怨志正这事时，他只是傻笑着，但能为他好，我心里还是很高兴的。

再后来他究竟怎么样了我也不敢太多问，听说还行，但我知其也应不容易。其间他也还曾向我借过钱，还是他那位兄弟担了保。能给他作保其实真是够可以了，他还账也基本没太拖。再之后我也不是太了解了，偶尔见面，他话里也提提我能否投资些项目的事。我知道不易，我没那想法。

2018年见面时知道他身体出了些问题，还一再劝多注意，多锻炼，该放的放放吧！2019年9月又和一些兄弟们聚了一下，那天大家都没少喝，趁着酒劲我还和一些兄弟们说有机会多帮帮他，还是那句老话"志正人不错"。

应该是2019年12月16日接到他那哥们儿信息"志正不在了"，我心里很沉重。打回去电话，电话那头儿已泣不成声。我理解他的心情，他们是发小，情同手足！

志正走了，在他的后半段人生中，他选择了自己不专长的事，受了煎熬！

志正一路走好，天堂没有负担！

2020年1月4日

这两天从讯息中知兄弟情况很好，甚慰！

卫国愈后看到如觉言语不妥之处，还希兄弟多谅解，疫情中也没法看兄弟去，心里还是很念，就算是我的一种表达吧！

最后，愿卫国早日康复，我们早日相见，共话美好明天！

卫国生病了

2020年6月初回大同，惊悉卫国在四川生病已半月余，处于危险中，很是错愕！

我4月下旬从海南回京后，还收到卫国短信，了解返京机场及小区管控情况，想应是在"五一"假日后，回四川后出的事吧。

卫国原与我一起在大同机车厂设计处，比我晚一年。我是1987年他是1988年，那年我是在车间实习一年后到干部处办理调入设计处手续，他是毕业报到分到设计处，没有到车间实习，应算是幸运儿了。现在想来那日见面很是凑巧，几十年后仍历历在目。我拖着一身满是油污的工作服推开干部处大门时，看得出一脸不解似乎呈现在他稚气年轻的脸上。也许是不明白一"工人"怎会到干部处来呢？也许更不解这工人也太邋遢了吧，怎会是一身油渍的，像是大油缸里刚爬出来的呢？殊不知我在车间实习这一年中，车间因为我是大学生，只给发一套工作服。后半年，我又一个人开四台铣床，手不停地转，没有可换的工作服，每天只得强忍着穿上，也许车间洗工作服时偶尔洗下吧。有工厂工作经验的人估计一定能想象出我

图右 2 卫国

当时是一副啥样的窘态模样。那日突接到去干部处办调转手续通知，便一身油污花猫脸似的去了。就这样结下了我与卫国的缘分，后来说起还算是半个老乡呢，就显得更亲近了。

卫国北交大名校毕业，学生党员。一是那个时候国家建设初期确实需要人才，再者工厂老大也是北交大人，卫国相对来说脑子里别看人不大还是有些政治抱负的，于是便少年得志，没几年便升中干成厂办主任了。他那时应该还是很踌躇满志的，甚至说有了些小官儿架子，处里个别人对他也有些微言了！记得一次我出差找他签票时就有点这情景，头没抬地说，"你这怎么半年多连着开票呢！"我这看见领导就胆战的臭毛病一犯，怯怯地说："那我要么找处长说一下。"兄弟没说啥，抬笔把票签了，就势说你这么半年多连着跑挺累吧？一句话够暖心的，我苦笑了声没作答。前些日子看到一日本电影中一句话"活着哪是那么容易的事"，想来应了当时那景儿，我不哭！后来看那时北交大多数学生都提干了，一是这些人多数还是有能力的，再者工厂也需要人，当然客观上也有不少其他因素。

我们处有年轻学生党员四人，其他三位日常言语行动中都能看出是有些追求想法的。事实上确实这三人也都发展了，只一位好像平平，不上套似的，烂泥踩到了地上。这位便是我，唉，人的命，性格决定了一切。

后来卫国借调到了部里，应该说在高层管理部门也许会有更好的发展。但究竟是在厂里发展好还是出来好，这个我是真弄不明白了，因为我确实缺少那种细胞，整不明白，总之他是出来了。我也不好问他这些，一来人家是官儿，自己见领导心慌。再是那时自己一脑门子疙瘩愁得解不开了，也理会不了这些高级问题。

其实那些年自己一直处在一种无望的痛中，一直以来始终心中回避，不愿与人说起，其实那时自己已经是深陷忧郁中了。那个年代还没有这些说法，即使有又能怎样？活着不易，人有时只能那么硬着，为了啥？说不清！总之，还是那句话，命！你的性格也许注定了你的一些命定，活着受着！自己想来，之所以自己会经历那些难，和自己性格简单、倔强、敏感分不开，这一切是自己的命数。虽然它已是自己心中的一块垒，但自己得认，得与其相伴相随。

无奈下我离乡来京奔波了，与卫国离得不是很远，也就有机会常见。觉着卫国那时还是满腔抱负的。但隐约中也可感觉似乎不是太得意。这样过了几年，他又回厂了，安排得也还是不错的。又过了些日子，听说兄弟因工厂车出事故受到了些牵连，也许会对他发展有影响，卫国又随一位来京领导到二七厂了。还行，有了房，在京安了家，不错。过了两三年，又说离开二七厂到一个公司了。可以说反正在京已安定了，到哪儿都行，能有个发展更好吧！2018年底还是2019年初，记不得了，卫国又往成都发展去了。已经这个年龄了，离开家出去干其实也不容易了，但我想卫国还是想追求一些发展吧，不想今年出事了。

卫国这些年，我个人觉得还是很有抱负的，甚至说心事还是很重的。但似乎没有太如其愿，有所不甘，因而也许心中够累。为什么呢？我自己缺少政治敏感，不清楚这些。但我觉着，卫国虽有抱负，可能是命中未遇机会吧，总之，这些说不清！

跑步中忽然想起应该写几句说说卫国的话，但又感不妥。后来还是觉得需要说几句，警示自己也可提醒周围人，更有意义的也许是等卫国完全康复后，看是否也能有些感触。人有时也许不必太认真了，可以放下些人世间的喧嚣。有时候有些事儿不是自己的问题，自己努力了争取了也就可以满意了，至于有没有结果有些事儿是由不得自己的，自己左右不了这一切，也许你只能听之认之。想明白这些了或许自己就轻松了，退而求次进可能也是个好办法。甚至说，必要时认认怂，也许更是一种大智慧！

总之，希望卫国尽早康复，放下尘世的烦扰，大难过后幸福常驻！

2020 年 7 月 22 日

三亚，一个冬日里阳光明媚、蓝天白云、温暖和煦的地方，成了我心中第二个故乡！

海　南

　　突然想写几句海南了，是住久生了情还是见美起了意呢？说不清！

　　人也许就是这个样子，三心二意的。

　　我是 2016 年冬开始到海南越冬的，本意只是偶尔来住住，不想一住就收不住，来来回回地已是四载了。

　　2016 年初春看一个哥们儿微信中发了一个在售信息，讯中说他们接管的该项目开始又发售了。性价比觉着还不错，于是匆匆中找老兄买了个房，心想这下咱也可以冬日里暖和一下了，还是很欣慰的。这个盘其实之前也很关注过，一次来时还壮着胆儿问了一下价，腿儿当时就软了下，心想这也太那个了，比京价还高，也忒把自己当回事儿了吧。心里悻悻然，罢了。也许是当时自己抬得太高了，也许时代不同了，总之，项目搁置了好几年，被收购又启动了。实话说，项目的确是不错的，海岸线独立延伸出去一座岛，建筑风格独特，环境幽雅，地标性的。

　　我是 2015 年前后开始关注在海南过冬的。2013 年开始不怎么做事儿了，北方冬日里冷，户外做不了啥，整日待家里不是个事儿，于是向往起了冬日艳阳里可以露着小蛮腰的海南了。以前也去过几次海南，那些年自己在京独自干事儿，成天里昏天黑地的，再是小时没学过地理，对气象缺少直观认识，冬天里听说这个是到澳洲那个是去海南耍的，寻思大冬天里有个啥耍的。后来，偶尔去了两次，方才知真是世界大不同。脑子又理性地想了下，那可不，你冬天人家就是夏天呗！ 2015 年有意到海南时，便着意从海南北海口一路到三亚实地走了一下，才知岛内也是各有天地。山南是热带气候，山北是亚热带，分界线基本上在中部。通俗说万宁北冬季还是有点阴冷的，万宁往南才是艳阳天，想是还是选择三亚吧。

　　2016 年冬到来前其实心里还是很惶惶然的，毕竟是大北大南地换个地方，气候究竟是否适应，吃的可以吗？想得有些多！再加上没文化是真可怕，脑子里一直根深蒂固地执念着南方潮，会阴冷，心里总是怯怯的。转念想，大不了不行夹包回来接着烤咱暖气呗，没出息的。后来还是说明自己真是想多了，三亚热带气候，冬季温度基本在 20 到 30 摄氏度，更可爱的是冬季基本或者说根本不下雨，不潮。大多数时间穿短袖短裤即可，偶尔长袖加持一下，省衣服。吃的呢？对咱一个生活在大城市里、成天不是冰得这冰得那的北方佬来说，才真正地知道啥叫鲜！猪肉是油汪汪的，羊是东山羊，再进海鲜市场看看，一脚进去眼花缭乱。管它呢，巴掌大的虾先来两只再说吧！

说来还真有些不适应，人可能在语言不通的境况时往往会诚惶诚恐的，估计是你懂不了语言也就解不了意，自然就会恐之。海南当地语你基本上是难懂的，即使看你是北方人，他们改口"海普"，其实你能懂的也过不了半。这还是受过教育可讲"海普"的，不然可以说基本是听不懂。初来时不了解当地文化，更不知风土人情，听不懂，更不知所措，心里常会是怯生生的！记得第一年刚来办入住时，物业一帮小姑娘都是当地人，咱自己原来日常做事儿匆匆惯了，看着她们慢条斯理的，话又听不懂，这个急啊，甚至还发了点小脾气啥的。后来时间长了，一来二去的，虽然言语上不是全懂，但渐渐真切感受到这些姑娘们人品真不错。

海南岛，气候温润。南海渔业资源丰富，人口也不多。也许这些因素形成了当地人缓慢的生活节奏，这儿的人们基本上都是慢慢地体味着活着的味道。改革开放几十年，虽然渔村成了港口，成了

与晖哥神泉球场挥杆

与晖哥古盐田球场挥杆

小鱼叫花面龙，南海
中的鱼色彩斑斓

石斑鱼，约 6 斤

灯红酒绿的大城市，成了高楼大厦，成了旅游胜地。但这儿的人们，大姑娘小小子们依旧保持着属于他们的那份朴实、纯真、诚恳，赋予了世界他们拥有的那份地域文化的美好。这儿的姑娘们朴朴实实的，眼神里透出的是一份心灵的干净，与这片清净的天地相呼应，予人以温馨。这儿的小伙子们猛看愣愣的，但你透过这愣看到的是傻傻笑容之后的诚恳与敦厚。这是一个依旧保留着中华民族朴实厚道文化的地方，给人以温暖！

海南宜人的气候吸引了全国各地不少人的向往，尤其是北方人，严寒地冻地受够了，媚起了这份温暖。改革开放后人们富了起来，有了能力有了条件了，便纷纷地南涌，自嘲着候鸟生活。也是，和鸟儿似的，冬往夏来的。其实这一切还是给海南带来一些冲击的，尤其三亚，可能更是北方人的向往之地。于是恶果是物价高了，房价高了，甚至说有些离谱了。更有甚者社会风气也有些坏了。

前两年一次来时，在机场遇到了小时一位同学，知我要冬季到三亚待着去，说你这有些太不像话了吧，他有些不解，估计他言外之意是你怎么能待得住呢？你不做事儿了？其实，这几年身边一些较近的人，甚至说父母都有些不解，觉得你还这么年轻，怎么说放下就放下呢？以为我受了多大委屈，心里受了啥刺激。

父母更是一份放不下的心情，常是忧心忡忡的！记得母亲一次更是幽幽地说，"俺孩儿这样以后怎么生活呢？"天下父母心啊！尽管很多人劝说，其实自己心里很明白，真的是干不动了，不想再干了。

人的一生也许是个很难说清的事儿，各自的味儿，估计只有自己知道。自己半辈子走过的路，咂摸下基本都是在一个极端的状态下过来的。小时因父母是"臭老九"，随他们被社会歧视着，似乎自己真的成了个小臭虫似的，别人躲着你，你不应属于这个社会，这个世界似的，个中滋味估计没有这种经历的人难以想象得出。自己孤独着彷徨着，还好，在要被历史的车轮碾过时，幸运的巨轮刹了把车转了下向，竟然还把自己带上了车，成了一个新时代的宠儿。难料的是改革开放的潮流又把自己弄了个一头雾水，经济大潮把握了人的命脉，自己祖上，三代与官与钱沾不了边儿，于是又成了社会弃儿。甚至在自己婚姻过程中心理都变态到了只要有人提这事儿，我先说的三句话是：我家没官，我家没钱，我小地方的，一个严重的非正常人。终究，自己也还是没有逃掉社会的嫌弃，彻底无望后漂荡京城求生存了。进京后，实话说自己确实还抓住了社会迭代中的一丝机遇。其实我性格本身也是个很执着的人，便苦着乐着坚韧着，没有敢错失每一丝机会的尾巴。客观地说，自己应该还是成事儿了！几年的折腾后，忽然间云散没有了忧，这段时间虽然是释了重负，然而心里即添了许多不解，一度还甚困扰。搞不懂我怎么会就走出了困境，想想自己虽不傻，脑子还凑合够用，但比自己聪明的人多了去了，自己也谈不上有什么背景，比自己有学识的硕士博士什么的多着呢，为啥自己还能成了呢？这些问题一段时间还真是困扰着自己，杞人忧天呢！一段时间后，我心里开朗了。自己明白了这一切还是自己的付出所得，自己切切实实地做了。我知道自己虽然谈不上有什么高学识，谈不上有多聪明，但是首先自己脑子还够用，能转得起来。另外，一个人一天辛苦可以，两天也可以，一周也行，一个月……但一年呢？十年呢？……客观地说人都是自我的，都会不自觉地在意着自己，没有一个人能够十年如一日地坚持着，而我恰恰做到了。进京后，艰难的童年、落魄的进入社会十年的经历，客观上造成了自己不敢回头看，闷着头只能往前走。再加之自己性格上的执着，十年间我几乎没想过其他事儿，每天 7 点前到办公室，晚 10 点前没回过家。记得一次因为什么事儿，不爱言语的父亲生气地说你不要命了，一句话说得我愣愣的，懵懂了半天没说出一句话。回过神后眼里含了泪起身开车离开了家，车拐过转角，孩子在路口在等我，问我爸你怎么了？我抹了抹脸上的泪扶了一下孩子的头说没事儿，扭头接着走了！十年的辛苦让我成了个怪人似的，似乎自己就成了台机器，不停地转着，没有个时间。记得一次周末我要带小孩儿出去转转，可是那天我还得参加个考试，于是我便带着她去了考场，人们觉着这人考试怎么还带着个孩子来？我和她说你在外边等我一会儿，我很快出来。二十分钟解决问题，我带着小孩儿走了，大家都觉得怪。那些年我基本上是没日没夜的，就是过年放假了，我也是每天开车到办公室坐着去。也许只是坐坐，但那是我的生活！事后我明白了，没有多少人能做到的，于是自己给自己也就创造了个传奇。那个时候，那个行业许多人不明白为何我能做成那个样子，作为一个小公司管理者，曾经创造的业绩令业界不解。搞不懂这人为啥能这样，其实更多的是不了解你的忘我、你的付出。2006年前后清华大学首次办英皇特许测量师培训班，一班四十多个不同行业的精英们，最终在英国人严格把控下，仅有四人通过。我是我们行业唯一一人，北京市第一人，一下子惊了行业各位大佬。更甚至一年多后始终没有多少人能过，于是国土行业部门与英皇测协商定行业内放把水。清华也许是考虑我是该行业的，就在最后要通过考试时让我去给他们做个最后培训，还有幸登了一次清华讲堂，功业值了！就此，行业内也就平定了许多不解，甚至一些兄弟们还抱不平说有本事你们也来个第一人，别总觉得自己了不起似的。我自己心里其实也很满足了，自己得到了认可！

　　社会的迭代还是很快的，也有些困扰给了我不少压力，我已经成了事儿，是否还值得再这么做呢？

　　我要放放了，我不是那种想着耀武扬威的人，值得我去为了那些名声去赌命吗？我何不退而求其次，冷眼观世界呢？

　　转眼四年了，海南，成了我的又一故乡！

2020 年 12 月 6 日

一场疫情，改变了世界，改变了社会，改变了你我！

疫情一年记

2020年大年三十，天气晴朗，海南已开始转暖了。三亚更是温暖宜人，很舒服！

大家都忙着过年呢，以往岛里每日都有零星钓鱼的，今天是格外的安静。我独自进岛钓鱼去，我喜欢这份宁静，在暖阳中忘情地融入广阔的天地间，湛蓝的海天中，与轻风细语，与鱼儿共舞！

小时这天都是在姥姥家中的，这日是姥姥的生日。直至姥姥离世前，这一天从未例外过，直到我读高中，读大学，工作后依然如此。姥姥走了后，这一天我总是不知何去何从，心中空落落的，似乎这天已不再属于我了！到海南后，这天去钓鱼便成了我的选择，灵魂也许还能有个安放处，更安定些。

中午时分，和爸妈他们视频了一下，我看看他们，他们看看我，彼此消了些惦念，多了些安心。下午2点多开始往回走，走到半路大坝时，竟看到两个当地小伙子开摩托艇潜水打渔呢。

站着看了会儿，听到一人对另一人说，明天开始要求戴口罩了，我心中还想"不至于吧"。

前些日子倒是听说又有疫情了，在武汉，封城了什么的，但真没觉得会有多严重。经历过2003年的北京"非典"，也知道疫情的严酷，但总觉得离得还远，总不会全国人民都惶惶吧！

初一，形势陡然紧张了起来，先是封岛了，进是不让进了，出去再回来那就得量体温什么的。心里还是很紧张的，万一温度有个高啥的，那不就回不了家了呢，干脆就别出去了。岛内也要求戴口罩了，可哪来口罩呢，已经是不可能买到了。一罩难求，这可怎么办！苦熬了几日，物业说社区一户给发两个口罩，政府还是很人性化的。管他呢，至少可应个急吧！恰时北京一位朋友来电，说他一个朋友要回京没口罩，能否找两个送过去？到物业领口罩壮个胆儿说能否多给两个，有急用。平时和他们比较熟，说那就多给您两个吧。估计是有些户没人，还是能匀出来些的。打算给送过去，朋友说那朋友之后口罩问题终于解决了，不用送了。自己心里也放松了些，总算手里有个应对的了。

每天就只能是岛里转下，还专找没人处。即使偶尔碰到个人，也是远远地躲着过，像是病毒要乱飞似的，心里还是很忐忑的。吃的存货不多，初七硬着头皮去超市多买了些东西，家里乱不乱已然管不了那么多了，少出去为上。还未完全放下心，

疫情后返京

初十几突然新闻中说一病例曾去这超市购物，顿时一身冷汗，妈的，咋整！一核实时间，还好，我初七去的，这病例初八，好悬！再仔细看了一下，他去的是那个小超市，我去的是大超市，叫同一名。还没怎么地，先自己吓了自己一跳！再没过几天，又看到一个小区被封了。妈呀，我16日去过这小区，这病例17日到的，一家几口全确诊，真是够悬，后脖子发冷！

就这样子一个多月很少出岛，自己一个人在岛里晃悠着，独行侠。

又过了一个多月，海南相对宽松些了，自己感觉是可以大口地喘口气了。原来不敢，就怕吸上毒呢！

武汉形势自报道发生病例后日趋紧张，一天一个样子，一天一个政策，终于封城了。还是很难置信的事儿，可想问题应该还是很严重的。勇士们出现了，钟老爷子八十几高龄挺着腰板逆行入鄂，还有其他几位老一辈院士们也是挺身而出不顾自己安危，令人钦佩，为政府高层的抉择提供了宝贵的依据，病毒是人传人的。武汉城内疫情尤为严重，一床难求，似乎一切混乱中。火神山、雷神山火速建成，方仓迅速收治，体现了中国速度。政府高层高度重视，先是孙春兰副总理坐镇督导，然后迅捷调动人民子弟兵增援，各省亦迅速组建医疗队保障，让人们既觉着事态严重，也看到了控制疫情的希望。

人生匆匆

　　看每日疫情播报，蹿升的确诊病例数真的是让人心惊肉跳的。初日增加几百，很快几千，又以万计了。更可怕的是这次疫情的发生恰好伴随着春运人口大流动的开始，又有多少病毒流出去了呢，真是不敢想，各省备战如临大敌。激增的病例定格在8万多迅速缓下了，让人们看到了希望。最终，武汉以近四个月的封城为代价基本控制住了新冠疫情。全国医疗战线的天使们谱写了一曲壮丽的歌曲，可歌可泣。武汉人民夹道欢送拯救他们于水火中的英雄们返程，各地迎接壮士们回归，一个也不能少。更为可敬的是武汉四个多月的封城、人们的足不出户，令人潸然泪下。可敬的政府，伟大的人民。这一切，应该是只有中国能做到，只有中国人民可做到！

　　令人无法接受的是李文亮大夫未能战胜病魔走了，深深扎痛了中国人民的心。他确实是给这次疫情第一时间发出了警示，人们忘不了这位大夫的付出。更为让人不能承受的是武昌医院院长的染冠离世，挺身而出第一时间救治患者的院长拖着病重的身体倒下了。护士爱人救护车后一声撕心裂肺的呼喊撕碎了中国人民的心！

　　4月初武汉解禁，我原本3月底的回京拖到了4月底。N95、防护眼镜武装到了牙齿地登机返程，特地在机场照了个相，记录下这个特殊的时间。抵首都机场后，原本忙碌嘈杂的机场

疫情中三弟看望爸妈

人生匆匆

死一般的沉静，仿佛时间已停滞，飞机瘫满了场地，没了生气！

到了小区，社区登记，居家隔离。几日后，北京政策调整，隔离解除。我在朋友圈发了自觉继续隔离14日期满的信息，不给别人添顾虑。

紧张气氛逐渐缓了下来，7月初忽然间新发地疫情又燃，花乡一带封闭、隔离、核检开始，形势再次趋紧。那日刚好与女儿约见面吃饭，她接社区电话问近期是否去过新发地或家人有去过的。她忆起似乎她姥姥前些时去过，这样她也就需居家观察两周。我也只好又进入自觉隔离中，不给自己添顾虑。还好，最后又都没事儿，又一次幸运躲过，不易啊！

10月份，天渐凉，月底前办完最后一件事儿后，赶紧去海南，万一冷了有个头疼感冒怎么办，够愁人的。最后顺利到三亚了，海南疫情还是相对好些，天暖和些。

2021年元旦后，到海南两个月了。再有一个多月要过年了，各地零星又出现病例了，尤以北京严重。还是抓紧回京看一下爸妈吧，不然后续更严重了也许会更麻烦。北京这时顺义疫情也基本有个眉目了，估计回去问题不大。于是8日回京，待了一周赶快返三亚，已是非常担心各地管控会严格起来，因为石家庄疫情又开始了。还是较为顺利地返三亚了，不几日各地各种管控措施相继出台，愈来愈严。

　　为了不引起新冠疫情再度暴发，国家号召就地过年了。疫情发生一年了，这一年太不平常了，太难了，相信每个人都会有此感觉吧！

　　今天，我们可以说基本上控制了疫情，胜利在望之际，世界各地的人们多数还在水深火热中。尤以印度、美国为甚，似乎他们远还难见尽头。

　　在此一年之际，祈祷病毒尽快消失吧，还人们以安定！

　　为我们政府、人民在战胜这次疫情中的表现点赞，也再次希望世界人民尽快走出阴霾！

　　　　　　　　　　　2021 年大年三十除夕夜

有一种情义叫挂念，是彼此心中的有，一份儿美好的存在！

恒亮子

恒亮子，也叫亮子，我姥爷的堂弟五姥爷的一个儿子的小名。我应该叫他舅舅，只是因为他仅比我大了两三岁，小时我去姥姥家时又是常与他一起玩儿，我就基本上也是"亮子、亮子"地叫他了。他没介意过，大人们也似乎没说过什么！

世界上总是有一些难以说清楚的事情！比如说一个家庭，无论是父亲还是母亲，还是父亲的父亲、母亲，或是母亲的父亲、母亲，再或是再往上说祖宗几代吧，似乎也找不出个贤达之人，甚至可以说有的还是蠢傻愣的，多少个兄弟姐妹们都很凡庸，可他（她）偏偏就是与众不同，那么温和懂事儿上进，那么灵秀动人善解人意，这究竟是何因呢？真说不清！偌大一个村里，七八成平庸着，一二成还明白些，可就有那么极少的几个就好像是来自外星似的，与众不同，有着他们的独特之处！

恒亮子可以说是这样的一个人！在那个时期，我姥姥家三个孩子应该说是很不错的了。我母亲完小毕业就当老师了，那个时候缺师资，可想母亲资质还是不错的。二姨县里有名中学初中毕业，后来也是从教了，很不错的。舅舅赶上"文革"了，后来在村里也是个人物。这可能是因为姥姥家还算是大户人家，姥爷家也可以，所以孩子们也就都还不错！姥爷这几个堂弟，我知道的是三姥爷、四姥爷、五姥爷，对这几位的印象都是稀里糊涂的，各家都有五六个孩子，总的有十五六人，多是天资平平，五姥爷家的二小子却与其他那些完全是两个样子，与他们这个大家庭是完全的不同，说不清何故。

应该是我七八岁后与他熟络起来的。我周末基本上都去姥姥家，假日里更是在姥姥家里住着。姥姥家院子临街，往里去的一个大院子住着的便是三姥爷、四姥爷、五姥爷三兄弟，一大家子三家人一个院子，院子当中有两棵杏树。老奶奶与五姥爷一起生活，应该是五姥爷亲妈，五姥爷与三四两姥爷同父异母。三姥爷、四姥爷印象中与这位老奶奶不来往，其实这三位间也少往来，不打起来就不错了，三位及三位婆娘都没那种可容事儿的气度。

起初觉着是亲戚吧，也就跑进后边院子里去看看，再说姥爷、舅舅在村里还是很有人缘的，几位姥爷的儿子们常到姥姥家串门儿，几个大点的应该是我妈在村里学校时还教过他们。我一边是过去串串，另一边也是馋院子里几棵杏树上的杏子吧，可印象中他们基本上没主动给过我。记忆中认识亮子是一次到他们家串门，见他在炕上一个箱子上打开书，摊开写字本写什么呢。我就问他你干什么呢？他说写作业呢，我奇怪地说你们还留作业呢，他说是。亮子比我大两三岁，实际上他上学应该是和我一届，或至多高一届。那时学校基本上不怎么正经地上课，在校时能写个作业就不错了，回家有作业基本上是不可能的。应该是他自己主动照着书后的作业做呢，第一次见面他给我留

下了不一样的感觉与印象。

五姥爷三个儿子两个女儿，老大是儿子，老二、老三是姑娘，亮子的大哥、大姐、二姐，亮子行四，那时大儿子、大姑娘已经不上学，下地干活了。二姑娘印象中还是在学校混着，这个姑娘似乎语言上少，有点问题，忘记了是不会说话还是不爱说话，反正给人感觉是有点糊涂的样子。大姑娘还正常，大儿子有点愣劲儿，小儿子有点懵懂劲儿。

三位姥爷家中五姥爷家劳动力相对较少，三姥爷、四姥爷家中都是三个儿子，也都基本成年了，整劳力，家中基本没吃闲饭的。那个年代是靠出工挣工分过日子的，劳力不够挣不来工分，日子就难了。五姥爷家整劳力就他与大儿子，不过说实在话，五姥爷身体壮，大儿子也是，在农村中绝对是好劳力，实打实的。因而家里虽然有几个吃闲饭的，但这爷儿俩挣得也不少，家里基本上也是能过得去的，虽然也是很紧张。

五姥爷家的最大问题是吃的问题，两人能干也能吃，那可不是一般的能吃，父子俩估计比全家其他人加一起还吃得多。问题是其他人也不是不能吃啊，小儿子小，可吃起饭来可不少，不过一看这小子长大也是个壮坯子。这样，这家就弄上麻烦了，哪有那么多吃的啊，这也为之后一家人的离开埋下了伏笔。

亮子在家里受委屈吗？我觉得多少是会的，他那时的年纪，如果不是那么懂事儿、那么有着学习的愿望，估计是早不让他念书了。那时的农村，十多岁的男孩子下地干活是常有的事儿，半个劳力，至少是不用吃闲饭了。五姥爷应该是早就看亮子不顺眼了，只是亮子确实是懂事儿，下手狠了不合适。我觉着亮子在家里一定是方方面面会让着的，忍着父亲、大哥的冷脸，让着小弟的不懂事儿，还得关心着两个姐姐、奶奶。吃饭时他不顾忌吗？估计一定会在意的，一定会是尽量地慢着来，不够吃了自己就忍着了。

那时中国刚从旧社会走过来二十几年，人们才刚开始识字，能认识字已经是不错了，十个人中六七个以上大字不识一箩筐，能懂个啥大道理，有几个懂事儿的那就是不简单的人了。三位姥爷家都是五六个孩子，基本上也都是一两个还行，亮子是特别的。我只和亮子玩儿，与其他人基本上不来往，当然，他们也是都比我大多了。

我到姥姥家后就常去找他，那时候小孩子们兴看小人儿书，当然这个也是爱看书的孩子们看得多些吧！爱动的孩子们更多弹玻璃球、顶牛、推铁环、打滑滑、打元宝等，甚至是摔跤、打架、捣雀儿、抓兔子、套鸽子、上房揭瓦啥的。我找亮子可看了不少小人书，我们也弹玻璃球，只不过是不愿和那些上房要揭瓦的去玩。我还和他上大街转去，上大队部看看，上野地滩去，顺便他给家里养的兔子、羊啥的拔些草，他是个懂事的孩子，也在心中默然地为家里做着点事儿。我们俩还一起进过城，印象中有一次说城里是啥样子呢，咱们去看看吧，于是两人就一起去了。其实我是去过的，那时爸有时骑车带我们去，只是自己没走着去过，这次是我俩走着去。十三四里路，进了城我反而成了向导了，带着他出了这商店进那商店的，就是看啥也买不起，没钱。印象中最后是看到西关那个卖熟肉的了，馋得怎么也不行了。我小时不舍得花钱，过年的压岁钱总藏在裤兜里。我说不行咱得买点吃，好像是买了两三角钱的，我俩分着吃了，可香了！亮子那时也会偷着摘几个他们院子里熟的杏子给我，明着不行，院子里其他人会盯着。亮子有时也会到姥姥家找我，只是去得不多，这个孩子不喜欢乱转。去了就先问候姥姥、姥爷，然后就是问大姐、姐夫没来？之后才是和我一起玩的。然后看着要吃饭了时就和姥姥、姥爷打个招呼就走了，从来不在家吃饭的，即使是姥姥、姥爷留他，他也是不吃的，真的是很懂事儿的孩子。亮子不是那种文弱、安静的孩子，他只是很懂事儿，和我的舅舅很像，是农村中有头脑、有些明事理懂事儿的孩子，算是村中的人物。

我小学四年级前后，那时我爸妈已经调回郝家寨村了。一天下午，亮子来找我来了，从他们村过来大概有七八里路吧，我还是很有点诧异的。一般都是我去姥姥家时一起玩儿，他怎么来了呢？坐了会儿他说："二虎，我们要走了，要离开了，要到内蒙古去了！"那时我还小，还不是很懂得离别的愁肠，只是觉着心里不是个滋味，脑中一片茫然。看着他也是迷茫的眼神，我更是不知说啥好了！

待了一个多小时后，他说得走了，他和妈打了招呼后要走了。我跟着他送出了院子，送到了路上。他说你回吧，我说你们还回来吗？他看了看我没说什么，只说了声你回吧，然后扭头走了。我望着他远去方向的一片残阳，他只给我留下了一个背影，我心里涌上了一种说不出的愁滋味！

我们还能再见面吗？

五姥爷一家搬到内蒙古了，他把大姑娘嫁到了内蒙古，然后跟着大姑娘到内蒙古了，原来的说法叫走西口，现在叫移民。他们在这儿再有力气可挣不来那么多口粮，肚子饿就走了。内蒙古地阔人稀，有的是地，五姥爷爷儿俩有的是力气，再还有个小生力军，五姥爷一家就是这样在内蒙古把日子过起来了，过好了。亮子也跟着得利了，如果不是这样，如果不是恰好亮子也赶上了改革开放重新招生，如果不是亮子自己一直有这个心思，估计他也早就开荒种地去了。亮子终于考学了，上了中专。五姥爷两个姑娘都嫁了，姑娘嫁出去是容易的，儿子能娶上那可不是说说的事儿。可五姥爷日子好了，大儿子娶过了，二儿子考学了，只可惜的是小儿子干得有点猛生病离世了，还是很惋惜的！相比下，三姥爷小儿子没娶过，四姥爷两个儿子打了光棍儿。五姥爷如果不走呢，可能不只是饿肚子，大儿子能娶上媳妇吗，亮子会否被迫弃了学业，这都是难说的。五姥爷凭着爷们儿几个能干，又得了个契机，终摆脱了困境。

　　亮子他们走了后不久，社会发生了变化，我也忙于求学的进程中了。初中升高中，高中考大学，大学的迷茫中，偶尔也会想起他，他怎样了？没放弃学业吧？考学了吗？想着夕阳西下的那份离愁！那个年代，距离就是天各一方，两个世界中，再想也只能是望着满天星斗的日月星辰心中默默地传送份情思

2017 年舅舅在京看病后与母亲合影

2021 年舅舅手术后恢复得很好

吧！我相信某个时间、某个地点他也会这么思念我的，我能感受到那种电波的存在！大学毕业后工作了，又是各种人生的波折，自己的屁股还瓦盖着呢，那份情还只能是在心中的某个深处，难以顾及。后来总算是安定下来了，心中也有涌动，想他现在怎样了呢？打听后说他上坟回来过一两次，说是到内蒙古后上学考中专了，毕业后分在一个铝厂，干得还不错。听到后，我轻松了许多，心中默默地为他高兴，这是他应该有的路。后来又听说他们厂倒了，他也是挺难的，好像是跑出租车去了，我心中一阵阵的刺痛！水涨船高，乘风才能破了浪，在改革开放初期那个年代，的确是许多厂经历了阵痛，船上的人日子自然也是一个难啊，自己不是那阵子也很落魄吗，唉！又过了一阵，一次妈有了他的联系方式，我要了过来，心中还是很冲动地想联系下。可又似乎有着一些顾虑，他好吗？怎样呢？如果他还是在经历着一些什么，是否我这么打扰他不合适呢，毕竟是人在痛楚时还是更愿意自己沉静些吧！一日终于一狠心打了电话，听出来他还是很激动的，我也说了一下自己的情况，没敢过多地问他，心中还是希望他说说他的情况，但他没怎么多说，最后我说以后常联系吧！可最后一来我自己也是忙得脚打后脑勺呢，再是他也没再联系，时间一长号码也换了，即使是想联系也都联系不上了。

　　前两年一次回京时，妈跟我说她有亮子微信呢，他也在海南买房子了。听了后我心中一阵欣慰，甚至是眼中涌出了泪花，我知道亮子现在一定是过得不错了，一个内蒙古人能有心思到海南买房子冬日里去住住，肯定是日子过得是好了起来。心中真的是为他高兴，应该是亮子熬过了阵痛，抓住了社会变化的机会，站上了潮头，乘风破浪了！从妈的手机上看了一下他的朋友圈，有在海南与一些男男女女们的生活照，我基本上看不出哪个是他了。我没有和妈要他的微信，妈也没说他是否问起了我，我也没问妈。为什么呢？我也是难以说清究竟是为啥，只是心里默默地想只要他好就行了！

　　后来一直也没问妈要亮子的微信，几次心中有些犹豫，但终还是又放下了，到底是为什么呢？也许是人年龄渐大了，心中顾虑的东西就多了吧，抑或更多是怕失去心中原有的那份清纯美好吧？也许是吧！毕竟是几十年未见了，只要是好就好吧！

　　相信哪一天我们肯定会再见面的！

2021 年 10 月 17 日

"值得歌颂的从来不是苦难本身，而是在生活的重压下依旧不向命运低头的那股血性，那种不屈不挠，以及艰难生活下小人物之间的守望相助。"

　　　　　　　　　　　　　　　　——《人世间》，导演李路

格局与情怀

　　人生过往分几部分写了，但总觉得心中有些东西还是想再吐吐。感怀也好，认识也罢，总是说说似乎更痛快些。即使是有点晦涩，也无妨吧！

　　我们究竟为什么活呢？也许简单地说，没啥为什么，生了就得活着呗。即使是活得也许是很艰难，也得活着吧。俗话说，好死不如赖活着，还是尊重生命为好吧。难活了自己得忍着，轻视了就是罪过了！

　　那我们到底是应该怎么去活呢？估计每个人对此都会彷徨的！活着，似乎是说起来容易一个事儿，做起来好像又不是那么容易的。

　　我们出生后未成年的这个时期，尤其是儿童这个阶段，我们

国家级工艺美术大师陶瓷微书传承人王哥

要怎么活着应该是自己没个具体概念的吧。也许更多的是取决于外在的因素吧，社会的状况、周围的环境、父母的认识等等。当然，与自身也还是有一些关系的，有句俗话说"从小看大，七岁看老"，自身的性格秉性还是起一些决定性作用的，我们小时的性情与自身所处的外在环境，也就决定了我们的人生之路将走向何方。自身的秉性重要，外在的因素也重要。大环境也许不是谁能轻易左右得了的，但家庭影响应该是自己可把握的，问题是又有几个家长能有一个清醒深刻的认识呢？这的确是个问题。真正很懂事的孩子应该是不多，父母能有这样的孩子那就是幸事儿了。多数的孩子，也许都是基本还行，剩下就是父母的塑造引导了。还有句话是"没有规矩难成方圆"，家庭教育是重要的一个环节。品行的塑造，世事认识的引导，学习的培养，可这个环节父母就千差万变了。于是，芸芸众生的起步也就形形色色了。

然后呢，我们就进入少年时期，接受专业性教育，也就是上学了。个人悟性千差万别，育人的人层次不一，几年下来，就分化不同，参差不齐了。有爱哭的，有爱闹的，有打情的，有骂俏的，有能文的，有弄武的，反正应该是啥都有，形形色色吧。

　　成人了，进入社会了，就剩下找自己的座位了。不想找也不行了，反正是有你个位置留着呢，好坏也得坐。于是乎，这也就走向了自己的社会人生了。

　　那么，我们究竟应该怎么办呢？首先是社会大环境，显然，这个我们是选择不了的。社会是在不断迭代变化中，每个时间段没有绝对的好，也没有绝对的差。这一切，对每个人其实都是相对的，因人而不同，我们没有选择的可能性。不可能是我们来了瞅了一眼，说这个时辰不好换个时辰再说，这个地儿不好换个地儿吧，这些都是做不到的。我们就是这个时期这个地段的产物，没法选择，没得商量。

　　接下来，就是家庭。实际上，对于我们个人而言，一样的是没法选，只能是从这个家庭开始了。于是，家庭便是对你重要的一环了。一个好的家庭，会给你一个积极的人生态度，不然，你的起始三观也许就会有问题。一个以孩子为中心的家庭，这个孩子一定会以为社会也是以他为中心的。如果他自己的悟性及后期的教育没能改变他，那他将来一定是在社会中找不到自己位置的，结果就可想而知了，比如"啃老"的、早早进去管教所，等等吧。

当然，家庭其他方面的启蒙也很重要，规矩、教养、德性等等吧，都是自己将来人生的基础。

那么，我们得不到这些自己无法选择的东西就真的是不行了吗？其实，也没那么重要，我们自己也可以去接受大环境的影响。有心的孩子会去观察别人，观察世界的，也会间接地启蒙自己的。至少懂得多听大人的话，或者自己多去想想，自己也会获得应有的发展基础的。怕的是无心，那么就有些麻烦了。

上学了，应该是真正的比悟性的时候了。其实大多数还是基本差不多的，真正的悟性高的或者是天才人物还是有限的。那么，这个时期，如果我们是个平常的人，那么多听老师的话，做个好孩子，好好学习，天天向上，应该是较为重要的了。然后，大家就奔向了不同的道儿上了。

各自奔了不同的道儿，这个路应该还是大有区别的。有高速，有省道，还有乡间小路，甚至是坡路、山路、羊肠小道啥的。那自然走起来速度与感受也会是不同的，但问题是英雄不问出处，高速路不好好走还撞车呢，省道也会掉沟里的。所以，路不好不一定就落在了后边，关键还是在各自怎么走。一些人爬山还能登上珠峰呢，还可下五洋呢，走得究竟怎样，归根到底还是在于每个人的态度。当然，路好容易走些，路差更辛苦些。

三

　　有没有觉着，在我们离校后的五六年，乃至毕业后十年，大家彼此联系是不多的。为什么呢？也许，这个阶段，是我们进入社会后寻找自己的社会位置的一个阶段，大家各自都在一个动荡的状态中，难安。更多的是处于自我的认识与反思中吧，儿女情长、同学友谊什么的小情怀自然也就顾不着了。甚至说，这个几年中，有些人也许已经被社会干晕了，累在生活中，腰也许还没被压弯，但锐气是应该被挫得差不多了。

　　十年之后，各自都有了一个大致的定位了，可以以此为基础走下去的人生了。当然，也许有不少人还没寻到北，那就有些紧迫感了。这个时候是 30 岁上下了，三十而立，再不立怕是要出麻烦的。于是，之后的十年，应是大多数人安稳前行及小部分人自救的一个时期。总之，40 岁的时候，无论怎么样，应该是一个差不多的时候了。如果还有问题，就有点难解了，需要脑袋好好撞撞墙了，紧上几步吧，不然真要掉坑里的。50 岁了，半辈子过去了，到一个基本上要吃老本的时候了。功是否成，名是否就，其实都无所谓。但是，有碗端着是必须的，有吃有喝也就够，高兴了再哼哼上几声，还是挺美的。如果说这时还没个碗，应该是麻烦了。

麻烦了怎办，应该是只可凉办了。估计这个时候再想翻个身难了，有心没那身板了。不过，也无所谓，顶多就是放放身段，宽宽心，平平淡淡过个日子也行吧。当然，这个时候了，也就别再多想了，更不要怨天尤人啥的。那样，可能只是自找烦恼吧。路是走不回去了，不如微笑着走下去，没个啥的。人活着，心情好是最重要的。

四

觉着人活着大致有这么几种情形：

一是真的是娇生惯养坏了的，这类人基本上是长不大的。除了和自己人耍横儿，别的啥都不会，出了门儿就是怂包，"啃老"祸害家里就是他们最大的本事，来到这个家其实就是报仇的。结果他们落魄是必然，估计至死也不明白活着究竟应该是个啥！

二是确实是弱一些的人，悟性差点，心智差点，自己没个啥想法，这些兄弟们估计也是不容易。能体会到活着的一些意义吗？

三是大多数，脑子清楚，心里明白，老婆孩子热炕头，高高兴兴过日子就挺好。当然，为了这些，自己还得好好地奔着。不然，不管是哪个年代，不努力肯定是过不上好日子的，再赶上个不寻常的年代，努力了日子也许还过得不容易呢，还得更努力些才好。总之，认真地对待生活，好好地活着才是。

四是一些不同凡响的小部分人了。他们内心有想法，脑中有目标，身上有才干。他们也许就是不想过得平庸，就是想折腾下，于是这类人就各显神通了。有政治抱负的追逐着权力，喜欢物质的追求着财富，有天赋的挥洒着自己的才干。这些人的一小部分最后真还是实现了自己的梦想了，但是，不管是咋想，付出是必然的，那种付出甚至是我们常人远远无法想象的。当然，一些人也会因此付出惨重代价，成了真正的代价。如果说不付出代价呢，那肯定就只是黄粱一梦了。

我们作为普通人，慎重认真地对待生活是很必要的。否则，一不留意发生个什么闪失，那就会很麻烦的。生活中的小坑小洼还是不少的，各种诱惑也不少，自己不谨慎了闪一下脚还没啥大不了的，可栽进去了，自己没那能力爬起来，那可就是麻烦了。生活中这种情况还不少，有人伸手拉你一把扶你下，你能再站起来，那就是很幸运了，可又有几个人能拉你扶你的。生活都不易，小的事伸个手有可能，大的呢，伸了手也许人家也得掉下去，你也就别指望了，自己只有认栽的份。可问题是认栽了，自己也许是基本交代了。不甘心啊，可不甘心又能咋地，世上没有卖后悔药的，麻烦就背负上了。

有些想法，或者说是有些小想法挥洒下自己的人生，当然是最好不过了。可问题是这一切需要的是能力的支撑与付出，前提是有基本过硬的能力。没有能力，想啥也没用。再是只想有啥用，还是要真心地下功夫去干，事儿是干出来的，不是想出来的。无论是干什么，能取得大成就的毕竟是少数，也别觉得这些人就是命好啥的，不是那么简单的事儿。任何成功都是有原因的，没有任何事情是无缘无故的。天上不掉馅饼，即使掉你也得张嘴才能接住，有功夫才行。有天赋的天才人物成了名家的，像艺术家、科学家等，无论是文还是武，没有那天赋是不可能的，有了天赋还得有付出，只有天赋也是不行的。你就是从政当个官，也得有那头脑有那抱负，不然啥也干不了。

不少人应该是年轻时过于稀里糊涂了，只是一天天地过着，过了今天不想明天。转眼大好青春虚度了，十年的青春化为了中年的泪。年轻时有打算、有想法，一步步稳稳当当往前走，认真地对待自己的生活，应该才是一个积极的人生态度。即使遇个坎踩着个坑，也至多是个小磕绊吧，生活的主调子还是高亢的。

也有些人可能不那么踏实，眼高手低的，做着各种美梦。他们虽然是屡战屡败，屡败屡战的，实则是没战，只是想当然了。

结果仍是一场空。

　　有些自以为是的，那也许就不是虚妄的问题了，沾沾自喜于自己的小成就中。一不留神掉进坑里，岁数还小时也许还来得及翻个身。没那体力劲儿时，有个闪失也就可能就倒下了，肠子也许能悔青，无济了，只剩下了幽怨。这样赌命的人也不少，以为自己的命值钱一定能赌赢的，最后命真是豁出去了。生活中赌的，股市中赌的，还是有这样的人的，最终是脱了裤子难见人了。

　　不少还算是成功了的一些人，也有兴奋过头再回到解放前的。有几个钱儿了，有点小权儿了，有点小成就了，就忘乎所以了，胡作非为了。好像是哪儿都放不下他了。他们多凭天赋成名，对事物往往就难于客观认识，最后是得意忘形，这类人还是不少的。做成事儿的一些人呢，比常人的确还是有两下子的，不然也成不了个事儿。他们往往会流于自信，一旦再没个清醒认识时，就会陡然膨胀，老子天下第一，最后倒在唯我独尊的路上。

五

　　人们各自以自己的格局过着自己的生活，多数人也就是在自己的一个小格局中安稳着。少数人胸怀宽广，格局宏阔，有的人情怀深点，有的人苍白些。格局小了情怀再深，也许只是小清新，还是不容易走出过度自我的。格局大了也不一定就有情怀，大格局、大情怀也许不是那么容易的吧。

　　还有一个有意思的问题，这两年愈觉清晰。也许我们都会觉得在一些事情的认识上我们会是一样的，说的时候大家都认为事情是这样的。但实际上，表面上大家共同的认识，在各自心中的实际认定往往是不一样的，这是个很有意思的问题。看似沟通清楚了的事，实际上各自认识的角度往往不同，观念实质上也不同。

近日播出的一个电视剧《人世间》，几个人物的命运还是很

于人间烟火处彰显道义和担当

在悲欢离合中抒写情怀和热望

电视剧《人世间》海报

有意思的。大哥大格局大情怀，的确是功成名就了，也为此付出了生命的代价，还是很让人唏嘘的！小弟与大哥有句对话是"如果皇帝老子与乞丐说压力焦虑有多大，那乞丐还怎么活？"可见人们认识事物的角度是有多么不同。该剧导演说："我从来不赞同去歌颂苦难，值得歌颂的从来不是苦难本身，而是在生活的重压下依旧不向命运低头的那股血性，那种不屈不挠，以及艰难生活下小人物之间的守望相助，这是当代年轻人所缺少的。"剧中人物处在一个艰难的时期，小弟为自己的冲动付出了代价，一位好兄弟更是以一种悲壮的方式谢幕了。但面

对艰辛还是这些兄弟们作为一个普通人坚韧地走着，还是很值得人们敬佩的。有才赋的姐姐两口子，有情怀，但终究还是受限于自身的格局，生活总在各种不定中。该剧更为惊人的是姐夫最终的结局，一个激情满怀的人结果是走到了另一个极端，出家了。这个结局应该是安排得很好的，他的那种不安分导致这个结果应该是最必然的一个局了。

六

最后，再瞎扯下过往的生活经历吧。我出生于较大变动的20世纪60年代中期，虽然中华民族已经度过了列强欺凌、军阀混战的不堪时期，中国人民站了起来，但因一两个世纪的积贫积弱，社会基本状况还是很落后的。再加上这个时期社会又有了一些动荡，人们的生活还是挺艰辛的。我们又是教师家庭，父母在那个时候还算是个小知识分子，阶层划分上就成了社会对立的范畴。艰难就成了生活的常态，没被当成个小臭虫踩死，就是很幸运的了。因此这也形成了自己敏感、独立、不善交际的个性，这个自己成长的大环境是没法选择的。所好自己的父母还算是受过一定教育的人，虽不是多高的学历，但在那时已经算是有文化的人了。于是自己也得到了应有的启蒙与教育，算是幸运儿了。自己的大家庭环境，姥姥家、奶奶家、几个姨姑、表姑们，都是很温良、朴实的，甚至说在农村里都是有些见识的人家，给了我内心深处许多爱，也形成了我正真、善良、诚恳的本性。对我而言，这已经是难得的了。人生紧要关头，社会发生质的变化，历史的车轮重又上了正轨。我们也走出了那片阴云，走向了春天。真正地接受教育时期，自己的悟性客观地说还是够的，甚至可以说还是略胜一筹的。无奈的是自己根本上还是受了那个时期的一些影响，有些东西还是拖了后腿。再是自己性格上的急躁也是问题，致使自己在进一步的求学中总是不太如意，多少有一些心理的影响。

进入社会了，虽然上的是快速路，无奈自己的座架是老旧车型，与人家的需求不是太相符（专业与工作不符）。自己老老实实走吧，不想还被"路霸"嫌弃得够呛，不让你好好地走，最后是各种坎坷硬生生地把咱给逼着推海里去了。前一个十年就这样子的没个安生地虚度了，可谓一把辛酸泪。实话说，论当时的情况，家里四个孩子中，我当时的情况是最危险的。我与哥哥经历了那个非常的时期，被社会狠狠教训了个够。总算改变了命运，不想我进入社会后又接着被涮了一通。哥哥入伍了，虽然部队也是社会一部分，但与世俗社会比，还是清净多了。弟妹受那个非常时期影响相对较少，考学时已是新时期了，各方面基本上已步入正轨。

我在 4 人中经历相对多了些，现在我都可想象到，如果那时我就那么沉沦下去，会是怎样个样子，真的是不敢多想的！没有路可走了，逼下了海，开始了自我的救赎。社会的揉搓也彻底让自己现实了，内心坚强了。去他的吧，老子不是个怂包，抓不了个鳖，还弄不了点鱼虾。又一个十年的征战后，庆幸的是我没有倒下，一身沙尘满身创伤地离场了。我要自我审视一下了，舔舐自己的伤口，安抚自己的心灵，守望内心的宁静了。

我其实就是一个普通人，没有啥雄心壮志的。即使是自己后来上场拼杀时，不了解我的人几乎十之八九更多认为我是一大学老师啥的，似乎是觉着这人还是有点墨水的，了解我的人也多会说这兄弟是一儒商。但我的确是一战士，这个是肯定的。自己有着可做成些事儿的品格与素质，也拿得起放得下，终还是战后全身而退了。小树种好了，剩下的就是坐下来乘个凉儿了。

欣慰的是尽管是自己经历了、见过了社会生活中太多的是是非非，可这一切并未沾染了自己。心里对善恶的判断明镜似的，内心深处自己依然是干净的、诚恳的、善良的，依然有着自己的那份纯洁与美好。虽然我走出了苦海，可我心中没有一丝的世故与圆滑，还是那份朴实无华。我享受着自己的成果，但我依旧怀那颗平常的心。我崇尚努力与付出，我也敬重生活的平常与艰辛，我尊重、钦佩每一个笑对苦难努力生活的人。这就是我，既经历过人生的坎坷，也面对过辛苦的付出，我既敬佩那些叱咤风云人物的无畏，也敬重普通大众对待生活的凛然。毕竟不是所有人都是幸运的，许多事情不是都可把握得了的，只要自己努力了就是好样的。

　　这就是我的过往生活历程，也许有些许精彩，更多还是辛酸苦涩、坎坷难耐吧。相信没有人愿意接受这些，但对我而言命运就是这个样子的，我必须欣然接受，面向未来！

　　　　　　　　　　　　　　　　　　　　2022 年 3 月 7 日

云　端

茫茫的白雪，呼啸的风
我蜷缩在风雪中……

我问佛：我是谁？佛曰，空
也……
我问道：道曰，和也……
我问儒：儒曰，天地也……
我问宗：宗曰，我也……

我……

妈妈说：孩子，你在哪儿？
爸爸说：天地人也……
女人说：草美花香……

孩子在暖暖地笑……
酒说：看山看水看天下……
我说：然后去看云端……

2017 年 3 月 11 日

第八部分

感 言 篇

感 言 篇

　　文稿写作、整理好后，实际上内心深处还是有些顾虑的。书出来大家能认可吗？能给大家一些感悟吗？能有一丝启发吗？心里总还是很忐忑的！

　　书稿复印件送给同学、朋友们后，我陆续收到了不少大家的反馈，还是感到欣慰的！

　　尚军说：

　　大虎兄的《人生匆匆》似乎是在写我或者写的是那个年代我们大多数人的经历。特别是1985—1987年在母校太原重机学院的共同时光，会勾起我们所有人共同的回忆……

　　《人生匆匆》不仅勾起了一段美好的回忆，更回答了我一个百思不得其解的问题：语文最不好的理工男们，大虎兄、我，怎就成了出书、写作的文人了呢？之前我怎么想也想不通！其实，大虎兄的《人生匆匆》给了我一个完满的答案。是三十年的风风雨雨，让所有经历过的人和事儿流露笔端，只是倾注了真情而已。

　　其实"人人都是文学家，因为文学就是用平淡的语言来记录生活的点滴"。这是一位获得诺尔文学奖提名者和他的弟子告诉我的，只不过我没有参透罢了。大虎兄给了我自己出一本书的决心和信心。

《人生匆匆》告诉我们：珍惜当下才是王道。大虎兄，挺你！

志强说：

与生活息息相关，接地气，情节有节奏感，这本书给我的感觉就是好的故事片，可以安静地坐下来看完，还回味无穷。

永文说：

大作已通篇拜读完毕，昨天一直看到半夜两点多，写得非常好，送四句评语：语言诙谐幽默，文笔清新自然，感情真挚细腻，人生启迪深刻。

师妹说：

今天读完了《人生匆匆》，感受到师兄生命的生生不息，奋勇前进，有困惑，有难解，有奋斗，有亲情，有思考。但总归生命的底色是简单、善良。虽经历社会的残酷洗礼，但内心深处的真诚坦荡从未失去。这才是我们中国社会的底色，是我们民族的中坚脊梁。

看到了书一些内容的一些人和张院长说："一些人和一些事还是不写为好。"

的确，实质上说，我也已经是这个年纪了，想写点啥就写点啥了，还有那么多忌讳吗？应该是没必要了。再说其实一是从未明确提到任何一个人的确切名字，再是，无论是啥事，别人的事儿还是自己的事儿，更多也仅是点到而已，皆并未说破。实际上生活的残酷与社会的难耐程度应是远远深于书中所说的，不想过于把一些事说得太明白了，还是于人于事多留些余地为好。再者，再大的难说多了也没用，还是留在心底自己承着吧，说得深了别人也难接受的，点到为止吧！即使这样，一位同学看了还与我说，没有一下看完，看了两三部分后心里太沉重了，受不了，失眠了几晚，平缓一下再看吧！另外你还得接着再写些，写些高兴的舒缓一下，这样子太沉重，人们是受不了的！

顺奇师兄说：

挺好的，大家看了能有感触，都写一下自己的经历，那不就是对那个时代的整体记录吗，多美好呢！

晖哥说：

你这白天和我打球，晚上和赵大爷没完没了地斗咳嗽，啥时写的呢？

　　还有位师弟问："写了多长时间呢？"

　　就是，我究竟是啥时写的呢？写了多久呢？

　　其实，实际上说，我根本就没正儿八经地写过，没有过人们传统意识上那种正襟危坐式地写过。开始不做事了，闲下来时偶尔也会有过写一下自己人生经历的念头，毕竟自己经历的确实是有点多了，心中的确是五味杂陈。但基本上都是闪了一下念想，真没有想去写写的想法与打算，哪是那么容易事儿。心中想了不少，真的去写那又是另外一回事儿了吧。

　　起因就是 2020 年看到了校友写的一篇高中校园小文，便真耐不住了，于是就写了自己高中生活阶段的往事。怎么写的呢？也就是一激动后，上午各种活动完，下午没事儿躺床上休息无聊，便开始写了。高中（上）应该也就是两下午就完事了。然后又耐不住写了（下）和（续），基本上也都是这么个样子，算下来零星的高中部分也就用了一周上下吧，就写完了！那么说，躺床上怎么写呢，不得坐桌子前椅子上，或用笔或用电脑才能写吗？不是，我是躺床上用手机在手机笔记本中用手写的。真是让人笑话了！

　　然后过了有个把月吧，突然想再写一下小时候的事。这样子大约是 2021 年 2 月份又用了不到一周的时间，白天玩完了写写，又写完了小时候这部分。

　　4 月份回京后没啥事儿，上午练习场打球时，打会儿休息一下，开始是玩手机，看看各种新闻趣事，后来就想要么再写一下大学生活吧。写了一周多，又写完了。

六七月间又动了写一下进入社会工作的事了，这样就分了三部分（西十年、东十年、北南十年）又写了一下。各部分基本也都是一周时间上下，这么着，生活中的事就都写过了，算是写完了！

发给一些同学、朋友看了，反响都还不错，也有的说弄本书吧，一个完整的记录，不也挺好！想确实也是这么回事，整理成本书确实是挺好的，觉得还是又干成了件事儿的，不错！

于是，这么着就打算成书了，但又总觉着少了一些什么似的，成本书与一个生活记录总应还是多点什么才是吧，这样就又萌生了一个第五部分，多少弄点虚的人生感悟方面的吧，那就叫岁月催人老，确实也是感觉开始老了。

怎么写呢，这与其他不同，是虚的不是实的，实的好办，有啥写啥，虚的呢？一直难有个准信的头绪！

转眼，10 月份到海南两个月多了，2022 年元旦已过，春节临近了，得回京趁节前看一下父母了。飞机上没事儿，无聊，那要么写这部分吧，便开始写。一路上三四个小时，下机时感觉应该是写了有一半了。几天后返程机上又接着写，又是三个多小时，觉着应该是写完了。过了几天通篇整理了一下，这部分就好了！

把平日里偶尔一激动写的几篇感思小文汇编进去，觉着基本上就算是成书了。

全书原来自己写时感觉应有近三十万字吧，不想竟是四十多万字，真是不少了！

可以了，一般说百万就是巨著，自己闲暇时写的一个东西有半个百万之多，说得过去了，还要啥呢！

况且这些文字自己还只是手机上码的，正如一些朋友说，40

多万字码也得些工夫，况且是写的呢！

赵大爷家嫂子看了后觉着有些感触，竟朗诵了发喜马拉雅上了，不断地在更新。大学校史馆的老师们得知了，问可否学校收藏，太欣慰了！

想想自己确实也是人生经历得多了些吧，有句歌词是"为何青春过得如此烂泥，活到最后才知痛苦与失败……"是啊，天真无邪的孩童时期，却是难耐与不堪，最美好的青春岁月成了一摊烂泥，谁的青春不是青春，谁能不心中滴血呢！一些歌词又在心中回荡"我这一生之中奔波起伏谁人知道，兜兜转转困于生活不停对我警告，我奋力只想追赶希望不再苦恼，累也希望家里生活能更好……""酒精麻醉了心中的伤，是多么的牵强，爱也罢恨也罢，这一生难免挣扎"。

女儿张乔看了书后问我："爸，你后悔吗？"我心头一震默然，过了一阵儿后，噙着眼中的泪花，强忍着心中的痛，哽咽道："我哪有后悔的份儿，没把自己干死，就是很欣慰的了！"

既然大家反响还不错，既然能给大家一些感触、回思，既然能对社会有一点正能量，我何不尽力为社会做点事呢！

书要正式出版了，为社会尽自己的一份心，也不辜负自己的一生吧！

聪　虎

2022 年 10 月 9 日

尚军感言
——点赞《人生匆匆》王尚军

今天，收到我们太原重型机械学院校友、学长、老乡张聪虎先生的大作《人生匆匆》，几乎是 8 个小时一口气匆匆读了一遍。许是有太多共同经历的缘故吧，否则不会产生如此大的共鸣，说是产生了心里的共振也不为过，顿感人生匆匆。

同样的塞外人，同是原雁北地区 13 县的老乡，大虎兄是著名的北岳恒山所在地浑源县的，我是雁门关外山阴县的。他个子很高，我一直叫他大虎兄。

同样的校友，大虎兄是我们太原重型机械学院二系起机 832 的，我是起工 853 的，他高我两届；同住一栋宿舍楼，又是同样的体育爱好者，大虎兄是校级的，我只是班级的，同样高我两级，在校时我很羡慕大同的大虎与老虎（矿 851 的老乡），他们学习好，体育更好。

同样的毕业后阴差阳错又回归大同，大虎兄有西十年的彷徨，有东十年、北南又十年的辉煌，而我却有蜗居平城三十四年的平庸。

同样的乡村教师子弟、同样的"独木桥"式的求学经历、同样的……太多的同样。

大虎兄的《人生匆匆》似乎是在写我或者写的是那个年代我们大多数人的经历。特别是 1985—1987 年在母校太原重机学院的共同时光，会勾起我们所有人共同的回忆：学霸级别的学长米彩盈，让我记忆深刻，这位山阴老乡学习成绩班级、年级第一名从来不旁落，身上却还有很大的一股子江湖豪气，这似乎与文弱书生形象格格不入；还有提起的浑源老乡郭凌霄，人送外号"二特务"，因为个子不高头发挺长，记得他是三系锻压或铸造1985届的，我们同年分配到大同公路局，后来和一帮子校友王国瑞、乔建清等随着雁同分家而去了朔州路桥公司，早在10年前他已撒手而去了，听说是玩得太大，欠账太多，又不想给家人增加负担，就自行了断了，还真有点儿悲壮的"特务"样儿；还有居向阳老师，由于体育爱好的缘故，我们一直联系着。有一年在大同大学进行山西省高校足球比赛，大同的校友们硬是把客场布置成了太原科技大学的主场，这给已经任体育学院院长的居老师和队员们蛮大的鼓舞，科大队一路过关斩将进入决赛；书中提到的郑老师，一定是时任二系副主任的郑荣老师了，他与夫人李战妮老师也是我最好的老师，目前已是耄耋老人，居住在天津，我们时不时通个微信视频电话。还有在校时的体育尖子陈琳、陈皋们，至今记忆犹新，都是我的偶像，我都记得。

　　《人生匆匆》不仅勾起了一段美好的回忆，更回答了我一个百思不得其解的问题：语文最不好的理工男们，大虎兄和我，怎就成了出书、写作的文人了呢？之前我怎么想也想不通！其实，大虎兄的《人生匆匆》给了我一个完满的答案。是三十年的风风雨雨，让所有经历过的人和事儿流露笔端，只是倾注了真情而已。其实"人人都是文学家，因为文学就是用平淡的语言来记录生活的点滴"。这是一位诺尔文学提名奖获得者曹乃谦先生和他的弟子告诉我的。只不过我没有参透罢了。大虎兄也给了我出一本小册子的决心和信心。

《人生匆匆》记录了大虎兄的成功经历与辉煌成就，他的西十年是他卧薪尝胆的十年；他的东十年是他辉煌而高光的十年；他的北南十年，是他行走世界的十年，这三个十年，我不能比，美景我只在书中见过。

《人生匆匆》告诉我们：珍惜当下才是王道。大虎兄挺你！

唯一的遗憾是书中没有爱情的花絮，更没有作者本人跌宕起伏的情路，只有爱的结晶张乔一二，加一段就更完美了。

立江感言

《人生匆匆》读过了，感谢师兄分享自己的生活经历，收益良多，有些感想和师兄念叨一下。

一花一世界，一叶一春秋，每个人的生活都会有些波折，但每个人的基础状况、努力程度、后天机遇和个人价值取向是有差别的，走出了不同的人生道路。

我比师兄小几岁，但生活经历有很多相似的地方。我少年经济困顿一些，但亲情没有缺失。学业优秀、做人善良和努力这是改变命运的基础。在体制内工作到 2001 年和领导闹翻了，在还有两个月分房的前提下离开了原单位，创业至今基本做到了财务自由。师兄在书中写得非常认同，做人只要悟性好，肯努力，再有一定的知识基础，能够把握好自己，做事就不会比别人差。

性格方面师兄是内柔外刚，我是内外都柔。但做业务我韧性好，能坚持，认准的事情一定要个结果，发现错了也能及时止损。古人说男人应齐家治国平天下，以我们的水平和为人处世只能做到齐家的程度，不给家庭、朋友和社会带来负面影响。为了做到更大的格局，需要做一些违心或者违背自己价值观的事情，我们都做不出来。

对家庭、亲友和社会的责任感，师兄比我更强烈一些，我做得也还可以，但比师兄自愧不如。

有几个生活细节和观念我们类似：

1. 我 1993 年毕业，当年月工资 220 元，在 1994 年用一个月的晚上给首钢翻译德国进口轧钢设备图纸挣了 6000 元，解决了当时个人财务状况，现在聚会时单身那些哥们还嫉妒得很。我在咱们学校学的是德语，高考英语 59 分，也需要感谢当时领导接的翻译工作。这和你结婚前找外加工挣外快类似。

2. 考驾照差不多，我是 1998 年在海淀驾校学的，经历和你基本一样，没时间，练了一天杆，练了一天路，考前熟悉了一下程序，一次过了。我有开飞机牵引车的基础，身体协调和动手能力不错。

3. 我们对子女的教育观念一致，女儿们上的同一所高中，人大附中国际部，我女儿因疫情休学一年，否则今年本科毕业了。

4. 对宇宙和空间的认知我们完全一致。

5. 我两次自驾穿越我国西藏自治区，最近准备再去一次。我也喜欢海南，但没买房。

我发现一个我们共同熟悉的人，我的同班同学，我叫他大袁，设计处和你一组，他对你的评价是："聪虎那人不错，值得交。"

我们都过了知天命的年纪了，你很洒脱，我有些事情还放不下，和钱财无关，主要是自己的责任，这一点挺羡慕师兄的。

感触和收益挺多，就絮叨这些吧，有机会见面聊。

祝你身体健康，家庭幸福！

彤巍感言

书认真地拜读完了，很感慨也很感动。在您高考的时代我们小县城的学生考上个技校就不错了，您能中专、专科、本科，连考三年，三年连中也真是神人。

大学认真玩到书都丢了，借书恶补一晚，能考 70 分，让认真读书还要补考的人上哪儿说理去。毕业的 10 年大厂工作经历，感觉是性格太正了，眼里容不得沙子，也许只有拉帮结派、溜须拍马的人才能混得开。人生就是祸福相依，如果没有此前的经历，可能也不会成就今天的自己。

来京后能在没做过的领域靠自己的学习和努力，一年考三证太让人佩服了，离校 10 多年还能重新学习，并有所成就的人都是牛人。

只是人太聪明基因好吗？应该更多的是个人的努力、不认输的性格吧。看到后面才知这一切是在抑郁症的病情中完成，更是让人钦佩！

书中提到的很多人，学霸弟弟是传说中的别人家的孩子，同学大姐的英年早逝，副组长的意外惨死和他父亲、奶奶的离世，都让人唏嘘不已。

也有让人忍俊不禁的地方：能半夜渴得喝洗脸盆的水、挺工在遇到待遇不公时放的二踢脚，小孩心性笑死人了。

连续三年高考语文不及格的人写了本书，初中毕业的人读后有感而发写了读后感。读后让每天混日子的我有点自惭形秽，自我安慰像我这样的人有很多！如您优秀的人凤毛麟角，想到这就开心了，再次感谢赠书。

您的人生很精彩，我看完后，我妈妈感兴趣也开始看了。

中华感言

书读完了，写得真好。你的人生经历比剧本精彩。假期看了俞敏洪《走在人生的边缘》，你写得丝毫不亚于这位北大人的水平。让读者看见了一个一仰脖儿喝肚里的敏捷少年，一个向上友善、温厚活跃的青年，一个为成就事业机智应对，拼死决战的中年人。

成长的路上始终如一地贯穿着一种精神：有情有义、保持向上、机智清醒地用实干成就了自己。无论自己处于困境逆境，待亲人朋友同学同事都能真诚友善，尽力帮助，令人佩服。在前进的途中，困难面前敢亮剑，路见不平敢拔刀，不怕苦，不信邪，直到克敌制胜，创下自己的辉煌，为你不屈的精神点赞。

读着读着还感觉到一种悲苦，想想也许是你对内心描写得过于丰富，加上故事的曲折，再加上你对自己"完人"般自我要求所导致的吧。创业如此艰辛，要带领一群羊杀成一伙狼，还要做到待他人仁、义、信、诚、不计较。这世上又有几人能具备这样的能力和品质，修炼之功深矣？从你的坚持跑步，到"从不迟到半分钟"，这实际上就造就了自己的孤独。

转眼间就秋草黄了，路遇贫病或不公时，在我不能做什么的时候，就视而不见吧，不去琢磨以防坏自己的心情。事实上，怎样的人生都有遗憾，享受自己所拥有吧，这样，永远是幸福人！

萍的感言

聪虎，《人生匆匆》很接地气，正能量满满。由于眼睛的问题，我没能一鼓作气读完，但在我慢慢的阅读过程中，也好像才开始渐渐地认识你、了解你。人生不易，命途多舛，坎坎坷坷，这些都没有压垮你，你的信念、担当、执着、勇敢、诚信、坚持不懈，使你走向成功，着实让人钦佩。在工作压力那么大的情况下，仍然很自律地坚持跑步，上班从不迟到半分钟，这种积极向上的生活态度、努力奋斗的精神，没有战胜不了的困难。人生不可能总是顺风顺水，其实每个阶段都有可怀念的美好。活成自己想要的样子就有意义，只要对生活付出了就没有遗憾。

我也很认可这句话："性格为生命密码排列了定数，所以性格的发展就是整个命运的轨迹。"

谢谢你送我的书！

明生兄感言

从《人生匆匆》走进大虎的内心深处，感受他在磨难之中拼搏前行的坚强意志！

与大虎相识是在 1985 年夏天的学校田径队，他是田径队队长，而我仅是试训的替补队员，后来一起参加了在山西大学举办的山西省大学生田径运动会，每天中午比赛间隙都走不了，就在饭后大家一起打扑克，所以就和田径队的兄弟姐妹熟悉起来。田径队其他队友 83 级、84 级的居多，印象中只有锻 821 班的我和我班女生叶姬芳（主项标枪）在田径队，所以其他队友交往比较少。只有大虎和锻 1983 级的武静在毕业前一年一直有交往，特别是大虎，身为我们的队长，不知为何有种天然的亲近感，毕业后一直有联系，特别是那次陈琳师妹来西安出差，给大虎打电话邀请他来聚聚，没想到大虎居然乘飞机赴西安到了西北工业大学，和我们西安的校友一顿猛喝，饭后又去唱歌，喝啤酒把我喝得激动了，流泪烂醉如泥，第二天在床上躺了一天起不来，但是觉得感情又拉近了许多，这就是缘分吧。后来我经常去北京，也介绍他认识了我们 82 级几个特别好的同学，他们都在北京，也成了大虎非常好的哥们，友谊一直保持到现在。

大虎的内心世界和经历的事情，平时问他总是笑笑，不怎么说。但是我感觉他一定有很多故事，只是不想让别人知道，埋在心底默默守护着。

2019 年 11 月，我休年假去三亚，在凤凰岛外的餐厅和大虎喝了一瓶国窖、四瓶啤酒，哥儿俩几年没见，喝得高兴，就听他说了正在写点东西，我以为只能写些个人的故事，没有更多东西可写。

回去后没多久，他就微信发来了写的我们田径队一些趣事，我一看写的我们班叶姬芳和我的名字都错了，以为他写着玩呢！没想到2023年他真的要出本书，而且几十万字那么厚，确实不容易，付出了很多心血。

认真地读了一遍后，我想知道的终于有了答案，那就是大虎究竟经历了什么事情，会让我俩两次喝酒时泪流满面，内心经历的痛苦和兄弟在一起时才真情流露出来。特别是2018年9月，杨晋涛来西安相聚，大虎和他中学同学也特意赶来，喝酒的过程中我俩不知道谁先哭的，总之当着杨晋涛及两个其他朋友和同学，哭得稀里哗啦的，好像把心中的所有委屈都释放出来了，真是"男儿有泪不轻弹，只是未到伤心处"，哭过之后，感觉一下子轻松了许多，大虎也是这个感觉吧。"有人辞官归故里，有人星夜赶科场；少年不识愁滋味，老来方知行路难。"

大虎少儿时期的经历，比如郝家寨和浑源中学的事情，他都能记得那么清楚，并在书中详细记述，对他的记忆力真的是非常佩服，难怪他1999年在北京考了两个证书，艰苦努力是一方面，破釜沉舟背水一战的信念才是根本吧，大虎咬碎钢牙抓住属于自己的人生机遇，为自己后来十几年转型成功打下了基础。

我作为与大虎近四十年的好哥们，其实更关心他到北京后是如何走出人生低谷、战胜自己、涅槃重生的，了解这段经历、体会其中的酸甜苦辣，才能走进他的内心世界。过去与大虎一起时，他不愿意说，我想可能是哥们怕揭自己伤疤，不想把痛苦的东西展示给别人吧。这次在大虎的书中，详细介绍了这段经历，别人读起来，可能只是文字的意思，而我却站在大虎的角度去体会当时的艰难，思考当时的处境，如果换成我会怎样，能不能挺过去？我想自己很难做到吧！

这可不是说说而已，也可能是最后压垮大虎、彻底被生活击败的结局，那后果是什么，我都不敢想。大虎1999年在北京自己办公司，在一个陌生的城市、陌生的行业艰难前行，把经历的苦嚼吧嚼吧自己咽下去，连血与骨头一起，这是多么悲壮的时候！说心里话，大虎在写这段经历时，应该是眼里噙着泪艰难完成的，他不是炫耀成功的喜悦，而是撕开自己的伤疤，把痛苦的回忆像电影一样又演了一遍。记得以前与大虎谈到这段时，他说把张乔带在身边，自己去做饭的时候就让女儿一个人在洗衣机里玩，怕把女儿摔了，一个大男人这样艰难地带着女儿，他眼里噙着泪水，我心里流着血！所以我觉得大虎这段没有写好，这应该是本书的高潮，他不应该和中学、大学时期，甚至大同机车厂的10年一样描写，那些经历没有亮点。1999年北京开始的十几年创业才是大虎人生的出彩之处，这段经历写得不太精彩，没有写出大虎的过人之处，可能是自己写自己，不好意思吧。其实如果没有北京的故事，这本书就没有了灵魂，大虎应该认真思考，把这段时间自己的内心变化写得细一点，既然已经揭开了伤疤，咬过的馒头不怕再啃一口，多提炼一些自己人生的经典事例分享给大家，并认真分析其中的得失，这样可能读到本书的人更容易理解，也收获更大！

总之，我觉得大虎这段没有写好，本来非常精彩的事情没有写出亮点来，感觉要发起总攻了，你却回家喂猪了，没有抓住实质，

510

写出自己努力拼搏的精神！

这是我自己的看法，可能对哥们儿辛劳完成此书理解不够。不过我还是很喜欢此书的，不仅是通过此书走进了大虎的内心深处，更重要的是大虎完成了自我救赎，从抑郁症的边缘中走了出来，实现了涅槃重生，走出了精彩的下半生，我感到非常欣慰。

大虎让我对书稿的内容提点意见，我想了想，要提就说真话，要对大虎书的出版有帮助才行，才对得起我们 37 年的友谊！如果提得不对，也希望别怪我，因为咱俩一样都是理工男。

一、个别章节口语化有点严重，影响了书的整体效果。

二、有的同学、朋友的名字写得不对，可以问一下熟悉的人，还是应该正确书写别人的名字，至少是对他人的尊重吧。

三、书中对个人感情写得太少了，自己曲折的情感经历可以不必写太多，但是没有女主人感觉本书少了点色彩，本来大虎最后还是有美满人生的，虽然苦涩点，但是生活比我们很多同学都丰满精彩。

四、建议出版时，一定要让专业人士给本书把把关，语言表达上做一些修饰，错别字做好修改，毕竟这是书，不是咱们的聊天记录，咱要对得起读者才行！

慧慧感言

国庆假期，秋雨绵绵，时急时缓，连着下了四天了。昨日，捧一壶热茶，一口气读完你的大学时代，近三个小时，40 页，几万字，洋洋洒洒，如一束束光逐渐照进窗户，屋子变得越来越明亮；电磁炉上坐着一壶老白茶，缓缓冒着热气，一段段、一幕幕的青春岁月，一一展现面前，真实，深沉，温暖，这是躁动的国庆假期最敞亮最美好的时光。

从背着行囊，踏上向南的列车，好奇兴奋神往，到四年后带着满身"肌肉"伴着迷茫失落"重返地球"，扎扎实实地完成了懵懂青葱的岁月到成长蜕变的路程。有许多情节仿佛与你一同度过。到校，宿舍，同学，日常的生活学习，经历的一些事，那些花儿草儿，争执与无奈，同窗之情，历历在目。跟着你的文字，时而笑出声来，时而热泪盈眶，时而沉思，时而扼腕，仿佛就是对面宿舍的老十，置身其中。想想当年，我们从小地方走出来的学生，的确很单纯，很朴实，更真诚善良。相比南方生和城市生缺乏了许多见识远见和一些社会知识，自卑敏感。像毕业分配那事，除了幸运，碰巧，还是有许多机会办法让事物向着我们想要的方向发展，我们就不懂，就不会，甚至有点不屑，这就是小地方或我们这种正统家庭教育的缺陷。犹如你，纵然再优秀出众，还是摆不脱江湖的圈圈套套，美女脸上的麻点终究让人遗憾叹息。

有几个场景印象特别深。为同学挡住冲动莽撞的拳头、与居老师的暗自较量、蔡大姐丧礼上的"一身正气"和小女孩出嫁那一幕的侠骨柔情，以及毕业聚餐的那一声碎响，多次打湿我的眼眶……

四年的同窗，多年的相互扶持相互牵挂，这得多大的缘分啊！

突然，一首旋律缓缓的从心底流出：

相逢是首歌　眼睛是春天的海　青春是绿色的河

相逢是首歌　　同行是你和我　　心儿是年轻的太阳　　真诚也活泼

相逢是首歌　　歌手是你和我　　心儿是永远的琴弦　　坚定也执着

相逢是首歌……流淌的是人生岁月的一个个美妙旋律，跳动着一个个闪耀的音符！

此时，我深深地叹出一口气，一切好像都已释怀！

岁月的磨砺，使得我们从清纯不经世故，变得稳健成熟，从骄傲自负变得深懂人情世故，无数次的摸爬滚打，锤炼了我们的心智，让我们真正成为一个健全的人。

你的大学时代，有力量，有温度，有质感！不负韶华，你的梦想终究会在后续的奋斗中一一实现。

……

你的书看完很久了，才知道你经历了那么多，一直好像不知该和你说点什么！

是的，你那么聪明要强能干坚毅，唉，老天真是不公。真是那句话，人生没有完美的，好在，它给了你坚毅的灵魂和强壮的体魄。

很佩服你，那么难的情况，都含笑挺过，很欣慰，你经历那么多，还如此乐观，热爱生活，如此优秀。

非常好，让我更深地认识你。好好生活，好好保重，好好爱自己，经历的都是财富，内心的干净宁静会让你看到听到感受到世间的美好。

你知道读完你的经历，我难受了好长时间，都不知道该和你说什么。除了敬佩你，稍有点小心眼儿女人们样地心疼你。

不说了，都过去了，好好爱护自己，活成自己想要的生活，一切安好！

冯老师感言

读聪虎的《人生匆匆》，犹如坐在一起聊天似的，朴实无华，低调平实，不浓不烈，不悲不喜；无文字的刻意雕琢，更无叙事的新奇有趣，但正是在这看似世俗的生活中，书写着一段正直、勇毅的人生轨迹！

胜南小师妹感言

学长所著《人生匆匆》，虽8月开始读，但因疫情办公地点不定，临近岁末才读完。书中语言真诚而朴实，幽默而亲切，读时常常让我忆起故乡的人、事、物。感受到了一个真正努力过的人生，遥祝天涯海角，美好随行。

慧敏师妹感言

读完你的《人生匆匆》，我有这样的感受：你的文字朴实无华，你的经历跌宕起伏，你的勤奋令人折服，你的成功有目共睹。真是太棒了！

爱红师妹感言

今天读完了《人生匆匆》，感受到师兄生命的生生不息，奋勇前进，有困惑，有难解，有奋斗，有亲情，有思考。但总归生命的底色是简单、善良。虽经历社会的残酷洗礼，但内心深处的真诚坦荡从未失去。这才是我们中国社会的底色，是我们民族的中坚脊梁。

臧老师感言

聪虎好，这几天浑源因疫情静默，我又系统地读了一遍《人生匆匆》，看完心里很沉重。评价是：优点：好记性；缺点：记性好。

整篇下来记住的点点滴滴都是人们的闪光点，而自己受的委屈、伤害一带而过。事实上在你心中并不是一带而过，这也是我说的记性好。你受的痛苦伤害以及抑郁症等我一点都不知道，就连家庭的变化都是几年后的事情了，所以说看完心里沉甸甸的。

你把委屈留给自己并不好，或许当时和好同学好朋友们聊聊不至于抑郁了。全书看下来只是飞虎给了一个平台，好在现在过上了自己喜欢的生活了，就按自己的意愿前进吧。

川兄感言

《人生匆匆》，翔实再现了虎子奋斗成长的经历，其中有彷徨、苦涩、心酸、兴奋、喜悦，给我们深刻的启迪，让我们仿佛看到匆匆前行、砥砺奋斗的背影，给我们展现了一个励志创业的典范。作为虎子的朋友，既为他的现在高兴，又为他的付出泪目，人生结果并不重要，重要是过程，只要努力过，不论现在如何，我们都无悔人生。愿我的朋友人生下半程安好。

迎春感言

与二哥（聪虎）、三哥（飞虎）相识于母校开学典礼，第一眼看到哥儿俩的感觉就是质朴，在老家农村长大的娃特有的气质，打交道踏实，打心里喜欢他们哥俩，一直也有联系。去年出差看到二哥写了书《人生匆匆》，凭直觉会是一本我喜欢并且能从头至尾看完的、接地气的书。果不其然，二哥送了一本给我之后，去年8月19日收到，9月4日飞机晚点，在机场看完，不到一个月的时间。看完有两点感想：一、敢写，纪实感十足；二、作者人生有起有落，终归现在是好的，大部分老百姓的人生也大抵如此吧。恭喜二哥新书即将出版，勾勒出了你的人生起落、工作生活的点点滴滴，愿它成为你美好的回忆！

小武感言

虎子，首先恭喜你书要出版了！

又读了一遍《人生匆匆》，感慨万千，眼睛有点湿润，随着你的书感觉自己也把往事回想了一遍，看着那些照片，感叹真是岁月催人老。我们曾经那样年轻，朝气满满，那样的单纯。也知道了你在北京最初的不容易，每个人的成功背后都有着艰辛，庆幸的是你坚持下来了，获得了成功。你的心中充满了大爱，重情重义是你的又一人格魅力。原谅我不会写什么词来表达，但这本书真的写得很好！

舅舅感言

写得很好，记下了好多往事，想起了童年的生活，回忆了好多亲朋好友。记下了你前半生的行程，记下了你的辛苦和成果。

嘉文感言

人生是相对公平的，基本上每个人都有几十年的光景，但人生又是千差万别的，因为每个人对同样的事儿的感受是不一样的，有些事之于有些人或许只是看客之于某些热闹，但对于另外一些人，可能是刻骨铭心的。那么每个人的经历，他的一天、一月、一年、十年、几十年就是不一样的，那些天性聪颖灵敏的人，或许会达到更深的人生深度！但也可能会被伤得遍体鳞伤，造成永远的痛楚，这又回到了世界的公平性。最终，那些从伤痛中得到领悟的人，经过历练和蜕变，明白了更多的道理，会到达自己更高一层的人生境界。

初识书名，以为聪虎叔取了自己名字里"聪"的谐音，读了本书后，才深深感到"匆匆"二字深意绝不止于此，是作者对自己和很多人人生的反观、体会、总结。作者用了最朴实无华的语言，娓娓道来，深浅把握得也恰到好处，懂者自懂，不懂者读来亦不失趣味。读者可以从中读到浑源县的那段历史，也可以读到一些趣事儿，亦可以读到强烈的心灵共鸣，最后与作者一同感悟"人生匆匆"的感悟。

或许冥冥之中自有安排，我父亲的人生与聪虎叔的经历有些许相似，书读到一半的时候，我借南行出差深圳的时间，专门去三亚与聪虎叔小酌了一杯。或许性情中人都爱酒，与量无关，聪虎叔六两白酒，我四两白酒加 1 瓶啤酒，第二次饮酒，忘年的两人喝到泪流满面，并不只是对往事的悲伤，更多是对未来、对人生的某些热爱。

"人生匆匆"，要看淡，也要珍惜。

李光感言

书中所言表露出的格局与担当、人的职责与意义等宏大而久远的命题，并不是所有人都会感兴趣与思考的，也并不是所有思考者都能身体力行的，这在一定程度上决定了一个人从小到大的成长过程中对类似经历的收获与感悟千差万别，也决定了人生之树的最终高度与类别。

你用自己的方式把自己的心路历程生动而诙谐地呈现出来，这就够了，并不用过多地在意读者的视角与眼光，即便是专业的文豪，也只能呈现出作者自身的视角与观察貌相，其余并不在其能力与职责范围。

　　一本书能引起颇具代入感的共鸣就已经很不错了，更何况还有很多能够引发思想共鸣与激荡的内容，即便是以文学的标准来衡量，也已经属于上品了。而且文字中的乡愁气息与文风，这是作者真性情的自然流露而无法去刻意造就的，也是体现作品性格的一个不可或缺的重要方面。

　　有担当而无世俗功利目的，这样的作品才能酣畅淋漓地表露出作者的真性情，才值得细细品读与回味，而这个最基本的出发点往往是专业作家所最先丧失掉的根本，也是当今文坛世风日下佳作寥寥的原因所在。能有幸从你的作品中领略到你的内心世界的无限风光，这是一种幸福的机缘。

　　周末读完了大学之前的部分，记忆中的中学校园生活又浮现在了脑海中，在浑中上初中时就倍感神秘与向往的高中部的哥哥姐姐们的影像也更加生动而清晰起来。那是一个社会历史变幻的年代，也是一个个体成长历程中思想趋于成熟的时期。没有老三届的磨砺与沉重，也没有"70后"的一帆风顺与优越，在历史的进程中有点前不着村后不着店的感觉，而在众多的普通家庭中也多是非长非幼的年龄与位置，正如书中戏言的"二多余"。

　　而恰恰是这种历史与人生转换过程的契合，造就了这群人独特而坚韧的思想经纬，练就了勇于面对挑战、善于分辨动向、敢于突破自我的精神胆魄，而不像是在一种单向的历史趋势下容易形成的单一线性思维习惯与思维模式。

　　较为年幼的读者或许对于当年的高考不甚了解，看到那么多人只是考了个中专或者技校而心生鄙夷，就像我们现在动不动就拿"状元"二字称谓高考第一名的学生那样，这是一种历史的错位与误读，需要通过读者自身的见识去还原，也不必去做过多的解释与说明。

多日穷忙，未有闲暇，家乡风貌却依旧，漫漫萦怀不曾散去；周末得空，继续研读，大学生活更精彩，历历在目扣人心弦。掩卷回味，同学之情诚可贵，初露端倪，白云苍狗尽忧思，立足当下，青春不负好年华，畅想未来，风雨涤尘百花开。

相较于高中岁月的同学师生情谊之清纯与无私，大学更像是一个群英绽放的百花园。来自五湖四海的兄弟姐妹们有着千差万别的原生区域文化基因，在同一个新环境下编织着各自的梦想，汲取到各自的养分，同时也经历着全方位竞争的汹涌暗流，为将来在社会上的摸爬滚打积累经验、积蓄力量。

从大学生活开始，与此前有了较大的转变，此前像是家常便饭的调味品——老陈醋，此处则更像是招待旧友新朋的私家珍藏——老白干。

而此后又会是怎样的味道呢？阅后再表。

西十年，晦暗而沉重的岁月，犀利的刻刀下毫无色彩的白描，刻画出一个又一个只剩下黑白两面的形象，仿佛时代的乱流激荡起过往的沉渣与暗涌，迷蒙了双眼，唯有坚韧的骨血撑起一片心灵的篷帐，得以片刻的喘息与苟延。多年以后的回望与凝眸，浮尘早已随风远去，刀疤也已化作记忆的勋章，唯有对生活的真挚与善良，从未消逝，历久弥坚。

东十年感怀

二十年后回头望，

东岭巍峨西岭墙，

不见朝霞托旭日，

但留斜月伴夕阳，

彷徨无助心神乱，

勤勉有缘爱意长，

踏遍青山人未老，

胸中丘壑化霓裳。

东十年，貌似作者人生中最为辉煌奋进意气风发的十年，也是涅槃重生的十年，必定有着很多精彩的故事值得大书特书，浓墨重彩，但是，掩卷回味，却似乎又是那样的平淡无奇。然而，刻意的内敛却在欢快流畅的行文里露出了端倪，也足见作者难以掩饰的内心欢愉与小确幸。

东十年，靠的是什么？作者着墨较深地探讨了两个方面的问题，一个是人生奋斗的意义，另一个是爱的传承与引导。这似乎是两个老生常谈的话题，但是，从作者看似无意实则有心的材料选择中，我相信大多数的读者都能产生出共鸣与启迪。关于前者，作者不惮于自揭伤疤，袒露隐痛，向我们展现了一个残酷而又现实的真理，只有执着于近乎病态的忘我，才能获得一定意义上的成就，也仅仅是成就而已，还远非世俗意义上的所谓成功。

关于后者，作者甘冒炫耀逞能的非议，历数了陪孩子一同游历的许多地方，陈述了自己的教育理念，不仅要读万卷书，更要行

人生匆匆

万里路。而最为重要的是，我们究竟如何去克制自己的欲望和焦虑，去维护孩子的求知欲，去建立孩子的大格局。

人生究竟为何？人生究竟如何？东十年，或许更多的是解决了物质层面的问题，也引出了更多精神层面的新问题，需要作者，也需要我们每个人用更长的时间和精力（经历）去体味、去解读，大致穷尽一生，也未必能找到圆满的解答。

但无论如何，我们都要向作者致以诚挚的谢意。同时我也相信，在继续的阅读中，必定会有更多意想不到的收获。

当下即永恒，永恒即当下——致歌声流淌的岁月！

经历过浩瀚星辰的剖析与反思，作者将我们的思绪成功引入一个无尽遐想与冥思哲考的境界，让我们的心灵再一次受到震撼与洗礼，再一次回忆起年少青葱时曾经的懵懂无知与独自忧伤。

正如书名所言，"人生匆匆"，而生命的意义究竟如何衡量？东方的圣人、西方的先哲，极尽思辨之能事，在人类文明的白驹过隙间试图留下些许的微光，力求在蒙昧无助的茫茫暗夜中找到前行的航向。

永恒，是人类探求与希冀的终极目标，而永恒究竟为何物，在太多的典籍经书中都归结为一种静稳态的指向，并以建立在人类有限知识基础之上的生与死的人为边界去考察、去判别、去定义、去衡量，亦如夏虫语冰，盲人摸象。

人生匆匆，当我们再一次跟随作者的讲述，驻足回望，时间的边界渐渐模糊，每一人每一事，无论大小短长，都是构成人生交响乐的绚丽华章。对于作者如是，对于我们每个人亦如是。

人生匆匆，无论余生怎样度过，我们都有着难以忘怀的经历与过往，无论平淡与辉煌，无论沉寂与惆怅，哪怕只是人生路上的短暂邂逅，甚至仅仅是擦肩而过于茫茫人海，便也是一种冥冥注定的缘分，更何况作者给予我们的心灵分享，是那样的清冽隽永，是那样的回味绵长。

最后，以一首小诗与二哥共勉：

意难平

事业遭逢流毒止，

人生转向正当时。

轻轻挥手别同伴，

默默疗伤偃大旗。

前路飘摇当蓄势，

征途坎坷守良知。

南山放马刀归鞘，

何惧妄言空笑痴。

文生感言

我和聪虎是山西浑源中学高中同学，我在 80 班，他在 79 班。这两个班教室相邻，同学相识，教课的也大都是同一个老师。我们一起度过了难忘的三年多高中岁月（1979—1982），之后参加高考求学，走出家门、各奔东西。所幸我们一直保持着联系，若干年后又都在北京工作生活，相互往来已有四十余载，彼此成了一辈子的老同学和好朋友。

还记得那是 2022 年 8 月 19 日，收到聪虎微信，说要给我寄本书。第二天书就到了，就是这本《人生匆匆》。当时我很欣喜地收阅了这本够厚的书，内心也感谢聪虎第一时间将之与我分享。书中记载了作者从 1965 年出生到 2019 年新冠疫情前心灵深处蕴藏的点点滴滴，字里行间包含着善良、友爱和深情，对家人、对老师、对同学。书中第二部分对高中三年的叙事，我有所知闻并有幸见证，很是赞叹作者超强的记忆力和心理描写的细腻感。这本书将为我们曾经的青春岁月留下浓重的一笔，也是我们"60 后"一代人心路历程的一个经典案例。

现今我们已到知天命之年，愿时光温柔以待，岁月人生静好，愿彼此相伴无恙，岁月永不蹉跎。

张志宏教授感言

人生究竟如何？说句真理性的废话：结局唯一，过程却万般不同。

如果简单推理的话，相比结局，过程应该是庆幸的，因为至少还在嘛！

然而，人生大多不如意，据说是十有八九。我们背负着对结局悲观恐惧的包袱去闯荡世界，生存压力、认知压力、社交压力给我们的人生之路布满了荆棘坎坷，更难超越的是我们自己还有一颗比身躯大得多的心。于是，关乎人生的比喻形容蜂拥而出，大事未成而又不愿过多责怪自己的，说"苦短"；忙碌一生而又没有实现任何愿望的，说"如烟"；朝三暮四倒也轻松愉快而又不想承担责任的，说"如酒"……我以为，只要自己能够陶醉其中，怎么说都不会被追责，如梦！

而今有说"匆匆"者，倒让我觉得实在、贴切，忙碌着、痛苦着、收获着。

一个人到了老年，如果能够独自真心地回顾一下过往，怕是会感觉到经历过的人和事假象多于真象。正如《金刚经·应化非真分》所云："一切有为法，如梦、幻、泡、影、如露亦如电，应作如是观。"

人为什么要主动地营造和被动地接受假象？我以为这是人性所致，人啊，身在福中不知福！

不可否认，正是人性的这一"弱点"创造了财富，推动了文明，促进了创新。但是，我们是否意识到，财富、文明、创新必须受到约束和关怀呢？

透彻人生既需要勇气，也需要智慧。愿我们能够体会人生匆匆，能够知福、惜福，从而活得真实，迎接福报。

人生匆匆去 文运久久传
——海东感言

感言人生匆匆，岁月有痕。无论是谁，到了一定的年龄，必然会对自己的过往进行一个系统的回忆和总结，就像日子久了，自己整理一下居家生活的日常一般。然而，大多数人对往昔的回忆和总结是难以诉诸文字的，那需要太多的努力。

二虎哥的《人生匆匆》一书，以其平和真情的叙述，让我随着他的文字细节和怀旧思绪，再一次亲近了远离了二十七年的家乡——郝家寨村。让我有了一次全面回味故乡往事的机缘，缓解了我对故乡的怀念之情，使我深陷感思。那熟悉的人名、地名、浓浓的乡土气息，一个个简单平凡的孩童时代生活、学习、打闹的片段，把年少时故乡曾经的生活场景活灵活现地展现在面前。毕竟，就是翠屏山脚下的那个小村庄，我们都曾生于斯、长于斯。

二虎哥的家庭从新中国成立以来，在3000余人的郝家寨乃至整个浑源县是绝无仅有的，可以说是一个传奇家庭，一家培养出四个大学生。

大家都觉得不愧为帝王师的后裔，诗书济世的底蕴深厚。我们小时候无论是乡村学校老师还是父母，教育和激励我们的话语都是"像张江老师家的孩子一样"。

二虎哥提及的"南门张"，小时候老一辈都这么说，具体为什么这么称谓，当时咱没有更高的视野，只了解到是为了张姓族人们做一个简单的区分而已。乡老们传说下来的做过帝王师的是张景运祖，按家谱记载是我们共同的远祖。尽管目前能见到的史料中仅有《浑源州志》中明确记载其曾任过"景山教习"，结合近三年我对一本保存下来的老家谱的研究，可以明确在景运祖之前的几代人就有诗书济世的传统和根基了。据家谱明确记载先祖于明朝永乐年间从太原剪子湾迁居我村，经历了清初的浑源屠城，当时幸存下来的只有景运祖的高祖父，时年七岁的张汉金祖。可以说郝家寨"南门张"源远流长，文化底蕴深厚。

二虎哥及村中其他"南门张"后裔保存下来的数量众多的古书从一个侧面证实了家族的文化传统。

说实在的，当时乃至读二虎哥的书之前，我到处听闻其事，只知道其优秀，对于其优秀背后的细节知之甚少。我（1976出生）比二虎哥小11岁，所处的时代不同，家庭情况也不同，但通过读他的书，我看到了一个时代对人成长的影响，也感受到了一个民风淳朴的村庄对人成长和性格形成的重要熏陶，更感受到了一个家庭耳濡目染的必要性。当然，最终一切还要集中发力于个体自身面对各种艰难困苦的勇毅和刚强中。唯有各种条件的因缘际会，才会成就一个人。

二虎哥对往事的回忆，采取了一种简单直白的白描手法，一个个不同人生阶段、不同生活场景的描写，勾勒出一幅充满真情实感的人生成长之真实画卷，如他所言："我对生活付出了真感情！"我相信每一个读了他这本书的人都会在内心产生一些共鸣，会对各自的童年、青年及成年的不同时期产生一些美好的回忆和联想。思考得多一些，会从中学到一些经验，少走一些弯路。毕竟，每个人的人生绝不会完全相同，但每个人的人生又循着相似的轨迹。

于我而言，出生于郝家寨，成长于郝家寨，不似二虎哥那样幼年时随父母辗转于唐家庄、郭家庄、水磨疃、荆庄、郝家寨。这几个村庄都是耳熟能详的，以现在的交通状况通行不是很费力，但在20世纪七八十年代估计够呛。他也因此多了些难忘的经历和心灵的思考，这是宝贵的人生财富。

在他的文中，有谈笑、有嬉闹，或只是平淡的记述，或只是充满了期待的怀念，但其中的味道只有亲身品尝了才能写得那么真切。尤其是有关乡村学校的往事，是我多少年想了解却又无从全方位细致了解的。

二虎哥他们的20世纪80年代初，确实是郝家寨出大学生的高峰期。2009年二虎哥为故乡捐赠20万元建学校的事，在村里可以说是妇孺皆知。我清楚地记得2012年探家时，父亲把此事当作一件非常重要的事专门告诉我，父亲建议我去新学校看一看，从父亲的话语和神情中我明显地感受到村里人对此事的肯定和赞赏，也感受到父亲期望我能像二虎哥一样，为自己的故乡办好事办实事。

直到近期读完了《人生匆匆》一书，我终于明白原来有些东西早已融入我们的血脉和基因中了，二虎哥对自己性格特点的概括——敏感、独立、刚毅，也许还有很多，其实在我们祖先身上已经有了明显的体现，据现有的文字资料和传说，完全可以领略到他们的那种优秀品德。用"文可安邦、武可定国"来形容并不过分。

新冠疫情三年，工作之余研究家谱，看到高祖张师程于大清光绪二年在原家谱上增补的两副对联："世世作真人真感召自享真富贵 宗宗行好事好报应宜生好儿孙""积厚流光基业本有先世德 经方致远规模惟赖后裔传"。

忽然，我有一种顿悟的灵感，二虎哥自己人生路上的所作所为，不正是做了先祖们希望我们做的吗？

利中感言（一）

2022 年 8 月 19 日，收到聪虎的新作《人生匆匆》，乍看书名，就激起心底的共鸣。

翻看目录，尽是勾魂摄魄的字眼，如"小时候的那些年""我那耍好了的高中岁月""大学时代""西、东、北南三十年"等，顿觉心潮澎湃。往事历历在目，或喜或悲，桩桩活灵活现，尽显生命的张力，给人以激情和力量，活脱脱一本人生宝典。

阳历八月，三夏未尽，秋意渐浓。即将退休的年纪，秋高气爽、暖阳微凉的季节，拜读《人生匆匆》，应时应景。置身菊香四溢、斜阳草树的庭前，放眼天外云卷云舒，捧一杯清茶，静心品读《人生匆匆》，沉浸其中，与作者一起经受年少时的困顿、高中时的青涩、大学时的冲动、职场的困惑、创业的艰辛、跨界经营的举步维艰和风险，感受亲情和友情，享受天南海北的远游，领略格局、梦想和情怀。有时难免泪流满面，但依然心花怒放，感觉出走半生归来还是那个永不服输的少年！

老之将至何惧？不测将来何忧？勇气何来？人生路上，《人生匆匆》为你加油助威！

利中感言（二）

宇宙一瞬，人间一生！人生如一叶孤舟，逆风跃波，时而浪尖，时而谷底，各自的际遇，不同的轨迹，相同的归宿。人生往往以十年为周期，历经潮起潮落、世事无常。

20 世纪 60 年代中期，北岳恒山脚下、翠屏山北诞生了一个聪明乖巧、虎头虎脑的男孩。茫茫尘世，芸芸众生，冥冥天意，他势必在时代潮流的裹挟下，经历酸甜苦辣、波诡云谲。

他有幸出生在一个温良恭俭让、知书达理的家庭，耳濡目染间，坚韧、执着、开明、慈爱、乐观、真诚、质朴等优秀品质铸成强大的人文基因，深入骨髓，代代传承，使他足以抵挡前途未卜的艰难困苦：孩提时社会的排挤及颠沛困顿，大学毕业时的分配受挫，工作的困惑与辛酸，生活的酸涩与羁绊，西十年的志难申、事难成、病痛的折磨，东十年的创业艰辛、汗水与眼泪，南北十年的经营风险和步履维艰的跨界摸索……

苦难是与生俱来、不得不承受的生命基底里无法绕过的门槛，更是人生升华的垫脚石。没有原生态家庭的漂泊困顿、坚守、责任、不失底线的真诚与质朴，哪有后来的坚强、执着、坦然和乐善好施、助人为乐；没有初入职场的艰涩和无奈，哪有日后的凤凰涅槃、破茧成蝶的创业功成？没有 90 年代初因生活窘迫而穷则思变、小试牛刀的商业思维和担当高铁车头的结构设计，哪能成就日后名动京城地产业界的技商和儒商？虽然苦难不值颂扬，但因其痛彻心扉而难逃记忆，于是，一个个酸楚的故事汇入他的《人生匆匆》，以浑源腔式的幽默娓娓道来，倍感亲切！

《人生匆匆》叙事的同时辅以抒情和哲思，尽显生命张力和人文关怀，读来心潮澎湃。静心品读《人生匆匆》，沉浸其中，领略格局与梦想、回味酸甜与苦辣、共情低潮与奋进、同享得失与荣辱、伴游天涯与海角。心激荡，泪滂沱，脑海里还是那个永不言弃的倔强的少年郎，从不畏惧天老地荒，更不在意世事无常，因为他格局大、情怀深、故事多，且已将身心融于宇宙，性情寓于自然，感情系于苍生！

浩瀚宇宙，无垠时空，万物皆尘埃！人生来就是独一无二的烟火，横空出世，激情燃放，瞬间成尘，凝作永恒，定格于茫茫时空，情动人间，光耀星空。人生逆旅，匆匆过客，萍踪山河，和声天籁，天人合一，物我交融。孜孜苦读影留恒麓之阴，职场拼搏情动大同，创业功成名震京城，潇洒远游迹遍天涯。世上一趟，此生不枉。

物有生灭，事有始终，物极必反，否极泰来。匆匆过后必从容，拿起之后终放下。脱身职场，远离世事，人生得享岁月静好，于是星辰大海入眼帘，云卷云舒目可及，花开花落手可触，渔舟唱晚声入耳，红霞满天照心间。退休在即，老来福至。忆过往，享当下，期未来，不惧无常！哪来的狂？《人生匆匆》给你力量！

体虽衰，心有念，诗以共勉：

匆匆人生如梦，眨眼花甲堪惊；
半世煮酒倥偬，余岁泼茶雍容。
休恋东隅意浓，转头桑榆情深；
莫逐万丈尘空，笑看满天霞红。

张乔感言

　　人生匆匆，如果真如此匆匆，那么作者如何在知命之年如老友般向我们淙淙轻述这朴实无华却又波澜起伏的数十年时光？西十年，是懵懂的，热血的，是追求但未得到回报后不明所以的困顿；东十年，是没有退路的一心拼搏，是不断追寻人生意义的长路，也是有所收获后的平静和与偏执的告别；南北十年，是重新补足没有享受过的闲适人间，更是深远又漫长的思考，与自己和自己少年时无法找答案的困惑和解，因为真正的努力奋斗过，才终于获得了回望来路的勇气。因此，作者的"匆匆"，我想是由字里行间每个珍视的瞬间组成的郁郁葱葱的人生。

　　未来 40 年人生，又是崭新的旅程，望我们始终互相陪伴。

后 记

一年又一年，十年又十年地，心里还是颇有不少感慨的，时时也有写点什么抒发一下的念头，但转念还是又放下了。想想自己高中三年语文都未曾及格的那点文字底子，还哪来的勇气舞个文弄个墨呢？瞬间就没了敢找个笔头子比划一下的想法了，泄了气儿的皮球似的，但心里还总是有些不甘，唉！

2020 年偶然看到了一位校友的一篇怀念校园生活怀念老师的小文，文章娓娓道来，甚有些情趣。可是文章有些短了，在自己的心上抓挠了一下，未到情之深处，像皮毛上搔了个痒痒似的。怎也是按捺不住了，着了魔似的。必须得写点啥吧，不然止不了痒，过不了瘾啊！

于是，魔症下就写了下自己的高中生活，先是微信圈中疯了下。不少同学们看了后还挺有激情的，不曾想还得到了一些乡绅文化大佬们的青睐，要在家乡的一个公众号上发表下，咱是甚感荣幸啊！这样取了个不着调的名儿《我那耍好了的高中岁月》就发了，拙文刊登后校友反响还挺热烈的。情绪激扬下，没摁得住，还又弄了续，高中生活记述可真是又耍过了瘾了！

过了小一阵子，这段生活的小情绪刚摁住，不料其他的小情绪又踊动得不行了。好吧，那就再写点吧，接着就又写了个《小时候的那些年》，小情绪上又缓和了些。但还总觉得差着些啥，内心还是火烧火燎的，还得写吧。就又有了《大学时代》，接着就又有了《西十年，东十年，北南又十年》，这下心里总算是倒腾得差不多了。

文中各个时期涉及了一些不同的人和事儿，所述内容都是自己的认识及见解，也可以说是偏见吧。若对大家有不敬之处，您不必当真，还希您多谅解。本人人微言轻，不会对您有任何影响的，我本无一丝恶意，您海涵吧！

当然，我说到一些人和事，可能站得角度也是有点不同的。比如说，您的确是个影响深广的历史人物，您所担负的也许就不是您个人的一些责任了，您影响的也许就是一群人、一个小社会的事情了。那自然我就会从这个角度去看待一些事情，并不是您不好，或许只是在这个角度上您担当得或许是稍有欠缺吧！

比如说，您是一家之长，更多的应该是家里的兴替吧。您是家里的老大，您更多的是家里担当的角色吧。您是单位一小组长，那就需担当得起小组几个人的发展吧。您是一处之长，就是几十人的命运。您是一厂之长，您肩上挑的就是一厂上千人、上万人甚至几万人这个小社会的未来。您若是一位老师，那影响的就是几十个社会未来小苗的成长，您的为人师表就更为重要了吧。再说即使是作为个人，不是也得有些一定要守的准则吗，反思一下，对我们现在的生活也许还是有些好处的吧。

那么，从这个角度上对您的一些认识与评价，也许有些不当之言语，也就不为过了。

当然，如果您也能换个角度看一下，那就更好了。

文中记述了小时的坎坷、求学的不易、初入社会的难耐及后来求生存的艰难奋进，其实都是自己人生的一部分。不存在什么抱怨或者是怨天尤人，谁的人生又是那么容易呢？各自有着不一样的难吧！即使说是自己经历的的确是有点特殊了，有些不容易了，有些辛酸了，那也是自己的性格自己的个性造成的，有啥可怨的呢？顶多是一个回顾与慨叹吧！

愿大家一切都好吧，珍惜当下，畅想未来！

聪　虎